den beiden
liebsten Freisen
zu Weihnachten 1991

– Suche nach dem Glück,
Sinnlosigkeit des Daseins –

vielleicht Facetten Eurer
"Spanischen" Tochter?!

Camilo José Cela
Der Bienenkorb

Serie Piper
Band 782

Zu diesem Buch

Der Bienenkorb, das ist das Madrid während des Zweiten Weltkriegs, das ist das Café der Doña Rosa, Spiegel eines durch den Bürgerkrieg entwurzelten Kleinbürgertums und Drehpunkt vieler Lebensgeschichten. Von hier führen die Fäden in die Hinterhöfe, Parkanlagen und Absteigen Madrids, zu den sich ständig wiederholenden Szenen von Liebe, Ehebruch und Eifersucht, der Suche nach dem Glück und der Sinnlosigkeit des Daseins. Momentaufnahmen und Porträtstudien, kurze Einblendungen, skizzenhafte Erzählungen und Impressionen fügen sich zum Kaleidoskop, zum Panoptikum. Der nach diesem Buch gedrehte Film von Mario Camus gewann im Jahr 1983 den »Goldenen Bären« bei den Berliner Festspielen.

»In Celas Roman spricht der Mensch selbst und – nahezu – er allein. Dieser Erzähler ist ein Meister der Tonfälle, er versteht es virtuos, sein dreihundertköpfiges Personal zum Reden zu bringen.« FAZ

Camilo José Cela, geboren 1916 in Iria-Flavia/Galicien. Studium der Rechte in England und Madrid. Seit 1957 Mitglied der spanischen Königlichen Akademie. 1989 Nobelpreis für Literatur.

Als Romancier beeinflußt von der klassischen Literatur, insbesondere dem Schelmenroman und von naturalistischen Romanformen. Gründer der literarischen Zeitschrift »Papeles de Son Armandans«, Lyriker, Reiseschriftsteller. Sein Roman »La familia de Pascual Duarte« (1942; dt. »Pascual Duartes Familie«, 1960) machte Cela in Europa bekannt. Eine Auswahl aus seinen Reisetagebüchern ist soeben unter dem Titel »Ein Vagabund im Dienste Spaniens« im Piper Verlag erschienen.

Camilo José Cela

Der Bienenkorb

Roman

Aus dem Spanischen von
Gerda Theile-Bruhns

Piper
München Zürich

Die Originalausgabe erschien 1963 unter dem Titel
»La Colmena«
bei Editorial Noguer, S. A., Barcelona.
Die deutsche Ausgabe erschien erstmals
1964 im Walter Verlag, Olten.

Die Übersetzung wurde für diese Ausgabe überarbeitet.

ISBN 3-492-03422-5

Umschlag: Federico Luci,
unter Verwendung des Gemäldes »Arcadas del Silencio« (1974)
von Gregorio Camacho (Privatbesitz)
Gesamtherstellung: Clausen & Bosse, Leck
Printed in Germany

1

Man darf nie den Überblick verlieren. Das hab' ich schon immer gesagt. Es ist das Wichtigste.

Doña Rosa quetscht ihr enormes Hinterteil an den Gästen des Cafés vorbei. Doña Rosa sagt häufig: »Labberzeug« und »es hängt einem zum Hals heraus!«

Ihr Café und seine nächste Umgebung ist Doña Rosas Welt. Manche behaupten, wenn es Frühling werde und die jungen Mädchen die ersten Kleider ohne Ärmel tragen, dann käme ein gewisser Glanz in Doña Rosas Schweinsäuglein. Ich glaube, das ist alles nur Geschwätz. Doña Rosa wird niemals einen guten silbernen Amadeustaler aus der Hand lassen, um nichts in der Welt. Auch für den Frühling nicht! Immer wieder ihr beachtliches Gewicht zwischen den Tischen hindurchzuschieben, nur das macht Doña Rosa wirklich Spaß!

Wenn sie allein ist, raucht sie sehr starken Tabak, und sie trinkt Ojén-Schnaps, das Glas ordentlich voll geschenkt, gleich nach dem Aufstehen und bis zum späten Abend. Dann hustet sie und lacht. Bei guter Laune hockt sie sich in die Küche auf einen Schemel und liest Schundromane, je blutrünstiger, desto besser: Das ist nahrhaft! Später scherzt sie mit den Gästen und erzählt ihnen von dem Verbrechen in der Calle de Bordadores oder von dem Mord im Schnellzug nach Andalusien.

Der Vater von Navarrete war ein Freund vom General Don Miguel Primo de Rivera. Er ging zu ihm, warf sich vor ihm auf die Knie und bat: »Herr General, begnadigen Sie doch meinen Sohn, um Gottes willen.«

Und Don Miguel, der eigentlich ein Herz von Gold hatte, antwortete: »Es ist mir nicht möglich, Freund Navarrete. Ihr Sohn muß seine Sünden am Galgen büßen...«

»Was sind das alles für Kerls«, denkt Doña Rosa, »da muß man schon hartgesotten sein!«

Doña Rosa hat das Gesicht voller Flecken. Wie eine Eidechse, die sich häutet, sieht sie aus. Wenn sie denkt, zieht sie sich zerstreut Hautfetzen vom Gesicht, manchmal so lange wie Luftschlangen. Dann kehrt sie in die Wirklichkeit zurück, spaziert wieder im Café auf und ab und lächelt den Gästen mit ihren schmutzigen schwärzlichen Zähnen zu. Im Grunde haßt sie ihre Kundschaft.

Don Leonardo Meléndez schuldet dem Schuhputzer Segundo Segura sechstausend Duros*.

Der Schuhputzer ist ein Schafskopf, eine rachitische, steife Schindmähre. Seit unzähligen Jahren spart er und borgt dann Don Leonardo alle seine Ersparnisse. Recht geschieht ihm! Don Leonardo ist ein Hochstapler, der immer auf Pump lebt und Geschäfte plant, die nie zustande kommen. Nicht etwa, daß sie schiefgehen, sie laufen ganz einfach nicht, weder gut noch schlecht. Don Leonardo trägt farbenprächtige Schlipse und schmiert sich Pomade ins Haar, eine sehr stark parfümierte Pomade, die man schon von weitem riecht. Er gibt sich wie ein vornehmer Herr mit dem Auftreten eines ungeheuer erfolgreichen Mannes. Mir kommt's allerdings so vor, als sei es mit seinem Erfolg nicht allzu weit her. Aber er tut so wie einer, dem es nie an Kleingeld in der Tasche fehlt. Seine Gläubiger behandelt er mit Fußtritten. Und seine Gläubiger lächeln dazu und bewundern ihn. Jedenfalls tun sie so. Es gibt auch welche, die daran gedacht haben, ihn vor Gericht zu bringen. Aber bisher hat noch keiner das Feuer eröffnet. Don Leonardo liebt es, französische Wörter zu benutzen, wie zum Beispiel »madame«, »rue« und »cravatte«, und außerdem sagt er sehr häufig: »Wir, die Meléndez«. Don Leonardo ist ein gebildeter Mann, der gern zu verstehen gibt, was er alles weiß. Im Café spielt er ein paar Partien Dame und trinkt nie etwas anderes als Milchkaffee. Wenn sich am Nebentisch jemand Zigaretten aus blondem Tabak dreht, sagt er sehr höflich: »Würden Sie vielleicht so freundlich sein, mir ein Zigarettenpapier zu geben? Ich möchte mir gern eine Zigarette aus schwarzem Tabak drehen, hab' aber zufälligerweise kein Papier mehr.«

Dann sagt der andere meistens: »Sparen Sie sich doch die

* Ein Duro = 5 Peseten

Mühe, darf ich Ihnen eine bereits Gedrehte anbieten...« Don Leonardo scheint unschlüssig und zögert ein paar Sekunden mit der Antwort: »Na ja, zur Abwechslung könnten wir mal Blonde rauchen. Ich mag die Sorte nicht sehr, wissen Sie.«

Manchmal sagt der am Nebentisch nur: »Nein, ich hab' leider kein Zigarettenpapier. Bedaure, Ihnen nicht dienen zu können!«

Und dann kann Don Leonardo nicht rauchen.

Die Gäste stützen die Ellbogen auf den alten, den verkrusteten Marmor der einfüßigen Tischchen und sehen die Wirtin vorübergehen, fast ohne sie zu bemerken. Währenddessen denken sie flüchtig über diese Welt nach, die leider nicht so ist, wie sie sein könnte, diese Welt, in der langsam eigentlich alles schiefgeht, ohne daß man sich erklären kann, warum. Vielleicht nur wegen einer unbedeutenden Kleinigkeit. Die meisten der marmornen Tischplatten sind alte Grabsteine vom Friedhof. An einigen sind noch die Inschriften erhalten. Und ein Blinder kann sie lesen, wenn er mit den Fingerspitzen unter dem Tisch entlangfährt: »Hier ruht die sterbliche Hülle von Fräulein Esperanza Redondo, dahingegangen in der Blüte ihrer Jugend.« Oder auch: »R. I. P. Seine Exzellenz Don Ramiro López Puente, Unterstaatssekretär im Wirtschaftsministerium.«

Die Kaffeehausbesucher sind Leute, die der Ansicht sind, alles nehme sowieso seinen Lauf, und es lohne sich nicht, irgend etwas ändern zu wollen. In Doña Rosas Café rauchen alle Gäste, und die meisten sinnieren für sich allein über die armseligen, die angenehmen, die geliebten Dinge nach, die ihr Leben ausfüllen oder auch nicht. Es gibt Leute, die geben ihrem Schweigen das verträumte Gehabe vager Gedankengänge. Es gibt andere, die sich mit abwesendem Gesichtsausdruck in Erinnerungen ergehen. Ihre Gesichter zeigen den Ausdruck erniedrigter Tiere, des zärtlichen, demütig bittenden, müde gewordenen Tieres. Die Hand an der Stirn, den Blick voller Bitterkeit, wie ein Meer bei Ebbe.

Es gibt Nachmittage, an denen die Unterhaltung von Tisch zu Tisch erstirbt. Keine Gespräche über werfende Katzen, über Lebensmittelrationen, über jenes tote Kind, an das einer der Gäste sich absolut nicht mehr erinnern kann … Das tote Kind – wissen Sie's denn wirklich nicht mehr? – hatte blonde Haare, war besonders reizend und ziemlich mager, hatte immer einen beigen Pullover an und mochte fünf Jahre alt gewesen sein … An solchen Tagen schlägt das Herz des Kaffeehauses wie das eines Kranken. Es schlägt nicht regelmäßig. Die Luft erscheint verdichtet, scheint grauer. Und doch fährt manchmal ein lauer Luftzug durch den Raum, von dem man nicht weiß, woher er kommt. Ein Hauch voller Hoffnung, der einige Augenblicke lang jede Seele öffnet.

Don Jaime Arce macht sich trotz allem immer noch wichtig, obwohl man ihm einen geplatzten Wechsel nach dem andern vorlegt. Wenn's auch nicht so scheint, so weiß man doch alles im Café. Don Jaime hatte eine Bank um Kredit gebeten. Er wurde ihm gewährt, und Don Jaime unterschrieb ein paar Wechsel. Dann kam es, wie es kommen mußte. Er ließ sich in Geschäfte ein, bei denen er betrogen wurde. Ihm blieb kein Pfennig. Man präsentierte ihm die Wechsel, und er sagte, er könne nicht zahlen. Don Jaime ist ganz sicher ein ehrlicher Mensch, nur hat er eben kein Glück, keine glückliche Hand bei Geldgeschäften. Ein ausgesprochener Liebhaber von Arbeit ist er allerdings auch nicht. Aber er hat wirklich kein Glück. Andere, die ebensolche Müßiggänger sind wie er oder sogar noch ärgere, ergattern durch glückliche Zufälle einige tausend Duros, können ihre Wechsel zahlen und stolzieren nun umher, rauchen teuren Tabak und fahren den lieben, langen Tag im Taxi umher. Don Jaime ist es nicht so ergangen, ganz im Gegenteil. Er sucht nun nach einem Wink des Schicksals, findet ihn aber nicht. Er hätte sich in jede Arbeit gestürzt, in die erste beste. Aber es bot sich gar nichts an, was der Mühe wert gewesen wäre. Und so verbrachte er seine Tage im Kaffeehaus, den Kopf an die samtene Rückenlehne des Sofas gebettet, und betrachtete die goldenen Verzierungen der Zimmerdecke. Manchmal summte er leise vor sich hin, irgendein Stückchen einer Zarzuela, während er mit den Füßen den Takt dazu wippte. Don Jaime dachte meistens nicht an sein Mißgeschick. Er pflegte überhaupt wenig zu denken. Er sah in den Spiegel und wunderte sich: »Wer mag wohl den Spiegel erfunden haben?« Dann starrte er irgendeinen Menschen lange, beinah unverschämt an: »Ob diese Frau wohl Kinder hat? Oder ist sie eine alte Jungfer? Wie viele Tuberkulosekranke sind wohl jetzt hier im Café?«

Don Jaime drehte sich eine ganz dünne Zigarette, ein Strohhälmchen von Zigarette, und zündete sie an.

»Es gibt Leute, die sind wahre Künstler im Bleistiftanspitzen, sie bringen eine Spitze wie eine Nadel zustande, und die bricht nicht einmal ab und wird nicht stumpf.«

Don Jaime wechselt seine Stellung, ein Bein war ihm eingeschlafen.

»Wie wunderbar ist doch das: Bum – bum – bum... und immer so weiter, das ganze Leben lang, Tag und Nacht, Winter und Sommer: das Herz.«

Eine schweigsame Frau setzte sich gewöhnlich ganz nach hinten neben die Treppe, die zu den Billardtischen hinaufführt. Vor kaum einem Monat war ihr Sohn gestorben. Der junge Mann hieß Paco und hatte die Laufbahn eines Postbeamten eingeschlagen. Zuerst meinte man, er habe einen Gehirnschlag, dann stellte sich aber eine Meningitis heraus. Es ging schnell; gleich anfangs verlor er das Bewußtsein. Und er hatte doch schon alle Ortschaften der Provinzen León, Altkastilien, Neukastilien, Teile von Valencia (Castellón und mehr oder weniger die Hälfte von Alicante) auswendig gelernt. Es war wirklich ein Jammer, daß er sterben mußte. Seit er als Kind einmal im Winter tüchtig naß geworden war, neigte Paco leicht zu Erkältungskrankheiten. Seine Mutter war nun allein zurückgeblieben. Der andere Sohn, der ältere, vagabundierte irgendwo in der Welt umher, niemand wußte recht, wo.

Nachmittags kam sie also ins Kaffeehaus von Doña Rosa, setzte sich an einen Tisch bei der Treppe, und dort blieb sie all die Stunden hindurch, in denen nicht soviel Betrieb herrscht, und wärmte sich auf. Seit dem Tod des Sohnes war Doña Rosa sehr liebevoll zu ihr. Es gibt Menschen, denen es gut tut, zu Trauernden nett zu sein, sie geben ihnen bei jeder Gelegenheit Ratschläge und ermahnen sie zur Demut und zur Seelenstärke. Das tut ihnen irgendwie gut. Doña Rosa sagte Pacos Mutter zum Trost, es sei doch besser, Gott habe ihn zu sich genommen, als daß er vielleicht schwachsinnig geworden wäre. Die Mutter blickte Doña Rosa mit verständnisvollem Lächeln an und antwortete, ja, sie habe vollkommen recht.

Pacos Mutter heißt Isabel, Doña Isabel Montes verwitwete Sanz. Sie ist eine leidlich gut aussehende Dame aus besserem Hause, mit einem leicht abgeschabten Mantel. Im Café achtet man im allgemeinen ihre Zurückhaltung. Nur ab und an bleibt irgend jemand an ihrem Tisch stehen, meistens eine Frau, die aus der Toilette kommt. Auf die Frage: »Wie geht's, ist die Stimmung etwas besser?« lächelt Doña Isabel, antwortet jedoch selten. Ist sie einmal etwas munterer, so hebt sie den Kopf, blickt die Bekannte an und sagt: »Sie sehen ja blendend aus, Frau Soundso.«

Meistens jedoch sagt sie gar nichts. Eine Handbewegung zum Abschied und Schluß.

Doña Isabel weiß, daß sie aus besseren Kreisen stammt als die andern, sich jedenfalls von ihnen unterscheidet.

Ein nicht mehr junges Fräulein ruft nach dem Zigarettenverkäufer: »Padilla!«

»Ich komme gleich, Señorita Elvira!«

»Eine Triton-Zigarette!«

Die Frau wühlt in ihrer Handtasche, die vollgestopft ist mit rührseligen, anstößigen alten Briefen. Sie legt fünfunddreißig Centimos auf den Tisch.

»Dankeschön.«

»Keine Ursache.«

Sie zündet die Zigarette an und stößt mit abwesendem Blick eine lange Rauchwolke aus. Nach einer Weile ruft das Fräulein wieder: »Padilla!«

»Gleich, Señorita Elvira!«

»Hast du dem bewußten Herrn den Brief gegeben?«

»Jawohl, Señorita.«

»Was hat er gesagt?«

»Nichts. Er war nicht zu Hause. Das Dienstmädchen hat mir gesagt, ich brauche mich nicht weiter drum zu kümmern. Sie werde ihm den Brief bestimmt abgeben, wenn er zum Abendessen heimkomme.«

Señorita Elvira schweigt und raucht weiter. Sie fühlt sich nicht wohl, fühlt sich fiebrig, und alles dreht sich ihr vor den Augen. Señorita Elvira führt ein Hundeleben, ein Leben, das genaugenommen nicht lebenswert ist. Es ist wahr, sie arbeitet nicht. Aber da sie nicht arbeitet, hat sie auch nichts zu essen. Sie liest Romane, geht ins Kaffeehaus, raucht ein paar Triton-Zigaretten und wartet auf das, was ihr zufällt. Dumm ist nur, daß das, was ihr zufällt, sehr dürftig ist. Fast immer sind es mehrmals aussortierte Abfälle, kaum mehr zu gebrauchen.

Don José Rodríguez de Madrid gewann bei der letzten Ziehung. Seine Freunde sagten zu ihm: »Hast du aber Schwein gehabt.« Don José antwortet immer das gleiche. Er hat den Satz wohl auswendig gelernt.

»Na ja, acht lumpige, dreckige Duros!«

»Mensch, du brauchst dich gar nicht herauszureden. Wir wollen ja gar nichts abhaben!«

Don José ist Schreiber beim Gericht, und er scheint einiges gespart zu haben. Man munkelt, er habe eine reiche Frau geheiratet, ein Mädchen aus der Mancha, das bald starb und ihm alles hinterließ. Don José hatte nichts Eiligeres zu tun, als die vier Weinberge und die zwei Olivenhaine, die er geerbt hatte, zu verkaufen. Er behauptete, die Landluft sei nicht gut für die Lungen, und das Wichtigste sei immer noch, auf die Gesundheit zu achten.

Im Café von Doña Rosa trinkt Don José stets sein Gläschen. Er ist kein Geck und auch kein armer Teufel von der Sorte, die sich an Milchkaffee halten muß. Die Wirtin begegnet ihm mit einiger Sympathie wegen der gemeinsamen Vorliebe für den Ojén-Schnaps. »Ojén ist das beste von der Welt. Er tut dem

Magen gut, ist harntreibend und kräftigend. Er reinigt das Blut und vertreibt das Gespenst der Impotenz.«

Don José drückt sich sehr gewählt aus.

Einmal, vor ein paar Jahren, kurz nach Ende des Bürgerkrieges, hatte er einen Wortwechsel mit dem Geiger. Fast alle Anwesenden beteuerten, der Geiger sei im Recht. Don José jedoch rief nach der Besitzerin und sagte: »Wenn Sie den da nicht mit Fußtritten hinausjagen, diesen unverschämten Kommunisten, so betrete ich Ihr Lokal nicht mehr!«

Doña Rosa setzte den Geiger daraufhin vor die Tür, und man hörte nie mehr etwas von ihm. Die Gäste, die zuerst auf der Seite des Violinisten gestanden hatten, änderten ihre Meinung. Schließlich sagte jedermann, Doña Rosa habe recht getan, und es sei dringend nötig gewesen, mit harter Hand durchzugreifen und zu zeigen, wer Herr im Haus war.

»Jeder kann sich ausmalen, wohin wir kommen mit solchen dreisten Lümmeln!«

Die Leute schauten ernst und gleichmütig drein und sagten das etwas geniert. An den Tischen kommentierte man: »Wenn es keine Disziplin mehr gibt, dann wird auch nichts Gutes mehr geschaffen, nichts, was irgendwelchen Wert hat!«

Ein Mann, der schon in die Jahre gekommen ist, erzählt schreiend von dem Spaß, den er sich vor beinah einem halben Jahrhundert mit Madame Pimentón erlaubt hatte.

»Die Blöde, da hat sie doch geglaubt, sie könne es mit mir versuchen. Das hat sie sich so gedacht! Ich lud sie zu ein paar Gläschen Weißwein ein, und beim Hinausgehen stieß sie sich an der Tür das Gesicht kaputt. Haha. Sie blutete wie ein geschlachtetes Kalb. Sie sagte nur: oh, lala, oh, lala! Und ging ab und hustete sich die Seele aus dem Leib, das Unglückswurm! Sie war immer betrunken. Es war zum Totlachen!«

Einige Köpfe von den Nachbartischen drehen sich ihm zu und betrachten ihn beinah mit Neid. Es sind die Gesichter der Leute, die glücklich vor sich hin lächeln, wenn sie, ohne es zu merken, es schaffen, an überhaupt nichts zu denken. Die Menschen sind Schmeichler aus Dummheit und lächeln manchmal, obwohl sie im Grunde ihrer Seele einen ungeheuren Ekel empfinden, einen Abscheu, den sie kaum unterdrücken können.

Aus Schmeichelei kann man zum Mörder werden; sicherlich ist mehr als einer nur zum Verbrecher geworden, um anzugeben, um jemandem zu gefallen.

»So muß man das Bettelvolk behandeln! Wir Anständigen müssen aufpassen, daß sie uns nicht über den Kopf wachsen. Mein Vater sagte immer: Willst du Trauben, so grapsch' sie dir selbst! – Haha, diese Hure ist nie wieder aufgekreuzt!«

Zwischen den Tischen schleicht eine Katze umher, dick und mit glänzendem Fell. Eine Katze, die vor Gesundheit und Wohlleben strotzt, eine selbstzufriedene, eingebildete Katze. Sie gerät einer Frau zwischen die Beine. Die Frau schrickt zusammen.

»Teufelsbiest, scher dich weg!«

Der Mann, der eben die Geschichte erzählt hat, lächelt süßlich: »Aber meine Dame, die arme Katze! Was hat sie Ihnen denn getan?«

Ein Jüngling mit Künstlermähne schmiedet Verse inmitten all des Lärms. Er ist entrückt und merkt nichts von dem, was um ihn herum vor sich geht. Das ist die einzig mögliche Art, schöne Gedichte zu machen. Wenn er rechts und links gucken würde, dann würde ihm die Inspiration entfliehen. Die Inspiration ist wohl so etwas wie ein blinder und tauber Schmetterling, der aber herrliche Farben hat. Wenn's nicht so wäre, könnte man vieles nicht erklären.

Der junge Dichter ist dabei, ein langes Gedicht zu verfassen. Er hat es *Schicksal* benannt. Er war nicht sicher, ob er es nicht besser *Das Schicksal* betiteln sollte. Aber schließlich, nachdem er mit mehreren Poeten, die größere Erfahrung besaßen, darüber diskutiert hatte, kam er zu dem Schluß, es sei besser, ganz einfach *Schicksal* als Titel zu nehmen. Das war kürzer, eindringlicher und gehcimnisvoller. Außerdem, wenn man einfach »Schicksal« sagte, war es suggestiver und – wie soll man sagen – unbestimmter, poetischer. So konnte man nicht mit Bestimmtheit sagen, ob »das Schicksal« gemeint war oder »ein Schicksal«, ob »ungewisses Schicksal«, »verhängnisvolles Schicksal«, »glückliches Schicksal«, »blaues Schicksal« oder vielleicht gar

»veilchenblaues Schicksal«. *Das Schicksal* war verpflichtender, ließ weniger Spielraum für die Phantasie, die keine Schranken, keine Fesseln duldet.

Der junge Poet arbeitete schon mehrere Monate an seinem Gedicht. Er hatte bereits dreihundert und einige Verse fertig und einen sorgfältig gezeichneten Entwurf für den späteren Druck, eine Liste der möglichen Subskribenten, denen er zu gegebener Zeit ein Formular zuschicken würde, das sie nur auszufüllen hätten. Er hatte auch schon die Drucktypen ausgesucht; eine einfache, klare, klassische Type, eine Type, die man in aller Ruhe lesen kann. Sagen wir eine Bodoni. Er hatte bereits die beabsichtigte Auflagenhöhe festgelegt. Zwei Dinge jedoch beunruhigten den jungen Dichter noch: Ob er das Laus Deo am Ende des Kolophons setzen sollte oder gar nicht. Und zweitens: ob er selbst die biographische Notiz für den Klappentext schreiben sollte.

Doña Rosa war ganz sicherlich nicht das, was man eine »empfindsame Seele« nennt.

»Ich hab' das ja schon hundertmal gesagt: Was Gauner betrifft, hab' ich genug an meinem Schwager. Schmeißfliege Sie! Sie sind ja immer noch nicht trocken hinter den Ohren! Kapiert! Haben Sie jemals gesehen, daß ein Mann ohne Kultur und Herkunft so umherstolziert ist, wie Sie hier herumhusten. Sie treten auf wie ein feiner Herr? Ich schwöre Ihnen, das werde ich mir nicht länger ansehen!«

Die Schweißtropfen hingen Doña Rosa im Schnurrbart und perlten auf der Stirn.

»Bist du nun zur Salzsäule erstarrt? Kannst nicht mal die Zeitung holen! Hier hat niemand mehr Respekt, niemand Anstand! Soweit ist's gekommen! Ich würde euch alle zusammenstauchen, wenn ich erst mal anfinge! Hat man so was schon erlebt?«

Doña Rosa stiert mit ihren Rattenäuglein auf Pepe, den alten Kellner, der vor vierzig oder fünfundvierzig Jahren aus Mondoñedo kam. Hinter den dicken Brillengläsern gleichen die kleinen Augen Doña Rosas den starren Augen eines ausgestopften Vogels.

»Was glotzt du so, Dummkopf! Du bist noch genauso blöd wie am Tag, wo du ankamst! Für Leute wie euch gibt es keinen Gott, der euch die Stecknadel im Heuhaufen suchen würde! Los, machen wir endlich Schluß! Dann ist wohl Friede! Wenn du ein richtiger Mann wärst, hätte ich dich längst an die Luft gesetzt, kapiert? Es hängt einem alles zum Hals heraus!«

Doña Rosa klopft sich auf den Bauch und redet ihn wieder mit Sie an. »Los, los. Wie man sich bettet, so liegt man. Sie wissen ja selbst, man darf den Überblick nicht verlieren. Zum Teufel, auch den Respekt nicht! Verstehen Sie, auch den Respekt nicht!«

Doña Rosa reckte den Kopf und atmete tief. Die Härchen ihres Schnurrbarts sträubten sich herausfordernd, anmutig und würdevoll, wie die Fühler einer verliebten, selbstbewußten Grille.

Eine drückende Last scheint die Luft zu beschweren und legt sich auf die Herzen. Die Herzen schmerzen nicht. Sie können Stunde um Stunde leiden, ein ganzes Leben lang, ohne daß nur irgendeiner mit Sicherheit feststellen kann, was eigentlich los ist.

Ein Herr mit weißem Bärtchen hat einen dunkelhäutigen Knaben auf dem Schoß und steckt ihm Stückchen von Schweizer Milchbrötchen, in Milchkaffee getaucht, in den Mund. Der Herr heißt Don Trinidad García Sobrino und ist Geldverleiher.

Don Trinidad hatte eine sehr bewegte Jugend, voller Verwicklungen und Schicksalsschläge. Als aber dann sein Vater starb, sagte sich Don Trinidad: Von jetzt ab mußt du dich in acht nehmen, sonst wirst du ausgeschmiert, Trinidad! – Und er widmete sich den Geschäften, gewöhnte sich an Ordnung und wurde reich. Der Traum seines Lebens war immer gewesen, Abgeordneter zu werden. Er dachte sich, es sei nicht schlecht, einer von fünfhundert Abgeordneten unter fünfundzwanzig Millionen Menschen zu sein. Mehrere Jahre lang hatte Don Trinidad einigen drittrangigen Persönlichkeiten aus der Partei von Gil Robles schöngetan, hatte gehofft, daß sie ihn zum Abgeordneten machten. Ihm war es ganz gleich, bei welcher Partei. Er bevorzugte keine politische Richtung. Einiges Geld gab er für Einladungen aus, etwas für die Propaganda, und er hörte sich viele große Worte an. Aber schließlich und endlich schlug keine Seite seine Kandidatur vor, und man nahm ihn nicht einmal mit zu der offiziellen Einladung beim Parteichef. Don Trinidad machte schwere Augenblicke durch, ernste Seelenkrisen. Zum Schluß wurde er Anhänger von Lerroux. In der radikalen Partei schien es ihm recht gutzugehen. Aber dann kam der Krieg und mit ihm das Ende seiner wenig glorreichen und nicht sehr dauerhaften politischen Karriere. Jetzt lebte Don Trinidad fern vom »politischen Zeugs«, wie sich an jenem denkwürdigen Tage Don Alejandro ausgedrückt hatte. Don Trinidad begnügte sich nun damit, froh zu sein, wenn man ihn in Frieden dahinleben ließ und ihn nicht mehr an vergangene Zeiten erinnerte. Er widmete sich weiterhin dem einträglichen Geschäft des Verleihens von Geld gegen Zinsen.

Gegen Abend pflegte er mit seinem kleinen Enkel in Doña Rosas Café zu gehen, gab dem Kleinen dort seine Vesper und blieb selbst ganz schweigsam, hörte der Musik zu, las Zeitungen und kümmerte sich um niemanden.

Doña Rosa lehnt sich über einen Tisch und lächelt. »Was gibt's Neues, Elvirita?«

»Ach Señora Rosa, sehr wenig!«

Señorita Elvira zieht an ihrer Zigarette und schüttelt leicht den Kopf. Sie hat verblühte Wangen und rote Lider, als seien ihre Augen sehr empfindlich.

»Ist's in Ordnung gekommen?«

»Was?«

»Das von...«

»Nein. Das ist schiefgegangen. Er war drei Tage mit mir zusammen, und dann schenkte er mir eine Flasche Haarfestiger!«

Señorita Elvira lächelt. Doña Rosa blickt kummervoll in die Runde: »Es gibt eben gewissenlose Menschen, mein Kind.«

»Pah, was macht's schon aus!«

Doña Rosa beugt sich weiter vor und flüstert ihr beinah ins Ohr: »Warum bringen Sie nicht das mit Don Pablo wieder ins reine?«

»Weil ich nicht will. Unsereiner hat auch seinen Stolz, Doña Rosa.«

»Es hängt einem alles zum Hals heraus! Jeder hat so sein Päckchen zu tragen. Aber was ich Ihnen raten würde, Elvirita, und Sie wissen ja, daß ich nur Ihr Bestes will: Mit Don Pablo ist es Ihnen schließlich doch am besten gegangen?«

»Nicht so sehr! Er ist ein anspruchsvoller Kerl. Und außerdem sabbelt er so. Zum Schluß war er mir richtig eklig. Was wollen Sie? Es ist mir manchmal richtig schlecht geworden!«

Doña Rosa wechselt in ihre süße Stimme, die überredende Stimme der guten Ratschläge: »Man muß mehr Geduld haben, Elvirita. Sie sind immer noch wie ein kleines Mädchen!«

»Meinen Sie?«

Señorita Elvira spuckt unter den Tisch und trocknet sich den Mund mit der Innenseite ihres Handschuhs.

Ein reich gewordencr Drucker namens Vega, Don Mario de la Vega, raucht eine ungeheuer dicke Zigarre, die wie eine Reklamezigarre aussieht. Jemand am Nebentisch versucht sich anzubiedern.

»Eine feine Zigarre rauchen Sie da, lieber Freund.«

Vega antwortet würdevoll und ohne ihn anzublicken: »Sie ist nicht schlecht, allerdings! Hat mich auch einen Duro gekostet!«

Der vom Nebentisch, ein rachitischer, ewig lächelnder Mensch, hätte ihm am liebsten gesagt: »Wer's so gut hätte wie Sie!«, aber wagte es dann doch nicht; zum Glück bremste ihn sein Schamgefühl noch rechtzeitig. Er blickte den Drucker an, lächelte wieder ergeben und sagte: »Nicht mehr als fünf Peseten? Man würde denken, die Zigarre habe mindestens sieben Peseten gekostet!«

»Nein, wahrhaftig nicht! Fünf Peseten und dreißig Centimos Trinkgeld. Damit gebe ich mich schon zufrieden!«

»Das glaube ich!«

»Mensch, man braucht kein Millionär wie Romanones zu sein, um diese Zigarren zu rauchen!«

»Nein, ein Romanones vielleicht nicht. Aber sehen Sie, ich

kann mir das nicht leisten, und ebenso geht es den meisten, die hier im Café sind!«

»Möchten Sie vielleicht eine rauchen?«

»Mensch...«

Vega lächelt, als schäme er sich für das, was er jetzt sagen will: »Na also, dann arbeiten Sie so, wie ich arbeiten muß!«

Der Drucker brach in ein ungeheures, ungestümes Gelächter aus.

Der rachitische, ewig lächelnde Mann am Nebentisch hörte auf zu lächeln. Er wurde ganz rot und spürte, wie ihm eine Hitzewelle bis zu den Ohren stieg und die Augen ihm anfingen zu stechen. Er fühlte, wie das ganze Café ihn anstarrte und senkte den Blick, um die Leute nicht zu sehen; zumindest meinte er, daß ihn das ganze Café anstarrte.

Don Pablo ist ein gräßlicher Mensch, der alles von der verkehrten Seite betrachtet. Während er das von der Madame Pimentón erzählt, läßt Señorita Elvira ihren Zigarettenstummel fallen und tritt ihn aus. Señorita Elvira benimmt sich manchmal wie eine echte Prinzessin.

»Was hat Ihnen denn das Kätzchen getan? Muschi, Muschi, komm, komm...«

Don Pablo schaut die Frau an.

»Wie klug Katzen doch sind! Findiger als Menschen. Es sind Tierchen, die alles verstehen... Muschi, Muschi, komm, komm mal her...«

Die Katze entfernt sich, ohne den Kopf zu drehen, und verschwindet in der Küche.

»Ich hab' einen Freund, ein Mann mit viel Geld und Einfluß. Sie brauchen nicht zu glauben, er sei irgend so ein Habenichts. Dieser Mann hat eine Angorakatze, die auf den Namen Sultan hört. Sie ist ein wahres Wunder...«

»So?«

»Ja wirklich! Sagt man: Sultan, komm her, so kommt die Katze und bewegt ihren herrlichen Schweif, der wie ein Staubwedel aussieht. Sagt man: Sultan, geh weg, läuft Sultan fort wie ein vornehmer Herr. Die Katze hat einen herrlichen Gang und ein Fell wie Seide. Ich glaube kaum, daß es viele derartige Katzen gibt. Diese ist unter den Katzen etwas ähnliches wie unter den Menschen der Herzog von Alba. Mein Freund liebt das Tier wie sein eigenes Kind. Natürlich ist es auch eine Katze, die sich überall beliebt zu machen versteht.«

Don Pablo sieht sich im Café um; einen Augenblick kreuzt sich sein Blick mit dem von Señorita Elvira. Don Pablo runzelt die Stirn und dreht den Kopf weg.

»Und wie zärtlich so eine Katze ist! Haben Sie je gemerkt, wie zärtlich diese Tiere sind? Wenn sie jemanden gern mögen, so bleibt das fürs ganze Leben.«

Don Pablo räuspert sich und verleiht seiner Stimme Ernst und Würde: »Daran könnten sich viele Menschen ein Beispiel nehmen!«

»Allerdings!«

Don Pablo seufzt tief auf. Er ist zufrieden mit sich. Wirklich, der Satz mit dem Beispielnehmen ist ihm vorzüglich gelungen!

Pepe, der Kellner, kehrt wortlos in seinen Winkel zurück. Als er wieder in seinem Reich ist, legt er die Hand auf die Lehne eines Stuhls und betrachtet sich in den Spiegeln, als ob er etwas sehr Eigenartiges, Seltsames dort sähe. In dem Spiegel, der ihm am nächsten ist, sieht er sich von vorne. Von hinten in dem, der sich im Hintergrund befindet, und im Profil in den Spiegeln, die in den Ecken angebracht sind.

»Dieses Hexenweib! Es wird ihr bald passieren, daß man sie vierteilt, alte Sau, Füchsin!«

Pepe ist ein Mann, bei dem der Zorn rasch verraucht. Es genügt ihm, halblaut ein Sätzchen zu sagen, das ihm nie mit lauter Stimme über die Lippen gekommen wäre.

»Wucherin, Sauvieh! Mögest du doch bald am Hungertuch nagen!«

Pepe liebt es, sich kurz und bündig auszudrücken, wenn er schlechter Laune ist. Dann kommt er allmählich wieder auf andere Gedanken, und schließlich vergißt er die ganze Sache.

Zwei Knaben von vier oder fünf Jahren spielen zwischen den Tischen Eisenbahn, gelangweilt und ohne rechte Lust. Wenn sie nach hinten in den Raum laufen, ist einer die Lokomotive und der andere der Waggon. Wenn sie umdrehen, auf die Tür zu, wechseln sie. Niemand kümmert sich um sie, und sie fahren in ihrem Spiel fort, völlig unerschütterlich und ohne Begeisterung laufen sie schrecklich ernst hin und her. Es sind zwei pedantische, konsequente Kinder, die Eisenbahn spielen, obgleich sie sich tödlich langweilen. Sie haben sich nun einmal vorgenommen, sich zu vergnügen. Und um sich die Zeit zu vertreiben, haben sie sich vorgenommen, komme was wolle, den ganzen Nachmittag Eisenbahn zu spielen. Wenn's ihnen nicht gelingt, sich dabei zu unterhalten, welche Schuld trifft sie? Sie geben sich jedenfalls die größte Mühe.

Pepe sieht ihnen zu und sagt: »Ihr werdet stürzen!«

Obwohl Pepe schon ein halbes Jahrhundert in Kastilien lebt, spricht er ein aus dem Galicischen übersetztes Kastilisch.

Die Kinder antworten ihm: »Nein, Señor!« und spielen weiter Eisenbahn, ohne jeglichen Glauben an ihr Spiel, ohne Hoffnung und ohne Mitleid, so als erfüllten sie eine schwere Pflicht.

Doña Rosa geht in die Küche.

»Wieviel Gramm Schokolade hast du genommen, Gabriel?«

»Sechzig, Señora!«

»Was? Unerhört! Da sieht man's! Das ist nicht mehr zum Aushalten! Und dann von Grundlöhnen reden und die Heilige Jungfrau beschwören! Hab' ich dir nicht klar und deutlich gesagt, du sollst nicht mehr als fünfundvierzig nehmen? Mit euch kann man wohl nicht mehr spanisch sprechen. Ihr hört nicht einmal zu!«

Doña Rosa atmet tief, sie nimmt ihre Pflicht ernst. Sie schnauft wie eine Maschine, die keucht, weil sie viel zu schnell läuft. Ihr ganzer Körper zittert, und aus der Brust entringt sich ihr ein pfeifendes Geräusch.

»Und wenn er Don Pablo zu dünn ist, soll er mit seiner Alten hingehen, wo er Besseren kriegt! Das fehlt ja gerade noch! Hat man je so etwas gesehen? Was diese jämmerlichen Stockfische offenbar nicht wissen: wir haben Gott sei Dank mehr als genug Kunden. Hast du's kapiert? Wem's hier nicht gefällt, der kann gehen. Wir sind immer noch im Vorteil. Als wären sie vielleicht Könige! Seine Frau ist eine falsche Schlange, von der ich die Nase voll habe. Mehr als genug hab' ich von dieser Doña Pura!«

Gabriel warnt sie wie jeden Tag: »Man wird Sie hören, Señora!«

»Sollen sie mich ruhig hören, wenn sie wollen! Deshalb red' ich ja! Ich hab' nichts zu verbergen! Ich verstehe überhaupt nicht, wie dieser Schafskopf es wagen konnte, die Elvirita abzuschieben. Die ist ein Engel und hat nur dafür gelebt, ihm Freude zu machen. Wie ein Lamm erträgt sie die Schwindeleien dieser Doña Pura, der alten Giftschlange, die sich dann ins Fäustchen lacht. Na ja, meine selige Mutter sagte immer: Leb, um dich umzuschauen!«

Gabriel versucht, das Malheur wieder gutzumachen.

»Soll ich wieder was rausnehmen?«

»Du mußt selbst wissen, was ein anständiger Mann zu tun hat! Ein Mann, der seine fünf Sinne beieinander hat und kein Dieb ist! Wenn du nur willst, so weißt du ganz genau, was dir am besten nutzt!«

Padilla, der Zigarettenverkäufer, spricht mit einem neuen Gast, der ihm ein ganzes Paket Tabak abgekauft hat.

»Ist die immer so?«

»Ja, immer. Aber sie meint es nicht bös. Sie hat ein ziemlich heftiges Temperament, aber letztlich ist sie nicht weiter bös.«

»Aber sie hat den Kellner einen Dummkopf genannt!«

»Ach je, das macht doch nichts! Manchmal nennt sie uns Schwule und Kommunisten.«

Der neue Gast kann's nicht glauben, was er hört: »Und das lassen sie sich alle gefallen?«

»Ja, mein Herr. Wir bleiben ruhig.«

Der Gast zuckt die Achseln.

»Bitte, wie Sie wollen...«

Der Zigarettenverkäufer macht wieder seine Runde durchs Lokal.

Der Gast bleibt gedankenversunken zurück.

»Ich weiß nicht, wer verachtungswürdiger ist: diese schmierige, jämmerlich aussehende Seekuh oder diese Schar dummer Affen! Wenn die sie einmal angriffen und ihr eine Tracht Prügel verpaßten, käme die Frau vielleicht zur Vernunft. Aber – pah – die wagen's ja nicht! Innerlich schimpfen sie auf die Wirtin alle Tage. Aber nach außen hin... das haben wir ja vernommen. ›Dummkopf, mach Platz! Widerlicher Spitzbube!‹ Und sie sind entzückt. ›Ja, mein Herr, wir bleiben ruhig.‹ Das glaub' ich! Verdammt, diese Leute! So ist's recht...!«

Der Gast raucht weiter. Er heißt Mauricio Segovia und ist bei der Telephongesellschaft angestellt. Ich erzähle das, weil es sein kann, daß der Mann später wieder auftaucht. Er ist achtunddreißig oder vierzig Jahre alt, hat rotes Haar und das Gesicht voller Pickel. Er wohnt ziemlich weit weg vom Kaffeehaus, in Atocha. Ganz zufällig ist er in dieses Stadtviertel geraten. Er war hinter einem Mädchen her; aber ehe Mauricio sich entschlossen hatte, sie nicht anzusprechen, war sie um eine Ecke in der ersten Haustür verschwunden.

Segundo, der Schuhputzer, schreit durchs Lokal: »Señor Suárez, Señor Suárez!«

Señor Suárez ist auch kein Stammgast. Er steht von seinem Platz auf und geht ans Telephon. Er hinkt, aber nicht wegen eines Fußleidens, sondern aus der Hüfte heraus. Er trägt einen modischen Anzug aus hellem Stoff und einen Kneifer. Er sieht aus, als sei er in den Fünfzigern und vielleicht Zahnarzt oder Friseur. Wenn man ihn länger beobachtet, könnte ihn mancher auch für einen Vertreter für chemische Produkte halten. Señor Suárez hat ganz das Gebaren eines sehr beschäftigten Mannes, wie einer von denen, die gleichzeitig sagen: »Herr Ober! Einen Espresso; den Schuhputzer; ein Taxi!« Wenn diese überbeschäftigten Herren zum Friseur gehen, lassen sie sich gleichzeitig rasieren, die Haare schneiden, die Nägel maniküren, die Schuhe putzen und lesen dabei noch die Zeitung. Und manchmal, wenn sie sich von einem Freund verabscheiden, teilen sie ihm mit: »Um die und die Zeit bin ich im Café, dann sehe ich eben mal ins Büro rein. Gegen Abend muß ich kurz zu meinem Schwager. Die Telephonnummern stehen alle im Buch. Jetzt muß ich fort. Hab' noch eine Unmenge von Kleinigkeiten zu erledigen.« Solchen Männern merkt man sofort an, daß sie Herren, daß sie Auserwählte der Menschheit sind, gewohnt zu befehlen.

Herr Suárez spricht mit leiser Stimme ins Telephon, spricht mit einer hohen, einer dümmlichen Stimme, ein wenig affektiert.

Sein Jackett ist ihm etwas zu kurz und die Hosen sind etwas zu eng, wie bei einem Torero.

»Bist du's?«

– – –

»Du bist aber frecht! Du bist ein Schlingel!«

– – –

»Ja, ja... wie du willst!«

– – –

»Verstanden! Gut, sei unbesorgt, ich werde da sein.«

– – –

»Adieu, Liebling!«

– – –

»Hihi, was du nicht sagst! Wiedersehn, Süßer, ich hol' dich gleich ab!«

Señor Suárez kehrt zu seinem Tisch zurück. Er lächelt. Jetzt ist sein Hinken irgendwie zittrig, hüpfend. Er hinkt jetzt beinah lüstern, kokett, leichtsinnig. Er zahlt seinen Kaffee, verlangt nach einem Taxi. Und als es kommt, steht er auf und geht. Er trägt den Kopf hoch wie ein römischer Gladiator. Er geht strotzend vor Zufriedenheit, strahlend vor Glück davon.

Jemand folgt ihm mit den Augen, bis die Drehtür ihn verschluckt.

Ohne Zweifel gibt es Menschen, die mehr Aufmerksamkeit auf sich ziehen als andere. Man erkennt diese Sorte sofort. Sie tragen so etwas wie ein Sternchen auf der Stirn.

Die Wirtin macht eine halbe Drehung und geht zur Theke. Die vernickelte Kaffeemaschine sprudelt ohne Unterlaß Espresso in die Tassen, während die Registrierkasse, die altmodisch kupfern ist, andauernd klingelt.

Ein paar Kellner mit schlaffen Gesichtszügen, traurig und gelb, in übernächtigte Smokings gezwängt, stehen wartend herum, die Kante ihres Tabletts auf den Marmor gestützt, bis der Kassierer ihnen die bestellten Sachen und die goldenen oder silbernen Münzen des Wechselgelds aushändigt. Der Kassierer hängt den Hörer auf und verteilt, was bestellt wurde.

»Natürlich! Da wird wieder herumgequatscht! Als ob sonst nichts zu tun wäre!«

»Ich habe mehr Milch bestellen müssen, Señora.«

»So, mehr Milch! Wieviel Liter hat man heute früh gebracht?«

»Wie immer, Señora, sechzig.«

»Und das war nicht genug?«

»Nein. Es scheint nicht zu reichen.«

»Mein Sohn, wir sind doch schließlich keine Entbindungsstation! Wieviel hast du nachbestellt?«

»Zwanzig!«

»Bleibt da nicht zuviel übrig?«

»Glaub's nicht!«

»Was heißt: glaub's nicht? Schöne Schweinerei! Es hängt einem alles zum Hals heraus! Und wenn was übrigbleibt, was dann?«

»Nein, nein, da bleibt nichts übrig. Jedenfalls glaube ich das nicht.«

»Natürlich: glaube ich! Immer das gleiche! Glaube ich... das ist sehr einfach! Und wenn doch was übrigbleibt?«

»Nein. Sie werden schon sehen, es bleibt bestimmt nichts übrig. Schauen Sie doch selbst, wie voll das Café ist.«

»Klar, wie voll das Café ist! Das kann man leicht so sagen! Das ist, weil ich eine ehrliche Haut bin und immer was Gutes biete. Sonst könntest du sehen, wie sie alle wegbleiben. Schäbig sind sie ja doch allesamt!«

Die Kellner blicken zu Boden und versuchen, nicht aufzufallen.

»Und ihr da? Los, los, sputet euch! Da sind viel zuviel einzelne Kaffees auf den Tabletts. Wissen denn die Leute nicht, daß es Milchbrötchen gibt, Marzipanküchlein und Biskuits? Nein? – Klar, ich kann mir's denken! Ihr seid wahrhaftig in der Lage, nichts davon zu sagen! Ihr wünscht euch ja bloß, daß ich in den Ruin getrieben werde und auf der Straße Lose verkaufen muß... Aber da seid ihr schief gewickelt! Ich weiß genau, was hier gespielt wird! Mit wem ich am gleichen Strang ziehe! ... Das fehlte gerade noch! Los, los, bewegt die Beine und betet zur Heiligen Jungfrau, daß mir nicht der Zorn zu Kopf steigt.«

Wie von einem plötzlichen Regenguß verscheucht, marschieren die Kellner mit den vollen Tabletts von der Theke. Keiner von ihnen blickt Doña Rosa an; keiner verschwendet auch nur einen Gedanken an sie.

Die Männer stützen – wie wir schon erfahren haben – die Ellbogen auf die Tischplatte. Einer von ihnen birgt die bleiche Stirn in die Handflächen. Sein Blick ist traurig und bitter, sorgenvoll und zerquält sein Ausdruck. Er spricht mit dem Kellner. Er versucht, besonders süß zu lächeln, gleich einem verlassenen Kind, das in einem Haus am Weg um Wasser bittet. Der Kellner macht mit dem Kopf Zeichen zum Büfettier hin.

Luis, der Büfettier, tritt an die Wirtin heran.

»Señora, Pepe sagt, der Herr dort will nicht zahlen!«

»Na, dann soll Pepe sehen, wie er's schafft, dem die Kröten aus der Tasche zu ziehen! Das ist seine Sache! Sag ihm, wenn er das Geld nicht bekommt, muß er's aus seiner eigenen Tasche bezahlen. Soweit sind wir schon gekommen!«

Die Wirtin setzt sich die Brille zurecht und sieht sich um.

»Welcher ist's denn?«

»Der dort mit der Stahlbrille.«

»Puh, was für ein Typ! Das ist ja großartig! Und mit dem Gesicht! Hör mal, aufgrund welcher mathematischen Regel will der denn nicht zahlen?«

»Nun, er sagt, er habe sein Geld vergessen.«

»So, das hat gerade noch gefehlt! Hierzulande gibt's mehr als genug Gauner!«

Der Büfettier blickt Doña Rosa nicht an und spricht mit kaum hörbarer Stimme: »Er sagt, wenn er Geld hat, kommt er bezahlen.«

Die Worte, die Doña Rosa jetzt entfahren, klingen hart wie Metall. »Das sagen sie alle. Und für einen, der wiederkommt, gibt's hundert, die sich so davonmachen und sich später an nichts mehr erinnern wollen. Kommt gar nicht in Frage! Züchte Raben, und sie hacken dir die Augen aus! Sag Pepe, er wisse ja Bescheid. Ganz sanft auf die Straße und auf dem Bürgersteig noch zwei wohlgezielte Fußtritte! Was für eine Schweinerei! Es hängt einem wirklich zum Hals raus!«

Der Büfettier will schon gehen, als ihn Doña Rosa noch mal zurückruft.

»Und sag Pepe, er soll sich das Gesicht merken.«

»Jawohl, Señora!«

Doña Rosa beobachtet die Szene. Luis geht zu Pepe, seine Milchkännchen noch immer in der Hand, und flüstert ihm ins Ohr.

»Das ist alles, was sie gesagt hat! Ich für meinen Teil... Gott weiß es!«

Pepe nähert sich dem Gast, und der erhebt sich langsam. Es ist ein abgezehrtes Männchen, bleich, schwächlich und mit einer Brille aus billigem Metall auf der Nase. Seine Jacke ist fadenscheinig, die Hosenbeine ausgefranst. Er setzt sich einen weichen, dunkelgrauen Hut auf, dessen Rand voller Fettflecke ist. Unterm Arm trägt er ein Buch, in Zeitungspapier eingebunden.

»Wenn Sie wollen, lasse ich Ihnen das Buch als Pfand da!«

»Nein. Raus, auf die Straße! Reizen Sie mich nicht!«

Der Mann geht zur Tür, Pepe hintendrein. Beide verschwinden. Draußen ist es kalt, und die Leute eilen rasch vorbei. Die Zeitungsverkäufer schreien die Abendausgabe aus. Eine Straßenbahn fährt traurig, tragisch, ja beinah unheilvoll streitsüchtig die Calle de Fuencarral hinunter. Der Mann ist kein Irgendwer, kein x-beliebiger. Er ist kein ordinärer Mensch, kein Herdentier, kein gewöhnlicher Sterblicher. Er hat auf dem rechten Arm eine Tätowierung und eine Narbe in der Leistengegend. Er hat studiert und übersetzt aus dem Französischen. Mit Aufmerksamkeit hat er das Auf und Ab der intellektuellen und literarischen

Welt verfolgt, und es gibt ein paar Feuilletons der Zeitschrift *El Sol*, die er immer noch auswendig kann. Als junger Mann hat er eine Schweizer Braut gehabt und schrieb avantgardistische Gedichte, die man dem Ultraismo zuordnen konnte.

Der Schuhputzer Segundo Segura unterhält sich mit Don Leonardo.

Don Leonardo erklärt ihm: »Wir, die Meléndez, sind eine uralte Familie und mit den ältesten Adelsgeschlechtern Kastiliens verwandt. Wir sind ehemals Herren über viele Seelen und Ländereien gewesen. Und heute beinah *en la rue*, Sie sehen es ja selbst.«

Segundo Segura bewundert Don Leonardo. Daß ihm Don Leonardo seine Ersparnisse gestohlen hat, ist seltsamerweise etwas, das ihn nur erstaunt und noch anhänglicher gemacht hat.

Heute ist Don Leonardo sehr redselig. Der Schuhputzer nutzt das aus und wuselt um ihn herum wie ein Schoßhündchen. Es gibt jedoch Tage, wo er weniger Glück hat, wo ihn Don Leonardo wie Dreck behandelt. An solchen Unglückstagen nähert sich der Schuhputzer sehr unterwürfig, fragt demütig und leise: »Was befehlen Sie?«

Don Leonardo würdigt ihn keiner Antwort. Segundo Segura ficht das nicht an, er drängt: »Ein kalter Tag ist das heute!«

»Ja.«

Jetzt lächelt der Schuhputzer. Er ist glücklich. Und weil er sich verstanden fühlt, gäbe er am liebsten nochmals sechstausend Duros her.

»Soll ich Ihre Schuhe wichsen?«

Segundo kniet sich hin und Don Leonardo, der ihn meistens nicht einmal anschaut, setzt verdrießlich den Fuß auf den Blechtritt des Kastens.

Heute ist es anders. Heute ist Don Leonardo zufrieden. Offenbar scheint sich sein Projekt für die Gründung einer wichtigen Aktiengesellschaft verwirklichen zu wollen.

»In früheren Zeiten – *o mon dieu* –, wenn da einer von uns bei der Börse erschien, kaufte oder verkaufte niemand, ehe er nicht gesehen hatte, was wir taten!«

»Wirklich? Kaum zu glauben!«

Don Leonardo verzieht geringschätzig den Mund und fährt mit der Hand durch die Luft.

»Haben Sie vielleicht Zigarettenpapier für mich?« fragt er einen vom Nebentisch. »Ich möchte gern ein bißchen rauchen und hab' kein Papier bei mir.«

Der Schuhputzer Segundo Segura schweigt und tut, als sei er nicht vorhanden. Er weiß, was seine Pflicht ist.

Doña Rosa tritt an Elviras Tisch. Das Fräulein hat die Szene zwischen dem Kellner und dem Mann, der seinen Kaffee nicht hatte bezahlen können, genau beobachtet.

»Haben Sie das gesehen, Elvirita?«

Señorita Elvira zögert, ehe sie antwortet.

»Der arme Kerl! Vielleicht hat er den ganzen Tag nichts gegessen, Doña Rosa.«

»So, werden Sie auch romantisch? Damit ist niemandem gedient! Ich kann Ihnen schwören, keiner hat ein weicheres Herz als ich. Aber bei diesem Mißbrauch...«

Elvira weiß nicht, was sie sagen soll. Die Arme ist sehr sentimental. Sie ist nur Dirne geworden, weil sie nicht Hungers sterben wollte, jedenfalls nicht so schnell. Sie hat niemals etwas gelernt, und außerdem ist sie weder hübsch, noch hat sie gute Manieren. Als kleines Mädchen hat sie zu Hause nur Mißtrauen und Streit gesehen. Elvira stammt aus Burgos. Sie ist die Tochter eines fragwürdigen Kerls, der sich Fidel Hernández nannte. Fidel Hernández ermordete seine Frau Eudosia mit einer Schusterahle, und man verurteilte ihn zum Tode. Gregorio Mayoral vollstreckte die Hinrichtung durch das Halseisen im Jahre 1909. Zuletzt pflegte Fidel Hernández immer zu sagen: »Hätte ich sie bloß mit Schwefelsuppe vergiftet. Dann hätte sich nicht einmal Gott darum gekümmert.«

Elvira war elf oder zwölf Jahre alt, als sie Waise wurde und nach Villalón zog. Dort lebte sie bei ihrer Großmutter, die den Almosenkorb für den heiligen Antonius in der Kirche herumreichte. Die arme Alte lebte sehr kläglich. Und als man den Sohn hingerichtet hatte, schrumpfte sie völlig zusammen und starb bald darauf.

Die andern Mädchen des Dorfes hänselten Elvira, zeigten auf den Pranger und schrien: »An einen ähnlichen hat man deinen Vater gestellt, widerliches Ding du!«

Eines Tages, als es Elvira einfach nicht mehr aushalten konnte, verschwand sie aus dem Dorf mit einem Mann aus Asturien, der bei einem Fest gebrannte Mandeln verkauft hatte. Sie blieb zwei lange Jahre mit ihm zusammen. Er prügelte sie aber so, daß sie fast lahm wurde. Endlich – in Orense war es – schickte sie ihn zum Teufel und begab sich in die Lehre ins Freudenhaus der Pelona in der Calle del Villar. Dort lernte sie eine Tochter der Marraca kennen. Die Marraca war Holzsammlerin auf dem Stadtanger von Francelos bei Ribadiva. Sie hatte zwölf Töchter, alles Dirnen. Nun kam für Elvira eine Zeit von eitel Lust und Liebe, wenn man es so ausdrücken darf.

Jetzt ist sie etwas verbittert, aber nicht allzu sehr. Außerdem ist sie voller guter Vorsätze, und obschon sie sehr schüchtern ist, hat sie doch ihren Stolz.

Don Jaime Arce hat es satt, nichts zu tun, zur Decke zu blicken und an Albernheiten zu denken. Er hebt also den Kopf von der Stuhllehne und redet die schweigsame Dame mit dem toten Sohn an. Die Frau sitzt an ihrem Platz unter der Wendeltreppe, die zum Billardzimmer führt, und schaut zu, wie das Leben verrinnt.

Don Jaime erklärt: »Lügereien... schlecht organisiert... auch Fehler, ich leugne es nicht. Glauben Sie mir, nur das ist der Grund. Die Banken arbeiten schlecht, und die Advokaten mit ihrer Geschäftigkeit handeln vorschnell und stiften solchen Wirrwarr, daß niemand mehr etwas versteht...«

Don Jaime macht eine Bewegung allgemeiner Resignation.

»Nachher kommt's wie's kommen muß: Proteste, Durcheinander und schließlich Generalsäuberung!«

Don Jaime Arce spricht langsam, gewählt, mit gewisser Feierlichkeit. Er wahrt Haltung und ist darauf bedacht, seine Worte langsam fallenzulassen, als ob er genau beobachte, messe und wäge, welche Wirkung seine Rede wohl habe. Im Grunde ist er eigentlich ein ganz rechtschaffener Mensch. Die Dame mit dem toten Sohn macht dagegen den Eindruck einer Einfältigen, die nichts sagt. Sie hört zu und reißt die Augen merkwürdig auf, eher um nicht einzuschlafen, als um aufzupassen.

»Das ist eigentlich alles, Señora. Und der Rest, sage ich Ihnen, ist alles nur Lug und Trug.«

Don Jaime Arce ist ein Mann, der sich sehr gut auszudrücken versteht, wenn er auch mitten in einem schön geformten Satz plötzlich wenig feine Ausdrücke gebraucht, wie Dreckhaufen oder Scheiße und andere ähnlicher Art.

Die Dame schaut ihn an und sagt nichts. Sie beschränkt sich darauf, den Kopf etwas zu bewegen, vor und zurück; eine Bewegung, die nichts zu bedeuten hat.

»Und kein Wunder, jetzt heißt es in aller Munde: wenn das meine selige Mutter wüßte!«

Die Dame, die Witwe Sanz, Doña Isabel Montes, mußte an ihren verstorbenen Mann denken, als Don Jaime mit seinem: »sage ich Ihnen« anfing.

Als sie ihren verstorbenen Mann kennenlernte, war er dreiundzwanzig, sah gut aus, elegant, mit gewichstem Schnurrbart und aufrechter Haltung. Eine Welle von Glückseligkeit zieht etwas konfus durch ihren Kopf. Doña Isabel lächelt eine halbe Sekunde lang. Dann erinnert sie sich des armen Paquito, an den Gesichtsausdruck eines Schwachsinnigen, den er durch die Meningitis bekommen hatte. Und sie wird sofort wieder traurig, besonders tieftraurig.

Don Jaime Arce hat die Augen verdreht, um dem Satz: »wenn das meine selige Mutter wüßte« mehr Gewicht zu verleihen. Als er wieder richtig geradeaus sehen kann, richtet er seine Aufmerksamkeit auf Doña Isabel und fragt diensteifrig: »Fühlen Sie sich nicht wohl, Señora? Sie sind so bleich.«

»Nein, es ist nichts, vielen Dank. Man hat manchmal so dumme Gedanken.«

Don Pablo muß fast gegen seinen Willen immer verstohlen nach Señorita Elvira blicken. Obwohl alles zwischen ihnen aus ist, kann er doch die Zeit nicht vergessen, die sie zusammen verbracht haben. Genau betrachtet, war Elvirita gut, fügsam, gefällig. Nach außen hin tat Don Pablo so, als verachte er sie, und nannte sie Dreckstück und Straßendirne. In seinem Herzen aber sah es ganz anders aus. Wenn Don Pablo seinen Gefühlen nachgab, dann dachte er: »Das ist nicht Erotik, das sind Herzensangelegenheiten.«

Danach vergaß er sie aber wieder und hätte sie seelenruhig verhungern oder an Aussatz zugrunde gehen lassen.

So war Don Pablo.

»Hör mal, Luis, was war mit dem jungen Mann da eben los?«

»Nichts weiter, Don Pablo. Er hatte keine Lust, den Kaffee zu bezahlen, den er getrunken hatte.«

»Hättest du mir sagen können, Menschenskind! Schien ein guter Kerl zu sein.«

»Trauen Sie denen nicht! Es gibt so viele Tagediebe und Gauner.«

Doña Pura, Don Pablos Frau, sagt: »Klar gibt's viele Tagediebe und Gauner, wahrhaftig! Wenn man sie nur immer gleich erkennen könnte! Warum arbeiten nicht alle, wie Gott es geboten hat? Nicht wahr, Luis?«

»Richtig, Señora.«

»Na also. Dann gäb's keine Zweifel. Wer arbeitet, kann Kaffee trinken und sogar ein Milchbrötchen dazu essen, wenn er Lust hat. Wer nicht arbeitet, ja sehen Sie, wer nicht arbeitet, hat auch kein Mitleid verdient. Wir andern leben auch nicht von der Luft.«

Doña Pura ist mit ihrer Rede sehr zufrieden. Sie ist ihr wirklich gut gelungen.

Don Pablo dreht wieder den Kopf nach der Frau, die wegen der Katze so erschrocken war.

»Auf solche Typen, die ihren Kaffee nicht zahlen, muß man ein Auge haben, muß man aufpassen. Man weiß nie, mit wem man's zu tun hat. Unter denen, die man auf die Straße setzen muß, kann ebensogut mal ein Genie sein wie Cervantes oder Isaac Peral; möglicherweise ist's aber nur ein schlauer Frechdachs. Ich hätte ihm den Kaffee gern bezahlt. Was macht mir schon ein Kaffee mehr oder weniger aus?«

»Natürlich.«

Don Pablo lächelt wie einer, der plötzlich festgestellt hat, daß nur er allein immer recht hat.

»So was gibt's nicht bei den vernunftlosen Kreaturen. Das unvernünftige Vieh ist viel besser als wir und betrügt nie jemand. Ein edles Kätzchen wie dies hier, das solchen Schrecken einjagen konnte, ist ein Geschöpf Gottes, das nichts anderes will, als spielen, nur spielen.«

Auf Don Pablos Gesicht breitet sich ein seliges Lächeln aus. Wenn man ihm die Brust öffnen könnte, so würde man darin ein Herz finden, schwarz und klebrig wie Pech.

Pepe betritt nach wenigen Minuten wieder das Lokal. Die Wirtin hat die Hände in die Schürzentaschen gesteckt, Brust heraus und Beine gespreizt. Sie ruft den Kellner mit schroffer, brüchiger Stimme. Mit einer Stimme, die schnarrt wie eine kaputte Hausglocke.

»Komm her!«

Pepe traut sich nicht, sie anzusehen.

»Was wünschen Sie?«

»Hast du ihm eins versetzt?«

»Ja, Señora.«

»Wieviel hast du ihm gegeben?«

»Zwei.«

Die Wirtin schlägt die Äugelchen unter den Brillengläsern auf, nimmt die Hände aus den Taschen und streicht sich über das Gesicht, dort, wo die Bartstoppeln hervorsprießen, die nur schlecht durch den Reispuder verdeckt sind.

»Wohin hast du's ihm gegeben?«

»Wo ich hintraf. An die Beine.«

»Gut! So lernt er, ehrlichen Leuten nicht das Geld zu stehlen.«

Doña Rosa hat ihre fetten Hände über dem Bauch gefaltet, der prall wie ein Ölschlauch ist. Doña Rosa ist die personifizierte Rache des Gutgenährten am Hungerleider.

»Unverschämte Kerle! Diese Hunde!«

Ihre Wurstfinger werfen funkelnd, beinahe geil, das Glitzern des Lampenlichts zurück.

Pepe läßt demütigen Blickes die Wirtin stehen. Sein Gewissen ist ruhig, wenn er es auch eben nicht merkt.

Don José Rodríguez de Madrid unterhält sich mit zwei Freunden, die eine Partie Dame spielen.

»Sehen Sie, acht Duros, acht lumpige Duros! Und die Leute reden ewig davon!«

Einer der Spieler lächelt ihm zu.

»Ein Stein ist weniger wert, Don José!«

»Bah, nicht viel weniger! Wohin kommt man schon mit acht Duros!«

»Mensch, allerdings, mit acht Duros kann man wenig anfangen, das ist wahr. Aber schließlich, wie ich immer sage, fürs Haus ist alles noch gut genug, nur eine Ohrfeige nicht.«

»Ja, das stimmt auch wieder. Schließlich und endlich hab' ich sie ja sehr bequem verdient.«

Der Geiger, der hinausgeworfen worden war, weil er Don José widersprochen hatte, kam mit acht Duros acht Tage aus. Er aß wenig und schlecht und rauchte nur geschenkte Zigaretten. Aber er verstand es, mit den acht Duros eine ganze Woche auszukommen. Und sicherlich gibt es andere, die mit noch weniger auskommen müssen.

Señorita Elvira ruft nach dem Zigarettenverkäufer.

»Padilla!«

»Gleich, Señorita Elvira.«

»Gib mir zwei Triton-Zigaretten. Ich zahl' sie morgen.«

»Gut.«

Padilla holt zwei Tritons hervor und legt sie Señorita Elvira auf die Tischplatte.

»Eine ist für später, weißt du, für nach dem Essen.«

»Ist gut. Sie wissen ja, daß Sie hier Kredit haben.«

Der Zigarettenverkäufer lächelt galant. Señorita Elvira lächelt zurück.

»Hör mal, willst du Macario etwas ausrichten?«

»Ja.«

»Sag ihm, er soll mir den Gefallen tun und *Luisa Fernanda* spielen.«

Der Zigarettenverkäufer geht mit schleppenden Schritten zum Podium der Musiker.

Ein Herr, der schon seit einer Weile Elvira zugezwinkert hat, hat sich endlich entschlossen, das Eis zu brechen.

»Hübsch, die Zarzuelas, nicht wahr, Señorita?«

Señorita Elvira pflichtet mit einer Grimasse bei. Der Herr läßt sich nicht entmutigen. Er deutet sich die Grimasse als ein Zeichen der Sympathie.

»Und sehr sentimental, nicht?«

Señorita Elvira verdreht die Augen. Der Herr schöpft neuen Mut.

»Gehen Sie gern ins Theater?«

»Wenn's gut ist.«

Der Herr lächelt wie über einen ausgezeichneten Witz. Er räuspert sich, bietet Señorita Elvira Feuer an und fährt fort: »Klar, natürlich. Und Kino? Mögen Sie das Kino?«

»Manchmal.«

Der Herr strengt sich ungeheuer an, so daß ihm die Ohren heiß werden.

»Diese dunklen Kinos, he? Wie wär's?«

Señorita Elvira gibt sich würdevoll und mißtrauisch.

»Ich gehe nur ins Kino, um mir die Filme anzusehen!«

Der Herr reagiert entsprechend: »Klar, ich auch. Ich meine ja nur die jungen Leute, diese Pärchen natürlich. Wir sind ja schließlich alle mal jung gewesen. Hören Sie mal, Señorita. Ich merke, daß Sie rauchen. Ich finde das ganz richtig, daß die Frauen rauchen, wirklich ausgezeichnet. Schließlich, was soll daran Schlimmes sein? Es ist immer das Beste, wenn jeder sein Leben lebt, wie er mag, finden Sie nicht auch? Ich sag' das, damit Sie mir erlauben... Ich muß leider gehen, ich hab' es sehr eilig. Wir treffen uns ein anderes Mal, um uns zu unterhalten. Wenn

Sie mir also erlauben, ich würde Ihnen sehr gern... also, ich würde Ihnen sehr gern eine Schachtel Triton-Zigaretten schenken.«

Der Herr redet überstürzt, wie gejagt. Señorita Elvira begegnet ihm mit einer gewissen Verachtung, mit dem Gehabe eines Menschen, der das Heft in der Hand hat.

»Na gut, warum nicht? Wenn Sie unbedingt wollen.«

Der Herr ruft nach dem Zigarettenjungen, kauft eine Schachtel, überreicht sie mit seinem schönsten Lächeln Señorita Elvira, zieht den Mantel an, setzt den Hut auf und geht. Vorher sagt er noch zu ihr: »Also, Señorita, es hat mich sehr gefreut. Leoncio Maestre, zu Ihren Diensten. Wie ich schon sagte, wir sehen uns an einem anderen Tag. Vielleicht werden wir noch gute Freunde.«

Die Wirtin ruft den Kassierer. Der Kassierer heißt López, Consorcio López, und stammt aus Tomelloso in der Provinz Ciudad Real. Tomelloso ist eine große und schöne Ortschaft und sehr wohlhabend. López ist ein junger, gutaussehender Mann und sauber dazu. Er hat große Hände und eine hohe Stirn. Er ist ein Luftikus, und die schlechten Launen von Doña Rosa gehen ihm zum einen Ohr rein und zum anderen wieder raus.

Er pflegt zu sagen: »Diese Person läßt man am besten reden. Sie hört schon von allein wieder auf.«

Consorcio López ist ein praktischer Philosoph. Und in der Tat, seine Philosophie zeitigt gute Resultate. Er war in Tomelloso gewesen, kurz bevor er nach Madrid kam, vor zehn oder zwölf Jahren. Er hatte einer Freundin Zwillinge gemacht, wollte sie aber nicht heiraten.

Da sagte der Bruder seiner Verlobten zu ihm: »Du heiratest Marujita, oder ich schneid' dir's ab, wo immer ich dich treffe!«

Consorcio wollte nicht heiraten, wollte aber auch kein Kapaun werden.

Er nahm also den erstbesten Zug und fuhr nach Madrid. Offenbar vergaß man die ganze Sache daheim, denn niemand belästigte ihn mehr. Consorcio trug in seiner Brieftasche stets zwei Fotos von den kleinen Zwillingen mit sich herum. Auf einem Bild waren sie erst ein paar Monate alt und saßen nackt auf einem Kissen, und das andere war von der ersten Kommunion. Das zweite Bild hatte ihm seine frühere Braut geschickt, Maruja Ranero, jetzt Señora Gutiérrez.

Wie wir schon sagten, rief Doña Rosa also nach dem Kassierer: »López!«

»Ich komme, Señora!«

»Wie steht's mit dem Wermut?«

»Ist noch genug da.«

»Und mit dem Anisschnaps?«

»Soso, einige Marken sind aus.«

»Na, dann sollen die Leute was anderes trinken. Ich habe jetzt keine Lust, Ausgaben zu machen. Es geht einfach nicht. Man muß sich eben anpassen! Sag mal, hast du das Zeug gekauft?«

»Was? Den Zucker? Ja, morgen wird er gebracht.«

»Zu vierzehn fünfzig, hoffentlich?«

»Ja, sie wollten fünfzehn. Aber wir sind schließlich so verblieben, daß sie die zwei Reales wegen der Engros-Bestellung nachgelassen haben!«

»Gut, du weißt ja: Beutel zuhalten, und dann kann selbst der Herrgott lange bitten! Verstanden?«

»Jawohl, Señora.«

Der dichtende Jüngling sitzt da mit dem Bleistift im Mund und stiert zur Decke. Er ist ein Poet, der Verse nach einem vorher gefaßten Plan macht. Die Idee hat er heute schon gehabt, nun fehlen ihm die Reime. Einige stehen schon auf dem Papier. Jetzt braucht er ein Wort, das sich auf *Fluß* reimt; nicht *muß* und nicht *Kuß*. Vielleicht *Verdruß* oder *Genuß* fällt ihm gerade ein.

»Es umschließt mich eine lächerliche Insektenhülle, die Muschel des Alltagsmenschen... Das Mädchen mit den blauen Augen... Ich jedoch möchte stark sein, ungeheuer stark... Mit blauen, mit schönen Augen... oh, das Werk tötet den Menschen, und der Mensch tötet das Werk... Die mit den blonden Haaren... sterben! Immer wieder sterben. Und ein schmales Bändchen Gedichte hinterlassen... Wie schön, wie schön ist sie...«

Der junge Poet ist sehr blaß, sehr weiß im Gesicht. Auf den Wangen zeichnen sich zwei kleine rote Flecken ab.

»Das Mädchen mit den blauen Augen... Fluß – Fluß – Fluß.

Mit blauen und schönen Augen... Fluß – Fluß – Kuß... Fluß – Kuß. Die mit den blonden Haaren... Genuß... Wie nah winkt mir Genuß... Das Mädchen mit den blauen Augen... Mit Schmerzen träum' ich vom Genuß... Mit schönen und blauen Augen... Das Ziel ist nah, oh, welch Genuß! Das Mädchen mit den blauen Augen... Und immer naht mir doch Verdruß... Das Mädchen mit den blauen Augen. Was für Augen hat denn das Mädchen?... In ihren Augen spiegelt mein Genuß... Das Mädchen... Hat es Augen, das Mädchen?... Ta tata ta ta.«

Der Jüngling merkt plötzlich, daß sich das Kaffeehaus vor seinen Augen dreht.

»Ein Kuß dem Ewigen im Genuß... Das ist wundervoll!«

Er schwankt wie ein seekrankes Kind und spürt, daß eine Hitzewelle ihm in die Stirn steigt.

»Ich fühle mich etwas... vielleicht meine Mutter... ja, Genuß, Genuß... Ein Mann schwebt über einer nackten Frau... welch ein Schluß... Nein, Schluß, nicht! Und dann werde ich sagen: Niemals... Die Welt, die Welt! Ja, wunderbar, sehr gut...«

An einem Tisch, ganz hinten, sitzen zwei Rentnerinnen, aufgedonnert wie Sofapuppen, und reden über die Musiker.

»Der ist wirklich ein echter Künstler! Es ist für mich ein Vergnügen, ihm zuzuhören. Schon mein verstorbener Ramón, der in Frieden ruhen möge, sagte immer: ›Beachte nur, Mathilde, wie er die Violine ans Kinn hebt!‹ So ist das Leben, wenn dieser Bursche Gönner hätte, könnte er es weit bringen.«

Doña Mathilde dreht die Augen gen Himmel. Sie ist fett, schmuddelig und anmaßend. Sie riecht schlecht und hat einen enorm dicken Bauch voll von Wasser.

»Er ist ein echter Künstler, ein ganz großer.«

»Ja, das stimmt! Ich freue mich den ganzen Tag auf diese Stunde. Der ist wirklich ein Künstler, das glaub' ich auch. Wenn er den Walzer aus der *Lustigen Witwe* spielt, dann komme ich mir vor wie ein anderer Mensch.«

Doña Asunción hat den nachgiebigen Ausdruck eines Schafes.

»Nicht wahr, das ist eine ganz andere Musik? Viel schöner, viel gefühlvoller...«

Doña Mathilde hat einen Sohn, der ist Imitator von Filmstars und lebt in Valencia.

Doña Asunción hat zwei Töchter. Eine ist mit einem Subalternbeamten im Ministerium für öffentliche Arbeiten verheiratet. Er heißt Miguel Contreras und liebt den Wein sehr. Die andere Tochter ist unverheiratet, ein etwas leichtlebiges Mädchen, das mit einem Professor in Bilbao zusammenlebt.

Der Geldverleiher wischt dem kleinen Jungen den Mund mit einem Taschentuch ab. Der Geldverleiher hat leuchtende, freundliche Augen, und obwohl er nicht sehr gepflegt ist, macht er doch den Eindruck eines vornehmen Herrn. Der Junge hat zwei große Tassen Milchkaffee getrunken, zwei Milchbrötchen gegessen und geniert sich nun etwas.

Don Trinidad García Sobrino denkt an nichts und bewegt sich nicht. Er ist ein friedfertiger Mensch, ein ordentlicher Mann, ein Mann, der in Frieden leben will. Sein Enkel sieht aus wie ein magerer Zigeunerknabe mit aufgedunsenem Bauch. Er hat eine gestrickte Mütze auf und trägt eine gestrickte Gamaschenhose. Er ist ein außerordentlich warm angezogenes Kind.

»Fehlt Ihnen etwas, junger Mann? Fühlen Sie sich nicht wohl?«

Der junge Dichter antwortet nicht. Seine Augen sind weit aufgerissen und starr. Er scheint die Sprache verloren zu haben. Eine Haarsträhne fällt ihm in die Stirn.

Don Trinidad setzt das Kind aufs Sofa und packt den Dichter bei den Schultern.

»Sind Sie krank?«

Einige Köpfe drehen sich nach ihnen um. Der Poet lächelt blöde, schwerfällig.

»Bitte helfen Sie mir, ihn aufzurichten, es ist ihm offenbar schlecht geworden.«

Die Füße des Dichters rutschen weg, und sein Körper gleitet unter den Tisch.

»Helfen Sie mir doch! Ich kann nicht allein mit ihm fertig werden!«

Die Leute erheben sich. Doña Rosa sieht von der Theke aus zu.

»Auch ein Vergnügen, sich immer gleich aufzuregen…«

Der junge Mann stößt mit der Stirn hart an, als er unter den Tisch rutscht.

»Wir wollen ihn auf die Toilette bringen. Es ist wohl ein Ohnmachtsanfall.«

Don Trinidad und einige Gäste schleppen den Dichter in die Toilette, damit er sich dort erhole. Währenddessen unterhält sich der Enkel damit, die Krumen der Brötchen aufzupicken, dic auf dem Tisch zurückgcblieben sind.

»Der Geruch von Desinfektionsmittel wird ihn wieder munter machen. Es ist wohl ein Ohnmachtsanfall.«

Der Dichter sitzt auf dem Klosettdeckel, lehnt den Kopf an die Wand und lächelt selig vor sich hin. Er kann nicht klar denken, aber er fühlt sich glücklich.

Don Trinidad kehrt an seinen Tisch zurück.

»Geht's ihm wieder besser?«

»Ja, es war nichts weiter, ein kleiner Ohnmachtsanfall.«

Señorita gibt dem Zigarettenverkäufer die zwei Tritons zurück.

»Und die da ist noch für dich.«

»Dankeschön. Sie haben wohl Glück gehabt?«

»Pah, das nicht gerade…«

Padilla hatte einmal einen Verehrer von Señorita Elvira Hurenschatz genannt, und Señorita Elvira hatte ihm das sehr übelgenommen. Seither ist der Zigarettenverkäufer sehr höflich.

Don Leoncio Maestre wäre beinahe von einer Straßenbahn überfahren worden.

»Esel!«

»Der Esel sind Sie, Unglücksmensch! An was denken Sie eigentlich?« Don Leoncio Maestre denkt an Elvirita.

»Sie ist hübsch, sie ist sehr hübsch. Ganz sicher! Und sie scheint ein ordentliches Mädchen zu sein. Nein, ein Straßenmädel ist sie nicht, das merkt man gleich. Jedes Leben ist wie ein Roman. Sie könnte ein Mädchen aus guter Familie sein, das sich mit den Ihrigen überworfen hat, und jetzt arbeitet sie in irgendeinem Büro, vielleicht bei der Gewerkschaft. Sie hat einen so zarten, traurigen Ausdruck. Wahrscheinlich braucht sie viel Zärtlichkeit und müßte sehr verhätschelt und nachsichtig behandelt werden.«

Don Leoncio Maestre pocht das Herz im Leibe.

»Morgen geh' ich wieder hin. Ja, ganz bestimmt! Wenn sie da ist, nehm' ich es als gutes Zeichen. Und wenn nicht... Wenn sie nicht da ist, geh' ich sie eben suchen.«

Don Leoncio Maestre klappt seinen Mantelkragen hoch und macht zwei kleine Luftsprünge.

»Elvira, Señorita Elvira! Das ist ein hübscher Name. Ich glaube, die Schachtel Triton hat ihr Spaß gemacht. Jedes Mal, wenn sie nun eine Zigarette raucht, wird sie sich an mich erinnern. Morgen werde ich ihr meinen Namen wiederholen: Leoncio, Leoncio, Leoncio. Vielleicht gibt sie mir einen zärtlicheren Namen, irgendeine Abkürzung von Leoncio: Leo, Oncio, Oncete. Jetzt hab' ich Lust, einen Schnaps zu trinken.«

Don Leoncio Maestre stürzt in eine Bar und trinkt an der Theke einen Schnaps. Neben ihm auf dem Barhocker sitzt ein Mädchen und lächelt ihn an. Don Leoncio dreht ihr den Rücken zu. Dieses Lächeln zu erwidern wäre ihm wie ein Verrat an Elvirita vorgekommen.

»Nein, nicht Elvirita. Elvira. Das ist ein einfacher Name, ein sehr schöner Name.«

Das Mädchen auf dem Hocker lehnt sich an ihn: »Können Sie mir Feuer geben, Sie ernsthafter Knabe?«

Don Leoncio gibt ihr Feuer mit zitternden Händen. Er zahlt seinen Zuckerrohrschnaps und geht eiligst auf die Straße.

»Elvira... Elvira...«

Ehe Doña Rosa aufhört, sich mit dem Kassierer zu beschäftigen, fragt sie ihn noch: »Hast du den Musikern ihren Kaffee gegeben?«

»Nein.«

»Los, dann gib ihnen schleunigst welchen. Die scheinen ja schon schlappzumachen, ewige Faulenzer die!«

Oben auf dem Podium dudeln die Musiker die letzten Takte eines Stückes aus *Luisa Fernanda*, ein besonders schönes Stück, das so anfängt:

In den Eichenwäldern
meiner Heimat Estremadura
hab' ich ein Häuschen
weiß und still...

Vorher hatte die Kapelle ein *Moment musical* gespielt, und davor aus *Die mit dem Rosenstrauß* die Romanze *Schöne Madriderin, gleich einer Verbene*.

Doña Rosa geht zu den Musikern.

»Ich hab' angeordnet, daß man euch den Kaffee bringt, Macario.«

»Vielen Dank, Doña Rosa.«

»Oh, bitte, keine Ursache! Sie wissen ja, was versprochen ist, das gilt. Ich habe nur einmal mein Wort zu vergeben.«

»Ich weiß, Doña Rosa.«

»Na also!«

Der Geiger hat die großen und hervorquellenden Augen eines gelangweilten Ochsen. Er schaut Doña Rosa an, während er sich eine Zigarette dreht. Er verzieht den Mund beinahe verächtlich, und seine Hand zittert.

»Ihnen wird man auch einen bringen, Seoane.«

»Gut.«

»Na, hören Sie mal, mein Bester. Sind Sie nicht ein wenig zu kurz angebunden?«

Macario mischt sich ein, um einen Streit zu verhindern.

»Er hat Magenweh, Doña Rosa.«

»Das ist noch lange kein Grund, so unhöflich zu sein, denk' ich. Ein Dreck ist die Erziehung von heute. Wenn man was an ihnen auszusetzen hat, kriegen sie einen Wutanfall. Wenn sie zufrieden sein sollten, weil man ihnen was Gutes antut, dann sagen sie einfach nur: gut, als ob sie Grafen wären. Zum Kuckuck noch einmal!«

Seoane schweigt, während sein Kamerad Doña Rosa ein freundliches Gesicht zeigt. Später erkundigt er sich bei einem Herrn, der am nächsten Tisch sitzt: »Und der junge Mann?«

»Der erholt sich auf dem Klosett. Es war nicht weiter schlimm.«

Vega, der Drucker, reicht seine Tabakdose dem Schöntuer vom Nebentisch. »Los, drehen Sie sich einen Glimmstengel! Lehnen Sie's nicht ab. Mir ging's mal schlechter als Ihnen jetzt. Und wissen Sie, was ich da gemacht habe? Nun, ich fing an zu arbeiten!«

Der vom Nebentisch lächelt wie ein Schüler mit schlechtem Gewissen vor dem Lehrer, wobei das schlimmste war, daß er nicht einmal wußte, warum er ein schlechtes Gewissen hatte.

»Wie verdienstvoll!«

»Klar, Mensch, klar! Arbeiten und an nichts anderes denken! Jetzt – das sehen Sie ja – fehlt's mir niemals an einer Zigarre und an einem Gläschen, keinen Nachmittag!«

Der andere macht eine Bewegung mit dem Kopf; eine Bewegung, die nichts bedeutet.

»Und wenn ich Ihnen sage, daß ich gern arbeiten würde und nur nicht weiß, was?«

»Na, hören Sie mal! Zum Arbeiten braucht man nur Lust zu haben. Sind Sie wirklich sicher, daß Sie Lust haben?«

»Mann, allerdings!«

»Und warum schleppen Sie nicht Koffer am Bahnhof?«

»Das hielte ich nicht aus. Nach drei Tagen wäre ich erledigt. Ich habe nämlich das Abitur.«

»Und was nützt Ihnen das?«

»Nun, in Wahrheit sehr wenig.«

»Was Ihnen, mein lieber Freund, passiert, passiert vielen, die gern mit gefalteten Händen im Café herumhocken. Und zu guter Letzt werden sie ohnmächtig wie dieser Vornehmtuer, den man dort hineingeschafft hat.«

Der Abiturient gibt ihm die Tabakdose zurück und widerspricht nicht.

»Vielen Dank!«

»Keine Ursache! Haben Sie wirklich das Abitur?«

»Ja, mein Herr, nach dem Studienplan von 1903.«

»Na, dann will ich Ihnen eine Chance geben, damit Sie nicht im Armenhaus enden oder an den Kasernen Schlange stehen müssen, um Essen zu fassen. Wollen Sie wirklich arbeiten?«

»Ja, Señor, das hab' ich doch schon gesagt.«

»Dann kommen Sie morgen zu mir. Hier ist meine Karte. Kommen Sie am Vormittag, vor zwölf, vielleicht um halb zwölf. Wenn Sie wollen und etwas davon verstehen, können Sie bei mir Korrekturen lesen. Heute morgen mußte ich den, der das bisher besorgte, hinausschmeißen. Er war ein Herumtreiber, einer, der nichts konnte.«

Señorita Elvira beobachtet verstohlen Don Pablo. Don Pablo erklärt einem Grünschnabel am Nebentisch:

»Natron ist ausgezeichnet. Es schadet nicht. Aber die Ärzte verordnen es nie, weil niemand wegen ein bißchen Natron zum Arzt gehen würde.«

Der junge Mann stimmt zerstreut zu und schaut nach Elviras Knien unter dem Tisch.

»Schauen Sie nicht immer dorthin! Machen Sie sich nicht lächerlich! Ich sag's Ihnen, lassen Sie die bloß in Ruh'!«

Doña Pura, Don Pablos Frau, unterhält sich mit einer Freundin, die fett und mit Schmuck überladen ist. Sie stochert mit einem Zahnstocher in den goldenen Zähnen herum.

»Bis zum Überdruß hab' ich das ja wiederholt! Solange es Männer und Frauen auf der Welt gibt, wird's immer Unruhe geben. Der Mann ist ganz Feuer und die Frau ist das Werg dazu. Und natürlich, dann ist's geschehen! Was ich Ihnen erzählt habe von der Plattform der Straßenbahn der Linie 49, ist die reine Wahrheit. Ich möchte wissen, wo das hinführen soll.«

Die dicke Dame zerknickt gedankenlos den Zahnstocher zwischen den Fingern.

»Ja, mir scheint's auch so, als ob es gar keinen Anstand mehr gäbe. Das kommt von den Badeanstalten. Wir waren früher anders. Jetzt stellt man Ihnen irgendein junges Mädchen vor, man gibt ihr die Hand und wird den lieben langen Tag die Sorge nicht mehr los. Und unter Umständen holt man sich noch was, was man nicht hatte! Nicht wahr? Wo kann die ihre Hand nicht gehabt haben?«

»Wahrhaftig.«

»Und die Kinos, die haben meiner Ansicht nach auch viel Schuld daran. Daß dort alle Welt zusammenhockt, so ganz im Finstern, daraus kann nichts Gutes kommen!«

»Wissen Sie, was ich glaube, Doña Maria? Man muß wieder mehr auf die Moral achten. Sonst sind wir alle verloren.«

Doña Rosa knüpft das Gespräch wieder an.

»Und außerdem, wenn Ihnen der Magen weh tut, warum bitten Sie mich nicht um etwas Natron? Wann habe ich Ihnen je Natron verweigert? Man meint wirklich, Sie könnten nicht reden!«

Doña Rosa dreht sich um. Ihre kreischende, unangenehme Stimme übertönt jedes Gespräch im Café.

»López, López! Schicken Sie mal etwas Natron her für den Geiger!«

Der Büfettier läßt das Geschirr auf dem Tisch stehen und bringt einen Teller, auf dem ein halbvolles Glas Wasser ist, ein Teelöffel und eine Zuckerdose aus Alpakasilber, in der das Natron aufbewahrt wird.

»Gibt's keine Tabletts mehr?«

»Señor López hat's mir so gegeben, Señora.«

»Na gut, stell's dahin und schieb ab.«

Der Büfettier baut alles auf dem Klavier auf und geht wieder.

Seoane füllt den Löffel mit dem Pülverchen, biegt den Kopf zurück, macht den Mund auf... und hinein. Er kaut das Natron, als ob es Nüsse seien, und nachher trinkt er einen kleinen Schluck Wasser.

»Vielen Dank, Doña Rosa.«

»Na, sehen Sie, Mann, wie wenig Mühe es kostet, höflich zu sein? Ihnen tut der Magen weh; ich lasse Natron kommen, und alle sind wieder gut Freund. Wir sind hier, um uns gegenseitig zu helfen. Der Fehler ist nur, daß die meisten nicht wollen. So ist das Leben!«

Die kleinen Jungen, die Eisenbahn gespielt hatten, hören plötzlich damit auf. Ein Herr erklärt ihnen, man müsse sich besser benehmen und mehr Anstand zeigen. Die Buben, die nicht wissen, wohin mit den Händen, schauen ihn neugierig an. Der ältere, der Bernabé heißt, denkt dabei an ein Nachbarskind, das ungefähr in seinem Alter ist und Chús heißt. Der andere, der kleinere, Paquito, denkt, daß der Herr schlecht aus dem Mund riecht.

»Der riecht nach verfaultem Gummi.«

Bernabé muß lachen, wenn er daran denkt, was dem Chús Lustiges mit seiner Tante passiert ist.

»Chús, du bist ein Schwein! Du behältst deine Unterhosen so lange an, bis sie ganz vollgeschissen sind. Schämst du dich nicht?«

Bernabé hält das Lachen zurück. Der Herr könnte sonst wütend werden.

»Nein, Tante, ich schäm' mich nicht. Papa scheißt sie auch voll!«

Es war zum Totlachen gewesen.

Paquito grübelt.

»Stimmt nicht. Der Herr riecht nicht nach verfaultem Gummi aus dem Mund. Sondern nach Kohl und Schweißfüßen. Wenn ich der Sohn dieses Herrn wäre, würd' ich mir die Nase mit Wachs zustopfen. Dann würde ich wie meine Kusine Emilita reden: qua-qua. Die muß am Hals operiert werden. Mama sagt, wenn sie am Hals operiert wird, dann verliert sie dies blöde Gesicht, und wird nicht mehr mit offenem Mund schlafen. Vielleicht stirbt sie auch, wenn sie operiert wird. Dann tut man sie in einen weißen Sarg, denn sie hat noch keinen Busen und trägt noch keine Stöckelschuhe.«

Die zwei Rentnerinnen lehnen sich im Sofa zurück und beobachten Doña Pura. Wie herrenlose Luftballons schweben die Meinungen dieser beiden Klatschbasen noch durch die Luft.

»Wie kann's bloß solche Frauen geben! Die sieht ja aus wie eine Kröte! Und tut den lieben langen Tag nichts anderes als über die Leute herziehen. Und sie merkt gar nicht, daß ihr Mann sie nur erträgt, weil ihr noch etwas Geld geblieben ist. Dieser sogenannte Don Pablo ist ein windiger Kerl, vor dem man sich in acht nehmen muß. Wenn der eine anschaut, ist es, als ob er sie gleich nackt auszöge.«

»Hihihi.«

»Und die andere da, diese Elvira, die hat's auch faustdick hinter den Ohren. Denn ich sage Ihnen, das ist schließlich nicht dasselbe wie bei Ihrer Tochter Paquita. Die lebt ja sehr anständig, wenn auch ohne Trauschein. Aber die hier, die dreht sich herum wie ein Brummkreisel und stiehlt jedem das Geld aus der Tasche für ihren Fraß.«

»Aber ich muß doch sehr bitten, Doña Mathilde! Vergleichen Sie diesen gerissenen Don Pablo nicht mit dem Verlobten meiner Tochter! Der ist Universitätsprofessor für Psychologie, Logik und Ethik und ein vollendeter Gentleman.«

»Nein, natürlich nicht! Der Verlobte von Paquita verehrt sie. Er macht sie glücklich, und sie, die gut aussieht und sympathisch ist, läßt sich lieben. Dafür ist sie ja da. Aber diese Dirnen haben überhaupt kein Gewissen und können nichts anderes als das Maul aufreißen, um zu betteln. Daß sie sich nicht schämen!«

Doña Rosa unterhält sich weiter mit den Musikern. Ihr aufgeblasener, wohlgenährter kleiner Körper zittert vor Freude über ihre eigene Rede. Sie ist wie ein Zivilgouverneur.

»Haben Sie irgendwelche Sorgen? Dann sagen Sie's ruhig. Und wenn ich kann, bring' ich's in Ordnung. Sie sollen hier gute Arbeit leisten, dort oben sitzen und auf der Geige fiedeln, wie's Gott wohlgefällt. Und wenn Feierabend ist, komme ich, gebe Ihnen Ihr Geld und Schluß. So muß es sein. Was glauben Sie, warum ich meinem Schwager so spinnefeind bin? Weil er ein Ganove ist, der vierundzwanzig Stunden herumlungert und dann nach Hause kommt und seine blöde Suppe will. Meine Schwester ist so dumm und läßt sich alles gefallen. Die Arme ist immer so gewesen. Aber wehe, wenn er es bei mir versucht! Auf sein nettes Gesicht hin würde ich es ihm nicht durchlassen, daß er sich den ganzen Tag hier herumdrückt und sich die Augen nach den Dienstmädchen ausguckt. Das fehlte gerade noch! Wenn mein Schwager arbeiten würde, so wie ich es tue, sich ins Zeug legen würde und irgend was nach Hause brächte, dann wär's was anderes. Aber der zieht es vor, die arme Visi auszubeuten und ein großes Leben zu führen, ohne auch nur einen Finger zu rühren.«

»Ja, klar.«

»So ist's. Dieses Individuum ist eine Drohne, schlecht erzogen und als Flegel geboren. Denken Sie ja nicht, daß ich das nur hinter seinem Rücken sage. Das hab' ich ihm neulich direkt ins Gesicht gesagt!«

»Recht haben Sie getan!«

»Allerdings, das hab' ich! Für wen hält uns dieser Hungerleider?«

»Geht die Uhr richtig, Padilla?«

»Ja, Señorita Elvira.«

»Dann ist's noch zu früh für mich. Geben Sie mir bitte Feuer?«

Der Zigarettenverkäufer gibt Señorita Elvira Feuer.

»Sind Sie heut zufrieden, Señorita?«

»Meinen Sie?«

»Na ja, es kommt mir so vor. Sie scheinen mir vergnügter als an anderen Tagen.«

»Pah, man macht gute Miene zum bösen Spiel.«

Señorita macht einen zarten und leicht kranken Eindruck, als verhätschele sie sich selbst. Doch hat die Arme nicht genug zu essen, weder um sich selbst zu verhätscheln noch um tugendhaft zu sein.

Die mit dem toten Sohn, der sich zum Postbeamten hatte ausbilden wollen, sagt: »Also ich muß gehen.«

Don Jaime Arce erhebt sich respektvoll, während er redet und lächelt: »Immer zu Ihren Diensten, Señora. Bis morgen, wenn Gott will.«

Die Dame schiebt einen Stuhl beiseite.

»Adieu, leben Sie weiterhin wohl.«

»Das gleiche wünsche ich Ihnen, Señora, Ihr ergebenster Diener.«

Doña Isabel Montes, verwitwete Sanz, schreitet wie eine Königin. Mit ihrem fadenscheinigen Umhang, der mehr vorstellen soll, als vorhanden ist, sieht Doña Isabel aus wie eine verbrauchte, vornehme Hetäre, die gedankenlos wie eine Grille gelebt und nichts fürs Alter gespart hat. Schweigend durchquert sie den Raum und schiebt sich durch die Drehtür. Die Leute folgen ihr mit Blicken, die alles andere als Gleichgültigkeit ausdrücken; sie könnten Bewunderung oder Neid oder Zuneigung oder Mißtrauen oder Zärtlichkeit enthalten. Was wissen wir!

Don Jaime Arce denkt nicht mehr an die Spiegel, nicht an die schamhaften alten Jungfern, nicht an die Schwindsüchtigen, die das Kaffeehaus beherbergt (ungefähr zehn Prozent), er denkt nicht an die Bleistiftspitzer, nicht mehr an den Blutkreislauf. Am späten Nachmittag überfällt Don Jaime Arce immer betäubende Schläfrigkeit.

»Wieviel ist sieben mal vier? Achtundzwanzig! Und sechs mal neun? Vierundfünfzig! Und neun hoch zwei? Einundachtzig! Wo entspringt der Ebro? Bei Reinosa, in der Provinz Santander! Gut.«

Don Jaime Arce lächelt. Er ist zufrieden mit seiner Wiederholung. Und während er einige Zigarettenstummel aufklaubt, sagt er sich halblaut vor: »Athaulf, Siegerich, Wallia, Theoderich, Thorismund. Der Dummkopf dort kann sicher die Gotenkönige nicht aufzählen!«

Der Dummkopf ist der junge Dichter, der kalkweiß von seinem Erholungsaufenthalt auf der Toilette zurückkehrt.

»Entblättert in die Wasser sinkt mir der Genuß...«

Seit ihrer Kindheit trägt Doña Rosa Trauer, niemand weiß, warum. Schmuddelig und behängt mit Brillanten, die ein Vermögen darstellen, wird Doña Rosa von Jahr zu Jahr immer fetter, beinahe im gleichen Verhältnis, wie sich ihre Geldstücke anhäufen.

Die Frau ist sehr reich. Das Haus, in dem sich das Café befindet, gehört ihr. Und in den Straßen Apodaca, Churruca, Campoamor, Fuencarral zittern Dutzende von Mietern wie Schulkinder an jedem Monatsersten.

Doña Rosa pflegt zu sagen: »Sobald man einem vertraut, wird man schon hintergangen. Alle sind sie Vagabunden, richtige Herumtreiber. Wenn's nicht ehrenwerte Richter gäbe, ich wüßte nicht, wo unsereiner hinkäme.«

Doña Rosa hat ihre eigenen Ansichten über die Ehrlichkeit.

»Die Rechnungen übersichtlich, mein Söhnchen, die Rechnungen übersichtlich, darauf kommt's an!«

Niemals läßt sie auch nur einen Real nach, und niemals hat sie je erlaubt, daß man in Raten bezahlt.

Sie sagt: »Wozu gibt es die Zwangsräumung? Damit das Gesetz nicht beachtet wird? Mir scheint, wenn's ein Gesetz gibt, dann ist's dazu da, daß man es respektiert. Ich bin darin die erste. Alles andere ist Revolution.«

Doña Rosa besitzt Aktien einer Bank und macht den Verwaltungsrat fast verrückt. Wie man in der Nachbarschaft behauptet, hat sie ganze Koffer voll Gold so fabelhaft versteckt, daß sie nicht einmal während des Bürgerkrieges gefunden wurden.

Der Schuhputzer Segundo Segura ist mit Don Leonardos Schuhen fertig.

»Ihr Diener!«

Don Leonardo betrachtet die Schuhe und gibt dem Mann eine Zigarette zu neunzig Centimos.

»Vielen Dank.«

Don Leonardo bezahlt den Schuhputzer niemals. Er hat Segundo noch nie einen Dienst bezahlt. Er läßt sich die Schuhe putzen und gibt dafür eine Gebärde. Don Leonardo ist so knauserig, daß er damit bei allen Dummköpfen Bewunderung erntet.

Jedesmal, wenn Segundo Segura die Schuhe von Don Leonardo blank reibt, denkt er an seine sechstausend Duros. Im Grunde seiner Seele ist er entzückt, daß er Don Leonardo aus einer Verlegenheit hat heraushelfen können. Ganz an der Oberfläche zwickt es ihn manchmal ein wenig.

»Herren bleiben Herren, das ist klar wie Wasser. Heutzutage ist das alles durcheinander geraten. Aber einem wahren Herrn sieht man die Herkunft immer an.«

Wenn der Schuhputzer gebildet wäre, so würde er sicherlich die Werke von Vázquez Mella* lesen.

Alfonsito, der Laufbursche, kehrt von draußen mit den Zeitungen zurück.

»Hör mal, Kleiner, wo hast du so lange gesteckt?«

Alfonsito ist ein schwächlicher Junge von zwölf oder dreizehn Jahren, mit blondem Haar und einem Dauerhusten. Sein Vater, ein Journalist, starb vor zwei Jahren im Hospital del Rey. Seine Mutter war vor ihrer Heirat ein Fräulein voller Prätentionen. Jetzt putzt sie Büros in der Gran Via und bekommt ihr Essen aus der Armenküche.

»Ich mußte Schlange stehen, Señora.«

»So, Schlange? Das fehlt gerade noch, daß die Leute heute Schlange stehen, um die neuesten Nachrichten zu erfahren. Als ob es nichts anderes zu tun gäbe! Los, gib her!«

»Die *Informaciones* gab's nicht mehr, Señora. Ich hab' *Madrid* mitgebracht.«

»Ist gleich. Man will sich ja nur informieren. Verstehen Sie,

* Spanischer Politiker 1861–1928.

Seoane, warum immerzu von den Regierungen geredet wird auf der Welt?«

»Pah.«

»Nein, so geht's nicht. Sie brauchen mir nichts vorzumachen. Wenn Sie nicht sprechen wollen, dann eben nicht. Verdammt, diese Geheimnistuerei!«

Seoane lächelt mit dem verzerrten Gesicht eines Magenkranken. Er schweigt. Warum sollte er auch reden?

»Ich weiß genau, was hier los ist, viel Schweigen, viel Lächeln. Aber meinetwegen! Sie wollen sich nicht überzeugen lassen! Das ist Ihre Sache! Was ich Ihnen nur noch sagen will: die Tatsachen sprechen für sich. Und wie!«

Alfonsito verteilt die Zeitung *Madrid* an einigen Tischen.

Don Pablo holt Kleingeld heraus.

»Gibt's was Neues?«

»Weiß nicht, Sie werden ja sehen.«

Don Pablo breitet die Zeitung auf dem Tisch aus und liest die Schlagzeilen. Über seine Schultern hinweg versucht Pepe etwas zu erhaschen. Señorita Elvira macht dem Jungen ein Zeichen.

»Gib mir die Zeitung vom Haus, wenn Doña Rosa damit fertig ist.«

Doña Mathilde schwatzt mit dem Zigarettenverkäufer, während ihre Freundin Doña Asunción in den Waschraum gegangen ist. Doña Mathilde kommentiert verächtlich: »Ich begreife nicht, warum heute alle Leute wissen wollen, was in der Welt passiert? Hier leben wir in Ruhe und Frieden. Finden Sie nicht auch?«

»Ganz Ihrer Meinung.«

Doña Rosa liest die Kriegsberichte.

»Na, die scheinen ja mit allen Kräften zurückzuweichen, aber schließlich, das wird sich am Ende schon ausgleichen. Glauben Sie, daß es sich zum Schluß wieder regeln wird, Macario?«

Der Klavierspieler setzt eine zweifelnde Miene auf. »Ich weiß nicht, mag sein. Wenn sie was erfinden, das Erfolg hat.«

Doña Rosa starrt auf die Tastatur des Klaviers. Sie macht einen traurigen, zerstreuten Eindruck. Sie spricht, als führe sie ein Selbstgespräch, als dächte sie laut.

»Ja, so ist's gekommen! Die Deutschen, die vollendete Edelmänner sind, haben den Italienern zu sehr vertraut. Die haben ja mehr Angst als die Hasen. Das ist's!«

Ihre Stimme klingt gepreßt, und hinter den Brillengläsern wirken ihre Augen trübe, verträumt.

»Wenn ich Hitler mal getroffen hätte, so hätte ich ihm gesagt: Trauen Sie denen nicht, seien Sie nicht dumm. Die haben eine Scheißangst.«

Doña Rosa seufzt.

»Ach, wie bin ich blöd! Vor Hitler hätte ich nicht ein einziges Wörtchen herausgebracht.«

Doña Rosa macht sich große Sorgen um das Schicksal der deutschen Armeen. Tag für Tag liest sie höchst aufmerksam die Nachrichten aus dem Führerhauptquartier. Eine Reihe von vagen Vorahnungen, über die sie sich nicht klar zu werden wagt, haben sie dazu veranlaßt, das Schicksal der Wehrmacht mit dem ihres Cafés zu verbinden.

Vega kauft die Zeitung. Sein Nachbar fragt ihn: »Gute Nachrichten?«

Vega ist ein Eklektiker.

»Je nachdem, für wen.«

Der Büfettier ruft dauernd: »Ich komme« und schlurft durchs Café.

»Vor Hitler würde ich mich dämlicher benehmen als ein Affe. Er muß ein Mann sein, der die Menschen einzuschüchtern versteht. Sein Blick ist der eines Tigers.«

Doña Rosa seufzt wieder. Ihr gewaltiger Busen verdeckt einen Augenblick lang ihren ganzen Hals.

»Der und der Papst, ich glaube, das sind die beiden, die einen am meisten einschüchtern können.«

Doña Rosa schlägt mit den Fingerspitzen auf den Klavierdekkel.

»Und schließlich, er wird ja wissen, was er tut. Dafür hat er ja seine Generäle.«

Doña Rosa verharrt einen Augenblick lang in Schweigen. Dann ändert sie den Ton ihrer Stimme.

»Na also.«

Sie hebt den Kopf und sieht Seoane an.

»Wie geht's Ihrer Frau?«

»Sie schleppt sich so hin. Heute scheint es ihr etwas besser zu gehen.«

»Die arme Sonsoles, so gut, wie sie ist!«

»Ja, sie macht wahrhaftig eine schlimme Zeit durch.«

»Haben Sie ihr die Tropfen gegeben, von denen Don Francisco sprach?«

»Ja, sie hat sie genommen. Das Schlimme ist nur, sie behält nichts bei sich. Alles kommt wieder raus.«

»Um Himmels willen!«

Macario klimpert leise, und Seoane nimmt die Geige auf.

»Was spielt ihr?«

»*Die Verbena,* ist's recht?«

»Legt los!«

Doña Rosa verläßt das Podium, während der Geiger und der Klavierspieler mit der resignierenden Gebärde von Schülern den Lärm im Café unterbrechen. Sie spielen die alte Melodie, die sie – ach Gott! – schon unzählige Male wiederholten und wiederholten.

Wohin gehst du ins Manilatuch gehüllt?
Wohin gehst du in deinem Seidenkleid?

Sie spielen ohne Noten, sie brauchen keine.

Macario denkt mechanisch: »Und dann werd' ich ihr sagen: sieh mal, meine Kleine, da ist nichts zu machen! Mit einem Duro am Nachmittag und einem am Abend und zwei Kaffees, sag selbst. Und sie wird sicherlich antworten: Sei nicht blöd, man wird sich schon einrichten. Mit deinen zwei Duros und ein paar Stunden, die ich geben kann. Mathilde ist im Grunde ein Engel, wirklich ein Engel.«

Macario unterdrückt ein Lächeln. Beinahe wäre es ihm herausgerutscht. Macario ist ein sentimentaler, unterernährter Mensch, der bald dreiundvierzig Jahre alt wird.

Seoane läßt seinen Blick über die Gäste des Cafés schweifen und denkt gar nichts. Seoane ist ein Mensch, der es vorzieht, nichts zu denken. Er wünscht sich nur, daß der Tag so schnell wie möglich zu Ende geht, damit er ihn hinter sich hat.

Die alte Uhr mit den kleinen Ziffern, die glänzen, als seien sie aus Gold, schlägt halb zehn. Sie ist beinahe ein Luxusstück. Ein leichtsinniger junger Marqués, der keinen roten Heller mehr besaß, hatte sie von der Weltausstellung in Paris mitgebracht. Der Marqués machte im Jahre 1905 Doña Rosa den Hof. Er hieß Santiago und gehörte zu den Granden Spaniens. Er starb an Schwindsucht, noch sehr jung, im Escorial. Und die Uhr blieb auf der Theke im Kaffeehaus stehen als müsse sie die Erinnerung an einige Stunden wach halten, die vorübergingen, ohne daß Doña Rosa einen Mann bekam oder der Tote das tägliche warme Essen. So ist das Leben.

Am andern Ende des Lokals streitet Doña Rosa unter großem Getue mit einem Kellner. In den Spiegeln beobachten die andern Kellner wie Verräter, beinahe gleichgültig, die Szene.

In einer halben Stunde wird das Kaffeehaus leer sein. Dann ist es wie ein Mensch, der plötzlich das Gedächtnis verloren hat.

2

»Los, weg!«

»Adieu und vielen Dank! Sie sind sehr gütig.«

»Ach was! Machen Sie bloß, daß Sie wegkommen. Und lassen Sie sich hier nicht mehr blicken.«

Der Kellner versucht, seiner Stimme Härte zu verleihen, Autorität. Er hat eine sehr ausgeprägte galicische Aussprache, sie nimmt seinen Worten alle Gewalttätigkeit und Autorität und färbt seinen Ernst mit Milde. Wenn ein weicher Mensch durch die äußeren Umstände zur Härte gezwungen wird, dann zittert ihm ein wenig die Oberlippe, als habe sich eine unsichtbare Fliege daraufgesetzt.

»Wenn Sie wollen, lasse ich Ihnen mein Buch da.«

»Nein, nehmen Sie es nur mit.«

Martin Marco, blaß und abgezehrt, mit ausgefransten Hosen und fadenscheiniger Jacke, verabschiedet sich von dem Kellner, indem er die Hand an den Rand seines traurigen, fleckiggrauen Hutes hebt.

»Adieu und vielen Dank. Sie sind sehr gütig.«

»Ach was! Machen Sie, daß Sie wegkommen. Und lassen Sie sich nicht wieder blicken!«

Martin Marco schaut den Kellner an und möchte ihm gern etwas besonders Schönes sagen.

»An mir haben Sie einen Freund!«

»Gut.«

»Ich werde Ihnen das nie vergessen!«

Martin Marco rückt das Drahtgestell, das seine Brille ist, zurecht und macht sich auf den Weg. Ein Mädchen geht an ihm vorüber, dessen Gesicht ihm bekannt vorkommt.

»Guten Abend!«

Die Kleine sieht ihn einen Moment an und geht weiter. Sie ist sehr jung und sehr hübsch. Sie ist gut gekleidet. Wahrscheinlich ist sie Putzmacherin. Die Putzmacherinnen benehmen sich beinahe wie vornehme Damen. Wie die guten Ammen aus dem Pas-Tal (Provinz Santander) stammen und die guten Köchinnen aus dem Baskenland, so sind die anpassungsfähigsten Geliebten, die sich elegant zu kleiden verstehen und die man überallhin mitnehmen kann, meistens Putzmacherinnen.

Martin Marco schlendert langsam den Boulevard zur Plaza Santa Barbara hinunter.

Der Kellner bleibt einen Augenblick am Eingang stehen, ehe er die Tür aufdrückt.

»Der hat keinen Heller mehr!«

Die Menschen eilen rasch vorbei, gut eingehüllt in ihre Wintermäntel, um sich vor der Kälte zu schützen.

Martin Marco, der Mann, der seinen Kaffee nicht bezahlt hat und der die Stadt wie ein gepeinigtes Kind betrachtet, steckt die Hände in die Hosentaschen.

Die Lichter des Platzes blinken in beinahe schmerzhaftem, beinahe aufreizendem Glanz.

Don Roberto González hebt den Kopf von dem dicken Rechnungsbuch und fragt den Chef: »Macht es Ihnen was aus, mir drei Duros Vorschuß zu geben? Morgen ist der Geburtstag meiner Frau.«

Der Chef ist ein Mann von freundlicher Gemütsart. Ein ehrlicher Mensch, der wie jedermann seine Schwarzmarktgeschäfte macht, aber kein hartes Herz hat.

»Selbstverständlich. Ist mir recht.«

»Vielen Dank auch, Don Ramón.«

Der Bäcker holt eine dicke kalbslederne Brieftasche hervor und gibt Don Roberto fünf Duros.

»Ich bin sehr mit Ihnen zufrieden, González. Die Bücher der Bäckerei sind tadellos geführt. Für die zwei Duros kaufen Sie Ihren Kindern eine Kleinigkeit.«

Señor Ramón schweigt einen Augenblick. Er kratzt sich den Kopf und senkt die Stimme: »Sagen Sie aber Pauline nichts davon!«

»Keine Angst!«

Señor Ramón betrachtet seine Schuhspitzen.

»Wissen Sie, es ist weiter nichts. Ich weiß, daß Sie ein verschwiegener Mann sind, dem nicht gleich die Zunge ausrutscht.

Aber aus irgendeinem Grund könnte Ihnen doch mal was entfahren und dann hätten wir vierzehn Tage lang Krach. Ich bin hier der Meister, das wissen Sie ja. Aber Sie kennen die Frauen...«

»Keine Sorge und vielen Dank. Ich werd' schon im eigenen Interesse den Mund halten.«

Don Roberto senkt die Stimme.

»Vielen Dank.«

»Keine Ursache. Ich möchte nur, daß Sie gern hier arbeiten.«

Die Worte des Bäckers gehen Don Roberto zu Herzen. Wenn der Bäcker noch mehr solcher liebenswürdiger Sätze an ihn richtete, würde Don Roberto ihm die Abrechnungen künftighin auch gratis machen.

Señor Ramón ist fünfzig oder zweiundfünfzig Jahre alt, ein kräftiger, rotgesichtiger Mann mit Schnurrbart, gesund an Leib und Seele. Er führt das ehrsame Leben eines braven Handwerkers, steht im Morgengrauen auf, trinkt Rotwein und zwickt die Dienstmädchen in den Hintern. Als er zu Beginn des Jahrhunderts nach Madrid kam, hatte er seine Stiefel über die Schulter gehängt, um sie zu schonen.

Sein Lebenslauf besteht aus fünf Zeilen. Mit acht oder zehn Jahren kam er in die Hauptstadt, nahm eine Stellung in einer Bäckerei an und sparte, bis er einundzwanzig wurde. Da mußte er zum Militärdienst einrücken. Von seiner Ankunft in der Stadt bis zu dem Moment, als er in die Uniform gesteckt wurde, hatte er keinen Centimo ausgegeben und alles gespart. Er aß Brot und trank Wasser, schlief unter dem Ladentisch und hatte keine Frau angesehen. Als er des Königs Rock anzog, ließ er seine Ersparnisse in der Postsparkasse und als man ihn entließ, holte er sein Geld ab und kaufte sich eine Bäckerei. In zwölf Jahren hatte er vierundzwanzigtausend Reales erspart, alles, was er in den Jahren verdient hatte. Das war durchschnittlich eine Peseta täglich. Im Militärdienst hatte er lesen, schreiben und rechnen gelernt und seine Unschuld verloren. Er machte einen Laden auf und heiratete, hatte zwölf Kinder und kaufte sich einen Kalender, wurde beschaulich und sah zu, wie die Zeit verrann. Die alten Patriarchen müssen Señor Ramón geähnelt haben.

Der Kellner betritt wieder das Café. Er spürt plötzlich, wie ihm die Hitze ins Gesicht steigt. Er möchte gern husten, nur ganz leicht, um den tief im Hals sitzenden Schleim loszuwerden, den die Kälte auf der Straße hervorgerufen hat. Nachher würde er besser sprechen können. Beim Eintreten merkt er, daß ihm der Kopf schmerzt. Er bemerkt auch, daß Doña Rosas Schnurrbart lüstern zittert.

»Na, komm her!«

Der Kellner nähert sich Doña Rosa.

»Hast du ihm eins versetzt?«

»Ja, Señora.«

»Wieviel hast du ihm gegeben?«

»Zwei.«

»Wohin?«

»Wo ich hintraf. An die Beine.«

»Recht getan! Dieser Bettler!«

Dem Kellner läuft's kalt über den Rücken. Wenn er ein tatkräftiger Mann gewesen wäre, so hätte er die Wirtin jetzt erwürgt. Glücklicherweise ist er es nicht. Die Wirtin lacht leise, ein kleines grausames Lachen. Es gibt Leute, denen es Freude macht, andere Menschen in Schwierigkeiten zu sehen. Um das Unglück recht aus der Nähe betrachten zu können, besuchen sie die Elendsquartiere, beschenken die Sterbenden mit altem Plunder, die Schwindsüchtigen, die auf einer schmutzigen Decke liegen, die blutarmen Kinder mit den aufgeblähten Bäuchen, mit den weichen Knochen, die kleinen Mädchen, die schon mit elf Jahren Mütter werden, die Straßendirnen in den Vierzigern, von der Syphilis zerfressen; diese Huren, die aussehen wie krätzige Indianerkaziken.

Doña Rosa gehört nicht einmal zu dieser Sorte von Menschen. Doña Rosa zieht Gemütsbewegung im eigenen Haus vor, dies erregende Schaudern...

Don Roberto lächelt zufrieden. Er hatte schon befürchtet, daß er den Geburtstag seiner Frau ohne einen Real in der Tasche begehen müsse. Das wäre sehr fatal gewesen.

»Morgen werde ich Filo ein paar Bonbons bringen«, denkt er. »Filo ist wie ein Säugling, wie ein kleines Kind, wie ein Kind von sechs Jahren. Von den zehn Peseten kaufe ich für die Kinder eine Kleinigkeit und trinke selbst einen Wermut. Was ihnen am meisten Spaß machen würde, wäre ein Ball, für sechs Peseten kriegt man schon einen ganz ordentlichen Ball.«

Don Roberto denkt langsam nach, mit innerem Behagen. Sein Kopf ist voll guter Vorsätze, voll guter Gedanken.

Durch die kleinen Glasscheiben der Fenster des Bäckerladens, durch das Holz, drangen die schrillen, angriffslustigen Tonfetzen eines volkstümlichen Flamencos. Anfangs konnte man nicht unterscheiden, ob eine Frau oder ein Kind sang. Don Roberto wurde von der Musik überrascht, als er sich mit dem Federhalter die Lippen kratzte.

Auf dem gegenüberliegenden Bürgersteig schrie sich ein Kind heiser am Eingang der Kneipe.

Unglücklich, wer aus fremder Hand
Sein Brot empfangen muß.
Stets muß er das Gesicht beachten
Ob's bös, ob's gut sich ihm erweist.

Aus der Kneipe werfen sie ihm ein paar Münzen und drei, vier Oliven heraus, die das Kind sehr eilig vom Boden aufklaubt. Der Knabe ist beweglich wie ein Insekt, sehr dunkelhäutig, schwächlich. Er ist barfuß, ohne Hemd und scheint ungefähr sechs Jahre alt zu sein. Er singt allein, begleitet sich mit Händeklatschen und wackelt mit dem kleinen Hintern den Takt dazu.

Don Roberto schließt das obere Fenster und bleibt mitten im Zimmer stehen. Er hatte daran gedacht, den Jungen herzurufen und ihm einen Real zu geben.

»Nein...«

Don Roberto fand seine bessere Einsicht wieder. Der gesunde Menschenverstand hatte gesiegt.

»Ja, Bonbons, Filo ist wie ein kleines Baby, wie ein...«

Trotz des Bewußtseins, fünf Duros in der Tasche zu haben, war Don Robertos Gewissen keineswegs ganz ruhig.

»Das ist auch nur so eine Augenblickslaune, die Dinge falsch zu sehen, nicht wahr Roberto?« sagte tief drinnen in seiner Brust eine schüchterne, doch hartnäckige Stimme.

»Meinetwegen!«

Martin Marco bleibt in der Calle Sagasta vor dem Schaufenster eines Installationsgeschäfts stehen. Das Schaufenster ist strahlend hell erleuchtet wie das eines Juweliers, wie das des Frisiersalons in einem Luxushotel. Die Waschbecken scheinen aus einer anderen Welt zu sein; Waschbecken aus dem Paradies mit blanken Hähnen, glattem Porzellan und ihren makellosen, ungetrübten Spiegeln. Da sind weiße Waschbecken, grüne, rosa, gelbe, violette, schwarze, Waschbecken in allen Farben. Was es nicht alles gibt! Es gibt Badewannen, die wie Brillantarmbänder funkeln. Es gibt Bidets mit Schaltvorrichtungen wie bei einem Auto; luxuriöse Klosetts, deren Brille und Deckel elegant geschwungen sind, supermoderne niedrige Klospülungen, auf die man vielleicht sogar die Ellbogen stützen und einige Bücher aufstellen könnte, sorgfältig ausgewählte und schön eingebundene: Hölderlin, Keats, Valéry, für den Fall, daß eine Verstopfung etwas Zeitvertreib nötig macht. Rubén Darío und Mallarmé – vor allem Mallarmé! Was für eine Sauerei!

Martin Marco lächelt, als ob er sich selbst Verzeihung gewähre, und geht weiter: Er denkt: »So ist nun mal das Leben! Von dem Geld, das einige Menschen ausgeben, um ihre Notdurft behaglich verrichten zu können, würden wir andern ein Jahr lang essen können. Was für ein Zustand! Kriege müßten wenigstens das Resultat haben, daß es weniger Menschen gibt, die ihre Notdurft behaglich verrichten, damit der Rest etwas mehr zu essen hat. Das Blöde ist nur – weiß der Kuckuck, warum –, daß wir Intellektuellen weiterhin wenig zu essen haben und die Klosetts in den Cafés benutzen müssen.«

Das soziale Problem regt Martin Marco auf. Er hat wenig klare Ideen, aber ihn beunruhigt das soziale Problem.

»Daß es Arme und Reiche gibt«, sagt er manchmal, »ist schlecht. Es wäre besser, wir wären alle gleichgestellt, nicht zu arm und nicht zu reich, so eine Mittellage für alle. Man muß die Menschheit reformieren. Man müßte eine Kommission von Gelehrten ernennen, die die Menschheit ändern soll. Anfangs würden sie sich um die kleinen Dinge kümmern. Zum Beispiel, den Leuten das Dezimalsystem beizubringen. Und später, wenn sie sich für die Sache erwärmen, die wichtigeren Probleme anpakken, und schließlich könnten sie befehlen, daß alle Städte niedergerissen werden, um sie neu aufzubauen. Alle gleichförmig, mit schön geraden Straßen und Heizung in jedem Haus. Es würde ja etwas teuer werden. Aber in den Banken haben sie ja sicherlich soviel Geld übrig.«

Eine Kältewelle flutet durch die Calle de Manuel Silvela, und Martin wird plötzlich bewußt, daß er dummes Zeug denkt.

»Zum Donnerwetter, diese Waschbecken!«

Wie er den Fahrdamm überquert, kann ein Radfahrer gerade noch einen Zusammenstoß vermeiden.

»Schlafmütze! Du bist wohl nur zeitweise auf freiem Fuß?«

Martin steigt das Blut zu Kopfe.

»Sie, Sie...«

Der Radler dreht sich um und winkt ihm mit der Hand einen Abschiedsgruß zu.

Ein Mann geht die Calle Goya entlang und liest Zeitung. Wir holen ihn ein bei einem kleinen Antiquariat mit dem Namen: *Nähren Sie Ihren Geist!*

Ein Dienstmädchen begegnet dem Mann.

»Guten Abend, Señorito Paco!«

Der Mann dreht sich um.

»Ach du bist es! Wo gehst du hin?«

»Ich geh' heim. Ich hab' meine verheiratete Schwester besucht.«

Der Mann blickt ihr tief in die Augen. »So, so!«

»Na, hast du schon einen Schatz? Eine Frau wie du sollte nicht ohne einen Schatz sein.«

Das Mädchen lacht schallend.

»Na, ich will lieber gehen, ich hab's eilig.«

»Dann leb wohl, Mädchen, und geh nicht verloren! Hör mal, sag dem Señorito Martin, wenn du ihn siehst, daß ich gegen elf in der Bar von Narváez vorbeischauen werde.«

»Ja.«

Das Mädchen geht, und Paco sieht ihr nach, bis sie sich in der Menschenmenge verliert.

»Sie geht wie ein Reh...«

Paco, der junge Herr Paco, findet alle Mädchen entzückend. Man weiß nicht recht, ob er ein geiler Bock oder nur sentimental ist. Die Kleine, die er eben begrüßt hat, ist wirklich entzückend. Aber auch wenn sie es nicht wäre, hätte das für ihn keinerlei Bedeutung gehabt. Für Paco sind alle »Miss Spanien«.

»Wie ein Reh...«

Der Mann denkt etwas zerstreut an seine Mutter, die schon vor Jahren starb. Seine Mutter trug ein schwarzes Seidenband um den Hals, um das Doppelkinn festzuhalten, und benahm sich sehr distinguiert. Man merkte sofort, daß sie aus einer vornehmen Familie stammte. Pacos Großvater war General und Marqués gewesen und kam bei einem Pistolenduell in Burgos ums Leben. Er wurde von einem liberalen Abgeordneten namens Don Edmundo Páez Pacheco getötet, einem Freimaurer mit zersetzenden Ideen.

Deutlich sind die Formen der Kleinen unter dem baumwollenen Mäntelchen zu erkennen gewesen. Ihre Schuhe ziemlich abgetreten! Sie hat klare, grünlich-braune Augen, die etwas schräg stehen. »Ich komme von meiner verheirateten Schwester.« ...Hihi – ihre verheiratete Schwester! Erinnerst du dich, Paco?

Don Edmundo Páez Pacheco starb an den Blattern in Almería im Jahre des Unheils.

Das Mädchen hatte seinem Blick standgehalten, während es mit ihm sprach.

Eine Frau bettelt um Almosen. Sie trägt ein in Lumpen gehülltes Kind im Arm. Eine fette Zigeunerin verkauft Lotterielose. Einige Liebespärchen lieben sich in dieser Kälte; sie trotzen Wind und Wetter. Eng umschlungen, Hand in Hand, wärmen sie sich.

Im Hinterraum seiner Bar, umgeben von leeren Weinflaschen, führt Celestino Selbstgespräche. Celestino tut das oft. Als er ein Kind war, sagte seine Mutter immer: »Was?«

»Ach nichts, ich hab' mit mir selbst geredet.«

»Ach mein Kind, um Gottes willen, werd mir bloß nicht verrückt!«

Celestinos Mutter war keine so feine Dame wie die Mutter von Paco.

»Ich geb' sie euch nicht! Ich schlag' sie alle in Scherben, aber ich geb' sie euch nicht! Zahlt mir, was sie wert sind, oder ihr kriegt sie nicht. Mich kann man nicht an der Nase herumführen, dazu hab' ich keine Lust. Mich begaunert ihr nicht! Ha, das nenn' ich Ausbeutung des Kaufmanns! Entweder man hat guten Willen, oder man hat ihn nicht. Natürlich, man ist ein Mann, oder man ist keiner. Räuber sollen lieber in die Sierra Morena verschwinden!«

Celestino rückt sein Gebiß zurecht und spuckt auf den Boden. »Das fehlt mir gerade noch.«

Martin Marco geht weiter. Bald hat er den Zwischenfall mit dem Radfahrer vergessen.

»Wenn das von der Misere der Intellektuellen doch Paco eingefallen wäre. So naheliegend. Aber nein, Paco ist ein Faulpelz. Dem fällt nichts Gescheites mehr ein. Seit man ihn freigelassen hat, läuft er umher wie ein verirrtes Huhn und tut nichts Gescheites. Früher hat er wenigstens ab und an ein paar Verse gemacht. Aber jetzt? Mir hängt's zum Hals heraus, ihm das immer wieder zu sagen. Ich schweig' lieber. Soll er machen, was er will. Wenn er sein Leben lang faulenzen will, dann wird er schon sehen.«

Der Mann schaudert vor Kälte. Er kauft sich für einen Zwanziger Kastanien – vier Kastanien – am Eingang zur Untergrundbahn an der Ecke der Calle Hermanos Álvarez Quintero*.

Der Eingang zur Metro ist wie das weit aufgerissene Maul eines Menschen, der auf dem Zahnarztstuhl sitzt; ein Zugang, der groß genug ist, Autos und Lastwagen zu verschlucken.

* Serfaín und Joaquín Álvarez Quintero, die zwei beliebtesten spanischen Lustspieldichter unserer Zeit.

Martin lehnt sich ans Geländer, um die Kastanien zu essen. Beim Schein der Gaslaternen liest er zerstreut das Straßenschild.

»Die, ja, die haben Glück gehabt! Die haben's geschafft. Mit einer Straße mitten im Zentrum und einem Denkmal im Retiro-Park. Und alles, damit wir was zum Lachen haben!«

Martin hat manchmal unerklärliche Anfälle von Respekt und konservativer Gesinnung.

»Was für Sapperlotskerle! Was haben die wohl angestellt, um so berühmt zu werden? Aber ja, keiner plaudert gern aus der Schule.«

Durch Martins Kopf schwirren Funken von Vernunft wie Motten durcheinander, gegen die er sich sträubt.

»Ja, eine Epoche des spanischen Theaters – eine bestimmte Aufgabe, die sie sich vorgenommen hatten. Und sie kamen ans Ziel. Ein Theater, das getreue Abbild der gesunden Volksbräuche Andalusiens. Ein bißchen nach Wohltaten schmeckt das alles: ziemlich viel Vorstand und Volksfest. Aber was soll man machen? Da ist nicht mehr dran zu rütteln. Nicht mal der liebe Gott könnte es.«

Martin verwirrt es, daß es keine exakte Einordnung der intellektuellen Wesen gibt, eine wohlaufgestellte Liste der Gehirntätigkeit.

»Es ist immer das gleiche. Alles drunter und drüber!«

Zwei Kastanien waren kalt und zwei glühend heiß.

Pablo Alonso ist ein junger Bursche mit dem sportlichen Aussehen des modernen Geschäftsmannes. Seit zwei Wochen hat er eine Geliebte. Sie heißt Laurita.

Laurita ist sehr hübsch. Sie ist die Tochter einer Portiersfrau aus der Calle Lagasca. Sie ist neunzehn Jahre alt. Früher hat sie nie einen Duro gehabt, um sich zu amüsieren, nicht zu reden von fünfzig Duros, um sich eine Handtasche kaufen zu können. Mit ihrem Verlobten, einem Briefträger, hatte sie nie irgendwohin gehen können. Und Laurita hatte es satt, in der Kälte in Rosales umherzuspazieren, an den Fingern und Ohren Frostbeulen zu kriegen. Ein Herr, der in Öl handelte, hatte ihrer Freundin

Estrella eine Wohnung in der Calle Menéndez Pelayo eingerichtet.

Pablo Alonso hebt den Kopf.

»Einen Manhattan.«

»Wir haben keinen amerikanischen Whisky, mein Herr.«

»Sagen Sie an der Theke, es sei für mich.«

»Jawohl, mein Herr!«

Pablo faßt die Kleine wieder bei der Hand.

»Wie ich schon sagte, Laurita. Er ist ein großartiger Kerl, es gibt keinen Besseren. Aber im Augenblick ist er arm und abgerissen. Sein Hemd ist seit einem Monat nicht gewaschen, die Zehen gucken ihm aus den Schuhen heraus.«

»Armer Kerl! Arbeitet er denn nichts?«

»Nichts. Er läuft herum mit lauter Ideen im Kopf. Aber arbeiten tut er nicht. Es ist ein Jammer, wo er soviel Grütze hat.«

»Und wo wohnt er?«

»In meiner Wohnung.«

»Was, in deiner Wohnung?«

»Ja, ich habe angeordnet, daß man ein Bett in der Rumpelkammer aufschlägt, und da schläft er. Wenigstens regnet es ihm da nicht mehr auf den Kopf, und warm ist's auch.«

Die Kleine, die das Elend aus nächster Nähe kennengelernt hat, schaut Pablo tief in die Augen. Sie ist gerührt.

»Wie gut du bist, Pablo!«

»Nein, Schäfchen. Er ist ein alter Freund von mir, von vor dem Krieg. Jetzt macht er eine schwere Zeit durch. Eigentlich ist's ihm nie sehr gut gegangen.«

»Und er hat das Abitur gemacht?«

Pablo lacht.

»Ja, Kleines, er hat das Abitur. Los, reden wir von etwas anderem.«

Laurita fängt zur Abwechslung mit der alten Litanei an, die vor zwei Wochen begann.

»Liebst du mich ganz furchtbar?«

»Furchtbar!«

»Mehr als andere?«

»Mehr als andere!«

»Wirst du mich immer lieben?«

»Immer!«
»Verläßt du mich nie?«
»Nie!«
»Auch wenn ich so schmutzig herumlaufe wie dein Freund?«
»Red keinen Quatsch!«

Der Kellner beugt sich beim Servieren weit über den Tisch und lächelt.

»Es war noch ein Rest da, mein Herr!«
»Na siehst du!«

Eine besoffene Hure versetzte dem kleinen Flamencosänger einen Fußtritt. Der einzige Kommentar war ein puritanisches: »Zum Teufel! Um diese Zeit schon besoffen! Was bleibt dann noch für später?«

Der Junge fiel nicht hin. Er stieß mit der Nase gegen die Wand. Aus gebührendem Abstand warf er der Frau ein paar Wahrheiten an den Kopf, wischte sich das Gesicht ab und ging weiter. Vor der Tür einer anderen Kneipe fing er wieder an zu singen:

Schnitt Hosen zu
Ein Schneiderlein.
Kam ein Zigeunerbub herein,
Der wollte Krebs' verkaufen.
Herr Schneider, hören Sie mich an.
Eng müssen sie sein,
Die Hosen fein.
Will ich zur Messe gehn
Solln mich die jungen Herren sehn...

Der Junge hatte kein menschliches Gesicht. Er sah aus wie ein Haustier, wie ein schmutziges Vieh, wie ein verkommenes Tier im Pferch. Zu jung ist er noch, als daß der Schmerz ihm schon die Fratze des Zynismus oder der Resignation ins Gesicht gekerbt hätte. Das Gesicht zeigte einen schönen, treuherzig stupiden Ausdruck, der zu sagen schien: Ich verstehe nichts von dem, was vor sich geht. Alles, was vor sich geht, ist ein Wunder für das

Zigeunerkind, das nur durch ein Wunder geboren wurde; für das das Essen ein Wunder ist; ein Wunder, daß es noch lebt; ein Wunder, daß es Kräfte zum Singen hat.

Nach den Tagen kommen die Nächte. Nach den Nächten kommen Tage. Das Jahr hat vier Jahreszeiten: Frühling, Sommer, Herbst, Winter. Es gibt Wahrheiten, die man am eigenen Leibe erfährt: den Hunger und das Bedürfnis, Wasser zu lassen.

Die vier Kastanien sind rasch aufgezehrt, und Martin fährt mit dem Real, der ihm noch geblieben ist, mit der U-Bahn bis zur Station Goya.

»Wir sausen jetzt unter all denen hinweg, die auf dem Klo sitzen. – Station Colón – Wunderbar: Herzöge, Notare und ein paar Schutzmänner an der Casa de la Moneda. Wie fern sie sind. Sie lesen vielleicht Zeitung dabei oder betrachten ihre Bauchfalten! – Station Serrano – Señoritos und Señoritas. Die Señoritas gehen abends nicht aus. Das ist ein Stadtviertel, wo nur bis zehn Uhr was los ist. Jetzt wird zu Abend gegessen. – Station Velásquez – Noch mehr Señoritas. Es ist ein Vergnügen. Das ist eine sehr vornehme Untergrundbahn. Gehen wir in die Oper? Warum nicht? Bist du am Sonntag beim Rennen gewesen? Nein! – Station Goya – Schluß der Vorstellung!«

Auf dem Bahnsteig tut Martin so, als ob er hinke. Das tut er manchmal.

»Vielleicht esse ich bei Filo heute abend! Drängeln Sie doch nicht so, Señora! Eile mit Weile. Und wenn nicht...«

Filo ist seine Schwester, die Frau von Don Roberto González; das Rindvieh González, wie Martin seinen Schwager nennt. Der ist Angestellter beim Abgeordnetenhaus und Republikaner, Anhänger von Alcalá Zamora.

Das Ehepaar González wohnt am Ende der Calle Ibiza in einer kleinen Sozialwohnung. Sie strecken sich nach der Decke, im Schweiße ihres Angesichts. Sie arbeitet, bis sie todmüde umfällt, bei fünf kleinen Kindern und einem achtzehnjährigen Dienstmädchen, das nach den Kindern schaut. Und er macht Überstunden, wo es nur geht und wo es sich ergibt. Zur Zeit hat er

Glück. Er führt die Bücher in einem Parfümerieladen. Für zwei Tage im Monat bekommt er fünf Duros. Außerdem macht er die Buchhaltung in einer Bäckerei von einigem Ansehen in der Calle San Bernardo. Dort zahlt man ihm dreißig Peseten. Wenn er kein Glück hat und keinen Nebenverdienst, wird Don Roberto traurig und schweigsam und ist ständig schlechter Laune.

Die beiden Schwäger können sich aus unerfindlichen Gründen nicht ausstehen. Martin sagt, Don Roberto sei ein gieriges Schwein. Don Roberto sagt von Martin, er sei ein ungeselliges Schwein ohne jeglichen Anstand. Wer weiß, welcher recht hat? Sicher ist nur, daß die arme Filo, so in die Enge getrieben, ihr Leben mit Überlegungen zubringt, wie sie auf die bestmögliche Weise die Gewitterstürme abwenden kann.

Wenn der Mann nicht zu Hause ist, brät sie dem Bruder ein Ei und wärmt ihm etwas Milchkaffee auf. Ist das aber nicht möglich, weil Don Roberto daheim ist und in Pantoffeln und seiner alten Hausjacke einen fürchterlichen Krach heraufbeschwören, den Bruder Herumtreiber und Parasit nennen würde, dann hebt Filo ihm die Reste der Mahlzeit auf, tut sie in eine alte Keksdose und schickt das Mädchen damit auf die Straße.

»Ist das nun gerecht, Petrita?«

»Nein, Don Martin, das ist nicht gerecht!«

»Ach Mädchen, wenn du mir nicht diesen Fraß etwas versüßen würdest...«

Petrita wird puterrot.

»Los, geben Sie mir die Dose zurück. Es ist kalt.«

»Es ist allen kalt, alberne Gans.«

»Entschuldigen Sie...«

Martin lenkt sofort ein.

»Weißt du, daß du schon eine richtige Frau bist?«

»Still, halten Sie doch den Mund!«

»Ach Mädchen, ich hör' ja schon auf. Weißt du, was ich tun würde, wenn ich weniger Verantwortungsgefühl hätte?«

»Schweigen Sie!«

»Dir einen Schrecken einjagen!«

»Still!«

An diesem Abend war Filos Mann nicht zu Hause, und Martin aß sein Ei und trank seine Tasse Kaffee.

»Brot ist keins da. Wir müssen sogar für die Kinder etwas auf dem Schwarzmarkt kaufen.«

»Es geht auch so. Danke! Filo, du bist wirklich gut, eine richtige Heilige.«

»Sei nicht albern!«

Martin flimmert es vor den Augen.

»Doch, eine Heilige. Aber eine Heilige, die sich mit einem Schuft verheiratet hat. Dein Mann ist ein Jammerlappen, Filo!«

»Halt den Mund. Er ist eine ehrliche Haut.«

»Sagst du! Na ja, schließlich hast du ihm fünf Kälbchen geschenkt!«

Es herrscht einige Minuten Schweigen. Am andern Ende der Wohnung hört man die Stimme eines betenden Kindes.

Filo lächelt.

»Das ist Javierín! Hör mal, hast du Geld?«

»Nein.«

»Nimm diese zwei Peseten.«

»Nein, wozu? Was soll ich mit zwei Peseten?«

»Da hast du auch wieder recht. Aber du weißt ja, jeder kann nur geben, was er hat.«

»Das weiß ich.«

»Hast du dir das Zeug gekauft, das ich ausgesucht hatte, Laurita?«

»Ja, Pablo. Der Mantel steht mir ausgezeichnet. Du wirst sehen, wie ich dir gefalle.«

Pablo Alonso schenkt ihr das blöde Lächeln eines Mannes, der die Frauen nicht wegen seines Aussehens, sondern wegen seines Geldbeutels kriegt.

»Um diese Jahreszeit, Laurita, mußt du dich warm anziehen. Ihr Frauen könnt euch elegant und doch warm kleiden.«

»Klar.«

»Also sei folgsam. Mir scheint es, als wärst du viel zu leicht angezogen. Das wäre was, wenn du jetzt krank würdest!«

»Nein Pablo, das werd' ich nicht. Jetzt muß ich auf mich achten, damit wir sehr glücklich zusammen sein können.«

Pablo läßt sich gern lieben.

»Ich möchte das schönste Mädchen von Madrid sein, damit ich dir immer gefalle. Ich bin ja so eifersüchtig!«

Die Kastanienverkäuferin spricht mit einem Fräulein. Die Señorita hat runzelige Wangen und gerötete Lider.

»Es ist greulich kalt!«

»Ja, es ist eine Saunacht. Eines schönen Tages werde ich erstarrt wie ein Spatz sein.«

Die Señorita steckt Kastanien für eine Peseta in die Tasche, ihr Abendessen!

»Auf Wiedersehen, Doña Leocadia.«

»Auf Wiedersehen, Señorita Elvira, und angenehme Ruhe.«

Das Fräulein geht auf dem Bürgersteig in Richtung der Plaza Alonso Martínez davon.

Hinter dem Fenster eines Cafés an der Ecke des Boulevards unterhalten sich zwei Männer. Es sind zwei junge Männer, einer in den Zwanzigern und der andere vielleicht etwas über dreißig. Der ältere sieht wie ein Preisrichter bei einem literarischen Wettbewerb aus. Der jüngere könnte gut ein Schriftsteller sein. Man merkt sofort, daß sie ungefähr folgendes miteinander sprechen:

»In dem Roman, den ich unter dem Titel *Teresa von Cepeda* eingereicht habe, behandle ich einige originelle Gesichtspunkte des ewigen Problems, daß...«

»Ist schon gut. Könnten Sie mir bitte etwas Wasser geben?«

»Nichts zu danken! Ich habe alles mehrmals durchgearbeitet. In meinem Werk gibt es keine Widersprüche.«

»Sehr interessant.«

»Das glaub' ich! Ich weiß nicht, wie die von meinen Kollegen eingereichten Arbeiten sind. Ich vertraue auf das Urteilsvermögen und die Rechtschaffenheit...«

»Wir beurteilen alle Arbeiten mit dem nötigen Ernst.«

»Daran zweifle ich ja nicht. Es macht auch nichts, wenn man verliert. Wenn nur das preisgekrönte Werk von unzweifelhaftem Wert ist. Was einem den Mut nimmt...«

Señorita Elvira lächelt, als sie vorbeigeht.

Es herrscht wieder Schweigen zwischen den Geschwistern.

»Hast du ein Unterhemd an?«

»Natürlich hab' ich ein Unterhemd an! Was glaubst du, wer heute ohne Unterhemd herumläuft?«

»Ein mit P. A. gezeichnetes Unterhemd?«

»Es ist gezeichnet wie's mir Spaß macht!«

»Verzeih...«

Martin hatte sich aus Robertos Tabak eine Zigarette gedreht.

»Ist schon gut, Filo. Red nicht so empfindsam daher. Mitleid ist mir lästig!«

Filo wurde plötzlich energisch.

»Schluß damit!«

»Nein. Aber hör mal, ist Paco eigentlich hier gewesen? Er hätte mir ein Paket bringen sollen.«

»Nein, er war nicht da. Petrita hat ihn auf der Calle Goya getroffen, und er hat ihr gesagt, daß er dich um elf in der Bar von Narváez treffen wolle.«

»Wie spät ist es?«

»Weiß nicht. Es muß schon nach zehn sein.«

»Und Roberto?«

»Der kommt noch nicht. Heute mußte er in die Bäckerei. Da kommt er nicht vor halb elf zurück.«

Über die Geschwister senkt sich für einige Minuten Schweigen, unerwartet sanft und innig.

Filo blickt Martin in die Augen und sagt mit zärtlicher Stimme:

»Hast du daran gedacht, daß ich morgen vierunddreißig Jahre alt werde?«

»Was, tatsächlich?«

»Hast also nicht dran gedacht?«

»Nein. Warum soll ich dich anlügen? Recht hast du, daß du es mir sagst. Ich will dir ein Geschenk machen.«

»Sei nicht albern. Du hast's gerade, um Geschenke zu machen.«

»Eine Kleinigkeit, etwas zur Erinnerung!«

Die Frau legt die Hände auf die Knie des Mannes.

»Was ich mir wünsche, sind ein paar Verse von dir. So wie du sie vor Jahren machtest. Weißt du noch?...«

»Ja.«

Filo starrt traurig auf den Tisch.

»Voriges Jahr habt ihr mir nicht gratuliert, weder du noch Roberto. Beide habt ihr's vergessen!«

Filo schlägt einen kindlichen Ton an. Eine gute Schauspielerin hätte mit düsterer Stimme gesagt: »Ich habe die ganze Nacht geweint.«

Martin gibt ihr einen Kuß.

»Sei nicht blöd! Man könnte meinen, du würdest vierzehn.«

»Ich bin schon sehr alt, nicht wahr? Sieh mal, wieviele Runzeln ich im Gesicht habe. Jetzt bleibt mir nur noch abzuwarten, bis die Kinder herangewachsen sind. Ich werde immer älter, und eines Tages sterbe ich. Wie Mama, die Arme...«

In der Bäckerei trocknet Don Roberto mit dem Löschblatt bedächtig die letzten Eintragungen. Dann schließt er das Buch und zerreißt einige Schmierblätter, die er zum Ausrechnen benutzt hat.

Auf der Straße hört man noch das Lied von den engen Hosen und den jungen Herren in der Messe.

»Auf Wiedersehen, Don Ramón. Bis zum nächsten Mal!«

»Lassen Sie es sich gutgehen, González, bis später. Ich wünsche Ihrer Frau noch viele Jahre und gute Gesundheit.«

»Vielen Dank, Don Ramón. Mögen Sie das gleiche erleben.«

In der Nähe der Plaza de Toros sind zwei Männer auf dem Heimweg.

»Ich bin halb erfroren. Eine Kälte, um Geier zu entwöhnen.«

»Haha!«

Die Geschwister unterhalten sich in der winzigen Küche. Auf der kalten Platte des Kohlenherds brennt ein kleiner Gaskocher.

»Zu dieser Zeit kommt beinahe kein Gas. Unten ist ein Gasofen, der uns alles wegnimmt.«

Auf der Gasflamme brodelt ein nicht sehr großer Suppentopf. Auf dem Tisch wartet ein halbes Dutzend billiger Fischchen auf die Pfanne.

»Roberto ißt so gern gebratene Stöker!«

»Auch ein Vergnügen ...«

»Laß ihn! Was macht's dir aus? Ach Martin, warum hast du denn diesen Groll gegen ihn?«

»Ich? Ich habe keinen Groll. Er haßt mich. Das merk' ich und verteidige mich. Wir sind nun einmal ganz verschieden.«

Martin spricht mit leicht belehrendem Ton wie ein Professor.

»Ihm ist alles gleich. Er findet es am besten, sich durchzuwursteln. Ich denke anders. Mir ist nicht alles gleich, im Gegenteil. Ich weiß, es gibt gute und schlechte Sachen; Dinge, die man tun muß, und Dinge, die man zu meiden hat.«

»Ach, hör auf mit deinen Volksreden!«

»Wirklich! So denke ich!«

Das Licht flackert einen Moment in der Birne, leuchtet noch einmal auf und verlischt. Das bläuliche Gasflämmchen züngelt gelassen um den Rand des Suppentopfes.

»Da haben wir's wieder!«

»Das passiert manchmal abends. Das Licht ist schlecht heutzutage.«

»Jetzt sollte es eigentlich mit der Elektrizität wieder so sein wie früher. Aber die Elektrizitätsgesellschaft will den Preis erhöhen. Ehe das Licht nicht teurer geworden ist, wird's nicht besser werden. Du wirst sehen. Wieviel mußt du zahlen?«

»Vierzehn oder sechzehn Peseten, je nachdem.«

»Nachher mußt du zwanzig oder fünfundzwanzig bezahlen.«

»Was soll ich machen?«

»Und so soll's besser werden? So geht's nicht weiter!«

Filo schweigt. Und Martin hat wieder eine seiner bestimmten Lösungen im Kopf, aus denen nie was wird. Beim trüben Schein der Gasflamme sieht Martin ein bißchen wie ein Hexenmeister aus.

Die plötzliche Finsternis überrascht Celestino in seinem Hinterzimmer. »Schöner Blödsinn das. Diese gottverlassenen Kerle sind imstande, mich völlig kahl zu rupfen.«

Die gottverlassenen Kerle sind seine Kunden.

Celestino versucht sich im Dunkeln hinauszutasten und schmeißt eine Kiste mit Brauselimonadeflaschen um. Die Flaschen machen einen infernalischen Lärm, als sie auf die Steinfliesen poltern.

»Ich scheiße aufs elektrische Licht!«

Von der Tür ertönt eine Stimme.

»Was ist passiert?«

»Gar nichts. Ich schmeiße nur kaputt, was mir gehört!«

Doña Visitación meint, eines der wirksamsten Mittel, die Lage der Arbeiterklasse zu verbessern, sei ein Pinacle-Wettbewerb der Damen des Frauenvereins.

Sie denkt: »Die Arbeiter müssen auch essen, obgleich die meisten Kommunisten sind, die soviel Aufmerksamkeit gar nicht verdienen.«

Doña Visitación ist sehr gut. Sie möchte nicht, daß man die Arbeiter langsam verhungern läßt.

Nach kurzer Zeit kommt das elektrische Licht wieder. Erst werden die Drähte in der Birne rot. Ein paar Sekunden lang sehen sie wie kleine Blutadern aus. Dann plötzlich erstrahlt die Küche in hellstem Glanze. Das Licht ist stärker und weißer denn je. Und die Tüten, die Tassen, die Teller auf dem Wandgestell sind viel deutlicher zu erkennen als vorher. So, als seien sie inzwischen dicker geworden, als seien sie ganz neu.

»Es ist alles so fein hier, Filo.«

»Sauber wenigstens...«

»Das will ich meinen!«

Martin läßt seine Blicke neugierig durch die Küche schweifen, als ob er sie das erste Mal sähe. Dann steht er auf und nimmt seinen Hut. Den Zigarettenstummel drückt er im Spülstein aus und wirft ihn umsichtig in den Mülleimer.

»Also Filo, vielen Dank. Ich muß jetzt los.«

»Leb wohl, mein Junge, und nichts zu danken. Gern hätte ich dir noch etwas mehr gegeben, das Ei hatte ich für mich aufgehoben. Der Doktor hat mir zwei Eier täglich verschrieben.«

»Aber Filo!«

»Macht nichts, reg dich nicht auf! Dir fehlt's ebenso wie mir.«

»Allerdings!«

»Was sind das für Zeiten, Martin!«

»Ja, Filo, was für Zeiten! Aber es wird schon alles werden, früher oder später.«

»Glaubst du das wirklich?«

»Kein Zweifel. Da ist irgend etwas Verhängnisvolles, etwas Unaufhaltsames, etwas, das die Kraft der Gezeiten hat.«

Martin geht zur Tür und ändert den Ton.

»Na ja... und Petrita?«

»Was willst du von der?«

»Nichts, Mädchen. Ich wollte ihr nur Lebewohl sagen.«

»Laß sie! Sie ist bei den beiden Kleinen. Die haben Angst, und sie läßt sie nicht allein, bis sie eingeschlafen sind.«

Filo lächelt und fügt hinzu: »Ich hab' auch manchmal Angst. Ich stell' mir vor, daß ich plötzlich sterben könnte.«

Als Martin die Treppe hinuntergeht, begegnet er seinem Schwager, der im Fahrstuhl hinauffährt. Don Roberto liest die Zeitung. Martin bekommt Lust, eine der Fahrstuhltüren zu öffnen, damit er zwischen den Stockwerken steckenbleibt.

Laurita und Pablo sitzen sich gegenüber. Zwischen ihnen steht eine schlanke Blumenvase, in der drei kleine Rosen stecken. »Gefällt's dir hier?«

»Sehr!«

Der Kellner kommt. Es ist ein junger, gutgekleideter Kellner mit lockigem, schwarzem Haar und adrettem Benehmen. Laurita vermeidet es, ihn anzusehen. Laurita hat eine strenge und unmittelbare Auffassung von Liebe und Treue.

»Für die Dame Fleischbrühe, gebackene Seezunge, Huhn à la Villerroy. Ich nehme Fleischbrühe und gekochten Barsch mit Öl und Essig.«

»Willst du weiter nichts essen?«

»Nein, Schätzchen, ich hab' keinen Appetit.«

Pablo wendet sich wieder an den Kellner.

»Einen halben Sauternes und einen halben Burgunder. Das ist alles.«

Unter dem Tisch streichelt Laurita Pablos Knie.

»Fühlst du dich nicht wohl?«

»Nein, nicht eigentlich schlecht. Aber das Essen ist mir den ganzen Nachmittag immer wieder aufgestoßen. Jetzt ist's besser. Aber ich möchte nicht, daß es wieder anfängt.«

Das Pärchen schaut sich tief in die Augen. Die Ellbogen auf den Tisch gelegt, fassen sie sich bei den Händen, die Vase etwas zur Seite schiebend.

In einer Ecke sitzt ein Paar, das sich schon nicht mehr bei den Händen faßt. Unverblümt betrachten diese beiden die andern.

»Wer ist diese neue Eroberung von Pablo?«

»Was weiß ich! Scheint ein Dienstmädchen zu sein. Gefällt sie dir?«

»Pah, sie ist nicht übel!«

»Na, dann schieb doch du mit ihr ab, wenn's dir Spaß macht! Ich glaube nicht, daß es dir besonders schwerfallen würde.«

»Fängst du schon wieder an?«

»Wer anfängt, bist du. Hau ab, mein Süßer, und laß mich in Ruhe. Ich hab' keine Lust zu Streitereien. In dieser Jahreszeit hab' ich keine Lust zu Volkstänzen.«

Der Mann zündet sich eine Zigarette an.

»Weißt du, Mari-Tere, was ich dir jetzt sage? So kann's nicht weitergehen!«

»Ein schöner Zigeuner bist du. Schieb ab, wenn du willst, denn das willst du ja offenbar. Ich werd' schon einen andern finden, keine Angst.«

»Red nicht so laut. Wir brauchen ja nicht gerade die Marktschreier hier zu spielen!«

Señorita Elvira legt den Roman auf den Nachttisch und knipst das Licht aus. »Die Geheimnisse von Paris« bleiben im Dunkeln in Gesellschaft von einem halbvollen Wasserglas, ein paar getragenen Strümpfen und einem ziemlich verbrauchten Lippenstift.

Vor dem Einschlafen denkt Señorita Elvira immer noch über etwas nach. »Mag sein, daß Doña Rosa recht hat. Vielleicht wär's wirklich besser, zu dem Alten zurückzukehren. So geht's nicht weiter. Er ist ein alter Sabberpeter, aber schließlich... ich hab' kaum eine andere Wahl.«

Señorita Elvira gibt sich mit wenig zufrieden. Aber nicht einmal das wenige erreicht sie. Sie hatte lange gebraucht, um das Leben zu begreifen. Und als sie's endlich gelernt hatte, waren ihre Augen von Krähenfüßen umrahmt, ihre Zähne schlecht und schwärzlich. Heute ist sie zufrieden, wenn sie nicht ins Krankenhaus muß und wenn sie weiter in ihrem armseligen Gasthaus bleiben kann. Wahrscheinlich wird in einigen Jahren ihr goldener Traum ein Bett im Hospital sein, ganz nah an der Zentralheizung.

Beim Licht einer Straßenlaterne zählt der Zigeunerbub sein Kleingeld – einen Haufen Kupfermünzen. Das war kein schlechter Tag. Er hatte von ein Uhr mittags bis elf Uhr abends gesungen und einen Duro und sechzig Centimos zusammengebracht. Für den Duro in Kleingeld geben sie ihm fünf fünfzig in jeder Bar. In den Bars fehlt's immer an Wechselgeld.

Wenn er's sich leisten kann, ißt der kleine Zigeuner in einer Kneipe, die hinter der Calle de Preciados liegt, wenn man die Calle de los Angeles hinabgeht. Er ißt dort einen Teller voll Bohnen, Brot und eine Banane. Das kostet drei zwanzig.

Der kleine Zigeuner setzt sich, ruft nach dem Kellner, gibt ihm die drei zwanzig und wartet, daß man ihm das Essen bringt.

Nach dem Essen singt er weiter in der Calle Echagaray bis zwei Uhr nachts. Dann versucht er aufs Trittbrett der letzten Trambahn zu springen. Das Zigeunerchen ist sechs Jahre alt – ich glaube, ich sagte das schon.

Am Ende der Calle Narváez liegt die Bar, in der sich fast jeden Abend Paco und Martin treffen. Es ist eine kleine Bar auf der rechten Seite, wenn man die Straße hinaufgeht, ganz in der Nähe der Garage vom Überfallkommando. Der Wirt heißt Celestino Ortiz und war im Bürgerkrieg Major unter Cipriano Mera. Celestino ist ein großer, schlanker Mann mit zusammengewachsenen Augenbrauen und einigen Blatternarben. An der rechten Hand trägt er einen breiten Eisenring mit einer bunten Emaille-Einlage, Leo Tolstoi darstellend. Er hat sich den Ring in der Calle de la Colegiata anfertigen lassen. Celestino Ortiz trägt ein Gebiß, das er, wenn es ihn behindert, einfach auf die Theke legt. Er besitzt schon seit einer Reihe von Jahren ein schmutziges und zerfleddertes Exemplar von Nietzsches *Morgenröte* und hütet es sorgsam. Es ist sein Lieblingsbuch, sein Katechismus. Alle Augenblicke blättert er darin und findet stets eine Lösung für seine geistigen Probleme.

Er pflegt zu sagen: »*Morgenröte, Gedanken über die moralischen Vorurteile.* Was für ein herrlicher Titel!«

Auf dem Titelblatt ist in einem Oval das Foto des Autors, sein Name, der Buchtitel, der Preis – es waren vier Reales – und der Name des Verlegers: F. Sempere & Co. Verlag, Calle del Palomar 10, Valencia, Filiale Olmo 4, Madrid. Die Übersetzung ist von Pedro González Blanco. Auf der Innenseite befindet sich das Firmenzeichen des Verlages: die Büste eines Mädchens mit einer phrygischen Mütze. Unter der Büste ein Lorbeerkranz, über der Büste der Spruch: Kunst und Freiheit.

Es gibt ganze Abschnitte, die Celestino auswendig kann. Wenn die Polizisten aus der Garage in seine Bar kommen, versteckt Celestino das Buch unterm Schanktisch, oben auf der Kiste mit den Wermutfläschchen.

»Sie sind ja auch bloß Leute aus dem Volk wie ich selbst«, sagt er sich, »aber für alle Fälle...«

Wie die Dorfpfarrer, so hält auch Celestino Ortiz Nietzsche für sehr gefährlich.

Meistens aber, wenn die Polizisten kommen, deklamiert er ihnen wie zum Spaß irgend etwas vor, ohne ihnen zu sagen, woher er seine Weisheit hat.

»Mitleiden wird das Gegenmittel gegen den Selbstmord, als

eine Empfindung, welche Lust enthält und Überlegenheit in kleinen Dosen zu kosten gibt.«

Die Polizisten lachen.

»Hör mal, Celestino, bist du etwa mal Priester gewesen?«

»Nein, nie.«

»Und er fährt fort:

»Glück aber, welches es auch sei, gibt Luft, Licht und freie Bewegung.«

Die Polizisten lachen aus vollem Hals.

»Und fließendes Wasser!«

»Und Zentralheizung!«

Celestino ist empört und spuckt verächtlich aus.

»Ihr seid eine ungebildete Gesellschaft!«

Unter den Polizisten ist auch einer aus Galicien, der sehr zurückhaltend ist. Mit ihm versteht sich Celestino. Sie siezen sich.

»Sagen Sie, Patrón, können Sie das immer ganz gleich wiederholen?«

»Immer, García! Und ich verspreche mich niemals!«

»Das ist unglaublich, bemerkenswert!«

Señora Leocadia, fest in ihr Schultertuch gehüllt, zieht eine Hand hervor: »Nehmen Sie. Acht schöne, dicke!«

»Auf Wiedersehen!«

»Wissen Sie, wie spät es ist, junger Herr?«

Der junge Herr knöpft seinen Mantel auf und blickt auf seine dicke silberne Uhr.

»Gleich elf Uhr!«

Um elf Uhr wird Señora Leocadia von ihrem Sohn abgeholt. Er hat ein lahmes Bein vom Bürgerkrieg her und führt nun die Kontrollisten bei den Arbeiten an den Neuen Ministerien. Der Sohn ist sehr gut zu seiner Mutter. Er hilft ihre Siebensachen zusammenzupacken, und dann gehen sie eng untergehakt nach Hause zum Schlafen. Das Paar geht die Calle Covarrubias hinauf und biegt in die Calle Nicasio Gallego ein. Sind ein paar Kastanien übriggeblieben, dann essen sie sie gemeinsam auf. Wenn nicht, setzen sie sich irgendwo in ein schäbiges Lokal und trinken sehr heißen Milchkaffee. Den Kessel mit der Holzkohlenglut stellt die alte Frau neben ihr Bett. Es gibt immer ein Kohlenstück, das bis zum Morgen weiterglüht.

Martin Marco kommt in die Bar. Die Polizisten verlassen sie eben.

Celestino geht ihm entgegen.

»Paco ist noch nicht gekommen. Er war heute nachmittag hier und sagte, Sie möchten auf ihn warten.«

Martin Marco setzt die mißvergnügte Miene eines großen Herrn auf.

»Na gut.«

»Was soll's sein?«

»Ein Schwarzer.«

Ortiz hantiert an der Kaffeemaschine herum, stellt Sacharin zurecht, die Tasse, die Untertasse und den Teelöffel. Er kommt hinter der Theke hervor. Er stellt alles auf den Tisch und will was sagen. Man merkt es an seinen schillernden Augen, daß es ihm sehr schwerfallen wird, es auszusprechen.

»Haben Sie Ihr Geld bekommen?«

Martin staunt ihn an wie ein nie gesehenes, seltsames Wesen.

»Nein, ich hab' keins bekommen. Ich hab' Ihnen ja schon gesagt, daß ich am 5. und 20. des Monats mein Geld hole.«

Celestino kratzt sich am Hals.

»Es ist nur...«

»Was ist?«

»Nun, mit dem Kaffee schulden Sie mir zweiundzwanzig Peseten.«

»Zweiundzwanzig Peseten? – Die geb' ich Ihnen schon. Ich habe Sie meines Wissens noch immer bezahlt, wenn ich Geld bekommen habe.«

»Ich weiß.«

»Ja, und?«

Martin runzelt die Stirn und steigert seine Lautstärke.

»Es ist doch wirklich merkwürdig, daß Sie und ich immer über den gleichen Quatsch reden müssen. Als ob es nicht so vieles gäbe, was uns verbindet.«

»Ja, allerdings. Also entschuldigen Sie. Ich wollte Sie nicht kränken. Es ist nur, wissen Sie, heute habe ich die Steuern zahlen müssen!«

Martin hebt den Kopf mit einem deutlichen Ausdruck von Stolz und Abscheu und fixiert ein Kernchen, das in Celestinos Bart hängt.

Nur für einen Augenblick gibt Martin seiner Stimme einen weichen Klang.

»Was haben Sie da?«

Celestino wird unsicher.

»Nichts. Einen Kern.«

Martin runzelt wieder die Brauen und spricht mit harter, lauter Stimme.

»Wollen Sie mir etwa die Schuld geben, daß es Steuern gibt?«

»Das hab' ich doch gar nicht behauptet!«

»Sie haben etwas sehr Ähnliches gesagt, lieber Freund. Haben wir nicht sattsam von den Problemen der Güterverteilung und des Steuersystems geredet?«

Celestino erinnert sich seines Herrn und Meisters und begehrt auf.

»Aber mit Moralpredigten kann ich keine Steuern zahlen!«

»Und darüber regen Sie sich immer noch auf, Sie Pharisäer, Sie!«

Martin stiert ihn an. In seinem Blick spiegelt sich Ekel und Mitleid. »Und Sie lesen Nietzsche! Wenig genug haben Sie davon gelernt! Sie sind ein erbärmlicher Spießer geblieben!«

»Aber Marco!«

Martin brüllt wie ein Löwe.

»Schreien Sie nur. Rufen Sie doch Ihre Freunde, die Polizisten!«

»Die Polizisten sind gar nicht meine Freunde.«

»Schlagen Sie auf mich los, wenn's Ihnen Spaß macht. Mir ist's gleichgültig. Ich hab' kein Geld, haben Sie endlich begriffen? Ich hab' kein Geld. Das ist keine Schande!«

Martin steht auf und geht zur Tür hinaus wie ein Triumphator. An der Tür dreht er sich nochmals um: »Heulen Sie nicht, Sie ehrenwerter Krämer! Wenn ich diese vier Duros und etwas habe, bring' ich's Ihnen sofort, damit Sie Ihre Steuern bezahlen können und endlich Ruhe geben. Sie mit Ihrem Gewissen! Und den Kaffee eben können Sie auch noch anschreiben. Meinetwegen saufen Sie ihn selbst, ich will ihn nicht mehr.«

Celestino ist völlig erstarrt. Er weiß nicht, was er tun soll. Er möchte Martin eine Siphonflasche an den Kopf schmeißen, damit er sich abkühlt. Aber er denkt an den Spruch: »Sich blinder Wut hingeben, ist ein Zeichen, daß wir auf der gleichen Stufe wie das Tier stehen.«

Celestino holt sein geliebtes Buch, das oben auf den Flaschen liegt, und verstaut es in der Schublade. Es gibt Tage, an denen selbst die Heiligen einem den Rücken kehren, an denen selbst Nietzsche ins gegnerische Lager übergegangen zu sein scheint.

Pablo ließ ein Taxi rufen.

»Es ist noch früh, man sollte was unternehmen! Wenn's dir recht ist, gehen wir in irgendein Kino. So geht die Zeit hin.«

»Wie du willst, Pablo. Hauptsache, daß wir ganz nah beieinander sind!«

Der Boy kommt zurück. Seit dem Krieg trägt kaum ein Boy noch eine Mütze.

»Ihr Taxi, Herr.«

»Danke! Gehen wir, Kleines?«

Pablo hilft Laurita in den Mantel. Als sie im Auto sitzen, ruft Laurita aus:

»Was für ein Gauner. Sieh selbst, wenn wir an einer Laterne vorbeikommen. Der hat gleich auf sechs Peseten eingestellt!«

An der Ecke der Calle O'Donell stößt Martin auf Paco.

Im Augenblick, wo er sein »Hallo« hört, denkt er:

»Byron hat recht. Wenn ich einen Sohn hätte, müßte er einen prosaischen Beruf ergreifen: Advokat oder Seeräuber.«

Paco legt ihm die Hand auf die Schulter.

»Du bist ja ganz außer Atem. Warum hast du nicht auf mich gewartet?«

Martin scheint wie im Schlaf, wie im Delirium.

»Beinah hätt' ich ihn umgebracht. So ein Schwein!«

»Wer?«

»Der von der Bar.«

»Der Wirt? Der arme Kerl! Was hat er dir denn getan?«

»Mich an meine Schulden erinnert. Er weiß schließlich ganz genau, daß ich immer zahle, wenn ich Geld hab'.«

»Aber Menschenskind. Er braucht's wohl auch!«

»Klar, um seine Steuern zu bezahlen. Sie sind eben alle gleich.«

Martin blickt zu Boden und senkt die Stimme.

»Heut haben sie mich mit Fußtritten aus einem anderen Café gejagt.«

»Haben sie dich geschlagen?«

»Nein, geschlagen haben sie mich nicht. Aber die Absicht war deutlich zu spüren. Mir langt's bald, Paco!«

»Nun, nun, reg dich nicht auf. Es lohnt sich nicht. Wo willst du hin?«

»Schlafen.«

»Das ist auch das beste. Wollen wir uns morgen treffen?«

»Wie du willst. Hinterlaß mir eine Nachricht bei Filo. Ich gehe dort vorbei.«

»Gut.«

»Da, nimm das Buch, das du haben wolltest. Hast du die Zettel mitgebracht?«

»Nein, ich konnte sie nicht kriegen. Ich will's morgen versuchen.«

Señorita Elvira wirft sich unruhig im Bett von einer Seite auf die andere. Sie fühlt sich nicht wohl. Man könnte glauben, sie habe sich den Bauch zu vollgeschlagen mit einem überreichlichen Abendessen. Sie denkt an ihre Kindheit, an den Pranger in Villalón. Eine Erinnerung, die sie manchmal überfällt. Um sie loszuwerden, betet Señorita Elvira das Credo, bis sie einschläft. Es gibt Nächte, wenn die Erinnerung besonders hartnäckig ist, in denen sie hundertundfünfzig oder zweihundert Credos hintereinander beten muß.

Martin verbringt die Nächte in der Wohnung seines Freundes Pablo Alonso, auf einem Schlafsofa in der Rumpelkammer. Er hat einen Schlüssel für die Wohnung. Als Gegenleistung für die Gastfreundschaft muß er drei Dinge einhalten: niemals auch nur um eine Peseta bitten, niemanden mit in sein Zimmer bringen, sich um halb zehn Uhr morgens davonmachen und frühestens nach elf Uhr abends wiederkommen. Krankheit ist nicht vorgesehen.

Morgens, wenn er die Wohnung von Alonso verläßt, setzt sich Martin in das Telegraphenamt oder in die Banco de España, wo es schön warm ist und er seine Verse auf die Rückseiten der Telegrammformulare oder der Einzahlungsscheine schreiben kann.

Wenn ihm Alonso eine seiner Jacken schenkt, die er meist noch beinah neu weggibt, dann wagt es Martin sogar, seine Nase nach dem Abendessen in die Halle des Palace-Hotels zu stecken. Er hat nicht viel übrig für Luxus, das ist wahr. Aber er versucht, alle nur möglichen Milieus kennenzulernen.

»Man macht immer neue Erfahrungen«, denkt er.

Don Leoncio Maestre setzt sich auf seinen Koffer und zündet sich eine Zigarette an. Er war glücklich wie noch nie und sang lautlos *La donna è mobile* nach einem eigenen Text. Don Leoncio Maestre hatte in seiner Jugend einmal bei einem dichterischen Wettbewerb auf der Insel Menorca, seiner engeren Heimat, die Blume des Siegers davongetragen.

Die Worte des Liedes, das Don Leoncio sang, waren selbstverständlich zu Lob und Preis von Señorita Elvira. Ihn beunruhigte nur, daß bei der ersten Strophe die Betonung an falscher Stelle kam. Es gab drei Möglichkeiten:

1. *O bella Elví-rita!*
2. *O bell-á Elvi-í-rita!*
3. *O bell-á Elviri-í-ta!*

Keine davon war wirklich schön, das ist wahr. Aber zweifellos war die erste Version die beste. Denn wenigstens hatte sie die Betonung an gleicher Stelle wie bei *La donna è mobile*.

Die Augen halb geschlossen, ließ Don Leoncio keinen Moment verstreichen, ohne an Señorita Elvira zu denken.

»Meine arme Kleine! Sie wollte so gern rauchen! Ich meine fast, Leoncio, die Schachtel, die du ihr geschenkt hast, war ihr mehr wert als Rosen.«

Don Leoncio war so versunken in die Erinnerung an seine Liebe, daß er nicht merkte, wie ihm die Kälte seines blechernen Koffers in die Sitzfläche drang.

Señor Suárez ließ das Taxi vor der Tür warten. Sein Hinken schien beinah ein fröhliches Hüpfen.

Er rückte den Kneifer zurecht und stieg in den Fahrstuhl. Señor Suárez lebte mit seiner betagten Mutter zusammen. Sie waren einander so zugetan, daß sie ihm abends, bevor sie zu Bett ging, die Decken zurechtstrich und ihm den Abendsegen erteilte.

»Ist's gut so, mein lieber Junge?«

»Sehr gut, geliebte Mami.«

»Also dann bis morgen, so Gott will. Deck dich gut zu, damit du dich nicht erkältest. Angenehme Ruhe.«

»Danke, Mamachen, gleichfalls. Gib mir noch einen Kuß.«

»Gern, mein Sohn. Und vergiß dein Gebet nicht.«

»Nein, Mami. Gute Nacht.«

Señor Suárez war in den fünfzigern und seine Mutter zwanzig oder zweiundzwanzig Jahre älter.

Señor Suárez kam im dritten Stock an. Bei der Wohnung C holte er seine Schlüssel hervor und öffnete die Tür. Er hatte gedacht, sich eine andere Krawatte umzubinden, sich zu kämmen, etwas Kölnisch Wasser zu benutzen und sich mit einer tröstlichen Entschuldigung ziemlich schnell wieder zu verabschieden. Er wollte mit dem wartenden Taxi weiterfahren.

»Mami!«

Schon von der Wohnungstür aus rief Señor Suárez nach seiner

Mutter. So war's immer schon, wenn er heimkam. Seine Stimme tremolierte dann etwas wie die der Tiroler Älpler, die man im Film sieht.

Aus dem vorderen Zimmer drang Licht, aber niemand antwortete.

»Mami!«

Señor Suárez wurde nervös.

»Mami, Mami! Heiliger Geist, ich geh' nicht rein! Mami!«

Von einem merkwürdigen Gefühl getrieben, geht Señor Suárez über den Flur. Dieses etwas merkwürdige Gefühl ist vielleicht Neugierde.

»Mami!«

Er hat die Hand schon auf der Klinke, da macht Señor Suárez kehrt und flieht. Von der Wohnungstür aus ruft er nochmals.

»Mami, Mami!«

Er merkt, daß ihm das Herz schneller klopft. Stufen überspringend, rast er die Treppe hinunter.

»Bringen Sie mich zur Carrera de San Jerónimo, halten Sie am Kongreßpalast.«

Das Taxi brachte Herrn Suárez in die Carrera de San Jerónimo und hielt vor dem Kongreß.

Mauricio Segovia langweilte es, mitanzuhören wie Doña Rosa ihre Kellner anbrüllte. Er stand auf und verließ das Lokal.

»Ich möchte wissen, wer erbärmlicher ist: dieses schmutzige Nilpferd in Trauerkleidung oder die Horde von dummen Laffen. Wenn sie ihr doch bloß eines Tages eine ordentliche Tracht Prügel verpassen würden!«

Mauricio Segovia ist gutmütig wie alle Rothaarigen und kann keine Ungerechtigkeiten vertragen. Wenn er behauptet, die Kellner sollten Doña Rosa Hiebe geben, so kommt das daher, daß er gesehen hatte, wie schlecht Doña Rosa sie behandelte. So wären sie doch wenigstens quitt und könnten ganz neu anfangen.

»Das ist alles nur eine Frage der Qualität des Ferments. Bei mancher Sorte gerinnt's weiß und schaumig wie Spucke und bei anderer bleibt das Lab klein und hart wie ein Zündstein.«

Don Ibrahim de Ostolaza y Bofarull betrachtete sich im Spiegel, lehnte den Kopf zurück und strich seinen Bart.

Er fing an zu deklamieren:

»Hochverehrte Mitglieder der Akademie. Ich will Ihre Aufmerksamkeit nicht lange in Anspruch nehmen... usw. usw.« (Ja, das macht sich gut... den Kopf arrogant zurückgeworfen... ich muß auf die Manschetten achten. Manchmal rutschen sie zu weit vor. Es sieht dann aus, als wollten sie davonfliegen...)

Don Ibrahim zündete sich die Pfeife an und fing wieder an, im Zimmer umherzuwandern: auf und ab. Eine Hand auf die Lehne eines Stuhles gestützt, in der anderen die Pfeife hochgereckt, wie es diese Herrn von den Denkmälern mit ihren Schriftrollen zu tun pflegen.

Don Ibrahim fuhr fort:

»Wie soll man der Ansicht des Herrn Clemente de Diego zustimmen können, daß man Rechte erwirbt, indem man sie ersitzt und ausübt? Dies Argument ist offensichtlich nicht sehr stichhaltig, meine Herren. Verzeihen Sie mir die Hartnäckigkeit und erlauben Sie mir, daß ich nochmals, wie schon oft, die Logik zu Hilfe nehme. Ohne sie kann man in der Welt der Ideen nichts ausrichten.« (An dieser Stelle gibt's sicherlich zustimmendes Gemurmel.) »Ist es nicht offensichtlich, erlauchte Versammlung, will man etwas benutzen, so muß man es erst besitzen? In Ihren Augen kann ich lesen, daß Sie mir zustimmen.« (Möglicherweise sagt einer aus dem Publikum mit leiser Stimme: ganz recht, ganz recht!) »Weiter: Wenn man, um etwas benutzen zu können, es erst besitzen muß, so können wir auch behaupten: Nichts kann benutzt werden ohne vorherige Besitzergreifung.«

Don Ibrahim schob seinen Fuß näher ans Rampenlicht und strich mit eleganter Bewegung über die Aufschläge seines Hausrocks – pardon, seines Fracks! Dann lächelte er.

»Also gut, meine Herrn, wie man, um etwas zu benutzen, es besitzen muß, so muß man etwas erwerben, um es zu besitzen. Es ist unwichtig, wie man das tut. Ich sage nur: Man muß es zu erwerben suchen. Denn nichts, absolut nichts kann besessen werden, ohne vorherige Aneignung.« (Hier unterbricht mich vielleicht Applaus! – Es wäre gut, darauf vorbereitet zu sein.) Don Ibrahims Stimme klang feierlich wie ein Fagott. Auf der anderen Seite der dünnen Zwischenwand fragte ein Ehemann, der gerade von der Arbeit heimkam:

»Hat die Kleine ihr Stinkerchen gemacht?«

Don Ibrahim fror plötzlich. Er zog sich den Schal enger um den Hals.

Im Spiegel sah man ein schwarzes Bändchen, das er abends am Frack zu tragen pflegte.

Don Mario de la Vega, der Drucker mit der Zigarre, und der Abiturient nach dem Studienplan von 1903 gingen zusammen zum Abendessen.

»Wissen Sie, wie wär's? Kommen Sie morgen früh nicht zu einer Vorstellung, fangen Sie gleich an zu arbeiten! Ich packe den Stier gern bei den Hörnern!«

Der andere war anfangs etwas erstaunt. Er hätte gern entgegnet, er würde lieber erst in ein paar Tagen anfangen; er brauche noch Zeit, um ein paar Angelegenheiten zu regeln. Aber dann dachte er, es sei wohl zu gefährlich, und man werde ihm mit einem glatten Nein antworten.

»Nun gut. Vielen Dank. Ich werd' versuchen, alles so gut ich kann zu machen.«

»Das wird zu Ihrem Vorteil sein!«

Don Mario de la Vega lächelte.

»Also abgemacht! – Und nun zur Feier des Tages lade ich Sie zum Essen ein!«

Dem Abiturienten trat das Wasser in die Augen.

»Was meinen Sie?...«

Der Drucker kam ihm zu Hilfe.

»Natürlich nur, wenn Sie nichts anderes vorhaben. Ich will nicht ungelegen kommen.«

»Nein, nein, seien Sie unbesorgt. Sie kommen nicht ungelegen, ganz im Gegenteil. Ich habe keine andere Verabredung.«

Der Abiturient faßte Mut und fügte hinzu:

»Heute abend hatte ich gar nichts vor, ich stehe ganz zu Ihrer Verfügung.«

Im Restaurant wurde Don Mario jedoch etwas lästig. Er erklärte seinem Gast, er behandle seine Untergebenen immer gut, seine Untergebenen sollten gern bei ihm arbeiten, seine Untergebenen sollten vorankommen, seine Untergebenen sollten in ihm den Vater sehen, und er wünsche nur, daß seine Untergebenen sich der Druckerei verbunden fühlten.

»Ohne Zusammenarbeit von Chef und Untergebenen blüht kein Geschäft. Und wenn das Geschäft blüht, ist's gut für beide Teile: für den Chef und für die Untergebenen. – Entschuldigen Sie mich einen Augenblick. Ich muß telefonieren, eine wichtige Sache.«

Während der hochtrabenden Rede seines neuen Chefs hatte der Abiturient genau begriffen, daß seine Rolle die eines Untergebenen war.

Doch für den Fall, daß er es doch noch nicht kapiert haben sollte, sagte Don Mario plötzlich während des Essens:

»Sie werden anfangs sechzehn Peseten verdienen. Einen Arbeitsvertrag gibt's nicht. Verstanden?«

»Ja, Herr, ich habe verstanden!«

Señor Suárez stieg vor dem Kongreßgebäude aus dem Taxi und begab sich die Calle del Prado entlang auf die Suche nach dem Café, wo man ihn erwartete.

Damit man nicht merkte, wie eilig er zu der Verabredung strebte, hatte Herr Suárez sich entschlossen, nicht mit dem Taxi vor dem Café vorzufahren.

»Ach, Kleiner, ich bin ganz durchgedreht. In meiner Wohnung muß irgend etwas Schreckliches passiert sein. Meine Mami hat mir gar nicht geantwortet!«

Als Señor Suárez im Café zu sprechen anfing, klang seine Stimme noch piepsiger als gewöhnlich. Es war fast schon die Stimme eines leichten Mädchens aus einer drittklassigen Bar.

»Laß sie doch, und reg dich nicht auf. Sie wird eingeschlafen sein.«

»Glaubst du wirklich?«

»Na, ganz sicher. Die alten Leute schlafen immer so schnell ein.«

Der Freund war ein dreister Geck mit grünem Schlips, gelben Schuhen und gestreiften Socken. Er heißt José Giménez Figueras und, obwohl er einen etwas erschreckenden Eindruck macht mit seinem stachligen Bart und seinem maurischen Aussehen, trägt er doch den Spitznamen Pepito, der Splitter.

Señor Suárez lächelte beinah schamhaft.

»Wie hübsch du bist, Pepe.«

»Halt's Maul, Schafskopf. Man kann uns doch hören!«

»Ach, Schafskopf! Du bist immer so liebevoll!«

Señor Suárez verzog den Mund. Dann wurde er nachdenklich.

»Was ist nur mit meiner Mami los?«

»Wirst du endlich das Maul halten!«

Señor Giménez Figueras alias der Splitter schnitt dem Señor Suárez alias die Fotografin eine Fratze.

»Hör mal, mein Schätzchen, haben wir uns getroffen, um nett miteinander zu sein oder damit du mir die Platte von der geliebten Mami dauernd vorspielst?«

»Ach Pepe, du hast ja recht. Schimpf bloß nicht. Ich hab' doch so große Angst.«

Don Leoncio Maestre faßte zwei ungeheuer wichtige Entschlüsse. Erstens: es ist völlig klar, daß Señorita Elvira keine Hergelaufene ist. Das sieht man ihr an der Nasenspitze an. Señorita Elvira ist ein feines Mädchen aus gutem Hause, das irgendwelche Differenzen mit den Seinen gehabt hat und davongelaufen ist, woran es gutgetan hat. Zum Donnerwetter! Das ist noch lange nicht sicher, ob die Väter immer recht haben. So viele glauben, sie könnten ihre Kinder lebenslänglich am Gängelband führen. Señorita Elvira ist sicherlich von zu Hause fortgelaufen, weil ihre Familie ihr schon seit Jahren das Leben zur Hölle gemacht hat. Das arme Kind! Aber schließlich, jedes Leben hat seine Geheimnisse. Das Gesicht ist der Spiegel der Seele. »Wer könnte um Himmels willen auf den Gedanken kommen, Elvira sei ein käufliches Mädchen?«

Don Leoncio Maestre wird ein bißchen böse auf sich selbst.

Don Leoncio faßte einen zweiten Entschluß: er wollte nach

dem Abendbrot nochmals zum Café der Doña Rosa gehen, um nachzusehen, ob Señorita Elvira wohl zurückgekommen sei.

»Wer weiß, diese traurigen und unglücklichen kleinen Mädchen, die da irgendeinen Krach zu Hause gehabt haben, mögen immer die Cafés mit Musik gern.«

Don Leoncio Maestre beendete sehr schnell seine Mahlzeit, bürstete sich etwas ab, nahm Mantel und Hut und marschierte zum Café von Doña Rosa. Das heißt er ging von zu Hause fort, in der Absicht, rasch im Café von Doña Rosa nachzuschauen.

Mauricio Segovia aß mit seinem Bruder Hermenegildo zu Abend. Der Bruder war nach Madrid gekommen, um zu erreichen, daß er in seiner Heimatstadt zum Sekretär des Gewerkschaftsbundes gewählt werde.

»Wie steht's mit deinen Angelegenheiten?«

»Ja, Junge, was soll ich sagen? Ich glaube schon, daß es klappt.«

»Hast du irgend was Neues gehört?«

»Ja, heute nachmittag war ich bei Don José Maria. Weißt du, der Mann, der im Privatbüro von Don Rosendo arbeitet. Er sagte mir, er werde meinen Antrag mit seinem ganzen Einfluß unterstützen. Mal sehen, was sie da ausbrüten. Glaubst du, daß sie mich ernennen werden?«

»Ich glaube schon. Warum sollten sie nicht?«

»Ich weiß nicht recht. Manchmal denke ich, ich hab's schon in der Tasche. Und manchmal meine ich, was sie mir schließlich geben werden, ist ein Tritt in den Hintern. Dieses Hin und Her, ohne zu wissen, welche Karte ausgespielt wird, das ist das Schlimmste.«

»Verlier nicht den Mut. Gott hat uns alle aus dem gleichen Stoff gemacht. Und außerdem weißt du ja selbst, keine Rose ohne Dornen.«

»Ja, du hast recht.«

Und die beiden Brüder sprachen daraufhin während des ganzen Essens kaum mehr ein Wort miteinander.

»Hör mal, ich glaub', die Deutschen werden reinfallen.«

»Ja, mir scheint's schon nach verbranntem Fell zu riechen.«

Don Ibrahim de Ostolaza y Bofarull tat so, als habe er das vom Stinkerchen des Nachbarbabys nicht gehört. Er zog sich den Schal zurecht, legte die Hand wieder auf die Stuhllehne und fuhr fort:

»Ja, meine Herrn, ich, der ich die Ehre habe, Ihnen das auseinanderzusetzen, glaube, daß meine Argumente keine Spreu sind.« (Vielleicht ein wenig zu gewöhnlich, zu platt, das von der Spreu?) »Wenn man auf den juristischen Begriff, mit dem wir uns beschäftigt haben, die Folgerungen des vorher geprägten Syllogismus anwendet« (... juristischen Begriff, mit dem wir uns beschäftigt haben, die Folgerungen des vorher geprägten Syllogismus ... ist vielleicht etwas zu lang?) »– dann können wir, wie schon gesagt, versichern, daß ebenso wie man, um etwas zu benutzen, es erst besitzen muß, man gleichermaßen, um ein Recht auszuüben, auch dieses erst besitzen muß, welches es auch sei.« (Pause!)

Der Nachbar nebenan fragte nach der Farbe des Stuhlgangs. Seine Frau antwortete, die Farbe sei normal gewesen.

»Und Recht kann man nicht besitzen, meine hochverehrten Akademiekollegen, ohne es vorher erlangt zu haben. Ich nehme an, daß meine Worte klar sind wie das dahinplätschernde Wasser eines kristallhellen Baches.« (Stimmen: Ja, ja!) »Also weiter! Um ein Recht auszuüben, muß man es erst erlangt haben. Denn man kann nicht ausüben, was man nicht hat.« (Genau, genau! Eben, eben!) »Wie kann man also, streng wissenschaftlich gesehen, annehmen, es gäbe eine Methode der Erwerbung durch Ausübung, wie es der durch so viele Ideen berühmte Herr Professor de Diego behauptet? Das will nämlich soviel heißen, wie daß man etwas ausübt, das man noch nicht erworben hat, ein Recht, das man noch gar nicht besitzt« (Anhaltender, zustimmender Lärm!)

Der Nachbar von nebenan fragte:

»Hast du ihr das Abführmittel geben müssen?«

»Nein, ich hatte alles vorbereitet. Aber dann hat sie von allein gemacht. Weißt du, ich mußte extra eine Büchse Ölsardinen kaufen. Deine Mutter hat mir gesagt, das Öl aus den Sardinenbüchsen sei das beste für so was.«

»Na gut, mach dir keine Gedanken. Wir können ja die Ölsardinen zum Abendbrot essen, und alles ist in Ordnung. Das sind so Ideen meiner Mutter mit diesem Öl aus den Sardinenbüchsen!«

Mann und Frau lächelten liebevoll, umarmten sich und gaben sich einen Kuß. Es gibt Tage, wo alles gut abläuft. Die Verstopfung der Kleinen war schon wirklich beängstigend gewesen.

Don Ibrahim dachte, er müsse bei so anhaltendem Beifallsapplaus eine kurze Pause einschalten, mit gesenkter Stirn und abwesendem Ausdruck auf das Manuskript und das Wasserglas blicken.

»Ich halte es für notwendig, klarzustellen, meine Herren Akademiemitglieder, daß wir uns unbedingt vergegenwärtigen müssen: Der Gebrauch von etwas – nicht der Gebrauch und die Ausübung des Rechts, etwas zu gebrauchen, denn das gibt es noch nicht –, das durch Verjährung zum Besitz wird, zum Titel Besitzer, für den, der es in Gebrauch hat, ist eine Situation der Umstände, niemals aber ein Recht!« (Sehr gut!) Don Ibrahim lächelte wie ein Triumphator und verharrte einige Minuten in Gedankenleere.

Im Grunde seiner Seele – und äußerlich ebenfalls – war Don Ibrahim ein sehr glücklicher Mensch. Wenn man ihn nicht genügend beachtete, was schadet es? Wozu gab's später den Nachruhm? Zu guter Letzt und sozusagen als Nachtisch gibt einem dann die Geschichte recht, und es widerfährt einem die fällige Gerechtigkeit. Und wenn auf dieser fragwürdigen Erde das Genie nicht zu Lebzeiten beachtet wird, wozu sich aufregen? Nach hundert Jahren sind allesamt kahlköpfig geworden!

Don Ibrahim wurde aus seiner süßen Benommenheit jäh herausgerissen durch ein anhaltendes, freches Klingeln.

»Was für eine Ungezogenheit! Wie kann man einen so stören! Was sind die Leute heutzutage schlecht erzogen! Fehlt nur, daß sie sich in der Tür geirrt haben!«

Don Ibrahims Frau, die Strümpfe strickend neben dem Kohlenbecken saß, während ihr Mann deklamierte, stand auf und ging zur Wohnungstür.

Don Ibrahim spitzte die Ohren. Wer an der Tür geklingelt hatte, war der Hausbewohner aus dem vierten Stock.

»Ist Ihr Gatte daheim?«

»Ja. Er bereitet seinen Vortrag vor.«
»Kann ich ihn sprechen?«
»Aber natürlich!«
Die Frau rief laut:
»Ibrahim, unser Nachbar von oben.«
Don Ibrahim antwortete:
»Laß ihn reinkommen, Frau. Er soll nur kommen. Wozu steht er draußen?«
Don Leoncio Maestre war sehr bleich.
»Na, lieber Freund, was führt Sie zu mir?«
Don Leoncio Maestre sagte mit zitternder Stimme:
»Sie ist tot.«
»Was?«
»Sie ist tot, sage ich.«
»Was?«
»Eben, daß sie tot ist. Ich hab' ihre Stirn angefaßt. Sie ist kalt wie Eis.«
Don Ibrahims Frau riß die Augen tellerweit auf.
»Wer?«
»Die von nebenan.«
»Die von nebenan?«
»Ja.«
»Doña Margot?«
»Ja.«
Don Ibrahim unterbrach:
»Die Mama vom Homo?«
Im gleichen Augenblick, wo Don Leoncio ja sagte, rief die Frau:
»Bei Gott, Ibrahim, so was sagt man doch nicht!«
»Und sie ist tatsächlich tot?«
»Ja, Don Ibrahim, sie ist tot. Sie hat sich mit einem Handtuch erhängt.«
»Mit einem Handtuch?«
»Ja. Mit einem Frottierhandtuch.«
»Wie grauenvoll!«
Don Ibrahim fing an, Befehle zu erteilen, im Zimmer auf und ab zu schreiten und alle zur Ruhe zu mahnen.
»Genoveva, nimm das Telefon und ruf die Polizei an.«

»Was hat die für eine Nummer?«

»Was weiß ich, Kind, schau im Telefonbuch nach. Und Sie, mein lieber Freund Maestre, Sie stehen Wache an der Treppe, damit niemand hinauf- noch hinuntergeht. Am Garderobenständer hängt ein Stock. Ich will dem Arzt Bescheid sagen.«

Als man Don Ibrahim die Tür zur Wohnung des Arztes öffnete, fragte er mit sehr ernstem Gesicht:

»Ist der Doktor da?«

»Ja, Herr, warten Sie einen Augenblick.«

Don Ibrahim wußte ganz genau, daß der Arzt zu Hause war. Als er herauskam und nach Don Ibrahims Wünschen fragte, lächelte Don Ibrahim. Er wußte einfach nicht, wie er anfangen sollte: »Wie geht's der Kleinen? Ist ihr Bauch wieder in Ordnung?«

Don Mario de la Vega lud Eloy Rubio Antofagasta, den Abiturienten nach dem Studienplan von 1903, nach dem Abendessen noch zu einem Kaffee ein. Er wollte ihm offensichtlich imponieren.

»Nehmen Sie eine Zigarre?«

»Ja, sehr gern, wenn ich darf.«

»Donnerwetter, lieber Freund. Sie schlagen aber auch gar nichts aus!«

Eloy Rubio Antofagasta lächelt bescheiden.

»Nein, Herr.«

Und er fügt hinzu: »Ich bin doch so froh, Arbeit gefunden zu haben, wissen Sie.«

»Und gegessen zu haben?«

»Ja. Auch gegessen zu haben.«

Señor Suárez raucht einen von Pepe dem Splitter gestifteten Zigarillo.

»Ach, wie schmeckt das gut. Es riecht förmlich nach dir.«

Señor Suárez sah seinen Freund an.

»Wollen wir ein paar heben? Ich hab' gar keine Lust, was zu essen. Wenn ich mit dir zusammen bin, hab' ich nie Appetit!«

»Also gehen wir!«

»Darf ich dich einladen?«

Die Fotografin und der Splitter gingen los. Innig Arm in Arm wanderten sie die Calle del Prado hinauf, auf der linken Straßenseite, wo die Cafés sind, in denen man Billard spielen kann.

Einige Leute drehten die Köpfe nach ihnen um, wie sie so vorbeigingen.

»Wollen wir uns hier etwas hinsetzen und zuschauen?«

»Nein, lassen wir das. Neulich haben sie mir dort beinah die Zähne eingeschlagen.«

»Oh, was für Bestien! Es gibt so viele schlecht erzogene Leute. So eine Gemeinheit! Du bist sicher furchtbar erschrocken, nicht wahr, Splitterchen?«

Pepe der Splitter ärgerte sich.

»Hör mal, nenn lieber deine Mutter Splitterchen!«

Señor Suárez wurde wieder hysterisch.

»Ach, meine Mami! Was ist nur mit meiner Mami los? Ach, du lieber Gott im Himmel...«

»Wirst du wohl gleich das Maul halten!«

»Verzeih, Pepe, ich werd' schon nicht mehr von meiner Mama reden. Ach, die Arme... Hör mal, Pepe, kaufst du mir eine Blume? Ich möcht' so gern von dir eine rote Kamelie haben! Wenn man mit dir zusammen ist, braucht man wirklich ein Besetzt-Zeichen.«

Pepe der Splitter lächelte selbstgefällig und kaufte Señor Suárez eine rote Kamelie.

»Steck sie dir ins Knopfloch!«

»Wohin du willst!«

Nachdem der Arzt festgestellt hatte, daß die Señora tot war, nahm er sich Don Leoncio Maestre vor, der einen Nervenschock erlitten hatte. Er war fast von Sinnen und schlug wild um sich.

»Um Gottes willen, Doktor. Jetzt stirbt der uns auch noch!«

Doña Genoveva Cuadrado de Ostolaza war sehr aufgeregt.

»Keine Angst, Señora. Dem fehlt nichts Ernstes. Ein tüchtiger Schock, weiter nichts!«

Don Leoncio lag in einem Sessel, verdrehte die Augen, Schaum vor dem Mund.

Don Ibrahim hatte inzwischen die Nachbarschaft organisiert.

»Ruhe, vor allem äußerste Ruhe! Jedes Familienoberhaupt durchsucht gewissenhaft seine Wohnung. Wir dienen damit der Justiz, lassen ihr unsere Unterstützung und Mithilfe angedeihen und tun alles, was in unseren Kräften steht.«

»Ja, gut gesprochen. In solchen Fällen ist's gut, wenn einer die Führung übernimmt und die anderen gehorchen!«

Die Bewohner des Hauses, in dem das Verbrechen geschehen war, alles Spanier, machten kurz und bündig ihre Angaben.

»Dem soll man einen Lindenblütentee kochen!«

»Jawohl, Herr Doktor!«

Don Mario und der Abiturient Eloy beschlossen, früh ins Bett zu gehen.

»Also gut, lieber Freund. Bis morgen, und gleich ein Tor schießen, verstanden?«

»Ja. Sie werden schon sehen, daß Sie mit meiner Arbeit zufrieden sein können.«

»Hoffentlich! Morgen um neun haben Sie Gelegenheit, es mir zu beweisen. Wo gehen Sie jetzt hin?«

»Nach Hause. Wo sollte ich sonst hin? Ich will ins Bett. Gehen Sie auch früh schlafen?«

»Mein Lebtag! Ich bin ein Mann mit geregeltem Tageslauf!«

Eloy Rubio Antofagasta empfand sich deutlich als Speichellecker. Wahrscheinlich war das Nach-dem-Mund-Reden für ihn ein natürlicher Zustand geworden.

»Wenn es Ihnen recht ist, Señor Vega, begleite ich Sie nach Hause.«

»Wie Sie wollen, Freund Eloy, und vielen Dank. Sie scheinen ja sicher zu sein, daß dann noch eine Zigarette für Sie dabei herausspringt.«

»Darum tu' ich's nicht, Señor Vega, glauben Sie mir.«

»Ich weiß. Seien Sie kein Dummkopf, Menschenskind. Wir sind doch alle keine Kostverächter.«

Don Mario und sein neuer Korrektor machten einen kleinen Spaziergang, obwohl die Nacht sehr kalt war. Sie schlugen den Kragen ihrer Mäntel hoch. Wenn man Don Mario nur von dem reden ließ, was ihm Spaß machte, dann spürte er weder Kälte noch Hitze noch Hunger.

Als sie ziemlich lange gegangen waren, stießen Don Mario und Eloy Rubio Antofagasta auf eine Menschengruppe, die eine Seitenstraße versperrte. Davor zwei Schutzleute, die niemanden durchließen.

»Ist was passiert?«

Eine Frau drehte sich um.

»Ich weiß nicht. Es heißt, es sei ein Verbrechen geschehen. Zwei ältere Frauen sind erstochen worden.«

»Teufel!«

Ein Mann mischte sich ein in die Unterhaltung.

»Übertreiben Sie nicht, gute Frau. Es waren nicht zwei, sondern es ist nur eine Frau.«

»Und das finden Sie wenig?«

»Nein, Señora, das ist mehr als genug. Aber zwei wären noch schlimmer.«

Ein junger Bursche näherte sich der Gruppe.

»Was ist hier los?«

Eine andere Frau half ihm, seine Neugierde zu befriedigen.

»Hier soll wer ermordet worden sein. Man hat ein junges Mädchen mit einem Frottiertuch erdrosselt. Eine Künstlerin!«

Die beiden Brüder Mauricio und Hermenegildo beschlossen, auf die Pauke zu hauen.

»Weißt du, was ich meine? Heute ist eine sehr geeignete Nacht, um durchzumachen. Wenn du's kriegst, feiern wir eben im voraus. Und wenn nicht, weißt du, dann müssen wir uns trösten, schon heute abend. Wenn wir nicht ausgehen, wirst du nur grübeln. Du hast alles getan, was du tun konntest. Jetzt kann man nur noch abwarten, was die andern beschließen.«

Hermenegildo war sehr unruhig.

»Ja, du hast recht. So den ganzen Tag immer an das gleiche denken, davon wird man bloß noch nervöser. Also los, wohin du willst. Du kennst dich in Madrid besser aus.«

»Ist's dir recht, wenn wir ein paar Gläschen heben?«

»Gut, gehen wir! Aber so ohne lustige Gesellschaft?«

»Wir werden schon welche finden. Um diese Zeit gibt's genug lose Mädchen!«

Mauricio Segovia und sein Bruder Hermenegildo klapperten die Bars der Calle de Echegaray ab. Mauricio führte und Hermenegildo gehorchte und bezahlte.

»Nehmen wir an, ich kriege die Sache und wir müssen feiern. Ich bezahle natürlich!«

»Na gut. Und wenn du dann nichts mehr hast, um ins Dorf zurückzufahren, dann laß mich's wissen, dann helf' ich dir aus.«

In einer Kneipe in der Calle de Fernández y González stieß Hermenegildo seinen Bruder Mauricio mit dem Ellenbogen an.

»Schau dir mal diese beiden an. Was die alles genüßlich in sich hineinstopfen.«

Mauricio drehte sich um.

»Haha! Marguerite Gautier, die Arme, ist unwohl. Hast du die rote Kamelie gesehen da im Knopfloch. Hier gibt's allerhand zu beobachten, Bruder.«

Aus der hintersten Ecke des Lokals schrie einer hämisch: »Treib's nicht zu weit, Fotografin. Laß noch was für nachher.«

Pepe der Splitter stand auf.

»Mal sehen, ob hier nicht bald wer rausgeschmissen wird!«

Don Ibrahim sagte zum Untersuchungsrichter:

»Sehen Sie, Herr Richter, es läßt sich leider gar nichts herausfinden. Alle Hausbewohner haben ihre Wohnungen durchsucht, und man hat nichts Bemerkenswertes gefunden.«

Ein Bewohner des ersten Stockes, Don Fernando Cazuela, ein Staatsanwalt, blickte zu Boden. Er hatte etwas gefunden.

Der Richter fragte Don Ibrahim aus.

»Wir wollen der Reihe nach vorgehen. Hatte die Verstorbene Familie?«

»Ja, Herr Richter, einen Sohn.«

»Und wo ist der?«

»Ach, Herr Richter, das kann Ihnen jeder sagen. Das ist ein Mensch mit schlechten Gewohnheiten.«

»Ein Schürzenjäger?«

»Nein, Herr Richter, das nicht gerade.«

»Vielleicht ein Spieler?«

»Nein, das auch nicht! Soviel ich weiß jedenfalls nicht.«

Der Untersuchungsrichter blickte Don Ibrahim erstaunt an.

»Ein Säufer?«

»Nein, nein, auch kein Säufer!«

Der Untersuchungsrichter lächelte verärgert.

»Hören Sie mal, was nennen Sie denn eigentlich schlechte Gewohnheiten? Vielleicht Briefmarkensammeln?«

Don Ibrahim war gekränkt.

»Nein, mein Herr! Schlechte Gewohnheiten nenne ich vieles. Zum Beispiel ein Schwuler zu sein.«

»Aha, daher weht der Wind! Der Sohn der Verstorbenen ist also ein Homo?«

»Ja, Herr Richter. Ein Schwuler nach allen Regeln der Kunst.«

»Na, dann meine Herren, vielen Dank für die Hilfe. Ziehen Sie sich bitte in Ihre Wohnungen zurück. Wenn ich Sie brauche, werde ich Sie rufen lassen.«

Sehr gehorsam gingen die Hausbewohner in ihre Wohnungen zurück.

Don Fernando Cazuela fand in seiner Wohnung rechts im ersten Stock seine Frau in Tränen aufgelöst.

»Ach, Fernando, schlag mich tot, wenn du willst. Aber daß bloß unser Söhnchen nichts merkt!«

»Nein, meine Liebe. Wie könnte ich dich umbringen, wenn der Untersuchungsrichter noch im Hause ist! Los, geh ins Bett! Was mir noch fehlte, wäre nur, daß dein Liebhaber der Mörder von Doña Margot ist!«

Um die Menschenmenge auf der Straße etwas abzulenken – es waren schon einige hundert Leute –, sang ein kleiner Zigeunerjunge von ungefähr sechs Jahren seinen Flamenco und begleitete sich mit Händeklatschen. Es war ein sympathischer kleiner Zigeuner, wenn auch schon sehr gewitzt...

Schnitt Hosen zu
Ein Schneiderlein.
Kam ein Zigeunerbub hinein,
Der wollte Krebs' verkaufen.

Als man Doña Margot hinaustrug und in den Leichenwagen schob, schwieg der Knabe taktvoll.

3

Mittags nach dem Essen geht Don Pablo in ein stilles Café in der Calle San Bernardo und spielt dort mit Don Francisco Robles y López-Patón eine Partie Schach. So gegen fünf oder halb sechs holt er Doña Pura ab, macht mit ihr einen kleinen Spaziergang und steuert dann das Café von Doña Rosa an. Dort trinkt er sein Täßchen Schokolade, die ihm immer etwas verwässert vorkommt.

An einem Tisch am Fenster, nicht weit entfernt von den beiden Schachspielern, sind vier Männer beim Domino: Don Roque, Don Emilio Rodríguez Ronda, Don Tesifonte Ovejero und Señor Ramón.

Don Francisco Robles y López-Patón, der Arzt für Geschlechtskrankheiten ist, hat eine Tochter, Amparo. Sie ist mit Don Emilio Rodríguez Ronda verheiratet. Der ist ebenfalls Arzt. Don Roque ist der Mann von Doña Visi, der Schwester Doña Rosas. Don Roque Moisés Vázquez ist laut Aussage seiner Schwägerin einer der schlimmsten Menschen dieser Erde. Don Tesifonte Ovejero y Solana ist Stabsveterinär und ein braver, etwas schüchterner Tölpel vom Land, der einen Smaragdring trägt. Und Señor Ramón schließlich ist ein Bäckermeister, der eine ziemlich bekannte Bäckerei in der Nähe besitzt.

Diese sechs Freunde, die sich jeden Nachmittag zusammenfinden, sind ruhige, gesetzte Leute. Sie haben ihre unbedeutenden Eigenheiten. Aber sie benehmen sich anständig, zanken nicht und unterhalten sich von Tisch zu Tisch nicht nur über das Spiel, dem sie nicht immer große Aufmerksamkeit schenken.

Don Francisco hat gerade einen Läufer verloren.

»Das steht aber schlecht für mich.«

»Sehr schlecht. Ich würde an Ihrer Stelle aufgeben.«

»Ich nicht!«

Don Francisco blickt seinen Schwiegersohn an, der mit dem Tierarzt spielt.

»Sag mal, Emilio, wie geht's dem kleinen Mädchen?«

Das kleine Mädchen ist Amparo.

»Gut. Jetzt geht's wieder gut. Morgen lasse ich sie aufstehen.«

»Oh, das freut mich. Heute abend wird die Mutter zu euch kommen.«

»Fein, kommst du auch?«

»Ich weiß noch nicht, ob ich wegkann.«

Die Schwiegermutter von Don Emilio heißt Doña Soledad, Doña Soledad Castro de Robles.

Señor Ramón ist endlich den doppelten Fünfer losgeworden, mit dem er festgefahren war. Don Tesifonte macht immer den gleichen Witz: »Glück im Spiel...«

»Und umgekehrt, Herr Stabsarzt! Sie verstehen schon!«

Don Tesifonte macht ein unwirsches Gesicht, denn alle Freunde lachen. Und wahrhaftig: Don Tesifonte hat weder Glück in der Liebe noch beim Spiel. Er verbringt den ganzen Tag zu Hause und geht nur aus, um sein Spielchen zu machen.

Don Pablo, der die Partie sowieso gewinnen wird, ist zerstreut und paßt nicht mehr auf.

»Hör mal, Roque, gestern war mit deiner lieben Schwägerin aber schlecht Kirschen essen!«

Don Roque macht eine wegwerfende Handbewegung, als ginge ihn das gar nichts mehr an.

»Die ist immer so. Ich glaube, die ist schon mit schlechter Laune zur Welt gekommen. Meine Schwägerin ist ein Scheusal. Wenn's nicht wegen der Mädels wär', ich hätte längst das Tischtuch zwischen uns zerschnitten. Aber was will man machen? Geduld, Geduld... Diese dicken, halb versoffenen Tanten werden meist nicht alt.«

Don Roque denkt: Wenn er Däumchen dreht und wartet, so wird das Café *La Delicia* eines schönen Tages mit einem Haufen anderer Sachen seinen Töchtern in den Schoß fallen. Und im Grunde genommen hat Don Roque recht. Ohne Zweifel lohnt es sich, das Übel durchzustehen, auch wenn's noch fünfzig Jahre dauern sollte. Paris ist eine Messe wert.

Doña Mathilde und Doña Asunción treffen sich jeden Nachmittag in einer Milchbar in der Calle Fuencarral. Sie sind mit der Besitzerin befreundet. Diese Doña Ramona Bragado ist eine aufgedonnerte, aber sehr spaßige alte Person. Zu Zeiten des Generals Prim war sie Schauspielerin. Und als sie gerade in einen aufsehenerregenden Skandal verwickelt war, erbte sie ein Legat von zehntausend Duros durch das Testament des Marqués de Casa Peña Zurana, der Sentor und zweimal Unterstaatssekretär im Finanzministerium und mindestens zwanzig Jahre lang ihr Liebhaber gewesen war. Doña Ramona entwickelte genügend gesunden Menschenverstand und kaufte sich eine Milchbar, anstatt die Kröten zu verjubeln. Der Laden ging gut und hatte eine feste Kundschaft. Auch sonst blieb Doña Ramona nicht müßig und widmete sich allen Geschäften, die sich ihr boten. Sie war imstande, Stroh zu Gold zu machen. Am meisten Spaß bereiteten ihr allerhand kleine Kupplergeschäfte hinterm Vorhang der Milchbar. Sie setzte etwa goldene und gut eingezuckerte Flausen in den Kopf eines jungen Mädchens, das sich gern eine Handtasche kaufen wollte. Und danach hielt sie ihre ausgestreckte Hand vor die offene Geldtruhe eines müßigen Jünglings, von der Sorte, die sich nicht gern anstrengt und alles schon fix und fertig präsentiert haben will. Gleich und gleich gesellt sich gern!

An diesem Nachmittag war die Gesellschaft in der Milchbar sehr lustig.

»Bringen Sie uns ein paar Milchbrötchen, Doña Ramona. Ich zahle!«

»Aber meine Liebe, haben Sie das große Los gezogen?«

»Es gibt viele große Lose, Doña Ramona. Ich hab' einen Brief von Paquita aus Bilbao bekommen. Hören Sie nur, was sie schreibt!«

»Los, lesen Sie vor!«

»Lesen Sie es lieber. Ich sehe immer schlechter. Lesen Sie, dort unten steht's.«

Doña Ramona setzte sich die Brille auf und las.

»Die Frau meines Freundes ist an perniziöser Anämie gestorben...«

»Donnerwetter, Doña Asunción, dann können die beiden ja endlich...«

»Weiter, weiter!«

»Und mein Freund sagt, nun brauchten wir uns nicht mehr vorzusehen. Und wenn ich in andere Umstände komme, will er mich heiraten.«

»Meine Liebe, Sie haben ja wirklich Glück!«

»Ja, Gott sei Dank, ich habe viel Glück mit dieser Tochter!«

»Und der Freund ist Professor?«

»Ja. Don José María de Samas, Professor für Psychologie, Logik und Ethik.«

»Na, dann liebe Freundin, meine Glückwünsche. Die haben Sie gut untergebracht!«

»Ja, es ist nicht schlecht!«

Auch Doña Mathilde kann mit einer guten Nachricht aufwarten. Es ist keine so entscheidende, wie die von Paquita es hoffentlich sein wird. Aber es ist ohne Zweifel auch eine gute Nachricht. Ihrem Sohn, Florentino aus dem *Mare Nostrum*, war ein sehr vorteilhafter Vertrag angeboten worden von einem Lokal in der Paraleo in Barcelona, er soll in einer Revue »Melodien der Rassen« auftreten. Und da diese Revue eine patriotische Grundhaltung vertritt, hofft man, die Behörden würden sie unterstützen.

»Mich würde es sehr beruhigen, wenn er in einer Großstadt arbeiten könnte. In den Provinzstädten gibt es so wenig Kultur. Und manchmal werden solche passionierten Künstler sogar mit Steinen beworfen. Als ob sie nicht ebenso wie andere Menschen wären! Einmal in Jadraque mußte sogar die Polizei eingreifen. Und wäre sie nicht zur rechten Zeit gekommen, dann hätten diese seelenlosen und unkultivierten Leute meinem armen Kleinen buchstäblich die Kleider vom Leibe gerissen. Solchen Menschen machen Krawalle, bei denen sie die Stars anpöbeln können, Spaß. Was hat mein Engelchen für Schrecken ausstehen müssen!«

Doña Ramona stimmte ihr bei.

»Ja, in einer Großstadt wie Barcelona ist er viel besser dran. Dort wird man seine Kunst eher würdigen und ihm die nötige Achtung erweisen.«

»Ach ja, wenn er mir sagt, daß er wieder in der Provinz auf Tournee geht, bricht mir fast das Herz. Armer Florentino! Er ist so sensibel und muß für ein so rückständiges Publikum arbeiten! Sie sind voller Vorurteile, wie er mir immer sagt! Es ist gräßlich!«

»Ja, wahrhaftig! Aber nun wird's sicherlich besser für ihn.«

»Ja, wenn's nur dauert...«

Laurita und Pablo trinken meistens in einer sehr eleganten Bar ihren Kaffee. In einem Lokal, das man kaum zu betreten wagt, wenn man draußen vorbeigeht. Es liegt hinter der Gran Via. Um zu den Tischen zu gelangen – nur ein halbes Dutzend und alle mit Tischdecke und einer Vase darauf –, muß man an der Bar vorbeigehen. Sie ist beinah leer. Nur ein paar junge Frauen nippen an ihrem Kognak, und vier oder fünf windige Leichtfüße verspielen das elterliche Vermögen beim Würfelspiel.

»Hallo, Pablo! Du sprichst wohl nicht mehr mit uns. Na klar, du bist ja wieder mal verliebt.«

»Hallo, Mari-Tere! Und wo ist Alonso?«

»Zu Hause im trauten Familienkreis. Diesen Winter ist er wieder zum braven Kind geworden.«

Laurita zieht eine Schnute. Als sie sich auf das Sofa setzen, faßt sie nicht nach Pablos Hand wie gewöhnlich. Pablo ist direkt erleichtert darüber.

»Sag mal, wer ist dieses Mädchen?«

»Eine Freundin.«

Laurita schwankt zwischen Kummer und Schmollen.

»Eine Freundin, wie ich jetzt eine für dich bin?«

»Nein, Kindchen.«

»Warum sagst du dann eine Freundin?«

»Na gut. Eine Bekannte also.«

»Also eine Bekannte... Sag mal, Pablo...«

Laurita hat plötzlich die Augen voller Tränen.

»Was?«

»Ich bin so furchtbar unglücklich!«

»Warum?«

»Wegen der Frau da.«

»Aber Mädchen. Jetzt hör doch auf und mach keinen Wirbel.«

Laurita seufzt.

»Klar, und du zankst noch obendrein.«

»Nein, Mädel, weder obendrein noch untendurch. Fall mir nicht mehr auf den Wecker als unbedingt nötig.«

»Na siehst du.«

»Was soll ich sehen?«

»Na siehst du, wie du zankst.«

Pablo ändert die Taktik.

»Aber Liebling. Ich zank' doch gar nicht. Mich stören einfach diese kleinen Eifersuchtsszenen. Aber was soll man machen? Immer passiert das gleiche.«

»Mit allen deinen Freundinnen das gleiche?«

»Nicht ganz, Laurita. Mit einer mehr und mit der andern weniger.«

»Und mit mir?«

»Mit dir ist's schlimmer als mit den andern.«

»Klar, weil du mich nicht liebst! Man ist nie eifersüchtiger, als wenn man sehr liebt, so wie ich dich!«

Pablo blickt Laurita an, als betrachte er ein seltsames Tier. Laurita wird zärtlich.

»Hör mal, mein kleiner Pablo!«

»Nenn mich nicht kleiner Pablo. Was willst du?«

»Ach Liebling, du bist wie eine Distel.«

»Weiß ich. Aber wiederhol dich nicht immer. Denk dir was Neues aus. Das haben mir schon viele Leute gesagt.«

Laurita lächelt. »Mir ist's aber ganz gleich, ob du eine Distel bist. Mir gefällst du so wie du bist. Aber ich bin nun mal so eifersüchtig. Sag mal, Pablo, wenn du aufhörst mich zu lieben, sagst du's mir dann?«

»Ja.«

»Das soll man euch nun glauben. Ihr Männer seid alle Schwindler!«

Während Pablo Alonso seinen Kaffee trinkt, wird ihm klar, daß er sich mit Laurita langweilt. Sehr hübsch, sehr attraktiv, sehr zärtlich und sogar sehr treu. Aber nicht sehr abwechslungsreich.

Wie in allen anderen Kaffeehäusern ist auch in dem von Doña Rosa das Publikum, das nach dem Mittagessen dort seinen Kaffee trinkt, ein ganz anderes als das des Spätnachmittags. Alle sind sie Stammgäste. Sie setzen sich auf das gleiche Sofa, trinken aus den gleichen Gläsern, verlangen das gleiche Natron, zahlen mit gleicher Münze, ertragen alle die Unverschämtheiten der Wirtin. Und dennoch haben die Leute, die um drei Uhr mittags da sind, nichts gemein mit denen, die gegen halb acht Uhr kommen. Möglicherweise haben diese beiden Gruppen nur einen einzigen gemeinsamen Gedanken, tief im Herzen: jeder hält sich nämlich für die alte Garde des Cafés.

Die andern, die vom frühen Nachmittag, sind für die vom Spätnachmittag und die vom Spätnachmittag sind für die vom frühen Nachmittag nichts weiter als Eindringlinge, die man duldet, an die man aber nicht einen Gedanken verschwendet. Das fehlte gerade noch.

Einzeln oder als Ganzes sind diese beiden Gruppen nicht unter einen Hut zu bringen. Und wenn's einem von der Kaffeestunde einfallen würde, etwas länger dazubleiben und seinen Abmarsch zu verzögern, so würden die vom Spätnachmittag, die jetzt an der Reihe sind, ihn mit sehr scheelen Blicken betrachten; mit den gleichen scheelen Blicken, mit denen die von der Kaffeestunde die vom Spätnachmittag betrachten würden, wenn einer von ihnen zu früh käme. In einem gut organisierten Kaffeehaus, in einem Café, das wie Platons Republik eingerichtet wäre, müßte es unbedingt die Frist von einer Viertelstunde geben, damit die, die kommen, nicht mit denen, die gehen, in der Drehtür zusammenstoßen.

Nach dem Mittagessen ist in Doña Rosas Café das einzige bekannte Gesicht, außer dem der Wirtin und ihres Dienstpersonals, das von Señorita Elvira, die ja eigentlich schon ein Möbelstück dort ist.

»Wie geht's, Elvirita, haben Sie gut geschlafen?«

»Ja, Doña Rosa, und Sie?«

»Was, ich, meine Liebe? Wie gewöhnlich, so la la. Ich bin die ganze Nacht dauernd zum Klo gelaufen. Ich muß was gegessen haben, was mir schlecht bekommen ist. Ich hab' mir den Magen verdorben.«

»Um Gottes willen! Ist Ihnen jetzt besser?«

»Ja, es scheint so. Aber ich fühle mich wie zerschlagen.«

»Das wundert mich nicht. Durchfall nimmt einen immer sehr mit.«

»Das kann man wohl sagen. Ich hab' schon gedacht, wenn's bis morgen früh nicht besser geht, lass' ich den Arzt holen. So kann ich nicht arbeiten und nichts Gescheites tun. Und Sie wissen ja, wie es ist, wenn man nicht selbst hinter allem her ist...«

»Natürlich.«

Padilla, der Zigarettenverkäufer, versucht einem Herrn klarzumachen, daß seine Filterzigaretten nicht aus Stummeln gemacht sind.

»Wissen Sie, man erkennt den Tabak aus Stummeln sofort. Soviel man ihn auch wäscht, er hat immer einen merkwürdigen Geschmack. Außerdem stinkt der Tabak aus Stummeln zehn Meilen weit nach Essig. Und hier können Sie die Nase reinstekken und werden keinen merkwürdigen Geruch finden. Ich will nicht beschwören, daß diese Zigaretten aus dem besten Havannatabak sind. Ich will meine Kunden nicht reinlegen. Dies ist Quarteronentabak, aber gut gesiebt und ohne Holzstückchen. Und wie sie gedreht sind, das sehen Sie selbst. Nicht mit der Maschine. Das ist alles mit der Hand gemacht. Fühlen Sie nur, wenn Sie wollen.«

Alfonsito, der Laufjunge, wird von einem Herrn instruiert, der seinen Wagen vor der Tür stehen hat.

»Also hör gut zu, damit wir uns beide nicht blamieren. Du gehst zur Wohnung hinauf, klingelst und wartest. Schau dir das Foto genau an. Wenn dir diese Señorita aufmacht – sie ist groß und blond –, dann sagst du: ›Napoleon Bonaparte!‹ Merk dir das genau. Und wenn sie dir antwortet: ›Der bei Waterloo geschlagen wurde‹, dann gibst du ihr diesen Brief. Hast du verstanden?«

»Jawohl, Señor!«

»Gut. Schreib dir das von Napoleon und das, was sie antworten wird, auf und lern es auf dem Weg auswendig. Sie wird den Brief lesen und dir dann eine Stunde sagen: sieben, sechs Uhr oder sonst eine, und du merkst es dir gut. Dann kommst du schleunigst hierher zurück und richtest es mir aus. Kapiert?«

»Jawohl, Señor!«

»Gut, dann schieb ab! Wenn du den Auftrag gut erledigst, kriegst du einen Duro.«

»Jawohl, Señor! Wenn mir aber jemand anderes als das Fräulein die Tür aufmacht?«

»Ach ja, das hab' ich vergessen. Wenn dir irgendeine andere Person die Tür öffnet, dann gar nichts. Dann sagst du, du habest dich geirrt, du fragst, ob da der Señor Pérez wohne. Da sie dir mit Nein antworten werden, verschwindest du. Ist das klar?«

»Jawohl, Señor!«

Der Kassierer Consorcio López wurde ausgerechnet von seiner alten Flamme Marujita Ranero, der Mutter der Zwillinge, angerufen.

»Was machst du denn in Madrid?«

»Ach, mein Mann muß sich operieren lassen.«

López war etwas kurz angebunden. Er war ein Mensch, der immer einen Ausweg fand. Aber dieser Anruf hatte ihm tatsächlich die Sprache verschlagen.

»Und die Kinder?«

»Die sind schon richtige Männer geworden. In diesem Jahr sollen sie auf die höhere Schule.«

»Wie die Zeit vergeht!«

»Ja, wirklich.«

Marujitas Stimme zitterte leicht.

»Hör mal.«

»Was?«

»Willst du mich nicht sehen?«

»Aber...«

»Warum nicht? Du denkst wohl, ich sei eine alte Schachtel geworden?«

»Nein, Mädchen, sei nicht albern. Aber gerade jetzt...«

»Nein, jetzt nicht. Heute abend, wenn du dort fertig bist. Mein Mann bleibt im Krankenhaus, und ich wohne in einer Pension.«

»In welcher?«

»In *La Colladense* in der Calle de la Magdalena.«

López hämmerte das Blut in den Schläfen.

»Hör mal, und wie komm' ich da rein?«

»Durch die Tür natürlich. Ich hab' für dich ein Zimmer bestellt. Nummer drei.«

»Und wie finde ich dich?«

»Na, sei nicht blöd. Ich werd' zu dir kommen.«

Als López den Hörer auflegte und sich wieder zur Theke umdrehte, stieß er mit dem Ellenbogen ein ganzes Regal um, das mit den Likören: Cointreau, Calisay, Benediktiner, Curaçao, Mokkacreme und Pfefferminz.

Ein Gewitter brach los!

Petrita, das Dienstmädchen von Filo, ging zur Bar von Celestino Ortiz. Sie soll eine Flasche Sodawasser holen, denn Javierín hat Blähungen. Das arme Kind hat manchmal Blähungen, und die gehen nur durch Sodawasser wieder weg.

»Hör mal, Petrita, der Bruder deiner Señora ist aber unverschämt geworden!«

»Ach lassen Sie ihn, Señor Celestino. Dem Ärmsten geht's sehr dreckig. Ist er Ihnen was schuldig geblieben?«

»Allerdings! Zweiundzwanzig Peseten.«

Petrita wandte sich zum Hinterzimmer.

»Ich will einen Siphon holen. Machen Sie das Licht an.«

»Du weißt ja selbst, wo der Schalter ist.«

»Machen Sie's lieber an. Manchmal kriegt man einen Schlag.«

Als Celestino Ortiz ins Hinterzimmer tritt, um das Licht anzuknipsen, überrascht ihn Petrita mit der Frage:

»Sagen Sie, bin ich zweiundzwanzig Peseten wert?«

Celestino Ortiz begriff die Frage nicht.

»Was?«

»Ob ich zweiundzwanzig Peseten wert bin.«

Celestino Oritz steigt das Blut zu Kopf.

»Du bist ein Königreich wert.«

»Und auch zweiundzwanzig Peseten?«

Celestino Ortiz fiel über das Mädchen her.

»Also kassieren Sie die Kaffees von Señor Martin.«

Durch das Hinterzimmer von Celestino Ortiz schien ein Engel zu schweben, der mit seinen Flügeln einen Wirbelsturm erzeugte.

»Und du, warum tust du das für Señor Martin?«

»Weil ich Lust dazu habe und weil ich ihn über alles in der Welt liebe. Und das erzähl' ich jedem, der's wissen will, zuerst meinem Schatz.«

Petrita hatte hochrote Wangen, die Brust wogte, die Stimme klang heiser, das Haar war in Unordnung und die Augen funkelten. Sie war von einer eigenartigen Schönheit, wie eine eben begattete Löwin.

»Und liebt er dich auch?«

»Ich lass' ihn nicht!«

Um fünf Uhr geht die Gesellschaft im Café in der Calle San Bernardo auseinander. Gegen halb sechs oder auch früher ist jeder Vogel in seinem Nest: Don Pablo und Don Roque sind zu Hause, Don Francisco und sein Schwiegersohn in ihrer Sprechstunde, Don Tesifonte studiert und Señor Ramón sieht zu, wie man das Eisengitter an seiner Bäckerei, dieser Goldgrube, hochzieht.

An einem etwas abseits stehenden Tisch im Café bleiben zwei Männer zurück. Sie rauchen schweigend. Einer heißt Ventura Aguado und studiert Jura.

»Gib mir eine Zigarette.«

»Gern, nimm.«

Martin Marco zündet sich die Zigarette an.

»Sie heißt Purita und ist eine hinreißende Person. Sie ist sanft wie ein kleines Mädchen, zart wie eine Prinzessin. Was ist das für ein Sauleben.«

Pura Bartolomé ißt zur gleichen Zeit mit einem reichen Trödler in einer Garküche in der Calle de Cuchilleros. Martin erinnerte sich an ihre letzten Worte: »Leb wohl, Martin. Du weißt ja, ich bin meistens in der Pension am Nachmittag. Du brauchst nur anzurufen. Heute nachmittag aber nicht. Ich bin schon mit einem Freund verabredet.«

»Gut.«

»Leb wohl und gib mir einen Kuß.«

»Was, hier?«

»Ja, Dummerchen. Die Leute werden glauben, wir seien verheiratet.«

Martin Marco zieht beinah majestätisch an seiner Zigarette. Dann seufzt er tief.

»Na ja... hör mal, Ventura, leih mir doch ein paar Duros. Ich hab' heut noch nichts gegessen.«

»So kannst du doch nicht leben!«

»Das weiß ich selbst.«

»Und findest du denn gar keine Arbeit?«

»Nichts. Zwei Artikel haben mir zweihundert Peseten eingebracht. Davon noch die neun Prozent abgezogen.«

»Na, da bist du ganz schön fertig. Da nimm, solange ich noch was hab'. Mein Alter hat mir den Brotkorb höher gehängt. Hier, nimm fünf, was willst du mit zwei anfangen.«

»Vielen Dank! Laß mich dich dafür einladen, mit deinem Geld.«

Martin Marco ruft den Kellner.

»Zwei Kaffee.«

»Drei Peseten.«

»Bitte sehr.«

Der Kellner steckt die Hand in die Tasche und gibt das Wechselgeld zurück: zweiundzwanzig Peseten.

Martin Marco und Ventura Aguado sind schon seit Jahren befreundet. Sie waren vor dem Krieg Studienkameraden an der juristischen Fakultät.

»Gehen wir?«

»Gut, wie du willst. Hier haben wir nichts mehr verloren.«

»Mensch, ich hab' in Wirklichkeit nirgendwo was verloren und gar nichts vor. Wo gehst du hin?«

»Ach, ich weiß nicht. Ich werd' wohl hier etwas herumbummeln und die Zeit totschlagen.«

Martin Marco lächelt.

»Wart noch, ich will ein Natron nehmen. Gegen schlechte Verdauung gibt's nichts Besseres als Natron.«

Julián Suárez Sobrón alias die Fotografin, dreiundfünfzig Jahre alt, gebürtig aus Vegadeo in der Provinz Oviedo, und José Giménez Figueras alias der Splitter, sechsundvierzig Jahre alt, gebürtig aus Puerto de Santa María in der Provinz Cádiz, warten Hand in Hand in den Kellerräumen des Polizeipräsidiums, warten darauf, daß man sie ins Gefängnis abführt.

»Ach, Pepe, wie gut würde jetzt ein Täßchen Kaffee tun!«

»Ja, oder ein Gläschen Schnaps! Wir können ja drum bitten. Mal sehen, ob sie's uns geben.«

Señor Suárez ist aufgeregter als Pepe der Splitter. Giménez Figueras scheint mit solchen Situationen vertrauter zu sein.

»Sag mal, warum halten die uns eigentlich fest?«

»Was weiß ich. Hast du etwa eine ehrenwerte Jungfrau im Stich gelassen, nachdem du ihr ein Kind gemacht hast?«

»Ach, Pepe, was du noch immer für Geistesblitze hast!«

»Weißt du, Kleiner, es bleibt sich schließlich gleich. Sie brummen uns ja doch dieselbe Zeit auf.«

»Da hast du wieder mal recht. Was mich am meisten schmerzt, daß ich meiner Mami nicht Bescheid geben kann.«

»Fängst du schon wieder an.«

»Nein, nein!«

Die zwei Freunde waren in der letzten Nacht in einer Bar in der Calle de Ventura de la Vega festgenommen worden. Die Polizisten, die nach ihnen fahndeten, betraten die Bar, blickten sich um – und steuerten direkt auf die beiden zu. Die Kerle hatten Übung.

»Folgen Sie uns!«

»Herrje, warum wollen Sie mich denn verhaften? Ich bin ein ehrlicher Bürger, der mit niemandem Händel hat. Meine Papiere sind in Ordnung.«

»Gut, das können Sie dann alles erklären, wenn Sie danach gefragt werden. Nehmen Sie diese Blume da raus.«

»Herrje, warum denn? Warum soll ich Ihnen folgen? Ich hab' nichts Schlimmes getan.«

»Machen Sie hier bitte keinen Skandal. Schauen Sie mal her.«

Herr Suárez sah: aus der Tasche des Polizisten schauten glitzernde Handschellen hervor.

Pepe der Splitter war schon aufgestanden.

»Los, gehen wir lieber mit diesen Herren, Julián. Es wird sich alles aufklären.«

»Also, dann gehen wir. Was sind das bloß für Sitten.«

Auf dem Polizeipräsidium war es nicht nötig, die Personalien der beiden aufzunehmen. Die hatten sie dort schon. Man mußte nur noch ein Datum und einige kleine Worte hinzufügen, die sie nicht lesen konnten.

»Warum halten Sie uns hier fest?«

»Das wissen Sie nicht?«

»Nein, ich weiß gar nichts. Was soll ich denn wissen?«

»Das wird man Ihnen schon sagen.«

»Hören Sie mal, kann ich nicht Bescheid geben, daß ich festgenommen worden bin?«

»Morgen, morgen...«

»Wissen Sie, meine Mami ist sehr alt. Die Arme wird sich sehr aufregen.«

»Wer, Ihre Mutter?«

»Ja, sie ist sechsundsiebzig Jahre alt!«

»Ich kann jetzt überhaupt nichts machen. Ich kann Ihnen auch nichts sagen. Morgen wird sich alles klären.«

Die Zelle, in der man sie einschloß, war ein riesiger viereckiger Raum mit niedriger Decke, schlecht beleuchtet durch eine Fünfzehnwattbirne, die in einem Drahtgestell hing. Anfangs konnten die beiden kaum etwas erkennen. Dann, nach einigen Minuten, als sich Señor Suárez und Pepe der Splitter an das dämmrige Licht gewöhnt hatten, erblickten sie ein paar bekannte Gesichter: einige arme Strichjungen, Gelegenheitsdiebe, Taschendiebe, gewerbsmäßige Schnorrer, kurz Leute, die wie ein Kreisel immer wieder umfallen.

»Ach, Pepe, wie gut wäre jetzt ein Täßchen Kaffee.«

Es roch sehr schlecht da drinnen: ein ranziger, penetranter Geruch, der in der Nase kitzelte.

»Guten Tag. Du kommst ja heute so früh? Wo bist du gewesen?«

»Wo ich immer bin. Hab' Kaffee mit den Freunden getrunken.«

Doña Visi küßt ihren Mann auf die Glatze.

»Wenn du wüßtest, wie froh ich bin, wenn du mal früh heimkommst.«

»Aber, aber! Alter schützt vor Torheit nicht.«

Doña Visi lächelt. Doña Visi, die Arme, lächelt immer.

»Weißt du, wer heute nachmittag kommt?«

»Na, irgendeine von deinen alten Klatschbasen sicherlich!«

Doña Visi wird nie böse.

»Nein, meine Freundin Montserrat.«

»Die ist ein gutes Stück.«

»Ja, sehr gut ist sie.«

»Hat sie dir keine Wunder mehr von diesem Priester aus Bilbao erzählt?«

»Schweig still und lästere nicht immer. Warum fängst du immer von diesen Dingen an, an die du nicht glaubst?«

Jeder Tag, der vorübergeht, überzeugt Don Roque mehr davon, daß seine Frau dumm ist.

»Leistest du uns Gesellschaft?«

»Nein.«

»Ach wie schade!«

Es klingelt an der Tür, und die Freundin von Doña Visi betritt die Wohnung. Im selben Augenblick leiert der Papagei aus dem zweiten Stock seine unflätigen Ausdrücke herunter.

»Hör mal, Roque. Das kann man wirklich nicht mehr aushalten! Wenn dieser Papagei sich nicht ändert, dann zeig' ich ihn an!«

»Aber mein liebes Kind, bist du dir eigentlich darüber im klaren, was das für ein Gespött auf der Polizei geben wird, wenn du erscheinst und einen Papagei anzeigst?«

Das Mädchen geleitet Doña Montserrat in den Salon.

»Ich werde der Señora Bescheid geben. Nehmen Sie bitte Platz.«

Doña Visi eilt herbei, ihre Freundin zu begrüßen, und Don Roque schaut ein Weilchen durch die Scheibengardinen nach draußen. Dann setzt er sich an das Holzkohlenbecken und zieht sein Kartenspiel hervor.

»Wenn der Kreuzbube vor der Fünf kommt, ist's ein gutes Zeichen. Wenn das As erst kommt, gehe ich nicht. Ich bin ja schließlich kein Jüngling mehr.«

Don Roque hat seine speziellen Regeln beim Kartenlegen.

Der Treffbube kam an dritter Stelle.

»Na, Lola, was dich erwartet. Ich bedaure dich beinah, Kleine! Aber schließlich...«

Lola ist die Schwester von Josefa López, einem früheren Dienstmädchen der Familie Robles, mit der Don Roque ein Verhältnis hatte und die später, als sie fett und ältlich wurde, durch ihre jüngere Schwester ersetzt wurde. Diese Lola war Mädchen für alles bei Doña Mathilde, der Rentnerin mit dem Sohn, der Stars imitierte.

Doña Visi und Doña Montserrat schwatzen wie die Amseln. Doña Visi ist selig. Auf der letzten Seite des »Missions-Cherubim«, einer vierzehntägig erscheinenden Zeitschrift, war ihr Name und der ihrer drei Töchter gedruckt worden.

»Sie sollen es mit eigenen Augen sehen, daß ich nicht aufschneide. Es ist die reine Wahrheit... Roque, Roque!«

Vom anderen Ende der Wohnung her schreit Don Roque:

»Was willst du?«

»Gib dem Mädchen doch die Zeitschrift, in der das von den Chinesen steht.«

»Was?«

Doña Visi bemerkt zu ihrer Freundin:

»Ach, du großer Gott, Männer kapieren nie was.«

Sie erhöht wieder die Lautstärke und ruft ihrem Gatten zu:

»Gib dem Mädchen... verstehst du?«

»Ja.«

»Also gib dem Mädchen die Zeitschrift, in der das von den Chinesen steht.«

»Was für eine Zeitschrift?«

»Die, in der das von den Chinesen steht, Menschenskind! Das von den Chinesenkindern der Mission.«

»Was? Ich kann dich nicht verstehen! Was sagst du von Chinesen?«

Doña Visi lächelt Doña Montserrat zu.

»Mein Mann ist ein guter Kerl, aber er kapiert nie etwas. Ich geh' lieber selbst und hol' die Zeitschrift. Es dauert nur eine halbe Minute. Entschuldigen Sie mich bitte einen Moment.«

Doña Visi kommt ins Zimmer, wo Don Roque an der *Camilla** sitzt und Patiencen legt. Sie fragt ihn:

»Sag mal, hast du mich denn nicht hören können?«

Don Roque hebt nicht einmal den Blick von seinem Kartenspiel.

»Du bist wohl nicht ganz gescheit, wenn du meinst, ich würde wegen dieser Chinesen aufstehen.«

Doña Visi wühlt in ihrem Nähkorb und findet die Nummer vom »Missions-Cherubim«, die sie gesucht hat. Sie brummelt mit leiser Stimme. Dann geht sie wieder zurück in den kalten Salon, wo man es kaum aushalten kann.

Nachdem Doña Visi ihn durchwühlt hat, bleibt der Nähkorb offen stehen. Zwischen dem Stopfgarn und der Knopfschachtel – einer Hustenbonbonschachtel aus Großmutters Zeiten – lugt eine andere von Doña Visis Zeitschriften hervor. Don Roque lehnt sich zurück und greift nach ihr.

»Ha, da ist ja auch der da!«

»Der da« ist der Priester aus Bilbao mit den Wundertaten.

Don Roque fängt an, in der Zeitschrift zu lesen.

»Rosario Quesada aus Jaén: Heilung seiner leiblichen Schwester von einer starken Colitis, fünf Peseten!«

»Ramón Hermida, Lugo: Für verschiedene geschäftliche Erfolge, zehn Peseten.«

»Maria Luisa del Valle, Madrid: Für die Entfernung eines Fremdkörpers aus dem Auge, ohne daß es nötig gewesen wäre, einen Arzt zu konsultieren, fünf Peseten.«

»Guadalupe Gutiérrez, Ciudad Real: Heilung eines neunzehn Monate alten Kindes. Die Wunde stammte vom Fall aus einem Balkon im Hochparterre, fünfundzwanzig Peseten.«

»Marina López Ortega, Madrid: Für Zähmung eines Haustieres, fünf Peseten.«

* Camilla: runder Tisch mit schwerer, warmer, lang herabhängender Decke, unter dem in einem Gestell das Holzkohlenbecken steht.

»Eine sehr fromme Witwe, Bilbao: Für das Wiederauffinden eines Wertpapieres, das ein Angestellter verloren hatte, fünfundzwanzig Peseten.«

Don Roque denkt nach.

»Mir kann man nichts vormachen! Das ist doch alles nicht ernst zu nehmen.«

»Ist Ihnen kalt, Montserrat? Diese Wohnung ist an manchen Tagen ein richtiger Eiskeller.«

»Nein, um Himmels willen, Visitación! Hier ist's doch wirklich gemütlich. Sie haben eine sehr angenehme Wohnung, eine sehr komfortable, wie das die Engländer nennen.«

»Vielen Dank, Montserrat. Sie sind zu liebenswürdig.«

Doña Visi lächelt und fängt an, in den Spalten der Zeitschrift nach ihrem Namen zu suchen.

Doña Montserrat ist ein hochgewachsenes Mannweib, starkknochig, unordentlich und mit einem Schnurrbart, wortkarg und kurzsichtig. Sie führt die Lorgnette an die Augen.

Und tatsächlich, wie Doña Visi versichert hatte, auf der letzten Seite des »Missions-Cherubim« ist ihr Name und der ihrer drei Töchter zu lesen.

»Doña Visitación Leclerc de Moisés hat für zehn Peseten die Patenschaft für zwei Chinesenkinder übernommen, die auf den Namen Ignacio und Francisco Javier getauft worden sind. Señorita Julita Moisés Leclerc hat für die Taufe eines Chinesenkindes auf den Namen Ventura fünf Peseten gestiftet. Señorita Visitación Moisés Leclerc hat für die Taufe eines Chinesenkindes auf den Namen Manuel fünf Peseten gestiftet. Señorita Esperanza Moisés Leclerc hat für die Taufe eines Chinesenkindes auf den Namen Agustín ebenfalls fünf Peseten gestiftet.«

»Na, wie finden Sie das?«

Doña Montserrat stimmt eilig zu.

»Großartig finde ich das, ganz fabelhaft. Man kann doch so viele gute Werke tun. Es ist erschreckend, daran zu denken, wie viele Millionen von Ungläubigen es noch zu bekehren gibt. In den Ländern der Ungläubigen muß es ja wie im Ameisenhaufen zugehen.«

»Wahrhaftig! Und die winzigen Chinesenkinder sind ja so süß. Und wenn wir uns nicht ein paar kleine Opfer auferlegen, dann würden sie alle kopfüber in die Vorhölle purzeln. Trotz unserer bescheidenen Anstrengungen muß die Vorhölle gestopft voll von Chinesen sein. Glauben Sie nicht auch?«

»Ja, freilich.«

»Es schaudert einen, wenn man daran denkt! Denken Sie bloß, was für ein Fluch auf diesen armen Chinesen liegt. Alles drängt sich da herum. Sie sind dort in der Vorhölle eingeschlossen und wissen nicht, was anfangen...«

»Grauenvoll.«

»Und die ganz Kleinen, meine Liebe. Die Babys, die noch nicht laufen können, müssen die wohl immer auf einem Fleck hocken wie Würmer?«

»Ja, wahrscheinlich.«

»Wir können wirklich Gott nicht genug danken, daß wir als Spanierinnen geboren wurden. Wenn wir in China zur Welt gekommen wären, so müßten vermutlich unsere Kinder alle ohne Gnade in die Vorhölle. Dafür bekommt man da Kinder. Und was hat einer erst auszustehen, um sie zu kriegen, und dann die viele Mühe, die man mit ihnen hat, solange sie klein sind.« Doña Visi seufzt zärtlich.

»Meine armen Töchter, die ahnen gar nicht, welcher Gefahr sie entronnen sind. Wie gut, daß sie in Spanien zur Welt kamen. Aber stellen Sie sich vor, sie wären in China geboren! Das hätte ja schließlich sein können, nicht wahr?«

Die Nachbarn der verstorbenen Doña Margot haben sich alle in der Wohnung von Don Ibrahim eingefunden. Es fehlen nur Don Leoncio Maestre, den der Untersuchungsrichter hatte festnehmen lassen; dann der Bewohner des Hochparterres D, Don Antonio Jareño, Angestellter bei »Wagons-Lits«, der auf Reisen ist, der vom zweiten Stock B, Don Ignacio Galdácano – der Arme ist leider irrsinnig – und der Sohn der Verblichenen, Don Julián Suárez, von dem niemand weiß, wo er sich aufhält. Im ersten Stock A sind die Räume an eine Akademie vermietet. Dort wohnt niemand. Von den übrigen Hausbewohnern fehlt keiner. Alle sind sehr beeindruckt von dem Geschehen und kamen sofort dem Ersuchen Don Ibrahims nach, ihre Beobachtungen auszutauschen.

Die Wohnung von Don Ibrahim ist nicht groß. Die zusammengetrommelten Leute haben dort kaum Platz. Die meisten müssen stehen, sich an die Wände, die Möbel lehnen wie bei einer Totenwache.

Don Ibrahim beginnt: »Meine Herrschaften, ich habe mir erlaubt, Sie um Ihre Anwesenheit bei dieser Versammlung zu bitten, da in dem Haus, in dem wir wohnen, etwas geschehen ist, was über die Grenzen des Gewohnten hinausgeht.«

»Gott sei gedankt!« unterbrach ihn Doña Teresa Corrales, die Rentnerin aus dem vierten Stock B.

»Es sei ihm gedankt«, erwidert feierlich Don Ibrahim.

»Amen«, fügten einige mit leiser Stimme hinzu.

Don Ibrahim de Ostolaza fährt fort:

»Als heute abend unser Mitbewohner Don Leoncio Maestre, dessen Unschuld – das hoffen wir alle – bald hell und klar leuchten möge wie das Sonnenlicht...«

»Wir dürfen dem Wirken der Gerichtsgewalt nichts hemmend in den Weg legen!« ruft Don Antonio Pérez Palenzuela, ein Herr, der bei den Gewerkschaften angestellt ist und der im ersten Stock C wohnt. »Wir müssen uns hüten, vor der Zeit eine Meinung zu äußern. Ich bin der Hauswart und habe die Pflicht, dafür zu sorgen, daß keinerlei Zwang auf die gerichtliche Macht ausgeübt wird!«

»Seien Sie doch still, Mann«, sagt Don Camilo Pérez, Hühneraugenoperateur, der im ersten Stock Nachbar des Appartements D ist, »lassen Sie doch Don Ibrahim ausreden.«

»Also gut, Don Ibrahim, fahren Sie fort. Ich will die Versammlung nicht stören, möchte nur um Respekt vor der würdigen Obrigkeit und um Rücksicht auf ihre Arbeit zum Wohle einer Ordnung bitten...«

»Psst, psst... lassen Sie doch endlich fortfahren...«

Don Antonio Pérez Palenzuela schweigt.

»Wie ich schon sagte, heute abend teilte mir Don Leoncio Maestre die schlimme Neuigkeit von dem Unfall mit, dem Doña Margot Sobrón de Suárez, die in Frieden ruhen möge, zum Opfer gefallen ist. Es fehlte mir die Zeit, um von unserm ganz speziellen Freund, dem Doktor Don Manuel Jorquera, der hier anwesend ist, eine exakte und präzise Diagnose über den Zustand unserer Mitbewohnerin zu erbitten. Mit einer Bereitwilligkeit, die viel und sehr Beachtliches über sein berufliches Ehrgefühl aussagt, stellte sich Doktor Jorquera zur Verfügung. Zusammen betraten wir das Domizil des unglücklichen Opfers...«

Don Ibrahim betont sein tribunenhaftes Auftreten noch mehr.

»Ich nehme mir die Freiheit, Sie alle hier zu ersuchen, dem hervorragenden Doktor Jorquera, der zusammen mit dem ebenso hervorragenden Doktor Don Rafael Masasana, dessen Bescheidenheit in diesem Augenblick bewirkt, daß er sich hinterm Vorhang versteckt, obwohl er uns alle durch seine Anwesenheit nur ehrt, gemeinsam unsern Dank zu bekunden...«

»Gut, gut«, sagten gleichzeitig Don Exuperio Estremera, der Priester aus dem vierten Stock C und Don Lorenzo Sogueiro, der Besitzer der Bar *El Fonsagradino*, die sich im Erdgeschoß befand.

Die beifälligen Blicke der Versammelten gingen von einem Arzt zum andern. Die ganze Szene erinnerte sehr an einen Stierkampf, wenn der Matador, dem etwas geglückt ist und der in die Arena gerufen wird, seine Kollegen mit sich zieht, die weniger Erfolg mit dem Stier gehabt haben und sich die Gunst des Publikums nicht erobern konnten.

Don Ibrahim ruft aus:

»Nun also, meine Herrschaften, als es sich herausstellte, daß die Hilfe der Wissenschaft versagte angesichts des grausigen Verbrechens, das verübt worden war, hatte ich nur zwei Sorgen, die ich als guter Christ Gott anvertraute. Was mich beschäftigte – und ich bitte unsern lieben Señor Pérez Palenzuela, daß er in meinen Worten nicht den leisesten Unterton eines Versuches von Zwang gegen irgendwen sehen möge –, war erstens, daß keiner von uns sich verwickelt sähe in diese gräßliche und ehrlose Angelegenheit und zweitens, daß Doña Margot nicht der letzten Ehre verlustig ginge, die wir alle, wenn unsere Stunde kommt, uns ersehnen und auch unsern Anverwandten und Freunden gönnen.«

Don Fidel Utrera, der Heilgehilfe aus dem Hochparterre A,

der sehr vorlaut war, hätte beinah »Bravo« gerufen und hatte das Wort schon auf der Zungenspitze. Aber zum Glück konnte er sich noch zurückhalten.

»Einstweilen schlage ich vor, liebenswürdige Mitbewohner, die Sie durch Ihre Anwesenheit meiner bescheidenen Wohnung Glanz und Herrlichkeit geben...«

Doña Juana Entrena, verwitwete Sisemón, die Rentenempfängerin vom ersten Stock B, blickt Don Ibrahim bewundernd an. Welches Geschick, sich auszudrücken! Welch schöne Worte! Welche Genauigkeit! Wie ein offenes Buch! Als ihr Blick sich mit dem des Herrn Ostolaza kreuzt, schaut Doña Juana zu Francisco López, dem Besitzer des Frisiersalons für Damen *Cristi und Quico*, der sich im Hochparterre, Appartement C befindet. Don Francisco ist unzählige Male ihr Vertrauter und ihr Taschentuch gewesen. Als sich ihre Blicke treffen, halten sie einen kurzen, sekundenschnellen Dialog.

»Wie finden Sie das?«

»Erhaben, Señora!«

Don Ibrahim fährt ungerührt fort.

»...und wir wollen uns alle vornehmen, Doña Margot in unsere Gebete einzuschließen und als Gesamtheit die Kosten für die Seelenmessen zusammenzulegen.«

»Ich bin einverstanden«, sagt Don José Leciñena, Bewohner des Appartements D im zweiten Stock.

»Ich ebenfalls«, bestätigt Don José María Olvera, der Stabszahlmeister, der im ersten Stock A wohnt.

»Sind alle einverstanden?«

Don Arturo Ricote, Angestellter der Banco Hispano Americano und Nachbar des Appartements D im vierten Stock, sagt mit seinem zitternden Stimmchen:

»Jawohl, Herr!«

»Ja, ja«, stimmt Don Julio Meluenda zu, der Seemann im Ruhestand vom zweiten Stock C, dessen Wohnung wie ein Trödelladen aussieht, vollgestopft mit Seekarten, alten Stichen und Schiffsmodellen.

»Ja«, erklärt auch Don Rafael Sáez, der junge Polierer aus dem dritten Stock D.

»Ohne jeden Zweifel hat Herr Ostolaza recht. Wir müssen

uns um die Seelenmessen unserer dahingegangenen Mitbewohnerin kümmern«, gibt Don Carlos Luque, Kaufmann und Bewohner des Appartements D im ersten Stock, zu.

»Ich schließe mich der Meinung aller an. Es scheint mir alles richtig zu sein.« Don Pedro Pablo Tauste, der Besitzer der Schuhmacherwerkstatt, genannt »Die Klinik des Damenpantoffels«, will nicht gegen den Strom schwimmen.

»Es ist ein passender und plausibler Gedanke, pflichten wir ihm also bei«, spricht Don Fernando Cazuela, der Staatsanwalt aus der Beletage B. Er hatte in der letzten Nacht, als die Hausbewohner auf Befehl von Don Ibrahim nach dem Verbrecher suchten, den Geliebten seiner Frau gefunden, der zusammengekauert im Korb für die schmutzige Wäsche hockte.

»Ich bin der gleichen Meinung«, schließt Don Luis Noalejo die Abstimmung. Er ist der Vertreter der Spinnereien *Viuda y Hijos de Casimiro Pons* in Madrid und wohnt in der Beletage C.

»Besten Dank, meine Herrschaften! Ich sehe, daß wir alle gleicher Meinung sind. Wir haben nun unsere respektiven Ansichten vorgetragen. Ich nehme also Ihre liebenswürdige Zustimmung zur Kenntnis und gebe alles in die Hände des hochwürdigen Pfarrers Don Exuperio Estremera, unseres Mitbewohners, der nach seinem profunden kanonischen Wissen alles Weitere ordnen und ausführen möge.«

Don Exuperio macht ein salbungsvolles Gesicht.

»Ich nehme Ihren Auftrag gerne an.«

Die Angelegenheit ist erledigt und die Versammlung löst sich auf. Einige der Leute hatten etwas zu tun. Andere – die Minderheit – dachten, Don Ibrahim habe wahrscheinlich zu arbeiten. Und wieder andere – es gibt immer von jeder Sorte welche – gingen davon, weil sie müde waren vom langen Stehen.

Don Gumersindo López, Angestellter bei der Petroleumgesellschaft Campsa, der im Hochparterre C wohnte, war der einzige der Anwesenden gewesen, der kein Wort geäußert hatte.

Er fragte sich, als er die Treppe hinunterging:

»Und dafür habe ich mir im Büro freigenommen?«

Doña Mathilde ist aus Doña Ramonas Milchbar zurück und spricht mit ihrem Dienstmädchen.

»Morgen holen Sie Leber für das Mittagessen, Lola. Don Tesifonte sagt, Leber sei sehr gesund.«

Don Tesifonte ist Doña Mathildes Orakel. Er ist außerdem ihr Pensionär.

»Es muß ein schönes weiches Stück Leber sein, damit man es zusammen mit der Niere schmoren kann. Dazu etwas Wein und gehackte Zwiebeln.«

Lola sagt zu allem ja. Nachher kauft sie auf dem Markt das erste beste, was ihr vor die Nase kommt oder worauf sie Lust verspürt.

Seoane verläßt seine Wohnung. Jeden Nachmittag von halb sieben an muß er in Doña Rosas Café Violine spielen. Seine Frau bleibt zurück und flickt Strümpfe und Hemden in der Küche. Das Ehepaar lebt in einer Kellerwohnung in der Calle de Ruiz. Dort ist es feucht und ungesund. Dafür muß man fünfzehn Duros bezahlen. Zum Glück ist es nur wenige Schritte vom Café entfernt, und Seoane braucht nie auch nur einen Real für Straßenbahnen ausgeben.

»Leb wohl, Sonsoles, auf Wiedersehn!«

Die Frau hebt nicht einmal den Blick von ihrer Arbeit.

»Leb wohl, Alfonso. Gib mir einen Kuß!«

Sonsoles hat schlechte Augen und gerötete Augenlider. Es sieht immer so aus, als habe sie gerade geweint. Der Armen bekommt Madrid nicht. Als Jungverheiratete war sie schön, rundlich und strahlend. Es war eine Freude, sie anzuschauen. Aber jetzt, obwohl sie noch keineswegs alt ist, wirkt sie wie ein Wrack. Ihre Rechnung war nicht aufgegangen. Sie hatte geglaubt, in Madrid flögen einem die gebratenen Tauben nur so in den Mund. Sie heiratete einen aus Madrid. Und nun, wo es keinen Ausweg mehr gibt, merkt sie, daß sie sich geirrt hat. In ihrem Dorf in Navarredondilla in der Provinz Ávila war sie eines der Fräuleins gewesen und hatte mehr als genug zu essen gehabt. Jetzt in Madrid war sie eine arme Frau und ging die meisten Tage ohne Abendessen ins Bett.

Macario und seine Braut sitzen eng aneinandergeschmiegt und Hand in Hand auf der Bank in der engen Loge von Señora Fructuosa, der Tante von Mathildchen und Portiersfrau in der Calle de Fernando VI.

»Auf ewig...«

Mathildchen und Macario unterhalten sich im Flüsterton.

»Leb wohl, mein Vögelchen, ich muß zur Arbeit.«

»Leb wohl, Geliebter, bis morgen. Ich werd' die ganze Zeit an dich denken.«

Macario drückt noch einmal lange die Hand seiner Braut und erhebt sich dann. Ein Schauder läuft ihm über den Rücken.

»Auf Wiedersehen, Señora Fructuosa, und vielen Dank.«

»Auf Wiedersehen, mein Sohn, nichts zu danken.«

Macario ist ein sehr wohlerzogener junger Mann. Jeden Tag bedankt er sich bei Señora Fructuosa. Mathildchens Haare haben die Farbe von Maiskolben, und ihre Augen sind kurzsichtig. Sie ist klein und anmutig, wenn auch recht häßlich, und sie gibt Klavierstunden, wenn sich ihr dazu die Gelegenheit bietet. Sie lehrt die kleinen Mädchen auswendig Tangos spielen. Das ist immer sehr effektvoll.

Zu Hause geht sie ihrer Mutter und ihrer Schwester Juanita zur Hand. Beide sticken für auswärtige Auftraggeber.

Mathildchen ist neununddreißig Jahre alt.

Doña Visis und Don Roques Töchter sind – wie der Leser schon aus dem »Missions-Cherubim« weiß – drei an der Zahl.

Alle drei sind sie jung, alle drei sind sie hübsch, alle drei etwas frech und ein bißchen leichtsinnig.

Die älteste heißt Julita, ist zweiundzwanzig Jahre alt und färbt sich die Haare blond. Mit ihrer langen, gewellten Mähne ähnelt sie Jean Harlow.

Die mittlere heißt Visitación wie die Mutter, ist zwanzig und kastanienbraun, mit unergründlichen, träumerischen Augen.

Die Jüngste heißt Esperanza. Sie ist offiziell verlobt. Der Bräutigam unterhält sich mit dem Vater über Politik. Esperanza arbeitet an ihrer Aussteuer und wird bald neunzehn.

Julita, die Älteste, ist augenblicklich sehr verliebt in einen Bewerber um Notariatsposten, der ihr völlig den Kopf verdreht hat. Dieser Freund heißt Ventura Aguado Sans und versucht schon seit sieben Jahren – den Krieg nicht mitgerechnet – eine Stelle als Notar zu ergattern. Bisher ohne Erfolg.

»Versuch doch mal, dich gelegentlich bei der Registratur vorzustellen«, pflegt ihm sein Vater zu raten, der Besitzer einer Mandelplantage in Riudecols bei Tarragona ist.

»Nein, Papa, das ist mir zu öde.«

»Aber, mein Junge, in den Notariatsbüros kriegst du ja keine Stelle, nicht mal durch ein Wunder!«

»Was, ich sollte da nicht unterkommen? Jeden Tag, wenn ich nur will! Aber es lohnt sich nicht, wenn man nicht an einem Ort wie Barcelona oder Madrid ankommt. Ich halte mich lieber zurück und warte ab. Bei einem Notariat ist das Prestige etwas sehr Wichtiges, Papa.«

»Na ja, aber Valencia und Sevilla und Zaragoza? Da sollte es doch auch recht gut sein oder?«

»Nein, Papa, da machst du einen gewaltigen Fehler. Ich habe Mittel und Wege genau in Erwägung gezogen. Aber wenn du durchaus willst, laß ich's...«

»Nein, Menschenskind, schütt nicht gleich das Kind mit dem Bade aus. Mach nur weiter. Schließlich hast du nun mal mit dieser Karriere angefangen. Du verstehst mehr von diesen Dingen als ich.«

»Vielen Dank, Papa, du bist ein sehr gescheiter Mann. Ich hab' großes Glück, dein Sohn zu sein.«

»Mag sein. Ein anderer Vater hätte dich schon längst an die Luft gesetzt. Aber schließlich sage ich mir, daß du vielleicht doch eines Tages noch Notar wirst.«

»Zamora ist auch nicht in einer Stunde erobert worden, Papa.«

»Das nicht, mein Junge. Aber bedenk einmal: in sieben Jahren wäre mehr als genug Zeit gewesen, um ein ganz neues Zamora in der Nähe zu bauen. Nicht wahr?«

Ventura lächelt.

»Ich komm' schon zu meinem Notariat in Madrid, Papa. Du brauchst nicht daran zu zweifeln. Willst du eine Lucky Strike?«

»Was?«

»Eine helle Zigarette!«

»Puh, nein, bloß nicht. Ich ziehe meine vor.«

Don Ventura Aguado Despujola meint, daß sein Sohn niemals Notar werden wird, wenn er helle Zigaretten raucht wie ein junges Mädchen. Die Notare, die er kennt, sind ernsthafte Männer, gesetzt und umsichtig, und sie rauchen Quarteronentabak.

»Kannst du den *Castán** auswendig?«

»Nein, auswendig nicht. Das würde keinen guten Eindruck machen.«

»Und das Bürgerliche Gesetzbuch?«

»Das ja. Frag mich nur, was du willst. Frag mich nach jedem Abschnitt!«

»Aber nein! Ich wollte es nur wissen!«

Ventura Aguado Sans macht mit seinem Vater, was er will. Er nebelt ihn ein mit den Phrasen vom Kardinalfehler und den Mitteln und Umständen, die er in Erwägung gezogen hat.

Die zweite Tochter von Doña Visi, Visitación, hat sich gerade mit ihrem Verehrer verkracht. Sie waren ein Jahr lang befreundet.

Dieser Verflossene hieß Manuel Cordel Esteban und war Medizinstudent. Seit einer Woche geht das Mädchen mit einem andern, der ist auch Medizinstudent. – Der König ist tot, es lebe der König!

Visi besitzt eine starke Intuition für die Liebe.

Am ersten Tag erlaubte sie ihrem neuen Begleiter, ihr die Hand lange zu drücken, als sie sich vor der Haustür verabschiedeten. Sie hatten im *Garibay* zusammen Tee getrunken und Törtchen gegessen.

Am zweiten Tag ließ sie sich unterfassen, wenn sie die Straßen überquerten. Sie waren tanzen gewesen und hatten im *Casablanca* einen halben Cocktail zusammen getrunken.

Am dritten Tag überließ sie ihm die Hand, und er hielt sie den ganzen Nachmittag fest. Sie gingen ins Café *María Cristina*

* Castán Tobeñas, Präsident des obersten Gerichtshofes, Kommentator zum Text des Zivilrechtes.

und hörten sich die Musik an. Sie sahen sich schweigend in die Augen.

»Klassische Musik für den Anfang einer Liebe...«, wagte er zu sagen, nachdem er lange nachgedacht hatte.

Am vierten Tag sträubte sich die Kleine nicht, als er sie unterhakte. Sie tat so, als merke sie es nicht.

»Nein, ins Kino nicht. Morgen vielleicht.«

Am fünften Tag im Kino küßte er ihr verstohlen die Hand.

Am sechsten im *Retiro*, wo es bitter kalt war, brachte sie die Entschuldigung vor, die keine ist, die Entschuldigung der Frau, die ihre Zugbrücke schon herunterläßt:

»Nein, nein, bitte nicht! Laß mich, ich flehe dich an. Ich hab' den Lippenstift nicht mit, und man kann uns sehen...«

Sie war sehr erregt, und die Nasenflügel bebten beim Atmen. Es machte ihr ungeheuere Mühe, sich zu weigern. Aber sie dachte, es sei besser so und wirke jedenfalls vornehmer.

Am siebenten Tag in der Loge des Kinos *Bilbao* faßte er sie um die Taille und flüsterte ihr ins Ohr:

»Wir sind allein, Visi... Geliebtes... Visi, mein Leben...«

Und sie ließ den Kopf auf seine Schulter fallen und sprach ganz leise mit einer gebrochenen Stimme voller Leidenschaft:

»Ach, Alfredo, wie bin ich glücklich.«

Alfredo Angulo Echevarría hämmerte das Blut rasend schnell in den Schläfen, als ob er hohes Fieber hätte, und das Herz schlug ihm mit unglaublicher Geschwindigkeit.

»Die Nebennieren. Das sind die Nebennieren, sie geben ihren Überschuß an Adrenalin ab.«

Das dritte der Mädchen, Esperanza, ist leicht wie eine Schwalbe, schüchtern wie eine Taube. Sie hat ihre harte Schale wie jeder Krebs, aber sie weiß ganz genau, daß ihr die Rolle der künftigen Ehefrau sehr gut ansteht. Sie spricht wenig und in sanftem Tonfall und sagt immer: »Wie du willst. Ich mache es so, wie du willst.«

Ihr Bräutigam, Augustín Rodríguez Silva, ist fünfzehn Jahre älter und ist Besitzer einer Drogerie in der Calle Mayor.

Der Vater des Mädchens ist begeistert. Der zukünftige Schwiegersohn scheint ihm ein brauchbarer Mensch zu sein. Auch die Mutter ist zufrieden.

»Lagarto-Seife, von der Qualität wie vor dem Kriege, die niemand mehr bekommt, und alles, alles, was ich mir nur von ihm erbitte, bringt er mir im Handumdrehen.«

Ihre Freundinnen betrachten sie mit gewissem Neid. Was die Frau für ein Glück hat. Lagarto-Seife!

Doña Celia bügelt Bettücher. Das Telefon klingelt.

»Hallo.«

»Doña Celia, sind Sie es selbst? Hier Don Francisco.«

»Hallo, Don Francisco. Was gibt's Neues?«

»Na ja, nicht viel. Sind Sie später zu Hause?«

»Ja, ja. Sie wissen doch, daß ich nicht fortgehe.«

»Gut. Dann komme ich so gegen neun.«

»Wie es Ihnen paßt. Sie haben nur zu befehlen. Soll ich jemanden rufen?«

»Nein, niemanden.«

»Gut, gut.«

Doña Celia hängt den Hörer auf, knackt mit den Fingergelenken und geht in die Küche, um sich ein Gläschen Anisschnaps einzuverleiben.

Es gibt Tage, wo sich alles gut anläßt. Das Dumme ist nur, daß es auch andere Tage gibt, wo alles verkehrt läuft und man zum Schluß nicht mal einen Hosenknopf einkassiert hat.

Als Doña Mathilde und Doña Asunción die Milchbar verlassen hatten, zog sich Doña Ramona den Mantel über und ging in die Calle de la Madera, wo sie versuchen wollte, ein junges Ding einzuwickeln, das als Packerin in einer Druckerei arbeitete.

»Ist Victorita da?«

»Dort ist sie.«

Victorita stand hinter einem großen Tisch und war dabei, Bücher einzupacken.

»Hallo, Victorita, mein Kind. Willst du nachher in der Milchbar mal eben vorbeikommen? Meine Nichten kommen zum

Briska-Spielen. Ich glaube, es wird sehr unterhaltend und lustig werden.«

Victorita wurde puterrot.

»Gut, Señora, wie Sie wollen.«

Victorita war nahe daran, in Tränen auszubrechen. Sie wußte genau, in was sie sich eingelassen hatte. Victorita war noch nicht achtzehn Jahre alt, aber sehr entwickelt und glich eher einer Frau von zwanzig oder zweiundzwanzig. Das Mädchen hatte einen Schatz, den man vom Militärdienst zurückgeschickt hatte, weil er lungenkrank war. Der Arme konnte nicht arbeiten und lag den ganzen Tag zu Bett, hatte für nichts mehr Kraft und wartete nur darauf, daß Victorita ihn besuchte, wenn sie mit der Arbeit fertig war.

»Wie geht's dir?«

»Besser.«

Victorita näherte sich dem Bett und küßte ihn, als die Mutter des jungen Mannes das Zimmer verlassen hatte.

»Küß mich nicht, sonst steck' ich dich an.«

»Ist mir ganz egal, Paco. Oder magst du mich nicht mehr küssen?«

»Menschenskind, und ob!«

»Na also. Alles andere ist mir egal. Ich wäre für dich zu allem fähig...«

Eines Tages war Victorita so blaß, so abgemagert, daß Paco fragte: »Was ist los mir dir?«

»Ach, nichts. Ich hab' nur nachgedacht.«

»Über was denn?«

»Nun, ich hab' gedacht, daß du gesund werden könntest, wenn du die nötigen Medikamente und besonders gutes Essen hättest.«

»Könnte sein. Aber du weißt ja...«

»Ich könnte das Geld beschaffen.«

»Du?«

Victorita fing an zu näseln, als ob sie zuviel getrunken hätte.

»Ja, klar. Eine junge Frau, mag sie noch so häßlich sein, ist immer Geld wert.«

»Was sagst du da?«

»Nun, was du eben gehört hast. Wenn ich dich dadurch gesund machen könnte, würde ich mich mit dem ersten reichen Kerl zusammentun, der mich als Geliebte haben will.«

Paco stieg das Blut zu Kopfe, die Augenlider zitterten leicht.

Victorita war erstaunt, als Paco nur sagte: »Also gut.«

Im Grunde ihrer Seele liebte ihn Victorita jetzt noch viel mehr.

Wie eine Furie tobte Doña Rosa im Café herum. Sie wetterte ungeheuerlich gegen López wegen der Likörflaschen. Solche Kräche gibt es nur alle Jubeljahre einmal!

»Beruhigen Sie sich doch, Señora. Ich bezahl' ja die Flaschen!«

»Na, aber das ist ja wohl klar! Natürlich bezahlen Sie! Das fehlte ja gerade noch, daß ich sie selbst zahlen müßte! Aber das ist's ja nicht allein. Was für ein Skandal! Und der Schreck, den die Gäste bekommen haben! Und den schlechten Eindruck, den das macht, wenn da alles auf dem Boden herumkollert! Und? Wie wollen Sie das bezahlen? Wer bezahlt mir das? Sie Rindvieh! Das bist du nämlich, ein Rindvieh und ein schamloser Kommunist und ein Flegel dazu! Ich bin ja selbst schuld an allem, weil ich euch alle nicht denunziert habe. Man ist eben viel zu gutmütig! Wo hast du denn deine Augen? An welches Flittchen hast du gedacht? Ihr seid alle nicht besser als Ochsen. Du und die andern! Ihr seht ja nicht einmal nach, wo ihr hintrampelt...«

Consorcio López war weiß wie ein Leintuch und versuchte die Wirtin zu beruhigen.

»Es war ein Mißgeschick, Señora. Ich hab's doch nicht mit Absicht getan.«

»Mensch, hoffentlich! Das hätte noch gefehlt, wenn's Absicht gewesen wäre! Auch das noch! Daß in meinem eigenen Café, direkt vor meiner Nase ein Scheiß-Angestellter – das bist du nämlich! – mir die Sachen einfach zerdeppert, mit Absicht, weil er Lust dazu hat, so weit kommt's noch! Kann ich mir vorstellen! Aber ihr werdet es nicht erleben! Wenn's mir eines Tages zu bunt wird, dann marschiert ihr allesamt ins Kittchen, einer hinter dem andern. Und du als erster! Du bist weiter nichts als ein Strolch. Ihr könnt froh sein, daß ich nicht so gemein bin wie ihr es alle seid.«

Mitten im schönsten Krach, während das ganze Café in Schweigen verharrte und auf das Geschrei der Wirtin lauschte, betrat eine hochgewachsene, etwas füllige Dame das Lokal. Sie war nicht mehr ganz jung, aber gepflegt und gutaussehend, wenn auch etwas aufgetakelt. Sie setzte sich an einen Tisch, der Theke gegenüber.

Als López sie sah, wich der letzte Blutstropfen aus seinem Gesicht. Die letzten zehn Jahre hatten Marujita in eine wundervolle Frau verwandelt, stattlich und vollblütig, strotzend vor Gesundheit und Lebenskraft. Es war nicht schwer, sie im Vorübergehen zu taxieren: eine wohlhabende Frau aus der Provinz, gut verheiratet, gut gekleidet und wohlgenährt, gewöhnt zu herrschen und alles nach ihrem Willen einzurichten. Marujita rief nach einem Kellner: »Bringen Sie mir einen Kaffee!«

»Mit Milch?«

»Nein, schwarz. Wer ist diese Dame, die da so schreit?«

»Nun, die Frau von hier, eben die Wirtin.«

»Dann sagen Sie ihr bitte, sie solle mal herkommen.«

»Was, jetzt in diesem Augenblick? Muß das sein?«

»Ja. Sagen Sie ihr, sie soll mal kommen, ich hätte nach ihr gefragt.«

Der Kellner, mit der Miene eines Verurteilten, der zum Schafott geführt wird, näherte sich der Theke.

»López, rasch einen Kaffee, schwarz! Hören Sie Señora, Verzeihung.«

Doña Rosa drehte sich um.

»Was willst du?«

»Ich? Gar nichts! Die Dame dort möchte Sie gern sprechen.«

»Welche?«

»Die da mit dem Ring. Die jetzt herschaut.«

»Die läßt mich rufen?«

»Ja. Sie hat gesagt, sie wolle die Wirtin sprechen. Ich weiß nicht, was sie will. Sie sieht nach was aus, eine Frau mit Geld. Sie hat zu mir gesagt: Sagen Sie der Wirtin, sie möchte bitte mal herkommen.«

Mit gerunzelter Stirn näherte sich Doña Rosa dem Tisch, an dem Marujita saß. López strich sich mit der Hand über die Augen.

»Guten Abend. Haben Sie nach mir gefragt?«
»Sind Sie hier die Wirtin?«
»Zu Ihren Diensten.«
»Na ja, dann habe ich nach Ihnen gefragt. Ich möchte mich aber erst vorstellen. Ich bin Frau Gutiérrez, Doña María Ranero de Gutiérrez, hier ist meine Visitenkarte mit meiner Adresse. Mein Mann und ich leben in Tomellosa in der Provinz Ciudad Reál. Dort haben wir unsern Landbesitz; ein paar Ländereien, von denen wir leben ...«
»So, so.«
»Ja. Jetzt ist uns aber das Landleben verleidet. Wir möchten alles verkaufen und uns in Madrid niederlassen. Dort auf dem Land ist's seit dem Krieg wenig erfreulich. Überall Neid und Mißgunst, wissen Sie.«
»Ja, ja.«
»Ja, so ist das. Und außerdem sind die Kinder größer geworden. Das Problem mit der Schule und nachher die Ausbildung. Es ist immer das gleiche. Wenn wir nicht mit ihnen gehen, verlieren wir sie fürs ganze Leben.«
»Sicher, sicher! Haben Sie viele Kinder?«
Die Señora Gutiérrez schwindelt ein bißchen.
»Ja, allerdings! Wir haben bisher fünf. Die beiden Ältesten werden bald zehn Jahre. Sie sind schon beinah kleine Männer. Diese Zwillinge sind aus meiner ersten Ehe. Ich bin sehr jung Witwe geworden. Hier, sehen Sie?«
Doña Rosa konnte sich nicht erinnern, wieso, aber die Gesichter dieser beiden Buben bei der ersten Kommunion kamen ihr irgendwie sehr bekannt vor.
»Was nun ganz natürlich ist, wir wollen, wenn wir nach Madrid ziehen, uns etwas umschauen, was hier so los ist.«
»Ja, natürlich!«
Doña Rosa beruhigte sich allmählich. Sie glich kaum mehr der Frau, die sie noch vor wenigen Minuten gewesen war. Doña Rosa, wie alle Jähzornigen, wird gleich lammfromm, wenn man sie einwickelt.
»Mein Mann hatte sich gedacht, es sei vielleicht nicht schlecht, so was wie ein Café zu führen. Wenn man da ordentlich schafft, kann man wohl Erfolg haben.«

»Was?«

»Nun, das ist doch klar. Wir haben daran gedacht, vielleicht ein Kaffeehaus zu kaufen, wenn wir mit dem Besitzer klarkommen.«

»Ich verkaufe nicht!«

»Señora, niemand hat davon etwas gesagt. Außerdem soll man das nie sagen. Das hängt alles von den Umständen ab. Ich sage Ihnen nur, denken Sie darüber nach! Mein Mann ist krank. Er muß sich eine Fistel am After operieren lassen. Wir wollen aber eine ganze Weile in Madrid bleiben. Wenn's ihm wieder besser geht, wird er kommen und mit Ihnen sprechen. Das Geld gehört uns beiden. Aber er hat's sozusagen in der Hand. Sie können sich inzwischen die Sache überlegen, wenn Sie wollen. Es ist keinerlei Verpflichtung dabei. Niemand hat irgend etwas unterschrieben.«

Das Gerücht, daß jene Señora da, das Café kaufen wolle, geht wie ein Lauffeuer von Tisch zu Tisch.

»Welche?«

»Die da.«

»Scheint eine reiche Frau zu sein.«

»Mensch, wenn sie ein Kaffeehaus kaufen will, wird sie von keiner Witwenpension leben müssen.«

Als die Neuheit bis zur Theke gelangt war, schmiß López, der in Todesängsten schwebte, eine weitere Flasche runter. Doña Rosa drehte sich um, mit dem Stuhl und allem. Ihre Stimme grollte wie Kanonendonner.

»Rindvieh, nichts weiter als ein Rindvieh bist du.«

Marujita benutzte die Gelegenheit und lächelte López verstohlen zu. Sie tat es so verstohlen, daß es niemand merkte, López wahrscheinlich auch nicht.

»Zum Kuckuck, wie's einem mit einem solchen Café geht! Das können Sie und Ihr Mann selbst sehen! Mit was für Hornochsen man es da immer zu tun hat!«

»Machen sie viel kaputt?«

»Alles, was Sie ihnen in die Hand geben. Meiner Ansicht nach, tun sie's mit Absicht. Der verdammte Neid frißt sie ja bei lebendigem Leibe auf.«

Martin unterhält sich mit Nati Robles, mit der er in der FUE, dem Studentenbund, zusammen gewesen war. Er traf sie vorhin am Red de San Luis. Martin betrachtete das Schaufenster eines Juweliergeschäfts, und Nati befand sich drinnen im Laden. Sie hatte ein Armband zur Reparatur gebracht, an dem der Verschluß nicht funktionierte. Nati kam Martin völlig fremd vor, sie war eine andere Frau geworden. Das Mädchen von einst, spindeldürr, schlampig, Typ Frauenrechtlerin, Schuhe mit niedrigen Absätzen, ungeschminkt, wie er sie von der Universität her kannte, ist jetzt eine schlanke junge Dame, elegant, gut gekleidet, mit modernem Schuhwerk, voller Koketterie und sehr geschickt zurechtgemacht.

Sie hatte ihn zuerst erkannt.

»Marco!«

Martin betrachtete sie scheu. Martin betrachtet alle Gesichter, die ihm irgendwie bekannt vorkommen, die er aber nicht unterbringen kann, mit gewisser Furcht. Martin denkt immer, daß sich diese Menschen auf ihn stürzen und ihm unangenehme Dinge ins Gesicht sagen würden. Wenn er besser ernährt wäre, würde er vielleicht anders reagieren.

»Ich bin doch die Robles, weißt du nicht mehr? Nati Robles.«

Martin blieb völlig versteinert stehen, ganz verblüfft.

»Du?«

»Ja, mein Lieber, ich bin's wirklich!«

Martin verspürt eine sehr große Freude.

»Nicht zu glauben, Nati! Wie geht's dir? Bist du Herzogin geworden?«

Nati muß lachen.

»Nein, Kleiner, bin ich nicht. Aber glaub' ja nicht, weil ich keine Lust dazu hätte! Aber wie du siehst: immer noch unverheiratet und ohne Bräutigam. Hast du's eilig?«

Martin zögert einen Augenblick.

»Nein, eigentlich nicht, ehrlich gesagt. Du weißt ja, ich bin ein Mensch, für den es sich nicht lohnt, Eile zu haben.«

Nati faßt ihn am Arm.

»Genauso albern wie früher.«

Martin erschrickt und versucht auszuweichen.

»Man wird auf uns aufmerksam werden.«

Nati lacht laut los. Bei ihrem Gelächter drehen die Leute sich um. Nati hat eine sehr schöne Stimme, eine hohe, musikalische, lustige, vergnügte Stimme, die einem kleinen Glöckchen gleicht.

»Verzeih, junger Mann. Ich wußte nicht, daß du verlobt bist.«

Nati stößt Martin mit der Schulter an und läßt ihn nicht los. Im Gegenteil, sie faßt ihn nur noch fester unter.

»Du bist immer noch der gleiche.«

»Nein, Nati. Ich glaube, ich bin schlimmer geworden.«

Das Mädchen setzt sich in Bewegung.

»Los, komm. Sei kein Frosch. Mir scheint, dich hat überhaupt noch niemand richtig wachgekriegt. Machst du immer noch Verse?«

Martin schämt sich ein bißchen, daß er immer noch Gedichte schreibt.

»Na, ja. Ich glaub', das ist eine schlechte Angewohnheit von mir.«

»Eine sehr schlechte!«

Nati fängt wieder an zu lachen.

»Du warst immer eine Mischung von einem Frechdachs, einem Vagabunden, einem schüchternen Jüngling und einem Arbeiter.«

»Ich versteh' dich nicht.«

»Ich auch nicht. Los, gehen wir irgendwo hin. Wir müssen unser Wiedersehen feiern.«

»Gut, wie du willst.«

Nati und Martin gehen ins Café *Gran Via*, das voller Spiegel ist. Nati mit ihren hohen Absätzen ist sogar etwas größer als er.

»Wollen wir uns hierher setzen?«

»Ja, gut, wie du willst.«

Nati blickt ihm in die Augen.

»Menschenskind, was für ein Kavalier du bist! Es macht den Eindruck, als sei ich deine letzte Eroberung.«

Nati duftet wunderbar...

In der Calle de Santa Engracia, linker Hand in der Nähe der Plaza de Chambrí, wohnt Doña Celia Vecino, verwitwete Cortés. Ihr Mann, Don Obdulio Cortés López, ein Geschäftsmann, war nach dem Kriege gestorben an den Folgen – so hieß es in der Todesanzeige im *ABC* – von Gesundheitsschäden, die er sich während der Herrschaft der Roten zugezogen hatte.

Don Obdulio war sein Leben lang ein vorbildlicher Mensch gewesen, aufrecht, ehrlich, von untadeligem Benehmen, das, was man einen echten Kavalier nennt. Er hatte immer eine besondere Vorliebe für Brieftauben gehabt, und als er starb, gedachte man seiner in einem tiefempfundenen und liebevollen Nachruf in einer Zeitschrift, die sich diesen Dingen widmete. Ein Foto von ihm aus seiner Jugend und eine Bildunterschrift, die aussagte: »Don Obdulio Cortés López, erlauchter Vorkämpfer der spanischen Brieftaubenzucht, Autor des Textes der Hymne: ›Fliege ohne Schmuckband, Friedenstaube!‹, Expräsident der Königlichen Gesellschaft der Brieftaubenzüchter von Almería, Begründer der inzwischen eingestellten Zeitschrift ›Tauben und Taubenschläge‹, eine Monatszeitschrift mit Nachrichten aus aller Welt. Wir schulden ihm heute bei seinem Ableben die innigste Bewunderung und Trauer.« Das Bild war von einem breiten Trauerrand umgeben. Den Text hatte der Volksschullehrer Don Leonardo Cascajo geschrieben.

Don Obdulios arme Frau fristet nun ihr kümmerliches Leben weiter, indem sie an vertrauenswürdige Freunde höchst kitschige Zimmer vermietet, im kubistischen Stil möbliert, in Orange und Blau gehalten. Der nicht vorhandene Komfort wird, soweit es möglich ist, ersetzt durch guten Willen, durch Diskretion und durch den umfassenden Wunsch, gefällig zu sein und zu dienen.

Das Vorderzimmer, sozusagen das Prunkzimmer, ist reserviert für die besten Gäste. Aus einem goldenen Rahmen heraus billigt Don Obdulio mit seinem steifen Schnurrbart und dem sanften Blick wie ein schadenfroher, spitzbübischer Liebesgott das heimliche Tun, das seiner Witwe den Lebensunterhalt verschafft.

In Doña Celias Wohnung quillt Zärtlichkeit aus allen Poren. Eine Zärtlichkeit, die zuweilen etwas verstaubt ist und manchmal auch giftig. Doña Celia hat zwei kleine Kinder aufgenommen, Kinder einer Nichte, die vor vier oder fünf Monaten halb aus Kummer, halb aus Ärger gestorben ist, zum Teil auch aus Vitaminmangel. Die Kinder jubeln im Gang, wenn irgendein Pärchen erscheint: »Hurra, Hurra, es ist wieder ein Herr gekommen!« Die kleinen Engel wissen, daß es was Warmes zu essen gibt am nächsten Tag, wenn ein Herr mit einem Fräulein am Arm in der Wohnung erscheint.

Doña Celia sagte zu Ventura, als er das erstemal mit seiner Freundin bei ihr auftauchte: »Hören Sie, das einzige, was ich verlange, ist Diskretion und ein anständiges Benehmen. Es sind Kinder im Haus. Um Gottes willen, lärmen Sie bitte nicht.«

»Beruhigen Sie sich, Señora. Sie brauchen keine Angst zu haben. Man ist doch schließlich Kavalier!«

Ventura und Julita verschwanden im Zimmer um halb vier oder um vier und gingen nicht vor acht Uhr wieder fort. Man hörte sie nicht einmal reden. So war's angenehm.

Am ersten Tag war Julita viel weniger scheu, als es im allgemeinen üblich ist. Sie beobachtete alles und hatte zu allem etwas zu sagen.

»Sieh mal, wie gräßlich diese Lampe ist! Sie sieht wie ein Irrigator aus!«

Ventura konnte keine derartige Ähnlichkeit entdecken.

»Aber Kind, wie soll sie einem Irrigator gleichen? Los, sei kein Dummerchen. Setz dich neben mich.«

»Ich komme schon.«

Don Obdulio blickte aus seinem Rahmen heraus das Pärchen beinah streng an.

»Du, wer mag das wohl sein?«

»Was weiß ich? Er sieht wie ein Verstorbener aus. Der ist längst dahingegangen.«

Julita spazierte im Zimmer umher. Vielleicht waren es ihre Nerven, die sie von einer Ecke in die andere wandern ließen. Sonst merkte man ihr nichts an.

»Niemandem kommt's doch heute in den Sinn, Stoffblumen aufzustellen. Die steckte man in Sägemehl und dachte, es sei besonders schön, nicht?«

»Mag sein.«

Julita blieb keine Minute ruhig stehen.

»Sieh mal, dieses Lämmchen! Es schielt, das Arme!«

Und tatsächlich, dem Lämmchen, das auf einem der Kissen auf der Couch gestickt war, fehlte ein Auge.

Ventura wurde streng. Das war ja wie eines dieser Märchen aus Tausendundeiner Nacht, die nie aufhören wollen.

»Willst du nicht endlich aufhören, hier herumzulaufen?«

»Ach, Schatz, warum so plötzlich?«

Und heimlich dachte Julita: »Welch Zauber liegt doch darin, sich der Liebe langsam auf Zehenspitzen zu nähern.«

Julita war eine Künstlernatur, viel künstlerischer veranlagt jedenfalls als ihr Freund.

Marujita Ranero verließ das Café und begab sich in einen Bäkkerladen, um den Vater ihrer Zwillinge anzurufen.

»Hab' ich dir gefallen?«

»Ja, aber hör mal, Marujita, bist du verrückt?«

»Nein, warum? Ich bin hingegangen, damit du mich siehst. Ich wollte nicht, daß es dich heute nacht unvorbereitet trifft und du enttäuscht bist.«

»Ja gut, aber...«

»Hör mal, magst du mich noch?«

»Mehr als früher, ich schwör's dir. Und früher hab' ich dich schon mehr gemocht als Schokoladenkuchen.«

»Sag, wenn's möglich wäre, würdest du mich heiraten?«

»Mädchen...«

»Weißt du, ich hab' keine Kinder von ihm.«

»Und er?«

»Er hat Krebs, riesengroß wie ein Haus. Der Arzt hat mir gesagt, er würde es nicht mehr lange machen.«

»So, so. Aber sag mal...«

»Was?«

»Ist's wahr, daß du daran denkst, das Café zu kaufen?«

»Wenn du willst, ja. Nämlich wenn er stirbt und wir heiraten können! Möchtest du's als Hochzeitsgeschenk?«

»Aber...«

»Ja, mein Kleiner. Ich hab' viel gelernt. Außerdem bin ich reich und tu', was mir Spaß macht. Er vermacht mir alles, hat mir das Testament gezeigt. In einigen Monaten bring' ich mich nicht mehr um für fünf Millionen.«

»Was?«

»Also nochmal: in einigen Monaten – hörst du –, da bring' ich mich nicht mehr um für fünf Millionen.«

»Ja, ja, ich verstehe.«

»Hast du die Bilder von den Kindern in der Brieftasche?«

»Ja.«

»Und von mir?«

»Nein, von dir keins. Als du geheiratet hast, hab' ich sie verbrannt. Es schien mir besser.«

»Sieht dir ähnlich. Heute nacht geb' ich dir ein paar andere. Wann kannst du ungefähr weg?«

»Wenn wir hier zumachen, um halb zwei oder dreiviertel.«

»Verspäte dich nicht, beeil dich, ja?«

»Ja.«

»Weißt du noch, wo?«

»Ja. In der *Colladense* in der Calle de la Magdalena.«

»Ja, richtig! Zimmer Nummer drei.«

»Ja. Ich häng' jetzt auf, die Alte kommt!«

»Leb wohl, auf bald. Soll ich dir einen Kuß schicken?«

»Ja.«

»Da hast du ihn. Nimm sie alle, nicht nur einen, hunderttausend.«

Als Marujita Ranero sich von der Bäckersfrau verabschiedete, brachte diese kein Wort heraus.

Doña Montserrat beschließt, ihren Besuch zu beenden.

»Leben Sie wohl, liebe Visitación. Wenn's nach mir ginge, würde ich am liebsten den ganzen Tag hier bleiben. Es ist so angenehm, mit Ihnen zu plaudern.«

»Vielen Dank.«

»Das ist kein Kompliment, das ist die reine Wahrheit. Aber ich kann heute auf keinen Fall den Abendsegen versäumen.«

»Ach deswegen.«
»Ja. Gestern bin ich schon nicht hingegangen.«
»Ich bin richtig weltlich geworden. Möge Gott mich nicht bestrafen.«

Als sie schon an der Tür waren, hätte Doña Visitación am liebsten zu Doña Montserrat gesagt: »Wollen wir uns nicht duzen? Ich glaube, wir sollten uns längst duzen, meinst du nicht auch?«

Doña Montserrat ist sehr liebenswürdig und hätte sicherlich begeistert zugestimmt.

Doña Visitación denkt auch daran zu sagen: »Wenn wir uns duzen, ist es wohl am besten, ich nenne dich Monse und du mich Visi, nicht wahr?«

Doña Montserrat hätte auch dazu sicherlich ja gesagt. Sie ist sehr gefällig und, recht betrachtet, sind sie ja schon alte Freundinnen. Aber wie's nun mal ist. Die Wohnungstür ist schon offen und Doña Visitación wagt nichts weiter zu sagen als:

»Leben Sie wohl, liebe Montserrat. Machen Sie sich nicht so rar bei uns!«

»Nein, nein, ich will jetzt bestimmt versuchen, öfters zu kommen!«

»Hoffentlich machen Sie's wahr!«

»Sicherlich. Hören Sie, Visitación, vergessen Sie ja nicht, daß Sie mir zwei Stück Lagarto-Seife verschaffen wollten.«

»Nein, keine Sorge, ich vergesse es nicht.«

Doña Montserrat betrat die Wohnung von Doña Visi unter dem gleichen Zeichen wie sie sie verließ. Der Papagei aus dem zweiten Stock fluchte.

»Wie gräßlich! Wer ist denn das?«

»Oh, schweigen Sie, meine Liebe. Das ist ein Papagei, ein wahrer Teufel.«

»Schande! Das sollte man nicht erlauben!«

»Ja, wirklich! Ich weiß schon nicht mehr, was man dagegen tun soll.«

Rabelais ist ein sehr gefährlicher Papagei, ein sehr frecher, ein entarteter Papagei, ohne Grundsätze, einer, an dem Hopfen und Malz verloren ist. Im besten Fall ist er eine Zeitlang etwas zahmer und sagt »Schokolade« oder »Portugal« oder andere

Worte, die alle anständigen Papageien sagen können. Da er aber völlig verantwortungslos ist, so schreit er, wenn man es am wenigsten erwartet, los und kreischt die ordinärsten und sündhaftesten Worte heraus mit seiner brüchigen Stimme wie eine alte Jungfer. Und am liebsten immer, wenn seine Herrin einen wichtigen Besuch hat.

Angelito, ein kleiner, sehr frommer Junge aus der Nachbarschaft, hatte versucht, Rabelais auf den rechten Weg zu bringen. Aber er hatte nichts erreichen können, alle seine Anstrengungen blieben erfolglos, seine Bemühungen gingen ins Leere. Das enttäuschte den Jungen sehr, und er kümmerte sich allmählich nicht mehr um Rabelais. Der, nun gänzlich ohne Lehrmeister, redete zwei Wochen lang gräßliches Zeug zusammen, so daß man nur erröten konnte. Es war so fürchterlich, daß ein Herr aus dem ersten Stock, Don Pío Navas Pérez, Kontrolleur bei der Eisenbahn, sich bei der Herrin des Papageis beklagte.

»Hören Sie, Señora, Ihr Papagei treibt's aber zu bunt. Ich wollte eigentlich nichts sagen, aber so geht's nicht weiter, wirklich. Überlegen Sie sich doch, ich habe eine heranwachsende Tochter, und es ist nicht gut, wenn die so etwas hört. Verstehen Sie?«

»Ja, Don Pío, Sie haben ja recht. Entschuldigen Sie bitte. Ich werde ihn zur Ordnung rufen. Dieser Rabelais ist leider unverbesserlich!«

Alfredo Angulo Echevarría sagt zu seiner Tante, Doña Lolita Echevarría de Cazuela: »Visi ist ein entzückendes Mädchen, du wirst sehen. Sie ist ein modernes Mädchen, immer gut gelaunt, intelligent, hübsch, also kurz gesagt, wirklich vollkommen. Ich glaube, ich liebe sie sehr.«

Tante Lolita ist zerstreut, Alfredo fürchtet, daß ihr seine ganze Angelegenheit völlig schnuppe ist.

»Tante, es kommt mir so vor, als ob es dich gar nicht interessiert, was ich dir von meinen Freundschaften erzähle?«

»Doch, doch, sei nicht albern. Wie sollte es mich nicht interessieren.«

Kurz darauf jedoch fängt die Señora de Cazuela an, die Hände zu ringen, und schließlich bricht sie in heftiges Schluchzen aus, ganz dramatisch und übertrieben.

Alfredo kriegt einen Schrecken.

»Was ist los mir dir?«

»Nichts, gar nichts, laß mich in Frieden!«

Alfredo versucht sie zu trösten.

»Aber Tante, Tantchen, was hast du bloß? Hast du irgendeine Dummheit gemacht?«

»Nein, nein, laß mich in Ruhe, laß mich nur weinen!«

Alfredo will einen Witz machen, in der Hoffnung, sie dadurch aufzuheitern. »Na, na, Tante, sei doch nicht hysterisch. Du bist doch schließlich nicht mehr achtzehn Jahre alt. Jeder, der dich sieht, würde meinen, du hast Liebeskummer...«

Hätte er das nur nicht gesagt! Die Señora de Cazuela erblaßt, verdreht die Augen und – plumps –, da liegt sie auf dem Fußboden. Onkel Fernando war nicht daheim. Er ist bei der Versammlung aller Hausbewohner. In der vergangenen Nacht war ein Verbrechen im Hause geschehen, und sie wollen nun ihre Meinungen austauschen und Entschlüsse fassen. Alfredo setzt seine Tante Lolita in einen Lehnstuhl und spritzt ihr Wasser ins Gesicht. Als sie sich etwas erholt hat, sagt Alfredo zu dem Dienstmädchen, sie solle eine Tasse Lindenblütentee kochen.

Als Doña Lolita wieder reden kann, blickt sie Alfredo an und sagt mit langsamer, gepreßter Stimme: »Weißt du jemanden, der mir den Korb für die schmutzige Wäsche abkauft?«

Alfredo wundert sich sehr über die Frage.

»Nein, weiß nicht. Wahrscheinlich jeder Lumpensammler.«

»Wenn du dich darum kümmern wolltest, daß er so schnell wie möglich aus dem Hause verschwindet, dann schenk ich ihn dir. Ich will ihn nicht mehr sehen. Was man dir dafür bezahlt, kannst du behalten.«

»Gut.«

Alfredo fängt an, sich Sorgen zu machen. Als sein Onkel zurückkommt, ruft er ihn beiseite und sagt: »Hör mal, Onkel Fernando, ich glaube, du mußt die Tante zum Arzt bringen. Mir kommt's vor, als wären ihre Nerven sehr gereizt. Außerdem hat sie Wahnvorstellungen. Sie hat mir gesagt, ich solle den Korb für die schmutzige Wäsche so schnell wie möglich aus dem Haus schaffen. Sie wolle ihn nicht mehr sehen.«

Don Fernando Cazuela läßt sich nicht aus der Fassung bringen. Er bleibt gleichmütig, als handle es sich um eine Lappalie. Als Alfredo ihn so ruhig sieht, denkt er: »Sie sollen sich selbst um ihre Angelegenheiten kümmern. Es ist sicher besser, sich nicht weiter einzumischen.«

Er sagt sich: »Denk daran, alter Junge, wenn sie verrückt wird, dann soll sie eben verrückt werden. Ich hab's ihm ja deutlich genug gesagt. Wenn er sich nicht darum kümmert, um so schlimmer für sie. Nachher kommt das Gejammer und das Händeüberm-Kopf-Zusammenschlagen.«

Der Brief liegt auf dem Tisch. Der Bogen trägt einen Aufdruck, der lautet: *AGROSIL*, Parfümerie und Drogerie, Calle Mayor 20, Madrid. Der Brief ist mit der gestochenen Handschrift eines Berufsschreibers verfaßt, mit Schleifen, Schnörkeln, Arabesken. Der Brief ist schon fertig. Er lautet folgendermaßen:

Geliebte Mutter,
Ich greife zur Feder, um Ihnen in wenigen Zeilen eine Neuigkeit mitzuteilen, von der ich weiß, daß sie Ihnen Freude bereiten wird.

Aber ehe ich mich näher erkläre, möchte ich den Wunsch aussprechen, daß es Ihnen gesundheitlich ebenso wohlergehen möge, wie es mir im Augenblick ergeht. Gott sei gedankt. Möget Ihr Euch noch viele Jahre der Gesundheit erfreuen im Beisammensein mit meiner guten Schwester Paquita, ihrem Gatten und den Kinderlein.

Also, liebe Mutter, folgendes möchte ich Euch mitteilen: Ich fühle mich nicht mehr so einsam auf dieser Erde. Ich habe außer Euch noch jemanden gefunden. Eine Frau, die mir helfen wird, eine Familie zu gründen, mit Haus und Herd, die mir in der Arbeit zur Seite steht und die mich glücklich machen wird, wenn Gott will, durch ihre Tugenden einer guten Christin. Vielleicht werdet Ihr Euch im Sommer dazu entschließen, Euren Sohn zu besuchen, der Euch so sehr vermißt. Dann werdet Ihr sie kennenlernen.

Also Mutter, ich will noch sagen, daß Ihr Euch nicht wegen der Reisekosten beunruhigen müßt, daß ich, um Euch endlich wiederzusehen, diese gerne bezahlen will und noch mehr. Ihr werdet sehen, was für ein Engel meine Braut ist. Sie ist gut und fleißig und ebenso ausgezeichnet wie tugendhaft. Ihr Vorname – er lautet Esperanza – soll im wahrsten Sinne seiner Bedeutung eine Hoffnung sein, daß alles gut werde. Betet recht innig für unser zukünftiges Glück. Möge dieses Glück gleichzeitig die Fackel sein, die Euer Alter erhellt.

Für heute nichts mehr. Empfanget, geliebte Mutter, den innigsten Kuß Eures Sohnes, der Euch sehr liebt und nie vergißt

Tinín.

Als der Verfasser diesen Brief fertiggestellt hatte, stand er auf und zündete sich eine Zigarette an, und dann las er den Brief nochmals mit lauter Stimme durch.*

»Ich glaube, er ist mir recht gut gelungen. Dieser Schluß mit der Fackel macht sich sehr gut.«

Dann trat er zum Nachttisch und küßte galant und umständlich wie ein Ritter von König Artus' Tafelrunde ein Foto, das dort in einem Lederrahmen stand. Die Widmung auf dem Bild lautete: Für meinen einzigen Herzens-Agustín, mit allen Küssen seiner Esperanza.

»Wenn meine Mutter kommt, werd' ich's besser wegstellen.«

* In dem Brief von Agustín Rodríguez Silva gab es Punkte, aber keine Kommas. Bei der Abschrift für den Druck haben wir einige Kommas gesetzt. Außerdem wurden einige kleine orthographische Fehler korrigiert. Anmerkung der Herausgebers.

Eines Abends gegen sechs Uhr öffnete Ventura die Tür und rief mit leiser Stimme nach der Señora.

»Señora!«

Doña Celia stellte den Topf ab. Sie war gerade dabei, sich eine Tasse Kaffee zu kochen.

»Ich komme gleich. Wünschen Sie etwas?«

»Ja, seien Sie bitte so gut.«

Doña Celia drehte die Gasflamme klein, damit der Kaffee nicht zum Kochen komme und eilte herbei. Sie zog sich die Küchenschürze gerade und trocknete sich die Hände daran ab.

»Haben Sie gerufen, Señor Aguado?«

»Ja. Können Sie mir bitte das Parcís-Spiel geben?«

Doña Celia holte das Brettspiel vom Serviertischchen im Eßzimmer, gab es dem Liebespaar und machte sich ans Grübeln. Doña Celia wurde von einem Gedanken, der ihren Geldbeutel zusammenzucken ließ, gequält, daß nämlich diese Turteltäubchen vielleicht schon auf dem absteigenden Ast seien, daß die ganze Angelegenheit anfing, schlecht auszusehen.

»Na, vielleicht ist's gar nichts«, sagte sich Doña Celia und versuchte, die ganze Sache in rosigem Licht zu sehen. »Es kann ja auch sein, daß der Kleinen schlecht geworden ist.«

Ganz abgesehen vom Geschäft, ist Doña Celia eine Frau, die Zuneigung für die Leute hegt, die sie kennenlernt. Doña Celia ist sehr sentimental, sie ist eine sehr sentimentale Beschützerin sentimentaler Stelldicheins.

Martin und seine Studienkameradin schwatzen schon eine gute Stunde miteinander.

»Hast du nie dran gedacht zu heiraten?«

»Nein eigentlich nicht, Marco. Bisher hab' ich wirklich nicht daran gedacht. Ich werde heiraten, wenn sich ein Passender findet. Denn, weißt du, nur zu heiraten, um versorgt zu sein, das ist nichts. Ich werd' schon heiraten. Aber es hat Zeit.«

»Du Glückliche. Ich hingegen glaube, daß nichts mehr Zeit hat. Ich glaube, wenn man Zeit übrig hat, es immer so wenig ist, daß man nicht weiß, was damit anfangen.«

Nati rümpft auf reizende Weise die Nase.

»Ach je, mein guter Marco, fang bloß nicht an, mir weise Reden zu halten!«

Martin lacht.

»Du machst dich über mich lustig, Nati.«

Das Mädchen blickt ihn schelmisch an, öffnet die Handtasche und zieht ein emailliertes Zigarettenetui heraus.

»Eine Zigarette?«

»Vielen Dank, ich hab' keine mehr. Was für ein hübsches Etui!«

»Ja, ganz nett. Es ist ein Geschenk.«

Martin wühlt in seinen Taschen.

»Ich hatte doch eine Schachtel mit Streichhölzern ...«

»Hier hast du Feuer. Das Feuerzeug ist auch ein Geschenk.«

»Donnerwetter.«

Nati raucht in sehr europäischer Manier, ihre Hände führen ein gewandtes, graziöses Spiel auf. Martin beobachtet sie aufmerksam.

»Weißt du, Nati, ich glaub', wir geben ein seltsames Paar ab. Du, wie aus dem Ei gepellt, makellos elegant von Kopf bis Fuß. Und ich bin ein Niemand, völlig verdreckt und mit durchgescheuerten Jackenärmeln.«

Das Mädchen zuckt die Achseln.

»Pah, kümmre dich nicht drum. Ist sogar ganz gut so, du Schaf. Da werden die Leute nicht schlau aus uns.«

Martin wird langsam und kaum merklich immer betrübter. Nati betrachtet ihn mit unendlicher Rührung. Aber um nichts in der Welt will sie, daß es irgendwer merkt.

»Was hast du?«

»Nichts. Weißt du noch, wie die andern Kameraden dich immer Natascha nannten?«

»Ja.«

»Weißt du noch, wie Gascón dich aus dem Kolleg für Verwaltungsrecht herausschmiß?«

Nati wird auch traurig.

»Ja.«

»Erinnerst du dich noch an den Abend, wo ich dich im Parque de Oeste geküßt habe?«

»Ich wußte, daß du mich danach fragen würdest. Ja, ich erinnere mich noch daran. Ich habe sehr oft an jenen Abend gedacht. Du bist der erste Mann gewesen, den ich auf den Mund geküßt habe. Wie die Zeit vergeht! Weißt du Marco...«

»Ja, was?«

»Ich schwöre dir, daß ich kein leichtfertiges Mädchen geworden bin.«

Martin hat das Gefühl, als müsse er weinen.

»Aber Kind, wie kommst du nur darauf?«

»Das ist mir sehr wichtig, Marco. Ich schulde dir irgendwie ein bißchen Treue. Wenigstens in dem Sinn, daß ich dir alles erzählen könnte.«

Martin, die Zigarette im Mund, die Hände auf den Knien verschränkt, beobachtet eine Fliege, die auf dem Rand eines Glases balanciert. Nati redet weiter.

»Ich hab' viel an jenen Abend gedacht. Damals meinte ich, daß ich nie einen Mann nötig haben würde, daß ich mein Leben ausfüllen könnte mit Politik und Rechtsphilosophie. Wie blöde! Aber damals an jenem Abend kapierte ich nichts. Ich küßte dich, aber hatte sonst keine Ahnung. Im Gegenteil. Ich glaubte, daß es jedesmal so sein müsse, wie es zwischen uns war. Später erkannte ich, daß es oft ganz anders ist, ganz anders.«

Natis Stimme zittert ein wenig.

»... daß es meist ganz anders, sehr viel weniger schön ist...«

Martin nimmt einen Anlauf.

»Verzeih Nati, aber es ist schon spät. Ich muß gehen. Aber weißt du, ich hab' tatsächlich nicht mal einen Duro, um dich hier einzuladen. Kannst du mir einen Duro geben, damit ich dich einladen kann?«

Nati wühlt in ihrer Handtasche und sucht unterm Tisch nach Martins Hand.

»Da nimm, es sind zehn. Vom Rest machst du mir mal ein Geschenk.«

4

Der Schutzmann Julio García Morrazo spaziert schon eine Stunde lang die Calle de Ibiza auf und ab. Im Schein der Laternen sieht man ihn hin- und hermarschieren, immer nur ein kleines Stück. Der Mann geht langsam, wie in tiefe Gedanken versunken. Es sieht so aus, als zähle er seine Schritte: vierzig nach der einen, vierzig nach der andern Seite, dann kehrtum und wieder angefangen. Manchmal macht er ein paar Schritte mehr und geht bis zur Straßenecke.

Der Schutzmann Julio García Morrazo stammt aus Galicien. Vor dem Bürgerkrieg hatte er keinen Beruf. Er führte seinen blinden Vater von Jahrmarkt zu Jahrmarkt, wo er Lieder zu Ehren von San Cipriano sang und sich selbst auf einer kleinen Gitarre dazu begleitete. Manchmal, wenn's Wein gab, spielte Julio auf dem Dudelsack, obwohl er im allgemeinen lieber tanzte und andere den Dudelsack spielen ließ.

Als der Krieg anfing und er eingezogen wurde, war der Schutzmann Julio García Morrazo kraftstrotzend wie ein junger Stier. Er hatte das Verlangen zu springen und zu hüpfen wie ein wildes Fohlen. Er liebte gebratene Sardinen, vollbusige Mädchen und den Ribero-Wein. An der asturischen Front schoß man ihm eines unglückseligen Tages eine Kugel zwischen die Rippen. Daraufhin magerte Julio García Morrazo ab, kam nicht mehr richtig auf die Beine. Das Schlimmste war, daß die Verwundung nicht schwer genug war, um als untauglich nach Hause entlassen zu werden. Der arme Mensch mußte wieder ins Feld und konnte sich nicht einmal richtig erholen.

Als der Bürgerkrieg vorbei war, ließ sich Julio García Morrazo ein Empfehlungsschreiben geben und bewarb sich bei der Polizei.

»Für die Landwirtschaft geht's dir gesundheitlich nicht gut genug«, sagte sein Vater, »und außerdem arbeitest du ja nicht gern. Wenn du bloß beim Grenzschutz genommen würdest!«

Julio García Morrazos Vater war inzwischen alt und müde geworden und wollte nicht mehr auf den Jahrmärkten umherziehen.

»Ich bleibe jetzt zu Hause. Mit dem, was ich mir erspart habe, kann ich so einigermaßen auskommen. Für zwei reicht's aber nicht.«

Mehrere Tage lang war Julio sehr nachdenklich. Er überlegte hin und her. Als er merkte, daß sein Vater bei seiner Meinung blieb, mußte er zu einem Entschluß kommen.

»Nein, Grenzwächter ist mir zu schwierig. Bei den Grenzwächtern mischen sich dauernd die Feldwebel und Unteroffiziere ein. Ich bescheide mich und werde Schutzmann.«

»Na gut, das ist ja schließlich auch nicht schlecht. Nur will ich es noch mal klar sagen: für zwei reicht's hier nicht.«

»Schon gut, ich hab' verstanden.«

Der Schutzmann Julio García Morrazo erlangte nach und nach seine Gesundheit wieder und setzte ein paar Kilo Fleisch an. Gewiß, er wurde nie mehr zu dem, der er einstmals gewesen war. Aber er beklagte sich nicht. Andere Soldaten waren auf dem Schlachtfeld geblieben und hatten ins Gras beißen müssen. Seinem Vetter Santiaguiño zum Beispiel schoß man den Tornister kaputt, in dem er die Handgranaten trug. Das größte Stück, was man von ihm nachher fand, war nicht mehr als ein Finger lang.

Der Schutzmann Julio García Morrazo war glücklich in seinem Beruf. Ohne bezahlen zu müssen in der Straßenbahn zu fahren, war etwas, das ihm anfangs sehr aufregend vorkam.

Er dachte: »Natürlich, man gehört ja jetzt zur Obrigkeit.«

In der Kaserne war er beliebt bei allen Vorgesetzten. Denn er war diensteifrig und diszipliniert und gab nie so an wie andere Polizisten, die taten, als seien sie der General in Person. Julio führte aus, was ihm geheißen wurde, verzog keine Miene und fand alles in Ordnung, was er tun mußte. Er wußte, daß ihm keine andere Wahl blieb und dachte deshalb auch an nichts anderes.

»Wenn ich die Befehle ausführe«, sagte er sich, »dann können sie mich nie tadeln. Und außerdem, wer herrscht, hat zu befehlen. Sie haben eben die Tressen und Sterne, und ich hab' sie nicht.«

Der Mann verstand es, sich unterzuordnen, und wollte vor allem keine Schwierigkeiten haben.

»Wenn man mir jeden Tag warmes Essen gibt und wenn das, was man mir aufträgt, nicht mehr ist, als hinter den Schwarzmarkthändlerinnen her zu sein ...«

Während des Abendessens stritten sich Victorita und ihre Mutter.

»Wann läßt du nur endlich von diesem Schwindsüchtigen? Zum Kuckuck, was hast du bloß davon?«

»Ich hab' davon, was mir Freude macht.«

»Ja, Bazillen und eines Tages einen dicken Bauch!«

»Ich weiß selbst, was ich tue. Das sind meine eigenen Angelegenheiten.«

»Ja, du, was hast du schon für eine Ahnung. Du bist nichts weiter als eine dumme Gans. Du kapierst ja höchstens die Hälfte von allem.«

»Ich weiß, was ich wissen muß.«

»Schon gut. Aber vergiß eins nicht: wenn du in andere Umstände kommst, laß ich dich nicht mehr ins Haus!«

Victorita wurde ganz blaß.

»Das hat dir also seinerzeit die Großmutter auch gedroht!«

Die Mutter erhob sich und gab der Tochter mit aller Kraft zwei Backpfeifen. Victorita rührte sich nicht.

»Straßendirne, Herumtreiberin! Du bist wahrhaftig eine Dirne, jawohl. So redet man nicht mit seiner Mutter!«

Victorita wischte sich mit dem Taschentuch das Blut von den Zähnen. »Auch mit seiner Tochter nicht. Wenn mein Schatz krank ist, so ist das schlimm genug und du brauchst ihn nicht den ganzen Tag lang noch einen Schwindsüchtigen zu nennen.«

Victorita stand plötzlich auf und verließ die Küche. Der Vater hatte die ganze Zeit geschwiegen.

»Laß sie ins Bett gehen. Du hast schließlich auch nicht das Recht, sie so zu beschimpfen. Wenn sie nun mal diesen Burschen liebt. Laß sie doch. Je mehr du auf ihr herumhackst, desto schlimmer wird's. Außerdem, es wird ja mit dem Armen sowieso nicht mehr lang dauern!«

Aus der Ferne konnte man in der Küche das Schluchzen des Mädchens vernehmen, das sich auf sein Bett geworfen hatte.

»Kind, mach das Licht aus. Zum Schlafen braucht man kein Licht.«

Victorita tappte blindlings nach der elektrischen Birne und löschte das Licht.

Don Roberto drückt auf den Klingelknopf an seiner Wohnungstür. Er hat die Schlüssel in der Tasche seiner anderen Hose vergessen. Immer passiert ihm das gleiche, obwohl er sich ständig vorsagt: »Ich muß die Schlüssel aus der anderen Hosentasche nehmen. Ich muß die Schlüssel aus der anderen Hosentasche nehmen.«

Seine Frau macht ihm die Tür auf.

»Guten Abend, Roberto.«

»Guten Abend.«

Die Frau versucht, nett zu ihm zu sein und freundlich. Der Mann arbeitet wie ein Sklave, um sie alle durchzubringen und über Wasser zu halten.

»Dir wird kalt sein. Zieh dir die Hausschuhe an, ich hab' sie in die Nähe vom Herd gestellt.«

Don Roberto zieht die Hausschuhe an und die alte Hausjoppe, ein fadenscheiniges Jackett, das einmal braun gewesen war mit schmalen weißen Streifen. Das war mal sehr schick, sehr elegant gewesen.

»Was machen die Kinder?«

»Denen geht's gut. Sie sind schon im Bett. Der Kleine machte Geschichten, als er schlafen gehen sollte. Ich weiß nicht, er ist viel frecher geworden.«

Das Ehepaar ging in die Küche. Die Küche ist der einzige Ort in der Wohnung, wo man sich während des Winters aufhalten kann.

»Ist dieser Nichtsnutz wieder mal aufgekreuzt?«

Die Frau vermied zu antworten. Möglich, daß sich die beiden unten an der Haustür getroffen hatten, und dann saß sie in der Patsche. Man wollte so gern alles richtig machen und Komplikationen vermeiden und verpatzte dann doch oft alles und war schuld an den gräßlichsten Krächen.

»Ich hab' gebratenen Stöckerfisch für dich zum Abendessen.«

Don Roberto wurde sehr vergnügt. Gebratener Stöcker gehörte zu seinen Lieblingsgerichten.

»Wunderbar.«

Die Frau lächelte schüchtern.

»Und mit ein paar Münzen, die ich auf dem Markt runterhandeln konnte, hab' ich dir noch ein halbes Fläschchen Wein ergattert. Du arbeitest so viel und dann und wann ein bißchen Wein tut deiner Gesundheit nur gut.«

Das »Biest González«, wie ihn sein Schwager immer nannte, war ein armer Tropf, ein ehrlicher Familienvater, bedauernswerter als ein Mülleimer. Es brauchte herzlich wenig, um ihn milde zu stimmen.

»Was bist du für eine gute Frau, Filo. So oft hab' ich gedacht, wenn's nicht deinetwegen wäre, wüßte ich manchen Tag nicht, wie ich weitermachen sollte. Na ja, nur ein bißchen Geduld. Diese ersten Jahre sind die schlimmsten. Bis ich erst einmal fest im Sattel sitze. Eben diese ersten zehn Jahre. Nachher wird's eitel Sonnenschein und alles ganz einfach sein. Du wirst sehen.«

Don Roberto küßte seine Frau auf die Wange.

»Hast du mich lieb?«

»Sehr, Roberto, das weißt du doch.«

Das Ehepaar aß eine Suppe. Dann gebratenen Stöcker und eine Banane als Nachtisch.

Dann blickte Don Roberto seine Frau forschend an.

»Was soll ich dir morgen schenken?«

Die Frau lächelte voll Glück und Dankbarkeit.

»Ach Roberto, wie mich das freut. Ich hatte geglaubt, du würdest auch in diesem Jahr nicht daran denken.«

»Schweig still, Dummerchen. Warum sollte ich nicht daran denken? Voriges Jahr gab's irgendeinen Grund. Aber dies Jahr...«

»Und dabei bin ich so unbedeutend...«

Wenn die Frau noch etwas länger über ihre Wenigkeit nachdenkt, so wird sie anfangen zu weinen.

»Also sag, was wünschst du dir?«

»Aber Mann, wo wir doch so schlecht dran sind!«

Don Roberto blickt auf den Teller und senkt die Stimme.

»Ich hab' den Bäcker um einen Vorschuß gebeten.«

Die Frau sieht ihn zärtlich, beinah traurig an.

»Was bin ich blöd. Bei dem Gerede hab' ich ganz dein Glas Milch vergessen.«

Don Roberto fährt fort, während seine Frau zum Fliegenschrank geht: »Sie gaben mir noch zehn Peseten extra, um den Kindern was Süßes zu kaufen.«

»Was bist du gut, Roberto.«

»Nein, meine Liebe, das bildest du dir bloß ein! Ich bin nicht anders als alle andern, nicht besser und nicht schlechter.«

Don Roberto trank sein Glas Milch. Als zusätzliche Nahrung hat seine Frau abends immer ein Glas Milch für ihn.

»Ich hab' gedacht, ich kaufe den Kindern einen Ball. Wenn dann noch was übrig ist, kann ich mir ein Gläschen Wermut genehmigen. Ich wollte dir eigentlich nichts davon erzählen. Aber du siehst: ich kann kein Geheimnis für mich behalten.«

Doña Ramona Bragado bekam einen telefonischen Anruf von Don Mario de la Vega, dem Druckereibesitzer. Der Herr wollte etwas Neues wissen über die Sache, hinter der er schon seit Tagen her war.

»Und außerdem kommen Sie beide aus dem gleichen Beruf. Die Kleine arbeitet in einer Druckerei. Ich glaub', sie ist dort noch Lehrling.«

»Aha, in welcher Druckerei denn?«

»Es ist die Druckerei ›Zukunft‹ in der Calle de la Madera.«

»So so. Das ist ja ganz fein, dann bleibt's in der gleichen Zunft. Hören Sie... Glauben Sie, daß... Sie wissen schon.«

»Ja, keine Sorge, das ist meine Sache. Morgen, wenn Sie Ihr Geschäft geschlossen haben, kommen Sie unter irgendeinem Vorwand hier in der Milchbar vorbei und begrüßen mich.«

»Ja, gut.«

»Na also. Ich werd' sie dann auch herholen. Muß mir noch ausdenken, unter welchem Vorwand. Ich glaub', daß die ganze Sache jetzt reif ist, die Frucht fallen muß. Das arme Geschöpf steckt bis zum Hals in Schwierigkeiten. Sie hält's nicht mehr aus und möchte endlich Ruhe haben. Außerdem hat sie einen kranken Schatz, dem sie Medikamente kaufen will. Diese Verliebten sind am leichtesten zu behandeln. Sie werden schon sehen, die sind weich wie Butter.«

»Na hoffentlich.«

»Sie müssen sich das Mädchen erst mal anschauen. Hören Sie, Don Mario, ich geh' aber keinen Real runter, verstehen Sie? Es hat mich Mühe genug gekostet.«

»Na ja, gute Frau, darüber können wir dann noch sprechen.«

»Nein, da ist nichts zu besprechen. Darüber ist zur Genüge geredet worden. Passen Sie auf, sonst zieh' ich mich zurück.«

Don Mario lachte und spielte den rücksichtslosen Mann. Doña Ramona versuchte sich einen Reim darauf zu machen.

»Sind wir also einig?«

»Ja, einverstanden.«

Als Don Mario zum Tisch zurückkehrte, sagte er zu dem andern: »Sie werden anfangs sechzehn Peseten verdienen, verstanden?«

Und der andere entgegnete: »Verstanden!«

Der andere ist ein armer Kerl, der ein bißchen studiert hat, es aber nie zu etwas gebracht hat. Der Mann hat einfach kein Glück und auch keine gute Gesundheit. Er kommt aus einer tuberkulösen Familie. Einen seiner Brüder namens Paco hatte man beim Militär für untauglich erklärt, da beim besten Willen nichts mit ihm anzufangen war.

Die Haustore sind schon seit geraumer Zeit geschlossen. Doch noch immer entläßt die Welt der Nachtschwärmer wie ein langsam versiegender, tropfender Wasserhahn eine um die andere Gestalt in Richtung des Autobusses. In den späten Nachtstunden hat die Straße ein halb hungriges, halb geheimnisvolles Aussehen. Im Laufschritt eines Wolfes zischt der Wind um die Häuser.

Die Männer und Frauen, welche um diese Zeit in Madrid umherwandern, sind echte Nachtschwärmer, die nur um des Herumtreibens willen draußen sind, die das Nachtleben im Blut haben. Da sind die reichen Kunden aus den Kabaretts, aus den Cafés an der Gran Vía, in denen sich parfümierte, aufreizende Weiber drängen. Frauen mit gefärbten Haaren und auffallenden Pelzmänteln, meistens aus schwarzem Fell, manchmal auch einer mit ein paar weißen Haaren drin. Da sind die Nachtbummler mit dem schwindsüchtigen Geldbeutel, die ihre Zeit in einer Tertulia verschwatzen oder ein Gläschen in den vollen Stehbars trinken: alles, um nur ja nicht zu Hause bleiben zu müssen.

Die andern sind schon lange wieder daheim, ehe die Hausportale geschlossen wurden: Leute, die im Kino waren, die nur zufällig so spät nachts unterwegs sind und immer mit einem bestimmten Ziel, niemals nur um zu bummeln. Zuerst gehen abends die Besucher der Kinos in der Innenstadt heim. Sie sind in Eile, besser gekleidet und suchen ein Taxi zu ergattern. Es sind die Besucher der Lichtspielhäuser *Callao*, *Capitol*, *Palacio de la Música*. Sie sprechen die Namen der Filmstars beinahe richtig aus und einige von ihnen werden sogar manchmal zu Filmvorführungen der englischen Botschaft im Saal in der Calle de Orfila eingeladen. Diese Leute verstehen was vom Film. Die Besucher der Vorstadtkinos pflegen zu sagen: »Das war ein prima Film mit Joan Crawford!« Sie aber sprechen wie Eingeweihte: »Das war eine lohnende Komödie von René Clair – sehr französisch«, oder: »ein großartiges Drama von Frank Capra!«

Niemand weiß so ganz genau, was besonders »französisch« daran war. Aber das macht nichts. Wir leben im Zeitalter der Angeberei, und einige Menschen reinen Herzens beobachten hinter Schranken staunend dieses Schauspiel und begreifen wenig von dem, was vor sich geht, obwohl das ganz klar ist.

Die Besucher der Vorstadtkinos, die Menschen, die keine Ahnung haben, wer der Regisseur des Films ist, kommen etwas später nach Hause, wenn die Haustore schon geschlossen sind. Sie haben es nicht eilig, sie sind schlechter gekleidet und auch weniger sorgenvoll, jedenfalls in dieser Stunde. Sie machen ruhig einen kleinen Spaziergang bis zum Kino *Narváez*, *Alcalá*, *Tivoli* oder *Salamanca*. Dort werden berühmte Filme gezeigt. Filme mit einem Ruhm, der schon ein wenig verblaßt ist, nach mehreren Wochen Gran Vía. Es sind Filme mit schönen, poetischen Namen, die schwerwiegende menschliche Probleme behandeln, wenn auch nicht immer lösen. Die Besucher der Vorstadtkinos müssen eine Weile warten, bis sie »Verdacht« oder »Die Abenteuer des Marco Polo« oder »Wenn es nie Morgen würde« zu sehen bekommen.

Als der Polizist Julio García Morrazo wieder einmal an der Ecke angelangt war, dachte er an Celestino von der Bar.

»Dieser Celestino ist der Teufel in Person. Was dem nicht so manchmal einfällt. Aber er ist kein Dummkopf. Der Mann hat einen Haufen Bücher gelesen.«

Nachdem sich Celestino Ortiz das von der blinden Wut und der Tiernatur ins Gedächtnis zurückgerufen hatte, nahm er sein Buch, sein einziges Buch, von den Wermutflaschen herunter und verwahrte es in der Schublade. Was es nicht alles gibt! Martin Marco hatte es Nietzsche zu verdanken, daß er nicht mit zertrümmerter Hirnschale aus dem Lokal herausgekommen war. Wenn das Nietzsche wüßte!

Doña Maria Morales de Sierra späht durch die Scheibengardinen ihrer Wohnung im Hochparterre und redet mit ihrem Mann Don José Sierra, Angestellter beim städtischen Bauamt. Doña Maria Morales de Sierra ist die Schwester von Doña Clarita Morales de Pérez, der Frau von Don Camilo, dem Hühneraugenoperateur, der im gleichen Haus lebt wie Don Ignacio Galdácano. Das ist der Herr, der nicht zu der Versammlung in der Wohnung von Don Ibrahim kommen konnte, weil er irrsinnig war.

»Hast du mal auf diesen Schutzmann geachtet? Der geht immer nur auf und ab, als ob er auf irgend jemanden warte.«

Der Mann antwortet nicht. Wenn er Zeitung liest, ist er völlig entrückt, als ob er in einer lautlosen, fremden Welt lebe, sehr weit weg von seiner Frau. Wenn Don José Sierra nicht einen so perfekten Grad von Versunkenheit zu erreichen vermöchte, wäre es ihm völlig unmöglich, zu Hause Zeitung zu lesen.

»Jetzt kommt er wieder hierher zurück. Ich möchte so gern wissen, was er hier zu tun hat. Hier ist doch ein so ruhiges Viertel mit ordentlichen Leuten. Wenn es da hinten wäre bei der alten Stierkampfarena, wo's so schwarz wie in einem Wolfsrachen ist...«

Das Gelände der alten Stierkampfarena ist nur einige Dutzend Schritte entfernt von der Wohnung Doña Marias.

»Dort wär's schließlich was anderes. Dort kann man sogar belästigt werden. Aber hier? Hier ist's so still wie in einem Ölschlauch. Hier rührt sich nicht mal eine Ratte.«

Doña Maria dreht sich lächelnd um. Ihr Mann sieht das Lächeln nicht. Er liest.

Victorita weint schon lange Zeit. In ihrem Kopf jagen sich die verschiedensten Pläne. Sogar ins Kloster zu gehen oder sich das Leben zu nehmen, erscheint ihr besser, als weiterhin zu Hause bleiben zu müssen. Wenn ihr Schatz arbeiten könnte, so würde sie ihm vorschlagen, gemeinsam davonzulaufen. Wenn beide arbeiten könnten, müßte es schon sehr schlimm kommen, um nicht mehr genug zu essen zu haben. Aber es war ja ganz klar, daß der Bräutigam zu nichts mehr in der Lage war, als den ganzen Tag im Bett zu liegen, ohne etwas tun zu können und beinah ohne zu sprechen. Es war wirklich verhängnisvoll. Alle Welt sagte, daß man manchmal solch eine Krankheit durch gutes Essen und Spritzen kurieren könnte. Oder wenn es nicht ganz auszuheilen ist, so könnte es doch wenigstens besser werden, Paco könnte noch viele Jahre leben, sie würden heiraten und ein normales Leben führen. Aber Victorita weiß nicht, wie sie das Geld beschaffen soll. Das heißt, sie weiß es, kann sich aber nicht dazu entschließen. Wenn Paco von der Sache erführe, würde er sie sofort verlassen, daran war kein Zweifel. Und wenn Victorita sich zu irgendeiner verrückten Sache entschließt, so tut sie es nur um Pacos willen. Victorita glaubt manchmal, daß Paco vielleicht doch sagt: »Gut, mach was du willst, mir ist's egal.« Aber dann weiß sie wieder, daß es nicht so ist, daß Paco so was nie sagen würde. Victorita hält es zu Hause nicht mehr aus, soviel ist sicher. Die Mutter macht ihr das Leben zur Hölle, jeden Tag mit der gleichen Moralpredigt. Aber sich so einfach auf gut Glück in eine Sache hineinzustürzen ohne ein bißchen Protektion, ist auch sehr gewagt. Victorita hat hin und her überlegt und erkannt, daß die Angelegenheit ihr Für und Wider hat. Geht alles gut, dann ist es wie auf einer Rutschbahn. Aber nichts geht wirklich ganz gut im Leben. Meistens geht's eher schlecht aus. Die Frage ist nur, ob man Glück hat und ob sich irgendwer für einen verwendet. Aber wer sollte sich für Victorita einsetzen? Sie kennt niemanden, der auch nur zehn Duros hätte zurücklegen können; sie kennt niemanden, der nicht von seinem täglichen Lohn leben müßte. Victorita fühlt sich sehr müde. In der Drukkerei muß sie den ganzen Tag stehen, ihrem Verlobten geht es jeden Tag schlechter. Die Mutter ist wie ein Unteroffizier und tut nichts anderes als sie anschreien. Der Vater ist ein schwacher Mensch, der gern einen hebt. Auf den kann sie auch nicht rechnen. Pirula, ja, die hat Glück gehabt. Sie hatte mit Victorita in der Druckerei gearbeitet, auch als Packerin. Die hat einen Freund gefunden, der sie nicht nur wie eine Königin verwöhnt und all ihre Launen befriedigt, sondern der sie außerdem wirklich liebt und ehrt. Wenn sie Pirula um Geld bitten würde, sicherlich bekäme sie es. Aber Pirula kann ihr auch höchstens zwanzig Duros geben, mehr hat sie ja auch nicht übrig. Pirula lebt jetzt wie eine Herzogin. Jedermann nennt sie »gnädiges Fräulein«. Sie ist gut angezogen und hat eine Wohnung mit Radio. Victorita hat sie eines Tages auf der Straße getroffen. Wie hatte sie sich verändert in dem Jahr, während sie mit diesem Herrn lebte. Das war nicht mehr das gleiche Mädchen von früher. Man meinte sogar, sie sei noch gewachsen. Victorita erwartete ja gar nicht so viel für sich...

Der Schutzmann Julio García Morrazo unterhält sich mit dem Nachtwächter Gumercindo Vega Calvo, einem Landsmann aus Galicien.

»Gräßliche Nacht.«

»Es gibt schlimmere.«

Der Schutzmann und der Nachtwächter führen schon seit einigen Monaten eine Unterhaltung, die ihnen viel Spaß macht. Nacht für Nacht kommen sie in diesen Gesprächen geduldig und mit innerem Behagen immer wieder auf das gleiche zurück.

»Also, Sie sagten, daß Sie aus der Gegend von Porriño stammen?«

»Ja, allerdings, von ganz nah. Ich bin aus Mos gebürtig.«

»Ich hab' eine verheiratete Schwester in Salvatierra, sie heißt Rosalia.«

»Die vom Burelo, dem Mann mit den Nägeln?«

»Ja, eben die.«

»Na, der geht's ja fein, nicht wahr?«

»Doch, sie hat sich glänzend verheiratet.«

Die Frau aus dem Hochparterre stellt weitere Vermutungen an. Sie ist eine ziemliche Klatschbase.

»Jetzt steht er beim Nachtwächter. Sicher läßt er sich Auskunft geben über irgendeinen Nachbarn von uns. Meinst du nicht auch?«

Don José Sierra liest weiter mit einem Gleichmut und mit einer Ergebenheit ohnegleichen.

»Die Nachtwächter wissen überall Bescheid, nicht wahr? Sachen, die niemand sonst weiß, sind denen ganz was Selbstverständliches.«

Don José Sierra ist gerade fertig mit einem Leitartikel über Sozialfürsorge und fängt jetzt mit einem Artikel an, der von der Tätigkeit und den Vorrechten der traditionellen spanischen Cortes handelt.

»Vielleicht gibt's hier in einem der Häuser einen heimlichen Freimaurer. Das merkt man denen ja nicht gleich so an, wenn man sie sieht.«

Don José Sierra macht ein merkwürdiges Geräusch im Hals, ein Geräusch, das sowohl »ja« als »nein« bedeuten kann oder auch »vielleicht« oder »wer weiß«. Don José ist ein Mann, der nun mal seine Frau ertragen muß und es fertig gebracht hat, ganze Stunden, ja manchmal ganze Tage lang nichts weiter zu sagen als »Mm« und nach einer Weile wieder »Mm« und so fort. Das ist eine sehr diskrete Art, seiner Frau verstehen zu geben, daß sie eine dumme Gans ist, ohne es ihr direkt zu sagen.

Der Nachtwächter ist sehr zufrieden über die Heirat seiner Schwester Rosalia. Die Burelos sind in der ganzen Gegend sehr angesehen.

»Sie hat schon neun Bälger und erwartet den zehnten.«

»Ist sie schon lange verheiratet?«

»Ja, schon ziemlich lang. Sie hat vor zehn Jahren geheiratet.«

Der Schutzmann braucht eine Weile, um nachzurechnen. Der Nachtwächter läßt ihm dazu keine Zeit und nimmt den Faden der Unterhaltung wieder auf.

»Wir sind mehr von der Gegend von La Cañiza her. Wir stammen aus Covela. Haben Sie mal was von den *Pelones*, den Kahlköpfen, gehört?«

»Nein, mein Herr.«

»Das sind wir.«

Der Schutzmann Julio García Morrazo fühlt sich verpflichtet, entsprechend zu antworten.

»Mich und meinen Vater nennen sie die *Raposos*, die Füchse.«

»So.«

»Wir nehmen das niemandem übel. Jedermann nennt uns eben so.«

»So.«

»Mein Bruder Telmo, der hat vielleicht was rumgeschäkert. Er starb später an Typhus. Den nannten sie *Pito tiñoso*, fleckige Pfeife.«

»Ja. Es gibt Leute, die einen sehr schwierigen Charakter haben, nicht wahr?«

»Puh! Es gibt welche, die den Teufel im Leib haben. Mein Bruder Telmo konnte nicht vertragen, wenn man ihm auch nur einen kleinen Fußtritt gab.«

»Mit solchen nimmt's immer ein schlimmes Ende!«

»Ja, das mein' ich auch!«

Der Schutzmann und der Nachtwächter unterhalten sich stets auf kastilisch. Einer will dem andern damit beweisen, daß er kein ungebildeter Bauer ist.

Es war die Stunde, wo der Schutzmann Julio García Morrazo anfing, elegisch zu werden.

»Nicht wahr, bei uns zu Hause ist's schön?«

Der Nachtwächter Gumercindo Vega Calvo gehört zu der anderen Sorte von Galiciern, zu den skeptischen Galiciern, die sich schämen, etwas Positives zuzugeben.

»Es ist nicht schlecht dort.«

»Allerdings. Dort kann man wenigstens leben, nicht wahr?«

»Das schon.«

Aus einer noch nicht geschlossenen Bar von der gegenüberliegenden Straßenseite tönen ein paar Takte eines langsamen Foxtrotts, der komponiert worden war, um in trauter Zweisamkeit angehört oder getanzt zu werden. Der Nachtwächter wird von einem Näherkommenden angeredet: »Nachtwächter!«

Der Nachtwächter scheint sich plötzlich zu erinnern.

»Was dort zu Hause am besten gedeiht, sind Kartoffeln und Mais. Wo wir herstammen, gibt's auch Wein.«

Der Mann, der gerade gekommen ist, ruft wieder, diesmal vertraulicher: »Sindo!«

»Ich komme schon!«

Als er beim Eingang der U-Bahnstation Narváez anlangte, wenige Schritte von der Ecke der Calle de Alcalá entfernt, traf Martin auf seine Freundin, die Uruguayerin. Sie war in Begleitung eines Herrn. Martin versuchte so zu tun, als habe er sie nicht gesehen.

»Guten Abend, Martin, du Träumer.«

Martin drehte sich nach ihr um. Es blieb ihm nichts anderes übrig.

»Guten Abend, Trinidad, ich hatte dich nicht gesehen.«

»Los, komm her, ich möchte euch bekannt machen.«

Martin trat zu den beiden.

»Das hier ist ein guter Freund von mir; und Martin ist Schriftsteller.«

Die Uruguayerin ist eine billige Nutte, ohne Anmut, ohne Erziehung und ohne den Wunsch zu gefallen. Die schlimmste Art Hure. Sie ist gar nichts, nicht mal eine Schmeichlerin. Ein abstoßendes Weib. Ein Körper voller Pickel und Narben. Wahrscheinlich sieht ihre Seele genauso aus. Eine elende Hure, die weder Gewissen noch Berufung oder Liebe zu ihrer Arbeit zeigt. Klug ist sie nicht und ebensowenig hübsch, und das ist doch das mindeste, was man erwarten kann. Die Uruguayerin ist ein großes Weib mit einem Schnurrbart, einem Pferd nicht unähnlich. Sie ist imstande und verkauft ihren Vater für sechs Reales. Ihr Zuhälter ist der Chauffeur eines Marqués. Er nimmt sie bis auf den letzten Pfennig aus und schlägt sie grün und blau. Die Uruguayerin spritzt Gift wie eine Schlange, und üble Nachrede ist ihre Lieblingsbeschäftigung. Mal spricht sie schlecht von den Schwulen, mal beschimpft sie ihre Arbeitsgenossinnen, mal zieht sie über ihre Kinder her. Jetzt hat sie's mit den Lesben, den zarten, den liebevollen Huren des Geistes, die sanft, traurig, träumerisch und schweigsam sind wie Nardenstengel.

Das Mädchen wurde »die Uruguayerin« genannt, weil sie aus Buenos Aires stammt. Sie sagte zu ihrem Freund:

»Der da, vor dem du stehst, macht dauernd Verse. Los, Kinder, gebt euch die Hand. Ich hab' euch ja vorgestellt.«

Die beiden Männer gehorchten und reichten sich die Hände.

»Sehr angenehm. Wie geht es Ihnen?«

»Ich hab' gut gespeist, danke schön.«

Der Mann, der mit der Uruguayerin zusammen ist, gehört zu der Sorte, die immer die Witzigen spielen wollen.

Das Paar lachte laut heraus. Die Uruguayerin hatte schadhafte, schwärzliche Vorderzähne.

»Hör mal, trink doch einen Kaffee mit uns.«

Martin war unentschlossen. Er wußte nicht, ob er dem andern vielleicht lästig sein würde.

»Eigentlich ... ich glaube ...«

»Aber klar, Mann, kommen Sie doch mit uns. Warum denn nicht?«

»Gut also, vielen Dank. Aber nur kurz.«

»Nur keine Eile, Mensch. Bleiben Sie, so lange Sie wollen. Die Nacht ist noch lang. Bleiben Sie ruhig. Ich finde Dichter sehr lustig.«

Sie setzten sich in ein Café an der Straßenecke und der Galan der Uruguayerin bestellte Kaffee und Kognak für alle.

»Schicken Sie den Zigarettenverkäufer.«

»Jawohl.«

Martin setzte sich dem Pärchen gegenüber. Die Uruguayerin war beschwipst, das merkte man auf den ersten Blick.

»Hör mal, Alter. Paß etwas auf bei deinem Schatz!«
»Bei meinem Schatz?«
»Ja, du weißt schon, wen ich meine, Marujita.«
»So?«
»Ich glaube, sie fühlt sich nicht wohl. Meinem Gefühl nach hat sie sich einen gefangen.«
»Glaubst du?«
»Und ob! Ich weiß es nur allzu gut!«
Martin macht ein besorgtes Gesicht.
»Die Ärmste!«
»Ja, armes Luder! Und sie will nichts sagen und auch nicht eine Woche daheim bleiben. Wenn Doña Jesusa das erfährt! Aber gut ist sie! Marujita sagt, daß ihre Mutter was zum Essen haben muß. Als ob wir anderen von Luft leben!«
Der Zigarettenverkäufer kam.
»Guten Abend, Señor Flores. Sie haben sich hier schon lange nicht mehr blicken lassen. Wünschen Sie etwas?«
»Ja, gib mir zwei gute Zigarren. Hör mal, Uruguayerin, hast du noch zu rauchen?«
»Nein, ich hab' kaum mehr was. Kauf mir gleich ein Päckchen mit.«
»Also, dann gib auch der da noch ein Päckchen amerikanische Zigaretten.«

Die Bar von Celestino Ortiz ist fast leer. Die Bar von Celestino Ortiz ist eine kleine Bar mit dunkelgrüner Tür. Die Bar heißt »Aurora, Weinausschank und warme Mahlzeiten«, die warmen Mahlzeiten gibt es aber im Augenblick nicht. Celestino wird damit anfangen, wenn sich alles erst etwas besser eingespielt hat. Man kann nicht alles auf einmal machen.
An der Theke trinkt der letzte Gast, ein Polizist, sein elendes Gläschen Anisschnaps.
»Genau das gleiche muß ich Ihnen sagen. Mir kann man nicht mit chinesischen Märchen kommen.«
Wenn der Polizist endlich gegangen ist, will Celestino den Eisenvorhang herunterlassen, sein Bettzeug hervorholen und

schlafen. Celestino ist ein Mensch, der das nächtliche Aufbleiben nicht mag. Er hat es lieber, früh schlafen zu gehen und ein gesundes Leben zu führen. Jedenfalls so gesund wie möglich.

»Wissen Sie, mir kann's ja egal sein.«

Zwei Gründe hat Celestino, um in seiner Bar zu schlafen: erstens ist es billiger, und zweitens verhindert er dadurch, daß eines Nachts bei ihm eingebrochen wird, gerade dann, wenn man's am wenigsten vermutet.

»Das Übel liegt woanders, an höherer Stelle. Hier bestimmt nicht.«

Celestino lernte es rasch, sich ein prächtiges Lager zu richten, wenn's auch manchmal zusammenfällt. Er legt seine Roßhaarmatratze auf acht oder zehn zusammengeschobene Stühle.

»Die Schwarzhändler in der U-Bahn hochzunehmen, das finde ich ungerecht. Die Menschen müssen auch ihr Essen haben. Und wenn sie keine Arbeit finden, dann müssen sie eben zusehen, wie sie's bekommen. Das Leben ist teuer geworden, das wissen Sie genausogut wie ich. Und das, was man auf Lebensmittelkarten kriegt, reicht nicht einmal fürs Nötigste. Ich will niemanden kränken, aber ich meine, wenn so ein paar Frauen Zigaretten verkaufen oder Seifenstücke, dann ist das noch lange kein Grund, daß ihr Polizisten dauernd hinter ihnen her seid.«

Der Polizist mit dem Anisschnaps ist kein Dialektiker.

»Ich tu', was mir befohlen wird.«

»Ja, das weiß ich. Ich kann unterscheiden, mein Freund.«

Als der Polizist endlich fort ist, konstruiert Celestino das Gebäude, auf dem er schläft, legt sich nieder und liest noch ein Weilchen. Es macht ihm Spaß, sich ein bißchen mit Lesen zu zerstreuen, ehe er das Licht löscht und einschläft. Abends im Bett pflegt Celestino Romanzen und Quintillas zu lesen. Nietzsche bleibt der Tag reserviert. Celestino besitzt ganze Stöße dieser Lektüre, einige kennt er von A bis Z auswendig. Alle sind sie schön. Aber am schönsten findet er den »Aufstand von Cuba« und »Bericht über die Verbrechen des treuliebenden Don Jacinto del Castillo und der Doña Leonor de la Rosa, begangen, um ihre Liebesschwüre zu halten«. Die letztgenannte Romanze ist im klassischen Stil geschrieben, wie es sich gehört:

Heilige Jungfrau Maria,
Du Fackel am feurigen Himmel,
Du Tochter des Ewigen Vaters,
Mutter des Allerhöchsten Sohns
Und Braut des Heiligen Geistes.
In Tugend und nach Gottes Willen
Empfingst Du in Deinem jungfräulichen Schoß
Das sanfteste Geschöpf.
Und nach neun Monden
Wurde der Heilige Schöpfer geboren
Zur Erlösung der Menschheit,
Gekleidet in menschlichen Leib.
Und Dein Schoß blieb unbefleckt,
Blieb rein, keusch, unberührt und fein.

Diese alten Romanzen mochte Celestino am liebsten. Manchmal, um sich vor sich selbst zu rechtfertigen, fing Celestino an, von der tiefen Weisheit des Volkes zu reden und anderes dummes Geschwätz gleichen Stils. Celestino gefielen besonders die Worte des Korporals Pérez zu dem Exekutionskommando:

Kameraden, da mich mein Geschick
In solch heikle Lage gebracht,
Schenk' ich euch vier Duros hier.
Vergönnt mir einen ehrenvollen Tod.
Nur um eines bittet Pérez euch:
Zielt sicher und genau.
Zwar hab' ich Unrecht keins so groß begangen,
Als daß man mich so hinzuschlachten hätte.
Doch merkt euch bitte, wie ihr zielen sollt:
Zwei auf die Stirn, und zwei schießt in die Brust.

»Donnerwetter, war das ein Kerl! Früher hat es doch noch rechte Männer gegeben!« ruft Celestino laut aus, ehe er das Licht löscht.

Hinten im Halbdunkel spielt ein Geiger mit Künstlermähne und vollgestopft mit angelesener Weisheit leidenschaftlich die Czardas von Montí.

Die Gäste trinken. Die Männer Whisky, die Frauen Sekt. Die Frauen, die noch vor vierzehn Tagen Portiersfrauen waren, trinken Pfefferminzlikör. Es sind viele Tische leer im Lokal, denn es ist noch ziemlich früh.

»Ach, wie mir das schmeckt, Pablo!«

»Also, dann genieß es, Laurita. Du hast ja nichts anderes zu tun.«

»Du, ist's wirklich wahr, daß dies die Sinne reizt?«

Der Nachtwächter folgte dem Ruf.

»Guten Abend, junger Herr.«

»Guten Abend.«

Der Nachtwächter holte den Schlüssel hervor und stieß das Haustor auf. Dann streckte er seine Hand aus, mit einer Geste, als sei ihm das völlig gleichgültig.

»Vielen Dank.«

Der Nachtwächter zündete das Treppenlicht an, schloß dann wieder das Haustor und ging zurück zu dem Schutzmann und seiner Unterhaltung. Bei jedem Schritt stieß er laut mit dem Stock auf.

»Der kommt jeden Abend zur gleichen Stunde und geht nicht vor vier Uhr wieder weg. Unterm Dach dort hat er ein Fräulein, ein ganz freundliches ist das. Sie heißt Pirula.«

»Solche gibt's viele.«

Die Frau aus dem Hochparterre wendet keinen Moment den Blick von den beiden.

»Wovon sprechen die nur, wenn sie zusammenstehen? Denk mal, wenn der Nachtwächter eine Tür aufmachen muß, wartet der Schutzmann auf ihn.«

Der Mann ließ die Zeitung sinken.

»Dir macht's ja auch Spaß, in andrer Leute Töpfe zu gucken. Der wird wahrscheinlich auf irgendein Dienstmädchen warten.«

»Na ja, für alles gibt's eine Erklärung.«

Der Herr, dessen Geliebte unterm Dach wohnt, zieht den Mantel aus und wirft ihn auf das Sofa am Eingang. Der Eingangsraum ist sehr klein. Es gibt dort weiter keine Möbel als ein Sofa für zwei Personen und gegenüber eine Konsole aus Holz unter einem Spiegel in Goldrahmen.

»Was gibt's Neues, Pirula?«

Señorita Pirula war herausgekommen, als sie den Schlüssel sich drehen hörte.

»Nichts, Javier. Für mich gibt's nichts als dich.«

Señorita Pirula ist ein junges Mädchen, das sich sehr fein und gebildet gibt, wenn es auch vor nicht viel mehr als einem Jahr noch gesagt hatte: »Scheiße« und »Labberzeug« und »Klapskopf«.

Aus einem Zimmer, das durch eine niedrig hängende Lampe in gedämpftes Licht gehüllt ist, tönt leise Radiomusik, ein schmachtender, ein einschmeichelnder langsamer Foxtrott, der ohne Zweifel komponiert wurde, um in trauter Zweisamkeit angehört und getanzt zu werden.

»Darf ich um einen Tanz bitten, mein Fräulein?«

»Danke vielmals mein Herr, aber ich bin müde. Ich hab' die ganze Nacht getanzt.«

Das Pärchen fängt an schallend zu lachen. Es ist natürlich kein Gelächter, wie das der Uruguayerin und des Señor Flores. Dann küssen sich die beiden.

»Pirula, du bist ein feines Mädchen.«

»Und du ein schüchterner Jüngling, Javier.«

Auf dem Weg zum Zimmer geht das Paar innig umschlungen, als spazierten sie in einer blühenden Akazienallee.

»Möchtest du eine Zigarette?«

Der Ritus ist jeden Abend derselbe und die Worte, die sie sich sagen, ungefähr auch. Señorita Pirula hat einen deutlich ausgeprägten Selbsterhaltungstrieb. Sie wird wahrscheinlich Karriere machen. Bisher braucht sie sich nicht zu beklagen. Javier behandelt sie wie eine Königin, er liebt und ehrt sie.

Victorita verlangt gar nicht so viel. Victorita will nur ihr Essen haben, will ihren Bräutigam lieben, und der soll eines Tages wieder gesund werden. Victorita hat gar keine Gelüste auf einen lockeren Lebenswandel. Aber Not kennt kein Gebot. Das Mädchen hat sich nie herumgetrieben. Sie hat bisher mit niemandem als mit ihrem Bräutigam geschlafen. Victorita will jetzt absolut etwas unternehmen. Obwohl sie ziemlich geil ist, hatte sie bisher zu widerstehen versucht. Sie war Paco treu geblieben, hatte ihn nicht ein einziges Mal betrogen.

»Ihr Männer gefallt mir alle«, hatte sie einmal zu ihrem Schatz gesagt, bevor er krank wurde. »Und drum geh' ich nur mit dir ins Bett. Wenn ich erst mal mit andern anfinge, könnte ich nicht mehr aufhören.«

Das Mädchen war ganz rot und erstickte fast vor Lachen, als sie dies Geständnis vorbrachte. Ihrem Verlobten jedoch gefiel der Witz ganz und gar nicht.

»Wenn ich dir ebenso recht wie jeder x-Beliebige bin, dann mach, was du willst, tu, wozu du Lust hast.«

Einmal, als ihr Schatz schon krank war, ging ihr ein sehr gut gekleideter Herr auf der Straße nach.

»Hallo, Señorita, wohin so eilig?«

Dem Mädchen gefiel das Auftreten des Herrn. Es war ein feiner, ein sehr eleganter Herr, der sich gut zu benehmen verstand.

»Lassen Sie mich in Ruhe. Ich muß zur Arbeit.«

»Aber mein Kind, warum soll ich Sie in Ruhe lassen? Daß Sie zur Arbeit gehen, finde ich nur lobenswert. Das zeigt, daß Sie, obgleich jung und hübsch, anständig sind. Aber was ist denn Schlimmes dabei, wenn man ein paar Worte wechselt?«

»Wenn's nicht mehr ist.«

»Was könnte es denn mehr sein?«

Das Mädchen merkte, wie ihm die Worte entschlüpften:

»Was ich zum Beispiel gern möchte...«

Der gut gekleidete Herr ließ sich nicht aus der Fassung bringen.

»Aber natürlich, mein Kind. Verstehen Sie doch, Señorita, unsereiner ist auch nicht ganz unerfahren, und man tut, was man gelernt hat.«

»...und was einem erlaubt wird.«

»Klar, natürlich, was einem erlaubt wird.«

Der Herr begleitete Victorita ein Stück. Kurz vor der Calle de la Madera verabschiedete ihn Victorita.

»Leben Sie wohl. Lassen Sie mich jetzt allein weitergehen. Es könnte uns jemand aus der Druckerei sehen.«

Der Herr runzelte ein wenig die Brauen.

»Arbeiten Sie hier in der Nähe in einer Druckerei?«

»Ja, hier in der Calle de la Madera. Darum sagte ich ja, Sie sollten jetzt gehen. Vielleicht sehen wir uns ein anderes Mal wieder.«

»Wart noch ein Momentchen.«

Der Herr ergriff die Hand des Mädchens und lächelte.

»Willst du denn?«

Victorita lächelte zurück.

»Und Sie?«

Der Herr blickte ihr tief in die Augen.

»Wann bist du heute abend fertig?«

Victorita senkte den Blick.

»Um sieben. Aber holen Sie mich nicht ab. Ich bin verlobt.«

»Und kommt er dich abholen?«

Victoritas Stimme wurde traurig.

»Nein, er holt mich nicht ab. Leben Sie wohl.«

»Auf Wiedersehen also.«

»Na ja, wie Sie wollen, auf Wiedersehen meinetwegen.«

Als Victorita um sieben Uhr mit ihrer Arbeit in der Druckerei »Die Zukunft« fertig war, traf sie den Herrn, der an der Ecke der Calle del Escorial auf sie gewartet hatte.

»Nur einen kleinen Augenblick, Señorita. Ich weiß, daß Sie Ihren Verlobten treffen wollen.«

Victorita wunderte sich etwas, daß der Herr sie wieder mit Sie anredete.

»Ich möchte nicht als Schatten zwischen Ihnen und Ihrem Verlobten stehen. Sie müssen begreifen, daran hab' ich keinerlei Interesse.«

Das Paar ging zusammen die Calle San Bernardo hinunter. Der Herr benahm sich äußerst korrekt. Er faßte sie nicht unter, nicht einmal, wenn sie die Straße überquerten.

»Es würde mich sehr freuen, wenn Sie mit Ihrem Verlobten

glücklich würden. Wenn es von mir abhinge, so würden Sie gleich morgen heiraten können.«

Victorita sah den Herrn verstohlen von der Seite an. Der Herr redete, ohne sie anzublicken, als führe er ein Selbstgespräch.

»Was kann man einem Menschen, den man verehrt, besseres wünschen, als daß er glücklich werde?«

Victorita meinte, auf Wolken zu wandeln. Sie war auf konfuse Weise glücklich: ein vages, kaum zu spürendes Glücksgefühl, das gleichzeitig etwas traurig, unerreichbar und unmöglich schien.

»Gehen wir ein bißchen hier hinein? Es ist zu kalt, um spazierenzugehen.«

»Gut.«

Victorita und der Herr betraten das Café *San Bernardo* und setzten sich einander gegenüber hinten an einen Tisch. »Was sollen wir bestellen?«

»Einen recht heißen Kaffee.«

Als der Kellner kam, sagte der Herr:

»Für das Fräulein bringen Sie einen Espresso mit Milch und ein Stück Kuchen. Für mich einen Schwarzen.«

Der Herr zog eine Schachtel mit Zigaretten hervor.

»Rauchen Sie?«

»Nein, ich rauche fast nie.«

»Was bedeutet: fast nie?«

»Na, ich rauch' nur ganz selten, so zu Weihnachten.«

Der Herr drang nicht weiter in sie, zündete sich eine Zigarette an und steckte die Schachtel wieder in die Tasche.

»Nun ja, wenn's an mir läge, so würden Sie und Ihr Bräutigam sicherlich morgen heiraten können.«

Victorita blickte ihn an.

»Und warum wollen Sie uns absolut verheiraten? Was haben Sie davon?«

»Ich hab' nichts davon, Señorita. Mir – wie Sie begreifen können – ist's völlig egal, ob Sie sich verheiraten oder ledig bleiben. Wenn ich das vom Heiraten gesagt habe, dann nur, weil ich mir vorstelle, daß Sie froh sein würden, Ihren Bräutigam heiraten zu können.«

»Klar wäre ich froh. Warum soll ich das leugnen?«

»Gut, daß Sie das sagen. Wenn man aufrichtig miteinander spricht, dann versteht man sich gleich. Ich möchte was mit Ihnen besprechen, und dafür ist es ganz bedeutungslos, ob Sie verheiratet oder ledig sind.« Der Herr hüstelte.

»Wir befinden uns in einem öffentlichen Lokal, von Menschen umgeben, durch diesen Tisch hier getrennt.« Der Herr berührte leicht mit seinen Beinen Victoritas Knie.

»Kann ich ganz offen mit Ihnen reden?«

»Meinetwegen. Wenn's im Rahmen des Schicklichen bleibt.«

»Es gibt nichts Unschickliches, Señorita, wenn man aufrichtig spricht. Was ich Ihnen vorschlagen möchte, ist eine Art von Geschäft. Sie können zustimmen oder es seinlassen. Sie sind zu nichts verpflichtet.«

Das Mädchen war etwas bestürzt.

»Darf ich also sprechen?«

»Ja.«

Der Herr setzte sich etwas bequemer hin.

»Also, hören Sie mich an, Señorita. Kommen wir zum Kern der Sache. Sie werden danach zumindest zugcben müssen, daß ich Sic nicht übertölpeln will und Ihnen die Sache so darlege, wie sie ist.«

Das Kaffeehaus war sehr voll. Es wurde heiß, und Victorita knöpfte ihr baumwollenes Mäntelchen auf.

»Ich weiß nicht recht, wie ich anfangen soll. Sie haben einen starken Eindruck auf mich gemacht, Señorita.«

»Ich kann mir schon denken, was Sie mir vorschlagen wollen.«

»Ich glaube, Sie irren sich. Unterbrechen Sie mich nicht. Sie können später reden.«

»Also, fahren Sie fort.«

»Nun, wie ich schon sagte, haben Sie, Señorita, mich sehr stark beeindruckt. Ihr Gang, Ihr Gesicht, Ihre Beine, Ihre Taille, ihre Brüste...«

»Ich hab' begriffen, alles.«

Das Mädchen lächelte beinah überheblich.

»Genau: alles. Aber lachen Sie nicht. Ich spreche im Ernst.«

Der Herr stieß wieder an ihre Knie und ergriff eine ihrer Hände. Victorita ließ es geschehen, nachsichtig, beinah weise.

»Ich schwöre Ihnen, daß ich ganz im Ernst rede. Alles an Ihnen gefällt mir. Ich stelle mir Ihren Körper vor: hart und warm, in zarten Farben.«

Der Herr drückte Victoritas Hand.

»Ich bin nicht reich und kann Ihnen nur wenig bieten.«

Der Herr wunderte sich, daß Victorita ihre Hand nicht zurückzog.

»Aber es ist auch nicht viel, um was ich Sie bitte.«

Der Herr räusperte sich wieder.

»Ich möchte Sie gern nackt sehen, nichts weiter. Nur Sie betrachten.«

Victorita drückte die Hand des Mannes.

»Ich muß fort, es wird zu spät.«

»Sie haben recht. Aber antworten Sie mir erst. Ich möchte Sie nackt sehen. Ich verspreche Ihnen, Sie nicht zu berühren. Kein Härchen will ich Ihnen krümmen und nicht mal Ihre Kleider anfassen. Morgen hol' ich Sie ab. Ich weiß, Sie sind ein anständiges Mädchen, keine Dirne. Nehmen Sie das bitte, ganz gleich, wie Sie sich entscheiden wollen. Nehmen Sie es ruhig an und kaufen Sie sich irgend was Nettes zur Erinnerung.«

Unter dem Tisch nahm das Mädchen den Geldschein, den ihr der Herr zusteckte. Ihre Finger zitterten nicht, als sie ihn annahm.

Victorita erhob sich und ging aus dem Café. Von einem Tisch in der Nähe begrüßte sie ein Mann.

»Auf Wiedersehen, Victorita, du Stolze. Seitdem du mit Grafen verkehrst, siehst du uns arme Sterbliche ja nicht mehr.«

»Auf Wiedersehen, Pepe.«

Pepe ist ein Angestellter der Druckerei »Die Zukunft«.

Victorita weint schon seit geraumer Zeit. In ihrem Kopf drängeln sich die Pläne wie die Menschen, wenn sie aus der U-Bahn steigen. Ins Kloster zu gehen oder auf den Strich und alle dazwischenliegenden Möglichkeiten, alles scheint Victorita besser, als ihre Mutter noch länger zu ertragen.

Don Roberto hebt die Stimme:

»Petrita, bring mir den Tabak aus meiner Jackentasche.«

Seine Frau mischt sich ein.

»Sei doch still, Mann. Du weckst die Kinder auf.«

»Ach was. Die wachen nicht auf. Die sind wie Engelchen. Wenn die mal schlafen, weckt die niemand so leicht auf.«

»Ich kann dir ja bringen, was du haben willst. Ruf doch nicht immer nach Petrita. Die Arme ist völlig erledigt.«

»Laß die nur. Solche Mädchen merken das gar nicht. Mehr Grund erledigt zu sein, hast schließlich du.«

»Und mehr Jahre auch.«

Don Roberto lächelt.

»Aber Filo, übertreib nicht. Die lasten noch nicht so schwer auf dir.«

Das Dienstmädchen kommt mit dem Tabak in die Küche.

»Bring mir die Zeitung. Sie liegt draußen im Vorzimmer.«

»Ja, Herr.«

»Und hör, stell mir ein Glas mit Wasser auf den Nachttisch.«

»Ja, Herr.«

Filo mischt sich wieder ein.

»Ich kann dir das doch alles selbst machen, Mensch. Laß sie sich doch hinlegen.«

»Sich hinlegen? Wenn du der jetzt frei gibst, dann geht sie und ist nicht vor zwei oder drei Uhr morgens zurück, glaub mir das.«

»Da hast du allerdings recht.«

Señorita Elvira wirft sich unruhig in ihrem Bett herum. Sie findet keine Ruhe, ist aufgeregt, und ein Alpdruck löst den andern ab. Das Schlafzimmer von Señorita Elvira riecht nach schmutziger Wäsche und nach Frau. Die Frauen riechen nicht nach Parfüm, sondern nach ranzigem Fisch. Señorita Elvira atmet keuchend und stoßweise. Ihre wilden, finsteren Träume – die Träume eines heißen Kopfes und kalten Magens – lassen die altersschwache Matratze kläglich knarren.

Eine schwarze, beinahe haarlose Katze mit rätselhaftem Lächeln, als sei sie ein Mensch, ein Glitzern in den Augen, das einem Angst macht, stürzt sich von ungeheuer weit her auf Señorita Elvira. Die Frau verteidigt sich mit Händen und Füßen. Die Katze fliegt gegen die Möbel, prallt zurück wie ein Gummiball und springt wieder auf das Bett. Die Katze hat einen aufgeschlitzten Bauch, rot wie ein Granatapfel, und aus dem Popoloch spritzt's heraus wie eine giftige, stinkende, tausendfarbige Blume, eine Blume, die einem Staubwedel aus Feuerwerk gleicht. Señorita Elvira kriecht mit dem Kopf unters Laken. Drinnen im Bett masturbieren haufenweise kleine Zwerge mit verdrehten Augen wirr durcheinander. Wie ein Gespenst überwindet die Katze alle Hindernisse. Sie packt Señorita Elvira am Bauch. Die Katze leckt ihr unter lautem Gelächter den Bauch ab. Die Seele zittert einem bei solchem Gelächter. Señorita Elvira ist furchtbar erschrocken und wirft die Katze zum Zimmer hinaus. Sie muß sich dabei sehr anstrengen. Die Katze ist sehr schwer, als sei sie aus Eisen. Señorita Elvira versucht, die Zwerge nicht zu zerdrücken. Ein Zwerg schreit immerzu: Heilige Maria, heilige Maria! Die Katze kriecht unter der Tür wieder herein. Sie zieht ihren Körper auseinander, als sei sie ein Stück Stockfisch. Sie schaut finster aus wie ein Henkersknecht. Sie springt auf den Nachttisch und heftet ihre Augen blutrünstig auf Señorita Elvira. Señorita Elvira wagt kaum mehr zu atmen. Die Katze springt aufs Kopfkissen und leckt ihr sanft Mund und Augenlider wie ein sabbernder Liebhaber. Die Katze hat eine Zunge, lauwarm wie die Scham einer Frau, weich wie Samt. Mit den Zähnen macht die Katze die Bänder am Nachthemd auf. Die Katze zeigt ihren offenen Leib, der sich gleichmäßig bewegt wie eine Schlagader. Die Blume, die ihr hinten herauswächst, erscheint immer üppiger, immer schöner. Die Katze hat ein ganz weiches Fell. Ein blendendes Licht erfüllt plötzlich das Schlafgemach. Die Katze wächst, bis sie so groß wie ein schlanker Tiger ist. Die Zwerge holen sich weiter verzweifelt einen runter. Señorita Elviras Körper zittert heftig. Sie kann nur mit Mühe atmen, während sie spürt, wie die Zunge der Katze ihr die Lippen ableckt. Die Katze wird immer größer. Señorita Elvira hat keinen Atem mehr, und der Mund ist ausgetrocknet. Ihre Schenkel öffnen sich erst vorsichtig, dann schamloser.

Ganz plötzlich wacht Señorita Elvira auf und knipst das Licht an. Ihr Nachthemd ist naß von Schweiß. Sie friert. Sie steht auf und legt sich den Mantel auf die Füße. Die Ohren sausen ihr, und wie in ihren besten Zeiten zeigen sich die Brustwarzen rebellisch, ja beinahe hochmütig.

Und sie schläft jetzt, ohne das Licht auszumachen, Señorita Elvira.

»Na wenn schon. Was kümmert's dich? Die drei Duros Vorschuß hab' ich ihm gegeben. Morgen hat seine Frau Geburtstag!«

Señor Ramón bringt es nicht fertig, energisch genug zu sein. So sehr er sich auch anstrengt, er bringt es nicht fertig, energisch genug zu sein.

»Was mich das kümmert? Das weißt du ganz genau. Hast du keine Augen im Kopf? Du schadest dir selbst! Ich hab' es dir immer gesagt, auf diese Art und Weise kommen wir selbst nie aus der Misere heraus. Für so was kratzt man jeden Pfennig zusammen.«

»Aber Frau, ich zieh's ihm ja nachher wieder ab. Was schadet das denn? Wenn ich ihm das Geld geschenkt hätte...«

»Ja, ja, du ziehst es ihm nachher wieder ab! Nur, wenn du's nicht vergißt.«

»Das hab' ich noch nie vergessen.«

»So? Und die sieben Peseten von Señora Josefa? Wo sind die sieben Peseten geblieben?«

»Aber Frau, sie braucht doch Medizin. Und wenn schon. Du hast ja selbst gesehen, wir es ihr jetzt geht.«

»Und uns? Was geht's uns an, wenn's den andern schlecht geht. Kannst du mir das sagen?«

Señor Ramón drückt den Zigarettenstummel mit dem Fuß aus.

»Jetzt hör mal zu, Paulina, ich will dir was sagen.«

»Was denn nun schon wieder?«

»In meinen vier Wänden befehle ich. Ich weiß genau, was ich tue, merk dir das. Und damit Schluß.«

Halblaut brummelt Señora Paulina ihre letzten Einwände.

Victorita kann nicht einschlafen. Der Gedanke an ihre Mutter regt sie so auf. Die ist eben ein Scheusal.

»Wann läßt du endlich von diesem Schwindsüchtigen!«

»Nie werd' ich von ihm lassen. Mit den Schwindsüchtigen macht's mehr Spaß als mit den Besoffenen.«

Victorita hätte sich nie in ihrem Leben getraut, derartiges ihrer Mutter zu sagen. Wenn ihr Schatz doch gesund würde! Wenn er bloß gesund würde. Victorita wäre zu allem fähig gewesen, würde alles tun, was man von ihr verlangte dafür.

Sie wirft sich unruhig im Bett hin und her. Victorita weint immer noch. Mit einem klein bißchen Geld ließe sich das mit ihrem Schatz regeln. Es ist ja bekannt: die armen Schwindsüchtigen müssen draufgehen. Die reichen Schwindsüchtigen können, sollten sie nicht wieder ganz gesund werden, ihr Leben irgendwie fristen und sich durchschlagen. Geld liegt nicht so einfach auf der Straße, das weiß Victorita sehr genau. Man muß Glück haben. Alles übrige hängt vom eigenen Zutun ab, das Glück jedoch nicht. Das Glück kommt, wann es Lust hat. Und eins ist sicher: Lust hat es höchst selten.

Die dreißigtausend Peseten, die jener Herr ihr damals angeboten hatte, gingen flöten, weil ihr Verlobter voller Mißtrauen war.

»Nein, nein, für den Preis möchte ich lieber nichts haben. Keine dreißigtausend und auch keine hundertfünfzigtausend Peseten.«

»Aber was macht's uns aus?« hatte das Mädchen gefragt, »es hat ja keine Folgen, und niemand braucht's zu wissen.«

»Würdest du dich denn trauen?«

»Für dich ja, das weißt du doch.«

Der Herr mit den dreißigtausend Peseten war ein Wucherer, von dem man Victorita erzählt hatte.

»Der leiht dir ganz sicher dreitausend Peseten. Du mußt allerdings dein ganzes Leben lang dafür zahlen. Aber er borgt es dir ohne weiteres.«

Victorita ging zu ihm. Mit dreitausend Peseten hätten sie heiraten können. Noch ging's ihrem Verlobten damals nicht so schlecht. Er war dauernd erkältet, hustete und wurde leicht müde. Aber er war noch nicht so krank, daß er ständig im Bett zu sein brauchte.

»Also, mein liebes Kind, du möchtest dreitausend Peseten borgen?«

»Ja, Herr.«

»Wozu willst du sie haben?«

»Wissen Sie, ich will heiraten.«

»Aha! Da bist du also sehr verliebt, was?«

»Nun ja...«

»Und hast du deinen Bräutigam sehr lieb?«

»Ja, Herr.«

»Sehr, sehr lieb?«

»Ja, sehr lieb.«

»Mehr als alles auf der Welt?«

»Ja, mehr als alles auf der Welt!«

Der Wucherer schob seine Mütze aus grünem Samt hin und her. Er hatte einen spitzen, birnenförmigen Kopf. Sein Haar war farblos, weich und fettig.

»Na, mein Kind, bist du denn noch Jungfrau?«

»Was zum Teufel geht das Sie an?«

»Nichts, mein Kind, gar nichts! Siehst du, es ist nur Neugier. Zum Kuckuck mit den strengen Sitten! Aber du hast dich eben nicht gerade gut benommen, weißt du.«

»Wie Sie meinen.«

Der Wucherer lächelte.

»Nein, mein Kind, du hast gar keinen Grund aufzufahren. Letzten Endes, ob das mit der Jungfräulichkeit intakt ist oder nicht, geht ja nur dich und deinen Bräutigam was an.«

»Das will ich meinen.«

»Na also.«

Die Äuglein des Wucherers glitzerten wie die einer Eule.

»Hör mal.«

»Was?«

»Und wenn ich dir nun sagen würde, anstatt dreitausend geb' ich dir dreißigtausend, was würdest du dann tun?«

Victorita verschlug's den Atem.

»Was Sie befehlen.«

»Alles, was ich dir befehlen würde?«

»Ja, Herr, alles.«

»Alles?«

»Alles, ja Herr.«

»Und was würde mir dein Verlobter tun?«

»Weiß nicht. Wenn Sie wollen, frag' ich ihn.«

Dem Wucherer keimten rosarote Flecken auf den bleichen Wangen.

»Und du, mein Schatz, weißt du denn, was ich von dir will?«

»Nein, aber sagen Sie es mir nur.«

Dem Wucherer zitterte leicht die Stimme.

»Also hör mal, zeig mir deine Tittchen.«

Das Mädchen holte die weißen Brüste aus dem Ausschnitt.

»Begreifst du, was dreißigtausend Peseten sind?«

»Ja.«

»Hast du schon mal soviel Geld beisammen gesehen?«

»Nein, noch nie.«

»Na, ich will es dir mal zeigen. Alles hängt davon ab, ob du willst. Du und dein Verlobter.«

Ein Hauch von Verworfenheit wehte unzüchtig durch den Raum und taumelte von einem Möbelstück zum andern wie ein sterbender Schmetterling.

»Abgemacht?«

Victorita merkte, wie ihr die Schamröte ins Gesicht stieg.

»Meinetwegen, ja! Für dreißigtausend Peseten bin ich bereit, Ihnen mein ganzes Leben lang zu Willen zu sein und in allen späteren Leben auch.«

»Und dein Bräutigam?«

»Den werd' ich fragen. Vielleicht ist's ihm recht.«

Das Tor des Hauses, in dem Doña Maria wohnt, tut sich auf, und ein Mädchen kommt heraus. Sie ist fast noch ein Kind. Sie läuft über die Straße.

»Hör doch mal zu. Ich glaub', die ist aus unserm Haus.«

Der Schutzmann Julio García trennt sich vom Nachtwächter Gumercindo Vega.

»Viel Glück.«

»Ja, das kann man immer brauchen.«

Als der Nachtwächter allein ist, denkt er über den Schutzmann nach. Dann denkt er an Señorita Pirula. Nachher an den Peitschenhieb, den er im vergangenen Sommer jenem Flegel in die Nieren verpaßte, der ihm frech gekommen war. Der Nachtwächter muß lachen.

»Wie der gerannt ist, der Unglückselige.«

Doña Maria ließ die Rolläden herunter.

»Was sind das bloß für Zeiten? Was ist aus der Welt geworden?«

Dann schwieg sie eine Weile.

»Wie spät ist es?«

»Es ist gleich zwölf. Los, gehen wir schlafen. Das ist am gescheitesten.«

»Wollen wir schlafen gehen?«

»Das ist das gescheiteste.«

Filo tritt an die Betten der Kinder und gibt ihnen den Abendsegen. Das ist – wie soll man sagen – ein Vorbeugungsmittel, das sie keine Nacht anzuwenden vergißt.

Don Roberto putzt seine falschen Zähne, legt sie in ein Glas mit Wasser und deckt sie mit einem Blatt Toilettenpapier zu. Das Stück Papier wellt sich am Rand etwas wie das an den Beuteln für Süßigkeiten. Dann raucht er die letzte Zigarette. Don Roberto raucht gern jeden Abend im Bett noch eine Zigarette ohne sein Gebiß.

»Kokele nicht die Bettücher an!«

»Nein, meine Liebe.«

Der Schutzmann tritt zu der Kleinen und faßt sie am Arm. »Ich dachte schon, du kämst gar nicht runter.«

»Du siehst, da bin ich.«

»Warum hast du so lange gebraucht?«

»Ja, weißt du, erst wollten die Kinder nicht einschlafen. Dann fing der Herr an: Petrita, bring mir Wasser, Petrita, bring mir die Zigaretten aus der Jackentasche, Petrita, bring mir die Zeitung von draußen im Vorzimmer. Ich dachte schon, er würde die ganze Nacht was verlangen.«

Petrita und der Schutzmann verschwinden in einer Seitenstraße in Richtung der alten Stierkampfarena.

Ein kalter Windhauch streicht dem Mädchen an den warmen Beinen hoch.

Javier und Pirula rauchen gemeinsam eine Zigarette. Es ist schon die dritte an diesem Abend.

Sie schweigen und küssen sich dann und wann, kurz, aber wollüstig.

Sie liegen auf dem Sofa, die Gesichter nahe beieinander. Die Augen sind halb geschlossen, und sie amüsieren sich damit, an nichts oder beinahe nichts zu denken.

Es kommt der Augenblick, wo sie sich einen längeren Kuß geben, einen heftigeren, unbeherrschten. Das Mädchen seufzt tief auf, als habe es Schmerzen. Javier nimmt Pirula in die Arme wie ein kleines Kind und trägt sie ins Schlafzimmer.

Das Lager bedeckt eine Steppdecke aus Moiré, darauf legt sich der Schatten eines hellila Porzellanlüsters, der von der Decke herabhängt. Neben dem Bett brennt ein elektrischer Ofen.

Ein lauer Lufthauch streicht dem Mädchen an den warmen Beinen hoch.

»Ist das Zeug auf dem Nachttisch?«

»Ja, sprich nicht.«

Auf dem Gelände der alten Stierkampfarena, der unbequemen Zuflucht armer Liebespaare, findet sich in Fülle willige Nachgiebigkeit, wie bei den unbändigen, bei den so sehr züchtig Liebenden des Alten Testaments. Nicht sehr weit entfernt hört man die Straßenbahnen, die ins Depot fahren. Es sind alte, rumplige, wacklige Wagen mit Karosserien, an denen die Schrauben fehlen, mit harten, gewalttätigen Bremsen.

Der früh erwachende Platz, der am Morgen von den lärmenden, händelsüchtigen Buben zu Steinschlachten ausgenutzt wird, ist zur Stunde, wo man die Hauptportale schließt, ein etwas schmutziger Garten Eden. Dort ist es unmöglich, zu den Klängen eines verborgenen, beinahe unbeachteten kleinen Radioapparates zu tanzen. Dort ist es nicht möglich, die duftende, wonnevolle Zigarette des Präludiums zu rauchen. Dort kann man sich nicht leichte, zuverlässige, absolut sichere geistreiche Bemerkungen ins Ohr flüstern. Am Nachmittag ist es der Platz alter Männer und Frauen, die kommen, um wie Eidechsen von der Sonne zu zehren. Wenn die Kinder und die Ehepaare über fünfzig zur Ruhe gegangen sind und ihre ersten Träume träumen, zu der Stunde ist das Gelände ein offenes Paradies, in dem keine Ausflüchte, keine listigen Vorwände Platz haben. Dort weiß jedermann, warum er gekommen ist. Dort liebt man sich großmütig, beinahe mit Härte auf dem weichen Boden, der zu Anfang noch die Striche erkennen läßt, die das kleine Mädchen hinmalte, das den ganzen Morgen lang auf dem Bein hüpfend Himmel und Hölle gespielt hatte. Dort sind noch die runden Löcher, die der kleine Junge grub, der, mit seiner freien Zeit geizend, Murmeln gespielt hatte.

»Ist dir kalt, Petrita?«

»Nein, Julio, es ist mir so wohl an deiner Seite.«

»Hast du mich sehr lieb?«

»Sehr, weißt du das immer noch nicht?«

Martin Marco schlendert durch die Straßen. Er mag noch nicht zu Bett gehen. Er hat keinen roten Heller mehr. Er wartet darauf, daß die Untergrundbahn geschlossen wird, daß sich die letzten gelben und kränklichen Straßenbahnen verkriechen. Dann scheint ihm die Stadt zu gehören, ihm und den Menschen, die wie er ohne Ziel umherwandern, die Hände in den leeren Taschen, in den Taschen, die manchmal nicht einmal wärmen. Sie streifen umher, diese Leute, mit leergefegtem Kopf, mit leeren Augen und auch im Herzen eine große, nicht zu füllende Leere, die niemand erklären kann.

Martin Marco geht langsam, beinahe zerstreut die Torrijos hinauf bis zur Diego de León und wieder hinunter auf der Príncipe de Vergara, in die General Mola hinein bis zur Plaza de Salamanca. Dort in der Mitte steht der Marqués de Salamanca im Galarock und umgeben von einer grünen, sorgfältig gepflegten Gartenanlage.

Martin Marco liebt diese einsamen Wanderungen, die langen, ermüdenden Spaziergänge durch die breiten Straßen der Stadt, auf den gleichen Straßen, die sich tagsüber wie durch ein Wunder mit den Stimmen der Verkäufer, den harmlosen und frechen Liedern der Dienstmädchen, mit dem Gehupe der Autos, dem Weinen kleiner Kinder anfüllen: zarte, ungestüme, städtisch gezähmte junge Wölfe.

Martin Marco setzt sich auf eine Holzbank und zündet einen Zigarettenstummel an, den er mit vielen anderen in einem Briefumschlag aufbewahrt. Auf dem Umschlag steht gedruckt: Provinzialausschuß Madrid, Sektion Personalausweise.

Diese öffentlichen Bänke in den Straßen gleichen einer Anthologie von Kümmernissen und Freuden: Der Greis, den sein Asthma zum Ausruhen zwingt, der Priester, der sein Brevier liest, der Bettler, der sich laust, der Maurer, der Hand in Hand mit seiner Frau dort frühstückt, der Schwindsüchtige, den die Kräfte verlassen, der Verrückte mit den übergroßen, verträumten Augen, der Straßenmusikant, der seine Trompete gegen die Knie lehnt, sie alle mit ihren kleinen und großen Plagen hinterlassen auf den Sitzen der Bank den Geruch der Übermüdung von Körpern, die nie wirklich dazu kommen, das Geheimnis der Blutzirkulation zu begreifen. Das Mädchen, das die Folgen eines tiefen Stöhnens ausruhen läßt, die Frau, die einen dicken Liebesroman liest, die Blinde, die auf den Ablauf der Stunden wartet, das kleine Tippfräulein, das ihr mit Preßwurst belegtes zähes Brötchen hinunterschlingt, die Krebskranke, die ihre Schmerzen auszuhalten versucht, die Schwachsinnige mit dem halboffenen Mund, aus dem süßer Speichel tropft, die Verkäuferin von Plunderwaren, die ihr Tablett auf dem Schoß ruhen hat, und das kleine Mädchen, das so furchtbar gern zusieht, wie Männer pinkeln.

Martin Marcos Briefumschlag mit den Zigarettenstummeln

stammt aus der Wohnung seiner Schwester. Genau betrachtet, kann man in dem Briefumschlag wirklich nichts anderes mehr aufbewahren als Zigarettenstummel oder Nägel oder Natron. Schon vor Monaten sind die Personalausweise eingezogen worden. Es heißt, man wolle Identitätskarten ausgeben mit einem Foto und sogar Fingerabdrücken, aber wahrscheinlich wird sich das lange hinziehen. Staatliche Anordnungen brauchen immer lange.

Celestino wandte sich an die Truppen und ruft: »Mut, Jungens, vorwärts zum Sieg. Wer Angst hat, soll zurückbleiben. Ich will nur ganze Männer um mich haben, Männer, die fähig sind, sich für eine Idee töten zu lassen!«

Die Truppe verharrt in Schweigen, beeindruckt an seinen Lippen hängend. In den Augen der Soldaten leuchtet Kampfeslust.

»Kämpfen wir für eine bessere Menschheit! Unsere Opfer sind unwichtig, wenn wir wissen, daß sie nicht umsonst sind, wenn wir sicher sein können, daß unsere Kinder die Ernte von dem heimbringen, was wir heute säen!«

Über den Köpfen der Soldaten kreisen die feindlichen Flieger. Keiner rührt sich.

»Und den Panzern unserer Feinde stellen wir die Härte unserer Herzen entgegen!«

Die Truppe bricht das Schweigen.

»Großartig!«

»Und die Schwachen, die Kleinmütigen, die Kranken müssen verschwinden!«

»Gut, gut!«

»Nieder mit den Ausbeutern, den Spekulanten, den Reichen!«

»Sehr gut!«

»Nieder mit denjenigen, die mit dem Hunger der Arbeiter spielen!«

»Sehr gut!«

»Verteilen wir das Gold aus der Banco de España!«

»Gut, gut!«

»Aber um den sehnsüchtig erwarteten Endsieg zu erreichen, ist es notwendig, daß wir uns der Freiheit zum Opfer bringen!«

»Gut, gut!«

Celestino war redseliger denn je.

»Vorwärts also, ohne Müdigkeit und ohne Zögern!«

»Vorwärts!«

»Wir kämpfen für Brot und Freiheit!«

»Sehr gut!«

»Nichts weiter. Jeder erfüllt seine Pflicht. Vorwärts!«

Ganz plötzlich verspürt Celestino den Drang, ein Bedürfnis zu verrichten.

»Moment mal!«

Die Truppe ist verwundert. Celestino dreht sich um. Der Mund ist ihm wie ausgetrocknet. Die Truppe löst sich vor seinen Augen auf... Celestino Ortiz erhob sich von seinem Matratzenlager, knipste das Licht in der Bar an, nahm einen Schluck aus der Siphonflasche und verschwand im Klosett.

Laurita hat schon lange ihren Pfefferminzlikör ausgetrunken. Pablo war mit seinem Whisky schon lange fertig. Der Geiger mit der Künstlermähne kratzte wahrscheinlich immer noch mit dramatischen Gesten auf seiner Geige, aus der haufenweise sentimentale Czardas und Wiener Walzer quollen.

Pablo und Laurita sind jetzt allein.

»Wirst du mich nie verlassen?«

»Niemals, Laurita.«

Das Mädchen ist glücklich, sehr sogar. Doch tief drinnen im Herzen regt sich etwas wie ein verwischter, ein leichter Schatten des Zweifels.

Das Mädchen zieht sich langsam aus und blickt dabei den Mann an mit Augen, traurig wie die einer Klosterschülerin.

»Nicht wahr, niemals?«

»Niemals, du wirst es ja sehen.«

Das Mädchen trägt weiße, mit rosa Blümchen bestickte Unterwäsche.

»Liebst du mich?«

»Schrecklich.«

Das Paar küßt sich stehend vor dem Spiegel am Schrank. Lauritas Brüste drücken sich gegen die Jacke des Mannes.

»Ich geniere mich.«

Pablo muß lachen.

»Ach, du Ärmste.«

Das Mädchen trägt einen winzigen Büstenhalter.

»Mach mir mal hinten auf.«

Pablo küßt ihr den Rücken von oben bis unten.

»Au!«

»Was hast du?«

Laurita lacht und zieht den Kopf ein.

»Du bist ein Schlimmer.«

Der Mann küßt sie jetzt wieder auf den Mund.

»Was, magst du das etwa nicht?«

Eine tiefe Dankbarkeit Pablo gegenüber erfüllt das Mädchen.

»Doch, Pablo, doch! Sehr! Mir gefällt's sehr, ungeheuer gut.«

Martin friert und beschließt, eine Runde durch die kleinen Hotels der Calle de Alcántara zu machen, der Calle de Montesa, der Calle de las Naciones. Letztere ist eine kurze Gasse voller Geheimnisse, mit Bäumen am schadhaften Bürgersteig, mit ärmlichen Passanten, die ihr Vergnügen darin finden, die Leute zu beobachten, die in die Absteigen gehen und sie wieder verlassen. Und die Passanten stellen sich vor, was drinnen passiert hinter diesen Mauern aus düsteren roten Backsteinen.

Das Schauspiel ist nicht allzu vergnüglich, nicht einmal für Martin, der es sich von drinnen ansieht. Aber man schlägt die Zeit tot. Außerdem, wenn man so von Haus zu Haus geht, wärmt man sich etwas auf.

Und etwas Zärtlichkeit nimmt man ebenfalls mit. Da sind ein paar sehr sympathische Mädchen, nämlich unter denen für drei Duros. Sie sind nicht sehr hübsch, das ist wahr. Aber sie sind sehr gutmütig, sehr freundlich, und sie haben einen Sohn bei den Augustinern oder bei den Jesuiten im Internat; einen Sohn, für den sie sich grenzenlos anstrengen, damit er nicht als Sohn einer Hure gelte. An den Sonntagnachmittagen besuchen sie manchmal ihre Kinder. Dann tragen sie einen Schleier überm Kopf und sind nicht geschminkt.

Die andern Mädchen, die von der eingebildeten Sorte, sind nicht zum Aushalten mit ihren Ansprüchen und ihrem Getue, als ob sie Herzoginnen seien. Sie sind sehr hübsch, das läßt sich nicht leugnen, aber sie sind auch heimtückisch und tyrannisch. Sie haben nirgendwo einen Sohn. Die Luxushuren treiben ab. Und wenn das nicht gelingt, dann ersticken sie das Neugeborene, indem sie ihm ein Kissen aufs Gesicht drücken und sich draufsetzen.

Martin ist in Gedanken. Manchmal redet er mit leiser Stimme vor sich hin.

»Ich kann mir nicht erklären«, sagt er, »wie es möglich ist, daß es noch immer zwanzigjährige Dienstmädchen gibt, die nur zwölf Duros verdienen.«

Martin denkt an Petrita mit ihrem drallen Körper, ihrem sauber gewaschenen Gesicht, ihren geraden Beinen und ihren Brüsten unter dem gespannten Gewebe des Blüschens oder Pullovers.

»Sie ist ein zauberhaftes Geschöpf. Die würde schon ihren Weg machen und könnte sich sogar einige Duros sparen. Aber schließlich ist es besser, wenn sie anständig bleibt. Um so besser für sie! Schlimm wär's nur, wenn sie irgendsoein Fischhändler oder Polizist am Wickel kriegte. Dann wird sie eines Tages merken, daß sie ihre Zeit vergeudet hat. Aber das ist ja ihre Sache.«

Martin geht die Calle Lista hinunter, und als er an der Ecke der General Pardiñas anlangt, wird er angehalten, durchsucht und nach seinen Ausweisen gefragt.

Martin schleppt die Füße nach. Sie machen klack, klack auf den Pflastersteinen. Das amüsiert ihn sehr.

Don Mario de la Vega wollte bald zu Bett. Er wollte gut ausgeruht sein für den nächsten Tag, damit die von Doña Ramona eingefädelte Sache gut gelänge.

Der Mann, der bei ihm eingetreten war und sechzehn Peseten verdienen sollte, war nicht der Schwager eines Mädchens, das als Packerin in der Druckerei »Die Zukunft« in der Calle de la Madera arbeitete. Er war es nicht, weil sein Bruder Paco sich blindlings der Schwindsucht in die Arme geworfen hatte.

»Also, junger Freund, bis morgen dann.«

»Adieu, lassen Sie es sich gutgehen. Bis morgen, und Gott möge Ihnen Glück schenken. Ich bin Ihnen sehr dankbar.«

»Was denn, Mann, keine Ursache. Die Hauptsache, du kannst richtig arbeiten.«

»Ich will mein Bestes versuchen, Herr.«

Draußen in der Nachtluft stöhnt Petrita vor Lust. Alles Blut des Körpers scheint ihr ins Gesicht gestiegen zu sein.

Petrita hat den Schutzmann sehr lieb. Er ist ihr erster Schatz, der Mann, der sozusagen den Rahm abgeschöpft hat. Zu Hause in ihrem Dorf, ehe sie fortging, hatte sie einen Bewerber gehabt. Aber das ganze blieb in seinen Anfängen stecken.

»Au, Julio, au, au! Du tust mir ja weh. Du Biest, du Wüstling, au, au!«

Der Mann beißt sie in die rosa Kehle, dort, wo er das sanfte Schlagen des Lebens spürt.

Das Liebespaar liegt eine Weile schweigend da, ohne sich zu rühren. Petrita scheint in Gedanken versunken.

»Julio?«

»Was?«

»Liebst du mich?«

Der Nachtwächter von der Calle Ibiza flüchtet sich hinter ein Hausportal. Er läßt die Tür angelehnt für den Fall, daß ihn jemand ruft.

Der Nachtwächter von der Calle Ibiza macht das Treppenlicht an, dann versucht er, die Finger mit seinem Atem zu erwärmen. Die Finger ragen aus den wollenen Handschuhen heraus und sind ganz erstarrt. Das Treppenlicht geht bald wieder aus. Der Mann reibt sich die Hände und macht das Licht wieder an. Dann holt er eine Zigarettenschachtel hervor und zündet sich eine Zigarette an.

Martin redet hastig, flehend, kleinmütig. Martin zittert wie Espenlaub.

»Ich hab' keine Dokumente mit, hab' sie zu Hause vergessen. Ich bin Schriftsteller, ich heiße Martin Marco.«

Martin bekommt einen Hustenanfall. Dann lacht er.

»Entschuldigen Sie, ich bin scheint's ziemlich erkältet; ja, ordentlich erkältet.«

Martin ist erstaunt, daß der Polizist ihn nicht wiedererkennt.

»Ich bin Mitarbeiter bei der Parteipresse. Sie können sich erkundigen, im Sekretariat in der Calle Genova. Mein letzter Artikel ist vor ein paar Tagen in verschiedenen Provinzzeitungen erschienen. Nämlich im *Odiel* in Huelva, in *Proa* in León, in *Ofensiva* in Cuenca. Der Artikel heißt: ›Bericht über den geistigen Einfluß von Isabella der Katholischen‹.«

Der Polizist zieht an seiner Zigarette.

»Los, gehen Sie und legen Sie sich schlafen. Es ist kalt.«

»Vielen, vielen Dank.«

»Nichts zu danken. Einen Augenblick noch.«

Martin meint zu sterben.

»Was?«

»Und sehen Sie zu, daß Ihnen die Inspiration nicht ausgeht.«

»Vielen, vielen Dank, gute Nacht.«

Martin macht sich davon, ohne den Kopf zu wenden. Er wagt es nicht. Er fühlt in seinem Inneren eine unerklärliche, furchtbare Angst.

Während er die Zeitung fertig liest, streichelt Don Roberto ein bißchen seine Frau, um ihr eine Freude zu machen. Die hat den Kopf an seine Schulter gelehnt. In dieser Jahreszeit legen sie sich immer einen alten Mantel über die Füße.

»Der morgige Tag, Roberto, wie ist er? Ist's ein trauriger oder ein glücklicher?«

»Ein sehr glücklicher Tag, Liebling!«

Filo lächelt. An einem ihrer Vorderzähne hat sie ein tiefes Loch, schwarz und rund.

»Na ja, wenn man's richtig bedenkt.«

Wenn die Frau wirklich von Herzen und spontan lacht, vergißt sie ihre schlechten Zähne und läßt die Löcher sehen.

»Ja, Roberto, du hast recht. Morgen ist ein Glückstag.«

»Aber klar, Filo. Und außerdem weißt du ja, was ich immer sage: Solange wir nur alle gesund sind.«

»Und das sind wir, Roberto, gottlob.«

»Also, wir dürfen nicht klagen. Wie viele sind schlimmer dran. Und wir, so oder so, kommen voran. Mehr verlange ich gar nicht.«

»Ich auch nicht, Roberto. Wirklich, wir haben Gott sehr zu danken, meinst du nicht auch?«

Filo ist sehr liebevoll mit ihrem Mann. Sie ist ein sehr dankbarer Mensch. Wenn man sich nur ein wenig um sie kümmert, ist sie überglücklich. Filo ändert den Tonfall etwas:

»Hör mal, Roberto.«

»Ja?«

»Laß doch die Zeitung, Schatz.«

»Wenn du willst.«

Filo faßt Don Roberto am Arm.

»Hör doch.«

»Was denn?«

Die Frau spricht wie eine junge Braut.

»Hast du mich lieb?«

»Aber ja, mein Kindchen, natürlich hab' ich das! Was denkst denn du?«

»Sehr, sehr?«

Don Roberto redet wie ein Pfarrer. Wenn er die Stimme hebt,

um etwas Feierliches zu sagen, erinnert er an einen heiligen Kanzelredner.

»Viel, viel mehr als du dir überhaupt vorstellen kannst.«

Martin rennt wie ein scheu gewordenes Pferd, schnaufend, mit pochenden Schläfen. Die Zunge klebt am Gaumen, die Kehle ist ihm wie zugeschnürt, die Beine zittern, der Bauch ist wie eine Spieldose, die ausgeleiert ist; es saust ihm in den Ohren, die Augen sehen schlechter denn je.

Martin versucht zu denken, während er rennt. Die Gedanken stoßen sich, schlagen aufeinander los, drängen sich zusammen, fallen und erheben sich wieder drinnen in seinem Kopf, der ihm groß wie ein Eisenbahnzug vorkommt, und es ist ihm unverständlich, warum er nicht an den beiden Häuserreihen der Straße anstößt.

Trotz der Kälte draußen fühlt Martin eine unerträgliche Hitze im ganzen Körper, eine Hitze, die ihm beinahe den Atem nimmt, eine feuchte und vielleicht sogar angenehme Hitze. Eine Hitze, die tausend unsichtbare Fädchen an andere Wärmekörper bindet, die zärtlich und voller süßer Erinnerungen ist.

»Meine Mutter, meine Mutter, Eukalyptusdämpfe, Eukalyptusdämpfe, mach doch mehr Eukalyptusdampf, sei doch nicht so.«

Martin schmerzt der Kopf, in den Schläfen klopft es unerbittlich, rhythmisch, hart und unangenehm.

»Au.«

Zwei Schritte.

»Au.«

Zwei Schritte.

»Au.«

Zwei Schritte.

Martin faßt sich an die Stirn. Er schwitzt wie ein Kalb, wie ein Gladiator in der Arena, wie ein Schwein im Schlachthaus.

»Au.«

Zwei weitere Schritte.

Martin fängt an, rasend schnell zu denken.

»Wovor habe ich eigentlich Angst? Haha! Wovor habe ich eigentlich Angst? Wovor, wovor? Er hatte einen Goldzahn, haha. Wovor sollte ich bloß Angst haben? Wovor, wovor? Ich brauchte dringend einen Goldzahn. Wie der glänzte, hihi! Ich lass' mich auf nichts ein, auf gar nichts. Was kann man mir tun, wenn ich mich nie in was einmische? Hihi, was für ein Kerl! Pah, ein Goldzahn. Warum hab' ich bloß Angst? Man hat nichts davon, wenn man erschrickt. Haha. Und dann plötzlich: zack! Ein Goldzahn. Halt, Ihre Ausweise! Ich hab' keine Ausweise. Hihi. Ich hab' auch keinen Goldzahn. Ich bin Martin Marco. Mit und ohne Goldzahn. Haha. Hierzulande kennt nicht einmal Gott die Schriftsteller. Paco. Wenn Paco einen Goldzahn hätte! Haha. Mach doch mit, ja, mach doch mit, sei kein Dummkopf. Du wirst es schon merken, bald... Wie rasend komisch! Hihi! Das ist ja zum Verrücktwerden. Eine Welt von Verrückten. Verrückte, die man einsperren müßte, gefährliche Verrückte. Haha. Meiner Schwester fehlt auch ein Goldzahn. Wenn ich Geld hätte, würde ich meiner Schwester morgen einen Goldzahn schenken. Haha. Weder Isabella die Katholische, noch das Sekretariat, noch der geistige Einfluß von irgendwem. Ist das klar? Ich will bloß mein Essen haben. Essen! Oder rede ich etwa Lateinisch? Haha. Oder vielleicht Chinesisch? Hören Sie, setzen Sie mir doch einen Goldzahn ein. Jedermann versteht das. Haha. Jedermann. Essen. Was? Essen! Ich möchte mir eine ganze Schachtel kaufen und nicht immer nur die Zigarettenstummel vom Rindvieh rauchen müssen. Diese Welt ist eine Schweinerei. Hier rennt jeder Christenmensch nur seinen eigenen Angelegenheiten nach. Wie? Alle! Wer am meisten schreit, hält sofort den Mund, wenn man ihm tausend Peseten monatlich verspricht. Oder einen Goldzahn. Haha. Und wir, die wir hier herumlaufen, kaum unser Leben fristen können und schlecht ernährt sind, dem Leben noch die Stirn bieten und die schmutzige Arbeit für andere verrichten. Na, also gut, wundervoll. Wozu man manchmal Lust hat, ist, die ganze Sache zum Teufel zu schicken. Scheiße!«

Martin spuckt kräftig aus und bleibt stehen, an die graue Wand eines Hauses gelehnt. Er kann nichts mehr klar erkennen und weiß manchmal nicht, ob er lebt oder schon tot ist.

Martin ist völlig erschöpft.

Das Schlafzimmer des Ehepaares Gonzáles ist mit Metallmöbeln eingerichtet, die einmal herausfordernd und glänzend gewesen sind, heute jedoch abgenutzt und unansehnlich. Das Bett, die zwei Nachttischchen, die kleine Konsole und der Schrank. Bisher sind sie nicht dazu gekommen, dem Schrank einen Spiegel einzusetzen, und an seiner Stelle zeigt sich das Blech roh, nackt, blaß und verräterisch.

Die Deckenlampe mit den grünen Kugeln ist nicht angezündet. Die Lampe mit den grünen Kugeln hat keine Birne, sie ist nur Dekoration. Das Zimmer wird beleuchtet durch eine Birne ohne Schirm, die über dem Nachttisch von Don Roberto angebracht ist.

Am Kopfende des Bettes, an der Wand, hängt ein Druck der Mutter Gottes von der Immerwährenden Hilfe. Ein Hochzeitsgeschenk von Don Robertos Kollegen beim Provinzialausschuß. Das Bild hat schon fünf glücklichen Entbindungen beigestanden.

Don Roberto läßt die Zeitung sinken. Das Ehepaar küßt sich mit einer gewissen Übung. Im Laufe der Jahre haben Don Roberto und Filo eine fast unbegrenzte Welt entdeckt.

»Hör mal, Filo, hast du den Kalender im Kopf?«

»Was kümmert uns der Kalender. Wenn du wüßtest, wie ich dich liebe, jeden Tag mehr.«

»Na gut, aber wollen wir es einfach so machen?«

»Ja, Roberto, einfach so.«

Filo hat gerötete Backen, sie glüht.

Don Roberto reagiert wie ein Philosoph.

»Na ja, schließlich, wo fünf junge Mäuler essen, kann auch noch ein sechstes satt werden, glaubst du nicht auch?«

»Na klar, natürlich, mein Liebling, aber sicher. Gott gebe uns Gesundheit und zum übrigen wird man schon sehen. Wenn wir nicht mehr Platz haben, dann schränken wir uns eben noch mehr ein und Schluß.«

Don Roberto nimmt die Brille ab, legt sie ins Etui und legt das Etui auf den Nachttisch neben das Glas mit Wasser, in dem wie ein seltsamer Fisch das Gebiß schwimmt.

»Zieh dir nicht das Hemd aus, du könntest dich erkälten.«

»Ist mir egal. Ich möchte dir zu Gefallen sein.«

Filo lächelt beinahe verschmitzt.
»Was ich möchte, ist, meinem Männchen sehr gefallen.«
Splitternackt ist Filo gewissermaßen noch schöner.
»Gefalle ich dir noch?«
»Sehr, ich mag dich jeden Tag mehr.«
– – –
»Was hast du?«
»Mir ist, als habe ein Kind geweint.«
»Nein, mein Schatz, die schlafen fest. Mach weiter...«

Martin zieht das Taschentuch heraus und fährt sich damit über die Lippen. An einem Wasserhahn bückt er sich und trinkt. Es ist ihm, als müsse er eine ganze Stunde lang trinken. Aber der Durst vergeht bald. Das Wasser ist sehr kalt, beinahe eisig. Der Hahn etwas bereift. Ein Nachtwächter kommt hinzu, den Kopf ganz in einen Schal gehüllt.

»Also beim Wassertrinken, he.«
»Nun ja, allerdings, ich trinke etwas.«
»Was für eine Nacht, he.«
»Ja, wirklich, eine Saunacht.«

Der Nachtwächter entfernt sich wieder und Martin sucht beim Licht einer Straßenlaterne nach einem anderen brauchbaren Zigarettenstummel in dem Briefumschlag.

»Der Polizist war ein ganz liebenswürdiger Mann, das ist wahr. Er hat mir die Papiere abverlangt, als wir unter einer Laterne standen. Sicherlich, um mich nicht zu erschrecken. Außerdem hat er mich gleich gehen lassen. Wahrscheinlich hat er gemerkt, daß ich nicht wie einer aussehe, der sich in fremde Sachen einmischt, daß ich kein Freund davon bin, mich um Angelegenheiten zu kümmern, die mich nichts angehen. Diese Art Leute ist es gewohnt, zu unterscheiden. Er hatte einen Goldzahn und hatte einen fabelhaften Mantel an. Ja, es besteht kein Zweifel, er war ein prächtiger Kerl, ein sehr liebenswürdiger Mann.«

Martin fühlt, wie ihm der ganze Körper zittert, wie das Herz drinnen in der Brust klopft.

»Das könnte ich mit drei Duros kurieren.«

Der Bäcker ruft nach seiner Frau.

»Paulina!«

»Was willst du?«

»Bring das Waschbecken.«

»Was, schon wieder?«

»Los, los, schweig still und komm.«

»Ich komm' ja schon. Wahrhaftig, du tust, als ob du zwanzig wärst.«

Das Schlafzimmer der Bäckersleute hat solide Möbel aus Holz, aus gesundem, dauerhaftem Nußbaum, stark und ehrlich wie die Besitzer selbst. An der Wand glänzen in ihren drei gleichen Goldrahmen eine Reproduktion des Abendmahls, die Lithographie einer Madonna von Murillo und das Hochzeitsbild mit einer lächelnden Paulina in weißem Kleid und mit weißem Schleier und Señor Ramón mit weichem Hut, steifen Schnurrbartspitzen und goldener Uhrkette.

Martin geht die Calle Alcántara hinunter bis zu den Einfamilienhäusern, biegt dann in die Calle Ayala ein und ruft nach dem Nachtwächter.

»Gute Nacht, junger Herr.«

»Gute Nacht. Nein, nein, das nicht.«

Im Licht einer elektrischen Birne liest man: Villa Filo. Martin fühlt immer noch einen gewissen, unbestimmten, verwischten Respekt für die eigene Familie. Wie es so mit seiner Schwester geworden ist, na ja. Wie man sich bettet, so liegt man, und jeder kehr vor seiner Tür. Seine Schwester ist schließlich kein loses Weibsstück. Man weiß nie, wann die Liebe endet und wo sie anfängt. Man kann einen Hund mehr lieben als die eigene Mutter. Das mit seiner Schwester, bah! Und zu guter Letzt, wenn ein Mensch liebestoll wird, kann er nicht mehr unterscheiden. In diesen Dingen sind wir Menschen wie die Tiere.

Die Buchstaben des Namens Villa Filo sind schwarz, plump und banal, ohne jegliche Grazie.

»Entschuldigen Sie, ich will lieber noch bis zur Calle Montesa gehen.«

»Wie Sie wünschen, junger Herr.«

Martin denkt: »Der Nachtwächter da ist erbärmlich. Die Nachtwächter sind meistens ziemlich erbärmliche Geschöpfe. Sie lächeln oder werden wütend, erst nachdem sie es genau abgewogen haben. Wenn der gewußt hätte, daß ich ohne einen Heller bin, hätte er mich mit Fußtritten traktiert, hätte mich mit seinem Stock lahm geschlagen!«

Doña Maria, die Frau aus dem Hochparterre, redet auch noch im Bett auf ihren Mann ein. Doña Maria ist eine Frau von vierzig oder zweiundvierzig Jahren. Ihr Mann ist ungefähr sechs Jahre älter.

»Hör, Pepe.«

»Was?«

»Du bist so schroff zu mir.«

»Aber nein, meine Liebe.«

»Doch, mir kommt's so vor.«

»Was du dir immer ausdenkst.«

Don José Sierra behandelt seine Frau weder gut noch schlecht. Er behandelt sie wie ein Möbelstück, zu dem man manchmal, weil man halt wunderliche Einfälle hat, redet, als sei es ein Mensch.

»Hör, Pepe.«

»Was?«

»Wer wird wohl den Krieg gewinnen?«

»Was geht dich das an? Los, denk jetzt nicht mehr an solche Sachen und schlaf.«

Doña Maria blickt zur Decke. Nach ein paar Minuten redet sie ihren Mann wieder an.

»Hör, Pepe.«

»Was?«

»Soll ich das Tuch holen, willst du?«

»Hol, was du willst.«

In der Calle de Montesa braucht man nur die Gittertür am Garten aufzustoßen und mit dem Fingerknöchel an die Tür zu klopfen. Die Klingel hat keinen Knopf, und vom losen Drähtchen kriegt man manchmal einen Schlag. Martin wußte das von anderen Malen.

»Guten Abend, Doña Jesusa, wie geht es Ihnen?«

»Gut. Und dir, mein Sohn?«

»Na ja, so... Sagen Sie, ist Marujita da?«

»Nein, mein Sohn. Die ist heute abend nicht gekommen, ich hab' mich schon gewundert. Vielleicht kommt sie noch. Willst du warten?«

»Na gut, ich kann warten. Hab' ja doch nichts anderes zu tun.«

Doña Jesusa ist eine dicke, freundliche, dienstbeflissene Frau, die früher einmal hübsch gewesen sein muß. Jetzt ist sie blond gefärbt, sehr stattlich und unternehmungslustig.

»Los, komm zu uns in die Küche, du gehörst ja beinahe zur Familie.«

»Ja.«

Auf dem Herd brodeln verschiedene Wassertöpfe. Drum herum dösen gelangweilt fünf oder sechs Mädchen, die weder traurig noch zufrieden dreinblicken.

»Was für eine Kälte!«

»Ja, ja. Aber hier ist's angenehm, nicht wahr?«

»Ja, das muß man zugeben. Hier ist's sehr angenehm.«

Doña Jesusa tritt zu Martin.

»Los, komm ans Feuer, du bist ja ganz durchgefroren. Hast du keinen Mantel?«

»Nein.«

»Um Gottes willen!«

Martin macht die Nächstenliebe keinen Spaß. Im Grunde seiner Seele ist Martin auch ein Nietzscheaner.

»Hören Sie, Doña Jesusa, die Uruguayerin ist auch nicht da?«

»Doch, aber die ist besetzt. Sie kam mit einem Herrn, und mit dem hat sie sich gleich eingeschlossen. Jetzt schlafen sie schon.«

»Donnerwetter.«

»Hör mal, wenn's nicht zu indiskret ist, was willst du von Marujita? Wolltest du mit ihr zusammensein?«

»Nein, ich wollte ihr nur etwas sagen.«

»Na so was. Sei doch nicht albern. Oder... bist du etwa schwach bei Kasse?«

Martin Marco lächelte. Er wurde langsam warm.

»Schlecht nicht, Doña Jesusa, am schlechtesten.«

»Du bist ein Dummkopf, mein Sohn. Nicht mal in dieser Lage hast du Vertrauen zu mir, wo ich doch deine arme Mutter so gern hatte, die in Frieden ruhen möge.«

Doña Jesusa tippte einem Mädchen auf die Schulter, das sich am Herd wärmte. Es war ein junges, sehr mageres Mädchen, das einen Roman las.

»Hör zu, Pura, geh mit dem da. Es ging dir doch nicht gut heute? Los, legt euch hin und kommt nicht mehr herunter. Brauchst dich um nichts zu kümmern, ich werd' dir morgen schon die Kastanien aus dem Feuer holen.«

Das Mädchen Pura, das sich nicht wohl fühlte, blickte Martin an und lächelte. Pura war eine sehr junge Person, sehr hübsch, schlank, etwas blaß, mit großen Ringen unter den Augen und dem Gehabe einer lasterhaften Jungfrau.

Martin ergriff Doña Jesusas Hand.

»Vielen Dank, Doña Jesusa. Sie sind immer so gut zu mir.«

»Schweig, mein Liebling. Du solltest doch bald wissen, daß du für mich wie ein Sohn bist.«

Treppen hinauf bis zum dritten Stock. Eine Dachstube.

Ein Bett, ein Waschgestell, ein kleiner Spiegel in weißem Rahmen, ein Kleiderständer und ein Stuhl.

Ein Mann und eine Frau.

Wenn die Zärtlichkeit fehlt, sucht man die Wärme. Pura und Martin legten alle ihre Kleidungsstücke übers Bett, um besser zugedeckt zu sein. Sie löschten das Licht und (nein, nein, du mußt ganz still liegen, ganz still!) schliefen in einer Umarmung wie zwei Neuvermählte ein.

Von draußen hörte man manchmal den Nachtwächter rufen: »Wer da?«

Durch die dünne Zwischenwand hörte man das Quietschen eines Bettgestells, schnell und ehrenhaft wie das Zirpen der Grille.

So zwischen halb zwei und zwei schließt sich die Nacht über dem seltsamen Herzen der Stadt.

Tausende von Männern schlafen in den Armen von Frauen, ohne ans Geld zu denken, an den grausamen Tag, der sie vielleicht in wenigen Stunden wieder erwartet, auf sie lauert wie eine Bergkatze.

Hundert und aber hundert Junggesellen verfallen dem intimen, dem empfindsamen, dem delikaten Laster der Einsamen.

Und ein paar Dutzend junger Mädchen liegen voller Erwartung da – ja um Gottes willen, was erwarten sie eigentlich? – warum werden sie nur so betrogen? – den Kopf voller goldener Träume!

5

So gegen halb neun Uhr abends, manchmal auch früher, pflegt Julita wieder zu Hause zu sein.

»Guten Abend, Julita, Töchterchen.«

»Guten Abend, Mama.«

Die Mutter mustert sie von oben bis unten, töricht und stolz.

»Wo hast du heute gesteckt?«

Das Mädchen legt den Hut aufs Klavier und zupft die Haarmähne vor dem Spiegel zurecht. Sie scheint zerstreut und antwortet der Mutter, ohne sie anzublicken.

»Ach, weißt du, hier und dort.«

Die Mutter spricht mit süßer Stimme, als wolle sie der Tochter gefallen.

»Hier und dort? Du treibst dich den ganzen Tag auf der Straße herum. Und nachher, wenn du endlich heimkommst, erzählst du mir nicht mal was. Und dabei möchte ich so gern wissen, was du so machst. Deine Mutter hat dich doch lieb.«

Das Mädchen zieht sich die Lippen nach und betrachtet sich dabei im Spiegel ihrer Puderdose.

»Wo ist Papa?«

»Weiß nicht. Warum? Er ist schon vor einer ganzen Weile weggegangen, und so früh kommt er nicht heim. Warum fragst du nach ihm?«

»Nur so. Ich dachte plötzlich an ihn, weil ich ihn auf der Straße getroffen habe.«

»Und Madrid ist doch so groß.«

Julita spricht weiter.

»Pah, nicht größer als ein Taschentuch. Ich hab' ihn in der Calle Santa Engracia getroffen. Ich kam aus einem Haus, wo ich mich habe fotografieren lassen.«

»Davon hast du mir gar nichts gesagt.«

»Ich wollte dich überraschen. Er ging ins gleiche Haus. Er hat dort vielleicht einen kranken Freund.«

Das Mädchen blickte die Mutter durch den Spiegel an. Manchmal denkt sie, ihre Mutter habe ein besonders törichtes Gesicht.

»Er hat mir auch kein Sterbenswörtchen gesagt.«

Doña Visi ist traurig geworden.

»Mir erzählt nie jemand was.«

Julita lächelt und kommt näher, um ihrer Mutter einen Kuß zu geben.

»Wie hübsch meine alte Dame heute wieder ist.«

Doña Visi küßt sie, wirft den Kopf zurück und runzelt die Stirn.

»Puh, du riechst ja nach Tabak.«

Julita verzieht den Mund.

»Hab' aber nicht geraucht. Du weißt doch genau, daß ich nicht rauche. Das ist nichts für eine Frau.«

Die Mutter setzt eine strenge Miene auf.

»Dann, dann hat dich jemand geküßt.«

»Um Gottes willen, Mama, wofür hältst du mich?«

Die Frau, die arme Frau, ergreift beide Hände der Tochter.

»Verzeih mir, mein Kind, natürlich. Was red' ich für einen Unsinn.«

Sie bleibt eine Weile nachdenklich und spricht dann sehr leise, wie zu sich selbst.

»Überall sieht man eben Gefahren lauern für seine älteste Tochter.«

Julita drückt ein paar Tränen heraus.

»Was du heute nicht alles sagst.«

Die Mutter lächelt etwas gezwungen und streicht dem Mädchen übers Haar.

»Los, sei kein Kindskopf und kümmre dich nicht um mich. Ich hab' nur Spaß gemacht.«

Julita scheint an etwas ganz anderes zu denken und hört gar nicht zu.

»Mama?«

»Was?«

Don Pablo denkt, daß die Verwandten seiner Frau gekommen seien, um sich bei ihnen einen guten Tag zu machen. Sie haben ihm den ganzen Nachmittag verdorben. Um diese Zeit ist er sonst jeden Tag im Kaffeehaus von Doña Rosa und trinkt seine Schokolade.

Die Verwandten seiner Frau heißen Anita und Fidel. Anita ist die Tochter eines Bruders von Doña Pura, der bei der Stadtverwaltung in Zaragoza angestellt ist. Er hat mal eine Rettungsmedaille bekommen, weil er eine Dame aus dem Ebro zog, die sich als die Cousine des Regierungspräsidenten entpuppte. Fidel ist Anitas Mann und hat eine Konditorei in Huesca. Sie sind auf Hochzeitsreise und verbringen einige Tage in Madrid.

Fidel ist ein junger Kerl mit einem Schnurrbärtchen und hellgrünem Schlips. Als Heranwachsender machte ihm sein Körper Schwierigkeiten, und sein Organismus war geschwächt. Der Grund dafür war, daß er herumhurte, ohne gerissen genug oder sauber genug zu sein. Alles wurde geheimgehalten, um die Kunden der Konditorei nicht mißtrauisch zu machen. Er unterzog sich einer langandauernden Behandlung mit Merkursalzen in der Toilette des Casinos. Aus dieser Zeit stammt seine Abneigung gegen zartes Blätterteiggebäck, gefüllt mit fettiger, gelblicher Creme, und es wird ihm dann beinahe so schlecht, daß er sich übergeben zu müssen glaubt. In Zaragoza gewann er vor sechs oder sieben Monaten einen Tango-Wettbewerb, und am gleichen Abend wurde er dem jungen Mädchen vorgestellt, das jetzt seine Frau geworden ist.

Fidels Vater war ebenfalls Konditor. Ein gräßlicher Mensch, der Sand als Abführmittel einnahm und von nichts anderem redete als von Jota-Tänzen und der *Virgen del Pilar.* Er war ungeheuer stolz auf seine Bildung und sein Wissen und besaß zwei verschiedene Sorten von Visitenkarten. Auf der einen stand: »Joaquín Bustamante, Geschäftsmann«. Und auf der anderen stand in gotischer Schrift: »Joaquín Bustamante Valls, Autor des Entwurfs: Man muß die landwirtschaftliche Produktion Spaniens verdoppeln.«

Bei seinem Tod hinterließ er eine erschreckende Menge von Notizen auf Büttenpapier: Zahlen und Pläne. Er hatte die Ernten verdoppeln wollen durch ein von ihm erdachtes System: zahllose

Terrassen voll fruchtbarer Erde, bewässert durch artesische Brunnen, und das Sonnenlicht verteilt durch kunstgerecht aufgestellte Spiegel.

Fidels Vater hatte den Namen der Konditorei geändert, als er sie von seinem älteren Bruder, der 1898 auf den Philippinen umkam, erbte. Früher hatte sie geheißen »Zum Versüßen«. Fidels Vater schien der Name aber zuwenig bedeutungsvoll, und er taufte den Laden um in »Sitz unserer Ahnen«. Mehr als ein halbes Jahr hatte er nach einem passenden Namen gesucht und hatte mindestens dreihundert notiert, alle im gleichen Stil.

Zur Zeit der Republik, nach dem Tod des Vaters, änderte Fidel wiederum den Namen der Konditorei und benannte sie: »Goldenes Sorbet«.

»Konditoreien sollten keine politischen Namen haben«, meinte er.

Seltsamerweise brachte Fidel das Namensschild in Zusammenhang mit bestimmten politischen Gedankengängen.

»Wir müssen nur unsere Zuckerbrötchen und die Cremeküchlein loswerden. Republikaner und Karlisten bezahlen alle mit der gleichen Münze.«

Wie wir schon wissen, sind die jungen Leute nach Madrid gekommen, um dort ihre Flitterwochen zu verbringen, und sie hatten sich verpflichtet gefühlt, den Verwandten einen ausgedehnten Besuch zu machen. Don Pablo weiß nicht, wie er sie loswerden soll.

»Madrid scheint euch zu gefallen, was?«

»O ja.«

Don Pablo läßt ein paar Sekunden verstreichen, ehe er sagt: »Gut, gut.«

Doña Pura ist am Ende. Das junge Paar jedoch scheint gar nichts zu merken.

Victorita machte sich auf den Weg zur Calle de Fuencarral, zur Milchbar von Doña Ramona Bragado, der früheren Geliebten jenes Herrn, der zweimal Unterstaatssekretär im Landwirtschaftsministerium gewesen ist.

»Hallo, Victorita, wie freu' ich mich, dich zu sehen.«

»Wie geht's, Doña Ramona?«

Doña Ramona lächelt honigsüß, zuvorkommend.

»Ich hab' ja gewußt, daß mein gutes Kind mich nicht versetzen würde.«

Victorita versucht auch zu lächeln.

»Na, das scheint also öfters vorzukommen.«

»Was hast du da eben gesagt?«

»Nichts, ach, gar nichts.«

»Ach, Kind, was bist du mißtrauisch.«

Victorita zieht den Mantel aus. Die Bluse ist vorne nicht richtig zugeknöpft, und in ihren Augen funkelt ein merkwürdiger Glanz, man weiß nicht recht, ob ein mißtrauischer, ein gedemütigter oder grausamer.

»Ist's recht?«

»Aber Mädchen, was ist los mit dir?«

»Nichts, gar nichts ist los mit mir!«

Doña Ramona blickt zur Seite und versucht wieder ins Fahrwasser ihrer listigen Kuppeleien zu gelangen.

»Na, sei doch kein Baby. Los, geh dort hinein und spiel ein bißchen Karten mit meinen Nichten.«

Victorita weicht nicht von der Stelle.

»Nein, Doña Ramona, ich hab' keine Zeit. Mein Verlobter wartet auf mich. Wissen Sie, mich langweilt langsam diese ganze Angelegenheit, um die man herumschleicht wie ein Hund um die Wurst. Nicht wahr, was Sie und mich im Grunde interessiert, ist, möglichst rasch zu einem Abschluß zu kommen, ist's nicht so?«

»Nein, Kind, das versteh' ich nicht.«

Victorita hat eine ziemlich unordentliche Frisur.

»Na, dann muß ich noch deutlicher werden. Wo ist der geile Bock?«

Doña Ramona ist entsetzt.

»Wer?«

»Nun, wo ist der geile Bock? Hören Sie schlecht? Wo ist dieser Kerl?«

»Mädchen, du bist doch keine Hure!«

»Sie können mich halten, wofür Sie wollen. Das ist mir

schnuppe. Ich muß mich einem Mann an den Hals schmeißen, um Medizin für einen andern kaufen zu können. Er soll endlich herkommen, der Kerl.«

»Aber Mädchen, warum redest du plötzlich so schamlos daher?«

Victorita erhebt die Stimme.

»Weil's mir keinen Spaß macht, anders zu reden, Sie alte Kupplerin! Kapiert? Ich hab' keine Lust mehr!«

Die Nichten von Doña Ramona kommen hinzu, als sie das Geschrei vernehmen. Hinter ihnen streckt Don Mario seine entsetzte Visage heraus.

»Was ist hier bloß los?«

»Jemine, diese böse Ziege, diese Undankbare hat mich hauen wollen!«

Victorita erschien völlig ruhig. Kurz bevor man irgend etwas Ungeheuerliches begeht, ist man immer ganz ruhig. Oder auch, wenn man sich entschlossen hat, doch nichts zu unternehmen.

»Hören Sie, Señora, ich komm' lieber einen andern Tag wieder, wenn weniger Kunden da sind.«

Das Mädchen macht die Tür auf und geht hinaus. Ehe sie die Straßenecke erreicht hat, holt Don Mario sie ein.

Der Mann hat die Hand am Hut.

»Entschuldigen Sie, Señorita. Ich meine, warum sollen wir um den heißen Brei herumreden. Ich bin ja etwas schuld an der ganzen Geschichte, ich ...«

Victorita unterbricht ihn.

»Es freut mich, Sie kennenzulernen. Da haben Sie mich. Sie haben mich doch gesucht? Ich kann Ihnen schwören, daß ich mit keinem andern Mann als mit meinem Verlobten geschlafen habe. Seit drei, beinah vier Monaten hab' ich nichts mit einem Mann zu tun gehabt. Ich liebe meinen Verlobten. Sie werde ich nie lieben. Aber wenn Sie mich gut bezahlen, geh' ich mit Ihnen ins Bett. Mein Verlobter kann mit ein paar Duros gerettet werden. Mir macht's nichts aus, ihm Hörner aufzusetzen. Woran mir gelegen ist, ist, ihm endlich helfen zu können. Wenn Sie ihm helfen, gesund zu werden, schlaf' ich mit Ihnen, bis Sie es satt haben.«

Die Stimme des Mädchens beginnt zu zittern. Zuletzt fängt sie an zu weinen.

»Entschuldigen Sie.«

Don Mario, ein Gauner mit einer sentimentalen Ader, fühlt einen Kloß im Hals.

»Beruhigen Sie sich, mein Fräulein. Wollen wir nicht lieber einen Kaffee trinken? Das würde Ihnen gut tun.« Im Café sagt Don Mario zu Victorita: »Ich werd' dir Geld geben, das du deinem Verlobten bringen kannst. Aber wir zwei machen, was wir wollen, und er kann denken, was er will. Meinst du nicht auch?«

»Ja, er kann denken, was er will. Los, nehmen Sie mich mit ins Bett.«

Julita war völlig geistesabwesend, als sei sie auf dem Mond, und schien überhaupt nicht zu hören.

»Mama.«

»Was?«

»Ich muß dir was beichten.«

»Du? Aber Mädchen, daß ich nicht lache.«

»Nein, Mama, ich meine es ernst. Ich muß dir was beichten.«

Der Mutter zittern die Lippen ein wenig. Nur wenn man sehr genau hinschaut, kann man es sehen.

»Also Mädchen, sag's schon.«

»Ich weiß nicht, ob ich mich traue.«

»Aber Kind, sei doch nicht so grausam. Denk doch daran, daß eine Mutter immer die Freundin, immer die Vertraute ihrer Tochter sein soll.«

»Gut, wenn's so ist.«

»Los, red doch.«

»Mama.«

»Ja?«

Julita nimmt einen Anlauf.

»Weißt du, warum ich nach Tabak rieche?«

Die Mutter kriegt kaum Luft. Um ein Haar wäre sie erstickt.

»Weil ich sehr nah bei einem Mann war, und dieser Mann hat eine Zigarre geraucht.«

Doña Visi atmet auf. Ihr Gewissen jedoch forderte weitere Strenge.

»Was, du?«
»Ja, ich.«
»Aber ...«
»Nein, Mama, keine Angst. Er ist gut.«

Das Mädchen blickt verträumt, scheint sich in Poesie zu verlieren.

»Er ist sehr, sehr gut.«

»Und auch anständig, mein Kind, das ist die Hauptsache.«

»Ja, Mama, er ist auch anständig.«

Das letzte schlafende Würmchen sexuellen Begehrens, das auch in alten Frauen noch existiert, wechselt seine Stellung im Herzen von Doña Visi.

»Dann ist's ja gut, Mädchen. Was soll ich dir sagen? Gott möge dich schützen.«

Julitas Augenlider zittern ein wenig. So wenig, daß es wohl kein Instrument gäbe, es zu messen.

»Vielen Dank, Mama.«

Am nächsten Tag war Doña Visi beim Nähen, als es an der Wohnungstür klingelte.

»Tica, mach auf.«

Escolastica, die alte, schmuddelige Magd, die von allen nur kurz Tica gerufen wurde, ging an die Tür.

»Señora, ein Einschreibebrief.«

»Ein Einschreibebrief?«

»Ja.«

»Wie merkwürdig.«

Doña Visi unterschreibt im Büchlein des Postboten.

»Da nimm, gib ihm zehn Centimos.«

Auf dem Umschlag des eingeschriebenen Briefes steht: »Señorita Julia Moisés, Calle de Hartzenbusch 57, Madrid«.

»Was ist das wohl? Es scheint etwas aus Pappe drin zu sein.«

Doña Visi hält das Kuvert gegen das Licht. Aber man sieht nichts.

»Ach, was bin ich neugierig. Ein eingeschriebener Brief für das Kind. Wie eigenartig.«

Doña Visi denkt, daß Julita nicht mehr lange auf sich warten lassen wird, daß sie bald von der Ungewißheit befreit sein wird. Doña Visi näht weiter.

»Was kann das sein?«

Doña Visi nimmt den Umschlag wieder zur Hand. Er ist strohfarben und etwas größer als ein gewöhnliches Kuvert. Sie betrachtet den Brief von allen Seiten. Sie klopft darauf.

»Was bin ich dumm. Das ist doch ein Foto. Das Bild vom Kind. Das ging aber rasch.«

Doña Visi reißt den Umschlag auf, und ein schnurrbärtiger Herr fällt auf ihre Näherei.

»Donnerwetter, was ist das für ein Kerl?«

Aber je länger sie das Bild betrachtet, je öfter sie's in den Händen dreht...

Der schnurrbärtige Herr hieß zu seinen Lebzeiten Don Obdulio. Doña Visi weiß das nicht. Doña Visi weiß fast nichts von dem, was in der Welt passiert.

»Wer kann dieser Kerl nur sein?«

Als Julita kommt, geht ihr die Mutter entgegen.

»Sieh mal, Julita, mein Töchterchen. Du hast einen Brief bekommen. Ich hab' ihn aufgemacht, weil ich merkte, daß ein Foto drin war, und ich dachte, es sei das Bild von dir. Das hätte ich so gern gleich gesehen.«

Julita macht ein wütendes Gesicht. Sie ist manchmal sehr tyrannisch mit ihrer Mutter.

»Wo ist der Brief?«

»Da, nimm. Das muß ein Scherz sein.«

Julita sieht die Fotografie und wird kreidebleich.

»Ja, ein Scherz, ein sehr übler Scherz.«

Je länger, je weniger versteht die Mutter, was eigentlich los ist.

»Kennst du den?«

»Ich? Wie soll ich ihn kennen.«

Julita steckt das Bild von Don Obdulio fort und ebenfalls ein Stück Papier, das beigelegen hatte. Darauf war in der unbeholfenen Schrift eines Dienstmädchens zu lesen: »Kennst du den, Zuckerhäschen?«

Als Julita ihren Freund wieder trifft, sagt sie: »Sieh mal, was man mir mit der Post zugeschickt hat.«

»Den Seligen?«

»Ja, den Toten.«

Ventura schweigt eine Weile mit dem Gesichtsausdruck eines Verschwörers.

»Gib mir's. Ich weiß schon, was ich damit mache.«

»Da, nimm.«

Ventura drückt Julitas Arm.

»Weißt du was?«

»Was denn?«

»Ich glaub', es ist besser, das Nest zu wechseln. Wir müssen uns einen andern Unterschlupf suchen. Das hier riecht faul.«

»Ja, das finde ich auch. Gestern hab' ich meinen Vater auf der Treppe getroffen.«

»Hat er dich gesehen?«

»Na klar.«

»Und was hast du ihm erzählt?«

»Nichts weiter. Ich sei hier, um mich fotografieren zu lassen.«

Ventura bleibt nachdenklich.

»Hast du irgend was zu Hause bemerkt?«

»Nein, nichts. Bisher ist dort alles beim alten.«

Kurz vor dem Stelldichein mit Julita traf Ventura Doña Celia auf der Straße.

»Guten Tag, Doña Celia.«

»Guten Tag, Señor Aguado. Mensch, das paßt ja fein. Wie der Zufall Sie mir in den Weg schickt. Es freut mich, daß ich Sie treffe. Ich muß Ihnen was Wichtiges mitteilen.«

»Mir?«

»Ja. Es ist für Sie wichtig. Ich verliere allerdings einen guten Kunden. Aber was soll man machen? Not kennt kein Gebot. Da hilft nichts. Ich muß Ihnen mitteilen, daß ich keine Schwierigkeiten im Haus will. Passen Sie gut auf, Sie und Ihre Freundin. Der Vater des Mädchens geht im Haus aus und ein.«

»So?«

»Sie hören es ja eben.«

»Aber...«

»Nichts mehr bei mir, sage ich Ihnen. Und kein Aber.«
»Ja, ja, es ist gut. Und vielen Dank auch.«
Die meisten Menschen haben schon zu Abend gegessen.
Ventura hat gerade einen kurzen Brief geschrieben. Jetzt schreibt er auf den Umschlag: »Sr. D. Roque Moisés, Calle de Hartzenbusch 57, Madrid«.
Der Brief ist auf der Maschine geschrieben und lautet:

Sehr geehrter Herr! Anbei sende ich Ihnen ein Foto, das im Tale Josaphat gegen Sie zeugen könnte. Seien Sie vorsichtig und spielen Sie kein falsches Spiel. Es könnte gefährlich werden. Hundert Augen beobachten Sie, und mehr als eine Hand wartet darauf, Ihnen die Kehle zuzudrücken. Passen Sie auf. Wir wissen, wen Sie 1936 gewählt haben.

Der Brief hat keine Unterschrift.
Als Don Roque ihn erhält, bleibt ihm die Luft weg. An Don Obdulio kann er sich nicht erinnern. Aber der Brief trifft ihn zweifellos in tiefster Seele.
Er denkt: »Das muß ein Werk der Freimaurer sein. Der Brief ist ganz charakteristisch. Das Foto ist nur zur Ablenkung beigelegt. Wer mag bloß dieser Unglückselige sein, der wie ein Toter aussieht, wie ein vor dreißig Jahren Verstorbener?«

Doña Asunción, die Mama Paquitas, berichtete Doña Juana Entrena von dem Glück, das ihre Tochter gehabt hat. Doña Juana Entrena, verwitwete Sisemon, war die Rentnerin, die im gleichen Haus wohnte wie Don Ibrahim und die verstorbene Doña Margot.
Doña Juana Entrena, um mit Gleichem aufzuwarten, unterrichtete Doña Asunción über die Einzelheiten des tragischen Todes der Mama des Señor Suárez mit dem Spitznamen die Fotografin.
Doña Asunción und Doña Juana waren alte Freundinnen. Sie hatten sich in Valencia kennengelernt, als sie im Bürgerkrieg auf dem gleichen Lastwagen evakuiert worden waren.

»Ach ja, meine Liebe, ich bin entzückt. Als ich die Nachricht bekam, daß die Frau des Freundes meiner Paquita abgekratzt sei, dachte ich, ich würde verrückt. Gott möge mir verzeihen. Ich wünsche niemandem etwas Schlechtes. Aber diese Frau war der Schatten, der das Glück meines Kindes verdunkelte.«

Doña Juana, die Augen auf den Boden geheftet, knüpfte wieder an ihr Thema an: der Mord an Doña Margot.

»Mit einem Handtuch! Das ist nicht recht. Mit einem Handtuch! Welch Mangel an Rücksichtnahme einer alten Frau gegenüber. Der Verbrecher erdrosselte sie mit einem Handtuch, als ob sie ein Huhn wäre. Und in die Hand steckte er ihr eine Blume. Die Arme lag da mit offenen Augen. Man sagt, sie habe wie eine Eule ausgesehen. Ich hatte nicht den Mut, sie mir anzusehen. Mich regen solche Dinge zu sehr auf. Ich will ja nichts gesagt haben, aber ich hab' so ein Gefühl, als ob ihr lieber Sohn was damit zu tun hat. Der Sohn von Doña Margot, die in Frieden ruhen möge, ist nämlich andersrum, wissen Sie. Der hat einen sehr schlechten Umgang. Mein verstorbener Mann sagte immer: Wer auf die schiefe Bahn gerät, rutscht immer tiefer.«

Der verstorbene Gemahl von Doña Juana – Don Gonzalo Simón – hatte sein irdisches Dasein in einem drittklassigen Freudenhaus beendet. Eines Abends bekam er dort einen Herzanfall. Seine Freunde mußten ihn in einem Taxi mitten in der Nacht nach Hause schaffen, damit es keine Schwierigkeiten gab. Doña Juana sagte man, er sei gestorben, als er Schlange gestanden habe vor dem Christus von Medinaceli. Und Doña Juana hatte es geglaubt. Der Leichnam von Don Gonzalo war ohne Hosenträger. Aber Doña Juana fragte nicht nach Einzelheiten.

»Armer Gonzalo«, sagte sie, »armer Gonzalo. Das einzige, was mich tröstet, ist der Gedanke, daß er spornstreichs in den Himmel kommt und daß es ihm dort jetzt besser geht als hier unten. Armer Gonzalo.«

Doña Asunción predigt weiter vor leeren Stühlen und erzählt von Paquita.

»Nun können wir nur Gott bitten, daß sie schwanger wird. Dann hätte sie wirklich Glück. Ihr Freund ist ein sehr angesehener Mann, er ist nicht irgendein Hungerleider. Er ist Universitätsprofessor. Ich habe gelobt, zu Fuß nach dem Serro de los Angeles zu pilgern, wenn das Mädchen in andere Umstände kommt. Meinen Sie nicht, das wäre recht und billig? Ich denke, für das Glück eines Kindes ist kein Opfer zu groß. Was sagen Sie dazu? Was muß Paquita glücklich gewesen sein, als sie erfuhr, daß ihr Freund nun frei ist.«

Um Viertel nach fünf oder halb sechs kommt Don Francisco nach Hause, um die Sprechstunde abzuhalten. Im Wartezimmer sitzen schon immer einige Kranke, schweigend, mit ergebenen Gesichtern. Don Francisco wird von seinem Schwiegersohn begleitet, mit dem er sich die Arbeit teilt.

Don Franciscos Sprechstunde ist für Kassenpatienten und bringt jeden Monat ihre guten Peseten. Mit einem auffallenden Plakat, das sich über die vier Balkone an der Straßenseite erstreckt, preist Don Francisco seine Praxis an. Es heißt dort:

»Pasteur-Koch-Institut. Direktor und Besitzer Dr. Francisco Robles. – Tuberkulose, Lunge, Herz. Röntgenbestrahlung, Haut- und Geschlechtskrankheiten, Syphilis. Behandlung von Hämorrhoiden durch elektrisches Gerinnen des Blutes. – Konsultation 5 Peseten.«

Die ärmeren Patienten aus der Glorieta de Quevedo, aus der Calle Bravo Murillo, San Bernardo, Fuencarral haben großes Vertrauen zu Don Francisco.

»Er ist ein sehr weiser Mann«, sagen sie, »ein wirklich Befähigter, ein Arzt mit gutem Blick und viel Erfahrung.«

Don Francisco unterbricht meist ihre Lobpreisungen. »Vom Vertrauen allein wird man nicht gesund, lieber Freund«, pflegt er liebevoll zu sagen und gibt dabei seiner Stimme einen vertraulichen Klang. »Der Glaube ohne Taten ist ein toter Glaube, ein Glaube, der nichts wert ist. Sie müssen Ihrerseits auch etwas dazu tun. Es gehören Gehorsam und Ausdauer dazu, vor allem Ausdauer. Nicht aufgeben und nicht versäumen, sofort zu mir kommen, wenn Sie eine winzige Besserung verspüren. Wenn man sich besser fühlt, heißt es noch lange nicht, daß man geheilt ist. Unglücklicherweise sind die Viren, die unsere Krankheiten hervorrufen, ebenso hinterlistig wie verräterisch und meuchelmörderisch.«

Don Francisco schwindelt ein wenig. Ihm liegt aber auch eine sehr zahlreiche Familie auf der Tasche.

Schüchtern und voller Bedenken fragen ihn manche Patienten nach Sulfonamidpräparaten. Stets rät ihnen Don Francisco beinah unfreundlich davon ab. Don Francisco pflichtet nur sehr unwilligen Herzens dem Fortschritt der pharmazeutischen Forschung bei.

»Es wird noch der Tag kommen«, denkt er, »an dem wir Ärzte völlig überflüssig geworden sind, wo die Apotheker Listen von allen Medikamenten haben und die Kranken sie sich selbst verschreiben können.«

Wenn man Don Francisco zum Beispiel nach den Sulfonamidpräparaten fragt, so pflegt er zu antworten: »Machen Sie, was Sie wollen. Aber kommen Sie nicht mehr zu mir. Ich übernehme nicht die Verantwortung, die Gesundheit eines Menschen zu überwachen, der sich freiwillig das Blut verdirbt.«

Don Franciscos Worte haben meist einen großen Effekt.

»Nein, nein. Ich tu' ja alles, was Sie vorschreiben. Natürlich nehme ich nur das, was Sie mir verschreiben.«

Drinnen in der Wohnung, in einem Hinterzimmer, sitzt seine Frau, Doña Soledad, stopft Strümpfe und läßt dabei ihre Gedanken schweifen. Ihre Einbildungskraft ist geistlos, beschränkt und mütterlich, wie der Flug einer Henne. Doña Soledad ist nicht glücklich. Sie hat ihr ganzes Leben den Kindern geopfert. Aber die Kinder haben es nicht verstanden, sie glücklich zu machen oder es nicht gewollt. Elf hatte sie geboren, und elf leben meist weit entfernt oder sind gänzlich verschollen.

Die beiden Ältesten – Soledad und Piedad – sind schon vor längerer Zeit Nonnen geworden, damals, als Primo de Rivera gestürzt wurde. Und jetzt, vor einigen Monaten, haben sie auch eine der Jüngsten – Maria Auxiliadora – fürs Kloster gewonnen. Der ältere der beiden einzigen Jungen, der Drittgeborene, war immer der Augapfel seiner Mutter gewesen. Jetzt ist er Gefängnisarzt in Carabanchel und kommt manchmal noch ins Elternhaus, um da die Nacht zu verbringen. Amparo und

Asunción sind die einzigen, die geheiratet haben. Amparo heiratete den Assistenzarzt ihres Vaters – Don Emilio Rodríguez Ronda – und Asunción Don Fadrique Méndez, der Praktikant in Guadalajara ist, ein arbeitsamer und sehr geschickter Mensch, der sich überall zurechtfindet. Er kann ebensogut einem Kind eine Spritze geben wie einer alten, vornehmen Dame ein Klistier; er kann ebensogut ein Radio reparieren wie eine Wärmflasche flicken. Die arme Amparo hat keine Kinder und wird nie welche haben. Sie ist immer kränklich, immer mit ihren Anfällen und ihren Gebrechen beschäftigt. Zuerst hatte sie eine Fehlgeburt, dann eine lange Serie von Beschwerden. Schließlich mußten ihr die Eierstöcke herausgenommen werden und alles andere, was ungesund war. Und das war ziemlich viel. Asunción hingegen ist viel gesünder. Sie hat drei Kinder, die wahre Sonnenstrahlen sind: Pilarín, Fadrique und Saturnino. Die Älteste geht schon zur Schule, hat schon den fünften Geburtstag gefeiert.

Die nächste in der Reihe der Kinder von Don Francisco und Doña Soledad ist Trini, unverheiratet, grundhäßlich. Sie hat sich etwas Geld verschaffen können und einen Kurzwarenladen in der Calle de Apodaca aufgemacht.

Der Laden ist klein, aber sauber und tadellos geführt. Im winzigen Schaufenster sind Wollstrümpfe ausgelegt, Kinderwäsche und Seidenstrümpfe und ein hellblau bemaltes Schild, auf dem mit spitzen Buchstaben geschrieben steht: »Trini« und darunter etwas kleiner: »Kurzwarenhandlung«. Ein Junge aus der Nachbarschaft, der ein Dichter ist und der das Mädchen mit tiefer Zärtlichkeit verehrt, versucht vergeblich, seiner Familie während der Mahlzeiten klarzumachen: »Ihr merkt natürlich gar nichts. Ich aber fühle eine tiefe Traurigkeit, wenn ich diese unbeachteten, schüchternen Geschäfte betrachte, die ›Trini‹ heißen.«

»Der Junge ist völlig verblödet«, stellt der Vater fest, »ich weiß wirklich nicht, was aus ihm werden soll, wenn ich mal nicht mehr sein werde.«

Der Dichter aus der Nachbarschaft ist ein Jüngling mit Künstlermähne, blaß und immer in Wolken schwebend. Er bemerkt nichts um sich her, weil er nicht die Inspiration verlieren will. Die gleicht nämlich einem Schmetterling, ist blind und taub, aber voller Licht, ein kleiner Schmetterling, der aufs Geratewohl umhertaumelt, manchmal gegen die Wände stößt und sich manchmal zu den Sternen emporschwingt. Der Dichter aus der Nachbarschaft hat zwei rote Flecken auf den Wangen. Wenn die schöpferische Flamme lodert, wird der Dichter aus der Nachbarschaft gelegentlich im Café ohnmächtig und muß in die Toilette gebracht werden, damit er sich dort wieder erholt durch den Geruch des Desinfektionsmittels, das in einem kleinen Drahtkäfig schläft wie eine Grille.

Nach Trini kommt Nati, die ehemalige Studiengefährtin von Martin. Sie ist ein Mädchen, das sich sehr gut kleidet, vielleicht sogar zu gut angezogen ist. Dann folgt Maria Auxiliadora, die neulich, wie die beiden ältesten Schwestern, Nonne geworden ist. Die Reihe der Geschwister beschließen die drei schwierigsten, die Jüngsten. Socorrito ist mit einem Freund ihres Bruders Paco, dem Maler Bartolomé Anguera, davongelaufen. Sie führen ein Bohèmeleben in einem Atelier in der Calle de los Caños, wo sie sich beinah zu Tode frieren, wo sie eines unerwarteten Tages starr und steif wie Sorbets aufwachen werden. Das Mädchen schwört jedoch ihren Freundinnen, daß sie sehr glücklich sei, daß ihr alles recht sei, wenn sie nur an der Seite ihres Bartolo bleiben könne und ihm bei seinem großen Werk helfen. Das vom großen Werk sagt sie mit ungeheurem Pathos, in Großbuchstaben, mit dem Pathos eines Preisrichters der Nationalausstellung.

Socorrito sagt:

»Auf der Nationalausstellung haben sie kein Urteilsvermögen, sie wissen nicht, was sie wollen. Aber es ist egal, früher oder später wird ihnen kein Ausweg bleiben, als meinem Bartolo einen Preis zu geben.«

Im Familienkreis rief ihr Durchbrennen große Aufregung hervor.

»Wenn sie wenigstens aus Madrid fortgegangen wären«, sagte ihr Bruder Paco, der geographisch geprägte Moralvorstellungen hat.

Die andere, Maria Angustias, fing plötzlich damit an, sie wolle Sängerin werden. Sie legte sich den Künstlernamen Carmen del Oro zu. Sie hatte auch daran gedacht, sich Rosaria Giralda oder

Esperanza de Granada zu nennen. Aber einer ihrer Freunde, ein Journalist, erklärte, das sei alles nichts. Zu ihr passe nur Carmen del Oro. So standen die Dinge, als Maria Angustias, ohne der Mutter Zeit zu lassen, sich von dem Schreck mit Socorrito zu erholen, mit einem Bankier aus Murcia namens Estanislao Ramírez, das Weite suchte. Die arme Mutter war so starr, daß sie nicht einmal mehr Tränen fand.

Der Jüngste, Juan Ramón, hat's mit Männern. Er verbringt den lieben langen Tag vor dem Spiegel und schmiert sich Hautcreme ins Gesicht.

So gegen sieben – zwischen zwei Patienten – geht Don Francisco ans Telefon. Man kann kaum verstehen, was er sagt.

»Werden Sie zu Hause sein?«

– – –

»Gut, ich werde so gegen neun mal vorbeikommen.«

– – –

»Nein, rufen Sie niemanden.«

Das Mädchen war wie in Trance. Schlafwandlerisch ihr Gebaren, der Blick verschwommen, auf den Lippen ein glückseliges Lächeln.

»Er ist sehr gut Mama; sehr, sehr gut. Er hat meine Hand genommen und mir tief in die Augen geschaut...«

»Weiter nichts?«

»Doch. Er kam ganz nah und sagte: ›Julita, mein Herz brennt vor Leidenschaft. Ich kann ohne dich nicht leben. Wenn du mich zurückweist, hat mein Leben keinen Sinn mehr, dann bin ich wie ein Körper, der ohne Ziel dahinschwebt, dem Schicksal verfallen.«

Doña Visi lächelt bewegt.

»Genau wie dein Vater, mein liebes Kind. Genau wie dein Vater.«

Doña Visi verdreht die Augen und verliert sich, etwas traurig, etwas müde vielleicht, in selig-süßen Erinnerungen.

»Klar, die Zeit vergeht, du machst mich alt, Julita.«

Doña Visi schweigt kurz. Dann führt sie das Taschentuch an

die Augen und wischt sich zwei Tränen ab, die schüchtern hervorquellen.

»Aber Mama!«

»Nichts, nichts mein Kind. Nur Rührung. Zu denken, daß du eines Tages einem Mann gehören wirst. Beten wir zu Gott, mein Kind, daß er dir einen guten Gatten beschere, damit du die Frau eines Mannes wirst, der deiner würdig ist.«

»Ja, Mama.«

»Und paß auf dich auf, Julita! Um Gottes willen! Erlaube ihm keine Freiheiten, ich flehe dich an. Die Männer sind alle hinterlistig und denken nur an sich selbst. Traue niemals ihren schönsten Worten. Vergiß nie, daß die Männer sich mit den leichten Mädchen amüsieren, aber zuletzt die anständigen heiraten.«

»Ja, Mama.«

»So ist's, meine Tochter. Und erhalte dir das, was ich mir dreiundzwanzig Jahre erhielt, um es deinem Vater zu schenken. Es ist das einzige, was wir anständigen und mittellosen Frauen unsern Ehegatten anbieten können.«

Doña Visi zerfließt in Tränen. Julita versucht sie zu trösten.

»Sorg dich doch nicht, Mama.«

Im Kaffeehaus erklärt Doña Rosa immer noch Señorita Elvira, daß sie Durchfall gehabt habe und in der Nacht dauernd aufs Klo habe rennen müssen: vom Schlafzimmer zum Klo; vom Klo zum Schlafzimmer.

»Ich glaube, irgend etwas ist mir schlecht bekommen. Die Nahrungsmittel heute sind manchmal nicht ganz frisch. Wenn's das nicht gewesen ist, kann ich's mir nicht erklären.«

»Klar, das wird's gewesen sein.«

Señorita Elvira, die beinah schon ein Möbelstück des Cafés von Doña Rosa ist, sagt zu allem ja und amen. Doña Rosa zur Freundin zu haben, hält Señorita Elvira für sehr wichtig.

»Hatten Sie denn auch Bauchschmerzen?«

»Und was für welche! Mein Bauch war wie ein Sack voll Donner. Ich glaub', ich hab' zuviel gegessen am Abend. Das Sprichwort sagt ja auch: die reichhaltigen Abendessen füllen die Gräber.«

Señorita Elvira ist weiterhin teilnehmend.

»Ja, so sagt man, es sei schlecht, zuviel zu essen, es sei nicht gut für die Verdauung.«

»Wie sollte es auch gut sein? Schlecht ist's natürlich!«

Doña Rosa senkt etwas die Stimme.

»Schlafen Sie denn gut?«

Doña Rosa spricht Señorita Elvira mal mit du, mal mit Sie an, wie's ihr gerade in den Sinn kommt.

»Ja doch. Ich schlafe meistens gut.«

Doña Rosa zog daraus sofort den Schluß: »Wahrscheinlich, weil Sie wenig zu Abend essen.«

Señorita Elvira ist etwas betreten.

»Na ja, das ist allerdings wahr. Ich esse meistens sehr wenig am Abend. Ich esse meistens wenig.«

Doña Rosa stützt sich auf die Lehne eines Stuhles.

»Gestern abend zum Beispiel. Was haben Sie da gegessen?«

»Gestern abend? Na ja, wissen Sie, da hab' ich eine Kleinigkeit gegessen: etwas Spinat und zwei Fischchen.«

Señorita Elvira hatte für eine Peseta Kastanien gegessen: zwanzig geröstete Kastanien und eine Orange als Nachtisch.

»Klar, das ist also das Geheimnis. Ich meine, es ist einfach nicht gesund, wenn man sich so vollstopft.«

Señorita Elvira ist genau entgegengesetzter Meinung. Aber sie schweigt still.

Don Pedro Pablo Tauste, der im gleichen Haus wie Don Ibrahim de Ostolaza wohnt, hat eine Schusterwerkstatt, die »Klinik des Damenpantoffels«. Don Pedro Pablo Tauste sieht, wie Don Ricardo Sorbedo den Laden betritt. Einen traurigen Anblick bietet der Ärmste.

»Guten Abend, Don Pedro. Darf ich eintreten?«

»Nur herein, Don Ricardo. Was führt Sie Gutes her?«

Don Ricardo Sorbedo mit seiner langen, verfilzten Mähne, seinem verblichenen, nachlässig geknoteten Schal, seinem zerschlissenen Anzug, der ausgebeult und voller Flecken ist, mit seinem zerknitterten, gepunkteten Schlips, seinem speckigen, grünen Hut mit breiter Krempe, ist eine merkwürdige Erscheinung: halb Bettler, halb Künstler, der sich über Wasser hält durch geschicktes Anpumpen. Er lebt von der Einfalt und der Mildtätigkeit anderer Menschen. Don Pedro bewundert ihn gewissermaßen und gibt ihm ab und zu eine Peseta. Don Ricardo Sorbedo ist ein kleiner Mann mit lebhaften Bewegungen, mit hochtrabendem, würdevollem Gebaren, mit präziser und wohlüberlegter Ausdrucksweise. Er setzt seine Worte sehr gewählt, sehr fein.

»Wenig Gutes, Don Pedro, mein Freund. Die Güte schwindet immer mehr aus dieser niederen Welt. Und in der Tat, es ist viel Böses, was mich vor Ihr Angesicht bringt.«

Don Pedro Pablo kannte schon die Art und Weise, in der er anfing. Es war stets das gleiche. Don Ricardo feuerte wie die Artilleristen von einer erhöhten Position aus.

»Möchten Sie vielleicht eine Peseta?«

»Obwohl ich sie nicht benötige, mein edler Freund, so schlage ich sie doch niemals aus, um Ihre großzügige Geste nicht zunichte zu machen.«

»Donnerwetter.«

Don Pablo nimmt eine Peseta aus der Kasse und gibt sie Don Ricardo Sorbedo.

»Es ist nicht viel...«

»Ja, Don Pedro, es ist in der Tat sehr wenig. Aber die Opferbereitschaft, mit der Sie das wenige mir anboten, gleicht einem Geschmeide von großem Wert!«

»Na gut, wenn Sie's so auffassen!«

Don Ricardo Sorbedo ist in gewissem Sinne mit Martin Marco befreundet. Manchmal, wenn sie sich begegnen, setzen sie sich auf eine Bank im Park und diskutieren über Kunst und Literatur.

Don Ricardo Sorbedo hatte eine Freundin bis vor ganz kurzer Zeit. Er hat sie verlassen, weil er ihrer überdrüssig und leid geworden war. Die Freundin von Don Ricardo Sorbedo war eine halb verhungerte Straßendirne, sehr sentimental und etwas piepsig. Sie hieß Maribel Pérez. Wenn Don Ricardo über die Schlechtigkeit der Welt jammerte, so versuchte ihn Maribel mit Weisheiten zu trösten.

»Reg dich nicht auf«, sagte die Freundin. »Der Bürgermeister von Cork brauchte mehr als einen Monat, um zu sterben.«

Maribel liebte Blumen, Kinder und Tiere. Sie war ein recht gebildetes Mädchen mit ganz guten Manieren.

»Ach, dieser blonde kleine Bub, wie ist er süß!« rief sie eines Tages, als sie mit ihrem Freund auf der Plaza del Progreso spazierenging.

»Wie alle andern«, antwortete Don Ricardo Sorbedo, »das ist ein Junge, wie sie alle sind. Wenn er groß ist und nicht vorher stirbt, wird er Kaufmann oder Angestellter im Landwirtschaftsministerium oder wer weiß, vielleicht sogar Zahnarzt. Mag sein, er wendet sich der Kunst zu, wird Maler oder Stierkämpfer, hat wahrhscheinlich dann auch einen Sexualkomplex und so weiter.«

Maribel verstand nicht viel von dem, was ihr Freund so dozierte.

»Der ist ein sehr gebildeter Knabe, mein Ricardo«, sagte sie zu ihren Freundinnen. »Was glaubt ihr, er weiß wirklich über alles Bescheid.«

»Und werdet ihr heiraten?«

»Ja, wenn es möglich ist. Erst will er mich aber ausprobieren, sagt er, denn bei einer Ehe müsse genau wie bei einer Melone erst eine Scheibe herausgeschnitten und probiert werden. Ich glaube, er hat recht.«

»Mag sein. Aber sag mal, was tut dein Freund eigentlich?«

»Ja, meine Liebe, wie soll ich sagen? Arbeiten, das, was man so arbeiten nennt, tut er eigentlich nicht. Aber er wird schon mal zu was kommen, nicht?«

»Ja, meistens fällt einem irgendwann was in den Schoß.«

Der Vater von Maribel hatte ein kleines Miederwarengeschäft besessen in der Calle de la Colegiata. Schon vor vielen Jahren hatte er das Geschäft verkauft, weil seine Frau Eulogia es sich in den Kopf gesetzt hatte, eine Bar mit Damenbedienung in der Calle de la Aduana aufzumachen. Eulogias Bar hieß *Das Paradies auf Erden* und ging sehr gut, bis der Besitzerin der gesunde Menschenverstand abhanden kam und sie mit einem Gitarrenspieler, der ständig besoffen war, davonlief.

»Welche Schande für uns«, sagte Don Braulio, Maribels Papa.

»Meine Frau hängt sich an solch einen Jammerlappen, der sie sicherlich verhungern lassen wird.«

Der arme Don Braulio starb kurz darauf an einer Lungenentzündung. Zu seiner Beerdigung erschien in korrekter Trauerkleidung und höchst zerknirscht Paco, die Sardine, der mit Eulogia in Carabanchel Bajo lebte.

»Wir sind alle nur Staub, nicht wahr?« sagte die Sardine bei der Beerdigung zu einem Bruder von Don Braulio, der aus Astorga gekommen war, um dem Bruder die letzte Ehre zu erweisen.

»Ja, ja.«

»So ist das Leben nun mal, nicht?«

»Ja, ja, so ist es«, antwortete ihm Don Bruno, Don Braulios Bruder, im Autobus auf dem Weg zum Friedhof.

»Er war ein sehr guter Mensch, dieser Bruder von Ihnen. Er möge in Frieden ruhen.«

»Ja, Mann, allerdings. Wenn er nicht gut gewesen wäre, hätte er Sie grün und blau geschlagen.«

»Ja, das ist wahr.«

»Allerdings ist das wahr! Aber ich sag' ja immer, in diesem Leben soll man lieber nachgiebig sein.«

Die Sardine antwortete nicht. Er dachte bei sich, Don Bruno sei ein sehr modern denkender Mensch.

»Wahrhaftig, der Kerl ist furchtbar modern. Ob wir wollen oder nicht, so was ist wirklich modern. Dagegen kann man nichts machen.«

Don Ricardo Sarbedo überzeugten die Argumente seiner Freundin wenig.

»Ja, meine Kleine, aber mich macht die Hungerzeit vom Bürgermeister von Cork nicht satt.«

»Reg dich bloß nicht auf. Behalt die Füße auf dem Boden. Es lohnt sich nicht. Außerdem weißt du ja, es gibt kein Übel, das hundert Jahre anhält.«

Während dieser Unterhaltung saßen Don Ricardo Sorbedo und Maribel vor zwei Gläsern Weißwein in einer Kneipe der Calle Mayor, in der Nähe der Zivilverwaltung, auf der andern Seite der Straße. Maribel besaß noch eine Peseta und hatte zu Don Ricardo gesagt: »Los, gehen wir einen Weißen trinken.

Man wird's allmählich leid, sich immer in den Straßen herumzutreiben und zu frieren.«

»Na gut, gehen wir, wohin du willst.«

Das Paar wartete auf einen Freund von Don Ricardo. Der war ein Dichter und lud sie manchmal zu einem Milchkaffee, manchmal sogar mit einem Brötchen ein. Der Freund von Don Ricardo war ein junger Mann, der Ramón Maello hieß und der auch nicht gerade im Überfluß schwamm. Aber auch nicht, wie man so sagt, am Hungertuch nagte. Der junge Mann war aus einer gutsituierten Familie und kriegte es immer fertig, ein paar Peseten in der Tasche zu haben. Der junge Mann lebte in der Calle de Apodaca über dem Kurzwarenladen von Trini. Und obgleich er nicht sehr gut mit seinem Vater stand, hatte er doch nicht von zu Hause ausziehen müssen. Ramón Maello hatte eine etwas zarte Gesundheit, und wenn er das elterliche Haus hätte verlassen müssen, wäre es sein Tod gewesen.

»Sag mal, glaubst du, daß er kommt?«

»Klar. Ramón ist der zuverlässigste Mensch. Er schwebt etwas in den Wolken. Aber er ist zuverlässig und hilfsbereit. Du wirst sehen, der kommt.«

Don Ricardo Sorbedo trank ein Schlückchen und wurde nachdenklich.

»Sag mal, Maribel, wonach schmeckt der?«

Maribel trank ebenfalls.

»Liebling, ich weiß nicht. Ich würde sagen nach Wein.«

Don Ricardo empfand sekundenlang einen furchtbaren Ekel vor seiner Freundin.

Er dachte: »Diese Person ist wie eine Tretmühle.«

Maribel merkte nichts. Die Arme merkte meistens nichts.

»Schau mal, was für eine hübsche Katze. Das ist sicherlich eine sehr zufriedene Katze, was meinst du?«

Es war eine schwarze Katze mit glänzendem Fell, gut genährt und ausgeschlafen. Sie strich geruhsam und weise wie ein Abt auf dem Wandgesims entlang, einem edlen, antiken Gesims, das mindestens vier Finger breit war.

»Mir ist's als ob dieser Wein nach Tee schmeckt. Er hat einen Geschmack wie Tee.«

An der Theke tranken einige Taxichauffeure ihr Gläschen.

»Sieh mal! Erstaunlich! Daß die da nicht herunterfällt.«

In einer andern Ecke himmelte sich ein Pärchen schweigend an, Hand in Hand und Aug' in Auge.

»Ich glaube, wenn man einen leeren Magen hat, schmeckt alles nach Tee.«

Ein Blinder schob sich zwischen den Tischen hindurch und rief seine Lose aus.

»Was für ein schönes schwarzes Fell. Es schimmert beinah blau. Komm Mieze.«

Als die Tür aufging, strömte ein kalter Lufthauch herein, gemischt mit dem noch kälteren Lärm der Straßenbahnen.

»Nach Tee ohne Zucker. Nach Tee, wie ihn die trinken, die einen schlechten Magen haben.«

Das Telefon schrillte.

»Das ist eine seiltänzerische Katze. Eine Katze, die zum Zirkus gehen sollte.«

Der junge Mann an der Theke trocknete sich die Hände an der grün und schwarz gestreiften Schürze und nahm den Hörer ab.

»Tee ohne Zucker sollte man lieber für ein Sitzbad benutzen, als ihn herunterschlucken.«

Der junge Mann von der Theke legte den Hörer auf und schrie: »Don Ricardo Sorbedo!«

Don Ricardo machte ihm ein Zeichen mit der Hand.

»Wie?«

»Sind Sie Don Ricardo Sorbedo?«

»Ja, haben Sie eine Botschaft für mich?«

»Ja, von Ramón. Er könne nicht kommen, seine Mama sei nicht ganz wohl.«

Im Bäckerladen in der Calle de San Bernardo, in dem winzigen Büro, wo die Bücher geführt werden, unterhält sich Don Ramón mit seiner Frau Paulina und Don Roberto Gonzáles, der, da er seinem Chef sehr dankbar war für die fünf Duros, am nächsten Tag wiedergekommen war, um noch einige Arbeiten zu erledigen, ein paar Buchungen einzutragen.

Das Ehepaar und Don Roberto sitzen schwatzend um ein mit

Sägemehl geheiztes Öfchen herum, das ziemlich viel Wärme abgibt.

Auf dem Ofen kochen in einer leeren Thunfischbüchse einige Lorbeerblätter.

Don Roberto hat seinen lustigen Tag. Er erzählt den Bäckersleuten Witze.

»Also, der Dünne sagt zum Dicken: ›Sie sind ein Schwein!‹ Und der Dicke dreht sich um und entgegnet: ›Hören Sie mal, glauben Sie, daß ich immer so stinke?‹«

Señor Ramóns Frau krümmt sich vor Lachen. Sie hat den Schluckauf bekommen und kreischt, während sie sich die Augen mit beiden Händen zuhält.

»Seien Sie doch still, um Gottes willen!«

Don Roberto will seinen Erfolg auskosten.

»Und alles passierte in einem Fahrstuhl.«

Der Frau laufen die Tränen herunter. Sie lehnt sich laut lachend im Stuhl zurück.

»Still, still!«

Don Roberto lacht ebenfalls.

»Der Dünne machte ein sehr unfreundliches Gesicht.«

Señor Ramón hat die Hände überm Bauch gefaltet, die Zigarette zwischen den Zähnen, und blickt abwechselnd Don Roberto und Paulina an.

»Dieser Don Roberto weiß ja allerhand, wenn er in Stimmung ist.«

Don Roberto ist unermüdlich.

»Ich hab' noch einen andern auf Lager, Señora Paulina.«

»Schweigen Sie lieber, um Gottes willen!«

»Gut, ich kann ja warten, bis Sie sich etwas erholt haben. Ich hab' keine Eile.«

Señora Paulina schlägt sich mit der flachen Hand auf die dikken Schenkel und denkt noch immer an den schlechten Geruch des dicken Mannes.

Er war krank und besaß keinen roten Heller. Selbstmord aber beging er, weil es nach Zwiebeln stank.

»Zwiebelgestank! Die Luft ist ganz verpestet! Es riecht schrecklich nach Zwiebeln.«

»Schweig doch, Mann, ich rieche nichts. Soll ich das Fenster aufmachen?«

»Mir ist's gleich. Der Geruch geht doch nicht weg. Die Wände riechen nach Zwiebeln, meine Hände stinken nach Zwiebeln.«

Die Frau war die Geduld selbst.

»Willst du dir die Hände waschen?«

»Nein, ich will nicht. Auch das Herz stinkt nach Zwiebeln.«

»Beruhige dich doch.«

»Nein, das kann ich nicht. Alles stinkt nach Zwiebeln.«

»Versuch doch ein bißchen zu schlafen.«

»Ich kann nicht! Alles stinkt nach Zwiebeln.«

»Willst du ein Glas Milch?«

»Nein, ich will keine Milch. Ich will sterben. Weiter nichts. Ich will sterben. Ich will rasch sterben. Es stinkt immer stärker nach Zwiebeln.«

»Red doch keinen Unsinn!«

»Ich sage, was ich will! Es stinkt nach Zwiebeln.« Der Mann fing an zu weinen.

»Es stinkt nach Zwiebeln.«

»Nun gut, es stinkt nach Zwiebeln, meinetwegen.«

»Klar stinkt's nach Zwiebeln. Grauenvoll!«

Die Frau öffnete das Fenster. Der Mann, die Augen voller Tränen, fing an zu schreien.

»Mach das Fenster zu. Ich will nicht, daß der Zwiebelgeruch weggeht!«

»Wie du willst.«

Die Frau machte das Fenster wieder zu.

»Ich möchte Wasser aus einer Tasse trinken. Nicht aus einem Glas.«

Die Frau ging in die Küche und wollte eine Tasse mit Wasser für ihren Mann holen.

Die Frau wusch gerade die Tasse aus, als sie ein infernalisches Gebrüll vernahm. Als ob einem Menschen gerade beide Lungen zerrissen.

Das Aufschlagen des Körpers auf die Fliesen des Hofes hörte die Frau nicht. Hingegen verspürte sie einen Schmerz in den Schläfen, einen kalten, scharfen Schmerz, als habe man sie mit einer sehr langen Nadel gestochen.

»Au!«

Der Schrei der Frau entschwebte durchs offene Fenster. Niemand antwortete ihr. Das Bett war leer.

Einige Nachbarn beugten sich aus den Fenstern, die zum Hof gingen.

»Was ist los?«

Die Frau brachte kein Wort hervor. Hätte sie reden können, würde sie nur gesagt haben: »Gar nichts. Es hat nur ein bißchen nach Zwiebeln gerochen.«

Auf dem Weg zu Doña Rosas Café, wo er Geige spielen mußte, ging Seoane bei einem Optiker vorbei. Seoane wollte sich nach den Preisen von Sonnenbrillen erkundigen. Die Augen seiner Frau werden von Tag zu Tag schlechter.

»Sehen Sie, hier hab' ich ein ganz modernes Gestell und Zeißgläser: zweihundertfünfzig Peseten.«

Seoane lächelt sehr liebenswürdig.

»Nein, vielen Dank. Es muß etwas Billigeres sein.«

»Selbstverständlich, mein Herr. Vielleicht gefällt Ihnen dieses Modell: hundertfünfundsiebzig Peseten.«

Seoane war das Lächeln nicht aus dem Gesicht verschwunden.

»Nein, nein, ich hab' mich wohl nicht klar genug ausgedrückt. Ich möchte etwas für fünfzehn oder zwanzig Peseten.«

Der Verkäufer blickt ihn voll Verachtung an. Er trägt einen weißen Kittel und einen lächerlichen Kneifer. Sein Haar ist in der Mitte gescheitelt, und er wackelt mit dem Hinterteil beim Gehen.

»So was finden Sie in einer Drogerie. Es tut mir leid, Ihnen damit nicht dienen zu können, mein Herr.«

»Na, dann guten Tag, und entschuldigen Sie.«

Seoane bleibt vor den Schaufenstern der Drogerien stehen. Einige sind besonders feine, die auch Filme entwickeln. Die haben tatsächlich dunkle Brillen in der Auslage.

»Haben Sie Brillen zu fünfzehn Peseten?«

Die Angestellte ist ein hübsches Mädchen und sehr diensteifrig.

»Ja, mein Herr, die haben wir. Aber ich kann sie Ihnen nicht empfehlen. Sie zerbrechen sehr leicht. Für etwas mehr kann ich Ihnen ein Modell anbieten, das sehr viel besser ist.«

Die Verkäuferin wühlt in den Schubladen des Ladentisches und zieht eine Schachtel heraus.

»Sehen Sie, fünfundzwanzig Peseten, zweiundzwanzig, dreißig, fünfzig, achtzehn, die sind schon etwas schlechter... siebenundzwanzig...«

Seoane weiß genau, daß in seiner Tasche nur fünfzehn Peseten sind.

»Die für achtzehn, ist die wirklich so schlecht?«

»Ja. Was man an Geld einspart, ist die Sache schließlich nicht wert. Die zu zweiundzwanzig ist schon ganz andere Qualität.«

Seoane lächelt das Mädchen an.

»Vielen Dank, Fräulein. Ich werd' die Sache nochmals überdenken und wiederkommen. Es tut mir leid, daß ich Sie umsonst bemüht habe.«

»Aber um Himmels willen, mein Herr. Dafür sind wir ja da.«

Im hintersten Winkel ihres Herzens zwickt Julita etwas das Gewissen. Die Nachmittage in der Wohnung von Doña Celia zeigen sich ihr plötzlich von ewiger Verdammnis umlodert. Nur einen Augenblick lang allerdings, einen bösen Augenblick lang. Bald wird sie wieder wie immer. Das Tränchen, das ihr fast die Wange hinabgekollert wäre, konnte sie noch rechtzeitig zurückhalten.

Das Mädchen verschwindet in ihrem Zimmer und holt aus der Kommodenschublade ein Heft hervor, das in schwarzes Wachstuch eingebunden ist und in dem sie seltsame Rechnungen notiert. Sie sucht einen Bleistift, notiert ein paar Zahlen und lächelt sich im Spiegel zu; die Lippen halb geöffnet, die Augen aufgerissen, die Hände im Nacken verschränkt, die Knöpfe ihrer Bluse sind geöffnet.

Sie ist hübsch, diese Julita, sehr hübsch, während sie sich im Spiegel zuzwinkert.

»Heute hat Ventura es gleichzeitig mit mir geschafft.«

Julita lächelt. Ihre Unterlippe zittert, selbst das Kinn zittert ein wenig. Sie legt das Heftchen weg, bläst vom Heftdeckel den Staub fort.

»Es ist schon wahr, ich hab' einen Weg eingeschlagen, der, der…«

Als sie den Schlüssel wieder umdreht, den sie mit einem rosa Schleifchen verziert hat, denkt sie beinah reuevoll: »Dieser Ventura ist unersättlich.« Trotzdem – so ist nun mal die Welt – flutet eine Welle von Optimismus durch ihre Seele, als sie das Zimmer verläßt.

»Ganz schön scharf, dieser verfluchte Katalane.«

Martin verabschiedet sich von Nati Robles und schlägt die Richtung zu dem Café ein, wo man ihn gestern hinausgeschmissen hat, weil er nicht bezahlen konnte. »Mir bleiben noch acht Duros und etwas Kleingeld«, denkt er, »ich glaube nicht, daß es ein Diebstahl ist, wenn ich mir ein paar Zigaretten kaufe und diesem widerlichen Weib im Kaffeehaus eine Lehre erteile. Nati kann ich ein paar kleine Stiche kaufen, die mich fünf oder sechs Duros kosten werden.«

Er steigt in die 17 ein und fährt bis zur Glorieta de Bilbao. Im Spiegel eines Friseurladens streicht er sich das Haar glatt und zieht sich den Schlips gerade.

Martin betritt das Café durch die gleiche Tür, zu der er gestern hinauskomplimentiert wurde. Er möchte den gleichen Kellner haben, möglichst am gleichen Tisch wie gestern sitzen.

Im Raum herrscht eine drückende, klebrige Hitze. Die Musiker spielen *La cumparsita* einen Tango, der für Martin vage, ferne, süße Erinnerungen hervorruft. Die Wirtin, um nicht aus der Übung zu kommen, schreit, ohne daß es jemand besonders zur Kenntnis nimmt, hebt die Arme gen Himmel und läßt sie wieder schwer und einstudiert auf den Bauch fallen. Martin setzt sich an einen Tisch ganz nah an die Szene. Der Kellner kommt.

»Heute ist sie wütend. Wenn sie Sie sieht, wird sie einen Tobsuchtsanfall kriegen.«

»Soll sie: Hier, nehmen Sie einen Duro und bringen Sie mir einen Kaffee. Eins zwanzig für gestern, eins zwanzig für heute sind zwei vierzig. Behalten Sie den Rest. Ich bin nämlich kein Hungerleider.«

Dem Kellner bleibt der Mund offenstehen. Er macht ein noch dümmeres Gesicht als gewöhnlich. Ehe er sich entfernt hat, ruft Martin noch: »Der Schuhputzer soll kommen!«

»Jawohl.«

Martin ruft wieder: »Und der Zigarettenboy.«

»Jawohl.«

Martin muß sich gewaltig zusammennehmen. Er hat Kopfschmerzen, wagt aber nicht, um ein Aspirin zu bitten.

Doña Rosa spricht mit Pepe, dem Kellner, und schaut starr vor Staunen zu Martin hin. Martin tut, als sähe er sie gar nicht.

Er wird bedient. Er trinkt ein paar Schlucke, erhebt sich und geht zur Toilette. Später wußte er nicht mehr, daß er dort das Taschentuch herausgezogen hatte, das sich in der gleichen Tasche befand wie das Geld.

Als er wieder an seinem Tisch sitzt, läßt er sich die Schuhe putzen und gibt einen Duro aus für eine Schachtel Zigaretten.

»Dies Abwaschwasser soll die Wirtin allein trinken, verstehen Sie. Das ist ein widerliches Gebräu aus Malz.«

Er erhebt sich elegant, beinah würdevoll und faßt den Türgriff mit sparsamer Vorsicht an.

Als er auf der Straße steht, merkt Martin, daß er am ganzen Leib zittert. Aber es hat sich wirklich gelohnt. Er hat sich wie ein Mann gehalten.

Ventura Aguado Sans erklärt dem Stabsveterinär Don Tesifonte Ovejero, der mit ihm in derselben Pension wohnt: »Täuschen Sie sich nicht, mein Herr, in Madrid gibt es mehr als genug Gelegenheiten. Und jetzt nach dem Krieg mehr denn je zuvor. Heute macht jede Frau mehr oder weniger, was sie will. Man muß sich nur etwas Zeit für solch ein Unternehmen lassen. Zum Donnerwetter! Man kann keine Forellen fangen, wenn man nicht die Hosenbeine hochkrempelt.«

»Ha ha, ich verstehe allmählich!«

»Eben, Mann, eben! Wie wollen Sie sich amüsieren, wenn Sie nichts dafür hergeben wollen? Die Frauen, merken Sie sich das, werden nicht nach Ihnen Ausschau halten. Hier ist das noch nicht ganz so wie in manchen andern Ländern.«

»So ist das also.«

»Man muß sich selber rühren, mein Herr. Man muß Schneid haben und ein gutes Auge. Besonders einen guten Blick. Und vor allem, sich nicht von Fehlschlägen entmutigen lassen! Daß einem was mißlingt, nun ja und was dann? Dann kommt bald eine andere.«

Don Roque schickt einen Zettel zu Lola, dem Dienstmädchen der Rentnerin Doña Mathilde: »Sei um acht in Santa Engracia, Dein R.«

Lolas Schwester, Josefa López, war viele Jahre hindurch Dienstmädchen bei Doña Soledad Castro de Robles gewesen. Ab und an erklärte sie, sie gehe in ihr Dorf und legte sich für einige Tage in die Entbindungsstation. Sie bekam im Lauf der Zeit fünf Kinder, die von den Nonnen von Chamartin de la Rosa aus Barmherzigkeit aufgezogen wurden. Drei waren von Don Roque – die drei Ältesten –, eins vom ältesten Sohn Don Franciscos, das vierte und das letzte von Don Francisco, der lange gebraucht hatte, bis er diese Goldgrube entdeckte. Es war bei keinem der Kinder irgendein Zweifel wegen der Vaterschaft möglich.

Josefa pflegte zu sagen: »Ich mag sein, wie ich will. Aber wen ich gern habe, dem setz' ich keine Hörner auf. Wenn einer mich satthat, dann wird ein Preis festgesetzt zum Loskaufen und basta. Aber sonst wie bei den Tauben: nur mit einem auf einmal.«

Josefa war eine schöne, etwas zu starke Frau. Jetzt führt sie eine Pension für Studenten in der Calle de Atocha, und ihre fünf Kinder sind bei ihr. Böse Zungen aus der Nachbarschaft behaupten allerdings, sie treibe es mit dem Gasmann, und einmal sei der Laufjunge vom Krämer ganz feuerrot geworden. Und der ist erst vierzehn Jahre alt. Was davon wirklich stimmt, ist sehr schwer festzustellen.

Ihre Schwester Lola ist viel jünger. Aber auch sie ist groß und vollbusig. Don Roque kauft ihr billige Armbänder und lädt sie zum Kuchenessen ein. Dann ist sie entzückt. Sie ist weniger ehrsam als Josefa. Offenbar bändelt sie mit jedem Hergelaufenen gleich an. Eines Tages entdeckte Doña Mathilde sie im Bett von Ventura. Aber sie zog es vor, nichts zu sagen.

Das Mädchen bekam Don Roques Zettel. Sie machte sich etwas zurecht und ging zu Doña Celia.

»Ist er noch nicht da?«

»Nein, bisher noch nicht. Kommen Sie bitte herein.«

Lola tritt in ein Schlafzimmer, zieht sich nackt aus und setzt sich aufs Bett. Sie will Don Roque eine Überraschung bereiten. Sie will ihm splitternackt die Tür aufmachen als Überraschung.

Doña Celia schaut durchs Schlüsselloch. Es macht ihr Spaß, zu sehen, wie sich die Mädchen ausziehen. Manchmal, wenn eine große Hitze ihr ins Gesicht steigt, ruft sie nach ihrem Schoßhündchen: »Pierrot, Pierrot, komm zu deinem Frauchen!«

Ventura öffnet einen Spaltbreit die Tür des Zimmers, in dem er sich aufgehalten hat.

»Señora!«

»Ich komme!«

Ventura steckt Doña Celia drei Duros in die Hand.

»Das Fräulein soll zuerst fortgehen.«

Doña Celia sagt zu allem ja und amen.

»Wie Sie wünschen.«

Ventura geht in eine Wäschekammer und zündet sich eine Zigarette an, um dem Mädchen Zeit zu lassen, fortzugehen. Seine Freundin kommt heraus und geht mit gesenktem Blick die Treppe hinab.

»Leb wohl, Mädchen.«

»Auf Wiedersehen!«

Doña Celia klopft an das Zimmer, in dem sich Lola befindet.

»Willst du in das große Zimmer? Es ist frei geworden.«

»Gut.«

Als Julita im ersten Stock angekommen ist, trifft sie mit Don Roque zusammen.

»Hallo, Mädchen, wo kommst denn du her?«

Julita meint, im Boden versinken zu müssen.

»Aus dem Fotoatelier. Und du? Wo gehst du hin?«

»Na ja, ich muß einen kranken Freund besuchen. Dem Armen geht's sehr schlecht.«

Der Tochter macht es Mühe, zu denken, daß ihr Vater etwa zu Doña Celia gehen könnte. Dem Vater geht es ebenso.

»Was bin ich albern. Wer könnte so was denken!« sagt sich Don Roque.

»Es wird vielleicht stimmen mit dem Freund«, denkt das Mädchen. »Papa hat sicher so seine Techtelmechtel. Aber er wird doch nicht so geschmacklos sein und hierher kommen.«

Als Ventura weggehen will, hält ihn Doña Celia auf. »Warten Sie einen Augenblick. Es hat gerade geklingelt.«

Don Roque tritt ein, etwas bleich im Gesicht.

»Hallo, ist Lola gekommen?«

»Ja, sie ist im Vorderzimmer.«

Don Roque klopft zweimal leicht gegen die Tür.

»Wer ist da?«

»Ich.«

»Komm rein!«

Ventura Aguado redet weiter geschwätzig auf den Stabsveterinär ein.

»Sehen Sie, ich hab' da jetzt ein beinah geregeltes Verhältnis mit einer Kleinen, deren Name nichts zur Sache tut. Als ich sie zum erstenmal sah, dachte ich, bei der läuft nichts. Ich bin ihr trotzdem hinterher, damit ich mir nicht den Vorwurf machen konnte, ich hätte ihr keine Chance gegeben. Ich hab' ihr ein paar Nettigkeiten gesagt, hab sie zu zwei Wermut mit Garnelen eingeladen und, sehen Sie, jetzt folgt sie mir wie ein Hündchen. Sie tut, was ich will, und wagt nicht einmal, die Stimme zu heben. Ich hab' sie im *Barceló* kennengelernt, irgendwann Ende August vorigen Jahres, und nach kaum einer Woche, gerade zu meinem Geburtstag, hab' ich sie schon im Bett gehabt. Wenn ich Einfaltspinsel mich davon hätte beeindrucken lassen, wie man ihr den Hof machte, wie die anderen um sie herumschwänzelten, so ginge es mir jetzt wie Ihnen.«

»Das ist ja alles gut und schön. Aber ich denke doch, das ist alles mehr oder weniger Glückssache.«

Ventura springt vom Sessel auf.

»Glückssache? Da liegt eben der Fehler! Glück gibt's überhaupt nicht, mein lieber Freund! Das Glück ist wie die Weiber, sie ergeben sich dem, der sie genügend verfolgt und nicht dem, der auf der Straße an ihnen vorübergeht und ihnen kein Sterbenswörtchen sagt. Für Sie gibt's natürlich keine Möglichkeit, wenn Sie hier den lieben langen Tag herumhocken und dieser alten Kupplerin von Homos zuschauen und die Krankheiten der Kühe studieren! Ich kann Ihnen nur immer wieder sagen: so werden Sie nie zu einem Resultat kommen.«

Seoane legt seine Geige aufs Klavier. Er hat eben die *Cumparsita* gespielt. Er sagt zu Macario:

»Ich muß einen Augenblick auf die Toilette.«

Seoane geht zwischen den Tischen durch. In seinem Kopf schwirren Brillenpreise.

»Wahrhaftig, es lohnt sich, noch etwas zu warten. Die zu zweiundzwanzig sind sehr viel besser, glaub' ich auch.«

Er stößt mit dem Fuß die Tür zu »Herren« auf. Zwei Becken an der Wand und eine schwache Birne von fünfzehn Watt, von einigen Drähten gehalten. In einem Käfig ein Plättchen Desinfektionsmittel wie eine gefangene Grille. Damit ist die Szenerie vollständig.

Seoane ist allein. Er nähert sich der Wand und blickt zu Boden.

»Ha!«

Die Spucke bleibt ihm im Hals stecken, das Herz pocht, die Ohren fangen an zu sausen. Seoane blickt starr auf den Fußboden. Die Tür ist abgeschlossen. Seoane bückt sich hastig. Ja, es sind fünf Duros. Sie sind etwas feucht geworden, aber das macht gar nichts. Seoane putzt mit seinem Taschentuch den Schein etwas ab.

Am nächsten Tag geht er wieder in die Drogerie.

»Die für dreißig Peseten, Fräulein. Geben Sie mir bitte die Brille für dreißig.«

Lola und Don Roque sitzen auf dem Sofa und unterhalten sich. Don Roque hat den Mantel noch an und den Hut auf den Knien. Lola ist nackt und hat die Beine übereinandergeschlagen. Im Zimmer brennt ein Ölöfchen, und es ist ziemlich warm. Der runde Spiegel am Schrank wirft die beiden Gestalten zurück. Es ist ein merkwürdiges Paar. Don Roque noch mit seinem Schal und mit sehr beunruhigter Miene, Lola splitternackt und sehr schlechter Laune.

Don Roque sagt: »Das ist alles.«

Dann schweigt er.

Lola kratzt sich am Nabel, und dann riecht sie an ihren Fingern.

»Weißt du, was ich meine?«

»Was?«

»Na, daß deine Tochter und ich uns gar nichts gegenseitig vorzuwerfen haben und auf ganz gleichem Fuß stehen.«

Don Roque schreit: »Halt's Maul, sag' ich dir. Schweig du bloß still.«

»Gut, dann bin ich still.«

Beide rauchen. Lola, dick und nackt und paffend, sieht aus wie ein Seehund im Zirkus.

»Das mit dem Fotografieren, von dem deine Tochter dir da vorerzählt hat, ist das gleiche wie mit deinem kranken Freund.«

»Willst du wohl still sein.«

»Na, Mensch, los. Fang doch endlich an! Heute heißt's immer: schweig still, und das dumme Gequatsche. Hast du keine Augen mehr im Kopf?«

Wir haben an anderer Stelle schon einmal den gleichen Satz geschrieben: Aus seinem goldenen Rahmen heraus billigt Don Obdulio mit seinem steifen Schnurrbart und dem sanften Blick wie ein schadenfroher, spitzbübischer Liebesgott das heimliche Tun, das seiner Witwe den Lebensunterhalt verschafft.

Don Obdulio hängt rechts vom Schrank hinter einem Blumentisch. Links vom Schrank hängt das Bild der Hausfrau, in jungen Jahren, von ihren Schoßhündchen umgeben.

»Los, zieh dich an. Ich hab' heut keine Lust.«

»Meinetwegen.«

Lola denkt: »Das wird mir das Mädchen bezahlen. So wahr es Gott gibt. Und wie ich's ihr heimzahlen werde.«

Don Roque fragt: »Gehst du zuerst weg?«

»Nein. Geh du. Ich will mich inzwischen anziehen.«

Don Roque geht, und Lola schiebt den Riegel vor.

»Da wo er ist, wird's kein Mensch bemerken«, denkt sie.

Sie nimmt Don Obdulio von der Wand und steckt ihn in ihre Handtasche. Sie macht sich das Haar in der Toilette zurecht und zündet sich eine Zigarette an. Dann zieht sie an der Klingel.

Der Stabsveterinär Tesifonte scheint endlich zu begreifen.

»Na ja, gut. Versuchen wir mal unser Glück.«

»Sollte das wirklich Ihr Ernst sein?«

»Klar, Mann. Sie werden schon sehen. Wenn Sie mal wieder zu Ihrem Liebesfest gehen, dann rufen Sie mich an, und wir gehen zusammen. Abgemacht?«

»Abgemacht, jawohl, mein Herr! Das nächste Mal, wenn ich dorthin gehe, lasse ich es Sie wissen.«

Der Trödler heißt José Sanz Madrid. Er besitzt zwei Läden, wo er alte Kleider und »Kunstgegenstände« kauft und verkauft. Er verleiht Smokings an die Studenten und Galaröcke an die armen Hochzeiter.

»Gehen Sie nur ruhig dort hin und probieren Sie an. Auswahl ist genug.«

Und in der Tat, es ist genug Auswahl. An Hunderten von Kleiderhaken hängen Hunderte von Anzügen und warten auf

Kunden, die sie herunternehmen und ein wenig an die frische Luft tragen.

Von den Trödelläden ist der eine in der Calle de los Estudios und der andere, der wichtigere, in der Mitte der Calle de la Magdalena.

Nachdem sie etwas gegessen haben, lädt Señor José Purita ins Kino ein. Er befummelt eine Frau erst gern, ehe er mit ihr ins Bett geht. Sie gehen ins Kino *Ideal*, gegenüber dem *Calderón*. Dort spielen sie: »Er und sein Bruder« mit Antonio Vico und »Eine Familientragödie« mit Mercedes Vecino. Beide Filme sind auch für Jugendliche erlaubt. Das Kino *Ideal* hat einen großen Vorzug: die Filme laufen ohne Pause, und das Kino ist sehr groß, so daß man immer Platz findet.

Der Platzanweiser zeigt ihnen den Weg mit seiner Taschenlampe.

»Wo wollen Sie sitzen?«

»Hier. Hier ist's gut.«

Purita und Señor José setzen sich in die letzte Reihe. Señor José legt seinen Arm um ihren Hals.

»Was hast du zu erzählen?«

»Gar nichts, weißt du.«

Purita schaut auf die Leinwand. Señor José faßt ihre beiden Hände.

»Du bist ja ganz kalt.«

»Ja, es ist mir sehr kalt.«

Sie schweigen eine Weile. Señor José sitzt nicht so bequem wie er möchte. Er rutscht dauernd auf dem Sessel herum.

»Hör mal.«

»Was?«

»An was denkst du?«

»Pah...«

»Zerbrich dir nicht mehr den Kopf wegen Paquito. Ich werd' die Sache schon drehen. Ich hab' einen Freund, der sehr viel bei der Fürsorge zu sagen hat. Er ist der Vetter irgendeines Regierungspräsidenten.«

Señor José faßt mit der Hand tiefer in den Ausschnitt des Mädchens.

»Hei, die ist kalt!«

»Keine Angst, ich werd' sie schon wärmen.«

Der Mann schiebt die Hand in die Bluse hinein unter Puritas Achselhöhle.

»Na, dein Höhlchen ist aber schön warm.«

»Ja.«

Purita ist sehr heiß unterm Arm. Beinah, als ob sie Fieber hätte.

»Und meinst du wirklich, daß Paquito da unterkäme?«

»Mädchen, ich glaub' schon. Was mein Freund dazu tun kann, wird er versuchen. Und warum sollte das Kind nicht angenommen werden?«

»Und dein Freund? Will der mir denn helfen?«

Señor José hat die andere Hand auf eins der Strumpfbänder von Purita gelegt. Purita trägt im Winter einen Strumpfhaltergürtel. Die runden Strumpfbänder halten bei ihr nicht gut: sie ist zu dünn. Im Sommer geht Purita ohne Strümpfe. Das ist tatsächlich eine große Ersparnis, wenn man es auch kaum glauben sollte.

»Mein Freund tut, was ich von ihm erbitte. Er verdankt mir sehr viel.«

»Hoffentlich. Dein Wort in Gottes Ohr.«

»Du wirst schon sehen, daß alles gut ausgeht.«

Das Mädchen ist nachdenklich. Sie hat traurige, abwesende Augen.

Señor José drückt ihr die Schenkel auseinander und zwickt sie etwas.

»Wenn Paquito in die Kindertagesstätte könnte, wär' es schon viel besser.«

Paquito ist der jüngste Bruder des Mädchens. Es sind fünf Geschwister und sie. Zusammen sind sie sechs. Ramón, der Älteste, ist zweiundzwanzig Jahre alt und leistet seinen Militärdienst in Afrika. Mariana, die Ärmste, ist krank und kann sich nicht aus dem Bett rühren. Sie ist achtzehn Jahre alt. Julio arbeitet als Lehrling in einer Druckerei. Er wird bald vierzehn. Rosita ist elf und Paquito, der Kleinste, neun. Purita ist die Zweitälteste. Sie ist zwanzig, obwohl sie älter aussieht.

Die Geschwister sind ganz auf sich gestellt. Der Vater wurde erschossen, wie es damals öfters vorkam. Die Mutter wurde schwindsüchtig und starb an Unterernährung im Jahr 1941.

Julio verdient vier Peseten in der Druckerei. Das übrige muß Purita herbeischaffen; oft sehr unregelmäßig. Sie geht den ganzen Tag auf den Strich, und nach dem Abendessen muß sie sich im Haus von Doña Jesusa abknutschen lassen.

Die Geschwister leben in einer Dachwohnung in der Calle de la Ternera. Purita wohnt in einer Pension. Da ist sie freier und kann übers Telefon erreicht werden. Purita besucht die Kinder jeden Tag so gegen zwölf oder ein Uhr. Manchmal, wenn sie keine andere Verabredung hat, ißt sie auch mit ihnen zu Mittag. In der Pension hebt man ihr das Essen auf, und sie kann es am Abend bekommen, wenn sie will.

Señor José hat seine Hand schon eine gute Weile im Ausschnitt von Puritas Bluse.

»Wollen wir gehen?«

»Wenn du willst.«

Señor José hilft Purita in das dünne Baumwollmäntelchen.

»Ein Momentchen, ja? Man hat meiner Alten irgendwie einen Floh ins Ohr gesetzt.«

»Ganz wie du willst.«

»Hier, das ist für dich!«

Señor José steckt fünf Duros in Puritas Handtasche. Es ist eine blaue Handtasche die die Hände leicht verfärbt.

»Gott lohn's dir.«

An der Tür des Zimmers verabschiedet sich das Paar.

»Sag mal, wie heißt du eigentlich?«

»Ich heiße José Sanz Madrid. Und du? Ist es wahr, daß du Purita heißt?«

»Ja, warum sollte ich dich anlügen? Ich heiße Pura Bartolomé Alonso.«

Die beiden betrachten eine Weile den Schirmständer.

»Na gut, ich gehe also.«

»Leb wohl, Pepe. Bekomm' ich keinen Kuß?«

»Natürlich, Mädchen.«

»Und du. Wenn du was erfährst wegen Paquito, sag mir Bescheid.«

»Klar. Keine Angst. Ich werd' dich sofort anrufen.«

Doña Mathilde schreit mit lauter Stimme nach ihren Pensionären: »Don Tesi, Don Ventura. Abendessen ist bereit!«

Als ihr Don Tesifonte in den Weg läuft, sagt sie: »Für morgen hab' ich Leber bestellt. Woll'n mal sehen, was Sie für ein Gesicht machen.«

Der Stabsveterinär sieht sie überhaupt nicht an. Er denkt an anderes.

»Vielleicht hat dieser Bursche wirklich recht. Wenn man wie ein Dummkopf hier immer herumhockt, kann man wirklich keine Eroberungen machen. Das ist wahr.«

Doña Montserrat wurde in der Abendandacht die Handtasche gestohlen. Unglaublich! Heutzutage gibt's sogar in der Kirche Diebe! Sie hatte nicht mehr als drei Peseten und etwas Kleingeld im Portemonnaie, aber die Handtasche war noch sehr gut, noch gut eine Weile zu gebrauchen.

Man hatte das Tantum ergo angestimmt, das der ehrfurchtslose José María, der Neffe von Doña Montserrat, auf die Melodie der deutschen Nationalhymne zu singen pflegte. In den Bänken waren noch ein paar betende Frauen verblieben, die in ihre speziellen Andachten vertieft waren.

Doña Montserrat meditierte über das, was sie gerade gelesen hatte. Es steht auf einem losen Blatt, das sie zwischen den Seiten des Buches »Die Besuche des Allerheiligsten« von P. Manjón aufbewahrt. »An diesem Donnerstag, dem Heiligen Luis Gonzaga geweiht, wird der Seele der Wohlgeruch von Lilien geschenkt. Und ebenfalls der süße Geschmack von Tränen vollständiger Zerknirschung. Im Zustande der Unschuld war Luis ein Engel. Im Zustand der Buße wetteifert er mit den Kasteiungen der Wüste Tebaida. Die Heilige Maria Magdalena von Pazzis rief während der Ekstase, in der Gott ihr die Herrlichkeit Gonzagas im Paradies offenbarte: ...«

Doña Montserrat wandte den Kopf. Die Handtasche war nicht mehr da. Anfangs hatte sie es gar nicht bemerkt. In ihrer Vorstellung schwirrten nur Verwandlungen, Erscheinungen und Entschwinden.

Zu Hause versteckt Julita wieder einmal ihr Heft und geht wie die Pensionäre von Doña Mathilde zum Abendessen.

Die Mutter gibt ihr einen zärtlichen kleinen Klaps auf die Wange.

»Hast du geweint? Deine Augen sind so rot.«

Julita verzieht das Gesicht und sagt:

»Nein, ich hab' nur nachgedacht.«

Doña Visi lächelt schelmisch.

»Über ihn?«

»Ja.«

Die beiden Frauen haken sich unter.

»Sag mal, wie heißt er eigentlich?«

»Ventura.«

»Aha, du Schlange, deshalb hast du den kleinen Chinesenjungen Ventura taufen lassen.«

Das Mädchen reißt die Augen auf.

»Ja.«

»So kennst du ihn also schon eine ganze Weile?«

»Ja. Schon seit anderthalb oder zwei Monaten sehen wir uns manchmal.«

Die Mutter wird ernst.

»Und warum hast du mir nie davon erzählt?«

»Wozu sollte ich etwas erzählen, bevor er nicht um mich anhält?«

»Da hast du auch wieder recht. Ich bin blöde. Du hast ganz richtig gehandelt. Man soll nicht von Dingen reden, die noch im Werden sind. Man muß immer diskret bleiben.«

Julita fühlt einen Krampf in den Beinen und eine Hitzewelle über dem Busen.

»Ja, Mama, man muß immer diskret bleiben.«

Doña Visi lächelt nun wieder und fragt: »Sag mal, was tut er denn?«

»Er studiert Jura.«

»Hoffentlich bekommt er bald eine Stelle.«

»Wollen mal sehen, ob er Glück hat. Ich habe zwei Kerzen gelobt, wenn er ein erstklassiges Notariat bekommt und eine Kerze, wenn er ein zweitrangiges kriegt.«

»Das war gut getan, meine Tochter. Hilf dir selbst, so hilft dir

Gott. Ich will das gleiche geloben. Sag mal, wie heißt er mit Nachnamen?«

»Aguado.«

»Das klingt nicht übel. Ventura Aguado.«

Doña Visi jubelt entzückt.

»Ach, liebes Kind, wie hübsch das klingt: Julita Moisés de Aguado. Hast du das auch schon bemerkt?«

Das Mädchen ist in Gedanken.

Die Mutter hat Angst, daß alles nur ein Traum ist, der schon bald in tausend Stücke zerspringt wie eine Glühbirne. Rasch fährt sie mit ihren Milchmädchenrechnungen fort:

»Deinen ersten Sohn, Julita – und es wird natürlich ein Junge sein –, werdet ihr Roque nennen nach dem Großvater. Roque Aguado Moisés. Ach, wie bin ich glücklich! Wenn das erst dein Vater hört! Ach, wie ist das schön!«

Julita hat das rettende Ufer erreicht. Sie hat den Strom überquert und spricht nun von sich wie von einer dritten Person. Nichts ist ihr im Augenblick wichtiger als die Naivität ihrer Mutter.

»Und wenn's ein Mädchen wird, dann kriegt sie deinen Namen, Mama. Das klingt auch sehr hübsch: Visitación Aguado Moisés.«

»Vielen Dank, mein Kind, vielen Dank. Ich bin ganz gerührt. Aber wünschen wir uns lieber einen Jungen. Männer fehlen überall so sehr.«

Dem Mädchen zittert erneut die Stimme.

»Ja, Mama, die fehlen sehr.«

Die Mutter hat die Hände überm Bauch gefaltet, während sie spricht.

»Und vielleicht fügt es Gott, daß er sich zum Priesterstand berufen fühlt.«

Doña Visi hebt die Augen gen Himmel. Die Zimmerdecke hat ein paar feuchte Flecken.

»Der Wunschtraum meines Lebens: ein Sohn Geistlicher.«

Doña Visi ist im Augenblick die glücklichste Frau von ganz Madrid. Sie faßt die Tochter um die Hüften – in ganz ähnlicher Weise, wie Ventura sie in der Wohnung von Doña Celia umfaßt – und wiegt sie hin und her wie ein kleines Kind.

»Vielleicht ist's nun der Enkel, Liebling. Wer weiß.«
Die beiden Frauen lachen sich zärtlich an.
»Ach, wie macht mir das Leben Freude!«
Julita möchte ihr Werk noch ausschmücken.
»Ja, Mama, das Leben hat viele Herrlichkeiten parat.« Julita senkt die Stimme. Sie klingt verschleiert und feierlich.
»Ich glaube, Ventura kennengelernt zu haben, war ein großes Glück für mich!« (Es saust ihr leicht in den Ohren.)
Die Mutter möchte gern ein Beispiel an Verständigkeit sein.
»Wir werden ja sehen, mein Kind. Wir werden's schon erleben. Möge Gott es gut fügen. Wir wollen dran glauben. Warum auch nicht? Einen kleinen Enkel, der Priester wird und uns alle erbaut durch seine Tugend. Ein großer, begnadeter Priester. Aber denk mal, jetzt sagen wir das alles nur im Spaß. Aber in einigen Jahren werden vielleicht wirklich Exerzitien angekündigt, geleitet von Hochwürden Pater Roque Aguado Moisés. Ich bin dann schon ein altes Mütterlein, mein liebes Kind. Aber das Herz wird mir in der Brust schwellen vor Stolz.«
»Und mir auch, Mama.«

Martin erholt sich rasch und geht stolz davon.
»Denen hab' ich aber eine Lektion erteilt.«
Martin beschleunigt seine Schritte; er läuft beinah. Manchmal macht er einen kleinen Hopser.
»Möcht' ja wissen, was die alte Sau jetzt sagt.«
»Die alte Sau« ist Doña Rosa.
Als er an der Glorieta de San Bernardo anlangt, denkt er an das Geschenk für Nati.
»Vielleicht ist Romulo noch in seinem Laden.«
Romulo ist ein Antiquar, der auch Stiche verkauft.
Martin entschließt sich also, zu Romulos Geschäft zu gehen, und biegt hinter der Universität rechts ein.
An der Tür klebt ein Zettel, auf dem steht: »Geschlossen. Bestellungen am Haupteingang abgeben.«
Drinnen im Laden sieht man Licht. Romulo ordnet offenbar seine Kassenzettel oder muß irgendeinen Auftrag erledigen.

Martin klopft mit den Fingerknöcheln an die kleine Tür, die in den Hof führt.

»Hallo, Romulo!«

»Hallo, Martin, täuschen mich meine Augen?«

Martin holt Zigaretten hervor. Beide Männer hocken rauchend um das Kohlebecken, das Romulo unterm Tisch hervorholt.

»Ich hab' gerade an meine Schwester geschrieben. Die aus Jaén, weißt du. Ich wohne nun hier und geh' höchstens zum Essen aus. Manchmal hab' ich überhaupt keine Lust und beweg' mich den ganzen Tag nicht fort. Ich bestelle einen Kaffee von gegenüber und Schluß.«

Martin sieht sich ein paar Bücher an, die auf einem geflochtenen Stuhl liegen. Die Lehne ist abgebrochen, und der Stuhl ist wirklich zu nichts anderem zu gebrauchen, als Bücher draufzulegen.

»Nichs Besonderes.«

»Nein, nichts Besonderes. Das eine von Romanones. »Betrachtungen meines Lebens«, wenn's dich interessiert, ist schwer zu kriegen.«

»Ja, ich weiß.«

Martin läßt die Bücher auf dem Fußboden liegen.

»Hör, ich brauche einen Stich, der ein bißchen hübsch ist.«

»Was willst du dafür ausgeben?«

»Vier oder fünf Duros.«

»Für fünf Duros kann ich dir was Nettes zeigen. Er ist nicht sehr groß, aber es ist ein echter Stich. Außerdem ist er schon gerahmt. Ich hab' ihn so fix und fertig gekauft. Wenn's ein Geschenk sein soll, kommt der dir wie gerufen.«

»Ja, es soll für ein Mädchen sein.«

»Für ein Mädchen? Hm, wenn's keine Nonne ist oder sonst eine sehr prüde. Du wirst selbst sehen. Wir wollen die Zigarette in Ruhe fertigrauchen. Es hetzt uns ja niemand.«

»Was ist's für ein Stich?«

»Du wirst ja sehen. Es ist eine Venus und unten so ein paar Figuren. Es stehen da auch ein paar Verse in Toskanisch oder Provenzalisch drunter.«

Romulo läßt die Zigarette auf der Tischplatte liegen und

knipst das Licht im Gang an. Er kehrt rasch zurück mit einem Bild, das er mit dem Ärmel seines Arbeitskittels abwischt.

»Hier, sieh.«

Der Stich ist sehr hübsch, er ist sogar koloriert.

»Er ist nicht nachträglich koloriert.«

»Ja, so scheint es.«

»Doch, da kannst du ganz sicher sein.«

Auf dem Stich ist eine blonde, nackte, blumenbekränzte Venus dargestellt. Rings um sie herum ein Kreis goldener Verzierungen. Die langen Haare reichen ihr bis zu den Knien. Auf dem Bauch hat sie eine Windrose. Alles sehr symbolisch. In der rechten Hand hält sie eine Blume, in der linken ein Buch. Die Venus steht vor einem blauen Himmel voller Sterne. Weiter unten, an dem sie umgebenden Kranz von Verzierungen, sind zwei kleine Kreise. Der unter dem Buch enthält das Zeichen des Stiers und der unter der Blume das Zeichen der Waage. Der untere Teil des Stiches stellt eine von Bäumen umstandene Wiese dar. Zwei Musikanten spielen, einer auf einer Laute, der andere die Harfe. Drei Paare plaudern dort. Zwei der Paare sitzen auf dem Rasen, das andere geht spazieren. In den beiden oberen Ecken des Stiches pusten zwei Engel ihre Backen auf. Drunter stehen vier Verse, die nicht zu verstehen sind.

»Was heißt das wohl?«

»Es steht hinten drauf. Rodríguez Entrena, der Professor am Kardinal-Cisneros-Institut, hat's mir übersetzt.«

Auf der Rückseite steht mit Bleistift geschrieben:

Venus, erfahren in jeglicher Liebeskunst
Entzündest du edle Herzen, voll Liederklängen
Mit Tanz und flüchtigen Festen
Verleitest du sie mit süßem Drängen.

»Gefällt's dir?«

»Ja, ich mag nun mal diese Sachen gern. Der Zauber solcher Verse liegt in ihrer Verschwommenheit, nicht wahr?«

»Ja, das finde ich auch.«

Martin holt wieder seine Zigarettenschachtel hervor.

»Heut bist du ja gut versorgt.«

»Heute ja. Es gibt aber Tage, da hab' ich keine einzige Zigarette. Dann sammle ich mir die Stummel meines Schwagers zusammen. Du weißt ja.«

Romulo antwortet nicht. Er meint, das sei taktvoller, denn er weiß, wie sehr Martin das Gespräch über seinen Schwager aufregt.

»Für wieviel krieg' ich den Stich?«

»Na, ja, weißt du, für zwanzig Peseten. Ich hatte zwar fünfundzwanzig gesagt. Aber wenn du mir zwanzig gibst, dann kannst du ihn haben. Ich selbst hab' fünfzehn dafür bezahlt, und er liegt nun schon fast ein Jahr hier herum. Sind dir zwanzig recht?«

»Na gut, gib' mir einen Duro zurück.«

Martin faßt mit der Hand in die Tasche. Bewegungslos verharrt er einen Augenblick mit gerunzelter Stirn, als denke er nach. Er zieht das Taschentuch heraus und breitet es auf den Knien aus.

»Ich könnte schwören, daß es hier drin war.«

Martin steht auf.

»Ich kann mir das einfach nicht erklären.«

Er wühlt in den Hosentaschen und zieht das Futter heraus.

»Das ist doch die Höhe. Das hat mir gerade noch gefehlt!«

»Was ist denn los?«

»Nichts! Ich will lieber nicht nachdenken.«

Martin durchsucht die Jackentaschen und zieht die alte, zerlumpte Brieftasche heraus. Die ist voller Visitenkarten von Freunden und voller Zeitungsausschnitte.

»Ist zum Kotzen!«

»Hast du was verloren?«

»Ja, die fünf Duros!«

Julita ist es merkwürdig zumute. Manchmal fühlt sie sich sehr bedrückt, und dann wieder kann sie kaum ein grundloses Gelächter unterdrücken.

Sie denkt: »Das menschliche Hirn ist kein sehr funktionstüchtiger Apparat. Wenn man darin wie in einem Buch lesen könnte, was wir alle so wirklich denken! Aber nein, es ist besser so wie's ist. Wir sollten lieber nicht Gedanken lesen können. Es ist besser, wir verständigen uns weiter untereinander durch das, was wir auszusprechen beabsichtigen. Selbst wenn wir lügen, verflucht noch einmal.«

Julita macht es gelegentlich Spaß, starke Ausdrücke zu gebrauchen, wenn sie mit sich selbst spricht.

Hand in Hand gehen sie durch die Straßen. Es sieht so aus, als machten Onkel und Nichte einen Spaziergang.

Als die Kleine an der Portiersloge vorbeigeht, dreht sie den Kopf weg. Sie ist so abwesend, daß sie die erste Stufe übersieht.

»Paß auf, fall nicht!«

»Nein.«

Doña Celia macht die Tür auf.

»Guten Abend, Don Francisco.«

»Guten Abend, liebe Freundin. Die Kleine soll irgendwo reingehen, ich möchte erst noch mit Ihnen reden.«

»Gut. Komm da rein, Mädchen, und setz dich irgendwohin.«

Das Mädchen setzt sich auf die äußerste Ecke eines grün gepolsterten Sessels. Sie ist dreizehn Jahre alt. Die Brust rundet sich noch kaum, ist wie eine Rosenknospe, die sich bald öffnen wird. Das Mädchen heißt Merceditas Olivar Vallejo. Ihre Freundinnen nennen sie Merche. Der Bürgerkrieg hat ihre ganze Familie auseinandergerissen. Einige tot, andere verschollen. Merche lebt bei einer Schwägerin ihrer Großmutter. Die ist eine alte Frau, die sich in Spitzen hüllt und sich anmalt wie ein Zieraffe. Sie heißt Doña Carmen. Sie trägt eine Perücke, und im Viertel, wo sie wohnt, hat man ihr den Spitznamen »Totenhaar« angehängt. Die Straßenkinder ziehen es vor, sie »Heuhupfer« zu nennen.

Doña Carmen hat Merceditas für hundert Duro verkauft. Und Don Francisco, der von der Arztpraxis, hat sie gekauft.

Die Alte sagte zu dem Herrn: »Die Erstlinge, Don Francisco, *les primeurs*... Sie ist wie eine Nelkenknospe.«

Und zu dem Kind sagte sie: »Sieh mal, Mädchen, Don Francisco will ja nur ein bißchen mit dir spielen. Und außerdem, einmal muß es ja sein, verstehst du?«

Das Abendessen im Hause Moisés verlief vergnüglich an jenem Abend. Doña Visi war glänzender Laune. Julita lächelte beinah schamhaft. Sie hat sich in ihre Rolle eingelebt.

Don Roque und die andern beiden Töchter wurden angesteckt, obwohl sie den Grund für diese Fröhlichkeit nicht kennen. Don Roque denkt allerdings manchmal an das, was ihm Julita dort auf der Treppe gesagt hatte: »Nun, beim Fotografen.« Die Gabel zittert ihm etwas in der Hand. Ehe das Zittern nicht vergangen ist, wagt er die Tochter nicht anzublicken.

Doña Visi kann nicht einschlafen. Ihre Gedanken kreisen immer um das gleiche Thema.

»Weißt du, daß unser Kind einen Bräutigam hat?«

»Wer, Julita etwa?«

»Ja. Und er studiert die Rechte.«

Don Roque dreht sich unruhig zwischen den Leintüchern.

»Na, laß aber die Glocken nicht zu früh läuten. Du bist ja immer gleich bereit, alles auszuposaunen. Wir wollen erst mal sehen, was draus wird.«

»Ach, Mann, du verabreichst einem immer nur kalte Duschen.«

Doña Visi hat wunderbare, glückselige Träume. Nach Stunden wird sie vom Geläut einer Klosterglocke geweckt. Es ist ein Kloster mit sehr armen Nonnen. Sie läuten den Tag ein.

Doña Visi war in einer Seelenverfassung, wo ihr alles als glückliche Vorbedeutung erschien. Sie sah in allem glückliche Vorzeichen, sichere Beweise für Glück und Seligkeit.

6

Am Morgen.

Noch halb im Schlaf hört Martin, wie die Stadt zum Leben erwacht. Es ist angenehm, zwischen den Leintüchern zu liegen, eine lebendige Frau neben sich, eine lebendige, nackte Frau, und auf die Geräusche der Stadt zu lauschen, auf ihren lärmenden Herzschlag. Die Karren der Lumpensammler, die von Fuencarral und Chamartín kommen, von Las Ventas und Las Injurias, von den Lumpensammlern, die in der trüben, einsamen Gegend des Friedhofs leben. Jetzt sind sie schon mehrere Stunden in der Kälte und gehen nun langsam und traurig im Schlepptau eines mageren Pferdes oder eines grauen, bekümmert dreinblickenden Esels. Die Stimmen der ersten Verkäuferinnen, die ihre Fruchtstände in der Calle del General Porlier aufstellen. Und die fernen, undeutlichen ersten Autohupen. Und das Geschrei der Kinder, die auf dem Schulweg sind mit ihren Ranzen auf den Rücken, das zarte, duftende Frühstück in einer Tasche.

Im Haus klingt das Hin- und Herlaufen in seiner unmittelbaren Nähe freundlich durch Martins Kopf. Doña Jesusa, die Frühaufsteherin, Doña Jesusa, die nach dem Essen immer ein Schläfchen hält, verteilt die Arbeit an das Personal. Einige davon alte Huren auf dem absteigenden Ast, die andern liebevolle, freundliche, häusliche Familienmütter. Am Morgen beschäftigt Doña Jesusa sieben Putzfrauen. Ihre beiden Dienstmädchen schlafen bis zum Mittagessen, bis zwei Uhr mittags in irgendeinem freien Bett auf einem geheimnisvollen Lager, das etwas früher frei wurde. Es riecht wie ein Grab, und zwischen den Gitterstäben am Kopfende hat sich ein tiefes Meer von Elend gefangen. Im Roßhaar seiner Matratze nistet das Stöhnen des jungen Ehemanns, der das erste Mal, ohne sich darüber klar zu werden, seine Frau betrogen hatte. Seine Frau, ein bezauberndes junges Ding, betrog er mit der ersten besten Hure, die voller Pickel und durchgeriebener Stellen war wie ein Maulesel. Er betrog seine Frau, die zu Hause aufgeblieben war und auf ihn wartete, wie sie es jeden Abend tat. Sie strickte Socken bei der beinah erloschenen Glut des Kohlebeckens. Mit dem Fuß wiegte sie das

Kind und las dabei einen dicken, endlosen Liebesroman und dachte über die schwierige, die verwickelte wirtschaftliche Strategie nach, die ihr erlauben würde, mit ein wenig Glück, sich ein paar neue Strümpfe zu kaufen.

Doña Jesusa, die Ordnung in Person, verteilt die Arbeit an ihre Putzfrauen. Im Haus von Doña Jesusa wird die Bettwäsche jeden Tag gewaschen. Jedes Bett hat seine Wäsche zum Wechseln. Manchmal zerreißt ein Kunde den Besatz vielleicht sogar mit Absicht, es gibt eben solche. Dann wird es mit aller Sorgfalt wieder genäht. Heutzutage ist gute Bettwäsche schwer zu kriegen. Man findet Bettücher und Stoff für Kissenbezüge auf dem Schwarzmarkt El Rastro, aber zu horrenden Preisen.

Doña Jesusa beschäftigt fünf Wäscherinnen und zwei Plätterinnen von acht Uhr morgens bis ein Uhr mittags. Jede verdient drei Peseten, aber es ist keine harte Arbeit. Die Plättfrauen haben sehr gepflegte Hände und reiben sich Brillantine ins Haar. Sie wollen noch nicht über die Zeit hinaus sein, wollen nicht alt erscheinen. Sie sind von zarter Gesundheit und früh gealtert. Beide haben sich, als sie noch halbe Kinder waren, in den Strudel des losen Lebens gestürzt, und keine von beiden hat zu sparen verstanden. Jetzt müssen sie für die Folgen büßen. Sie singen wie die Grillen während der Arbeit, und sie trinken ohne Scham wie die Kavallerie-Unteroffiziere.

Eine heißt Margarita.

Sie ist die Tochter eines Mannes, der zu seinen Lebzeiten Gepäckträger am Bahnhof Las Delicias gewesen war. Als sie fünfzehn war, hatte Margarita einen Schatz, der José hieß. Mehr weiß sie nicht von ihm. Er tanzte mit ihr am Ausflugsort Bombilla. Einen anderen Sonntag nahm er sie mit zum Jagdschloß Pardo. Dann ließ er sie sitzen. Margarita fing an, auf den Strich zu gehen und endete, auf Kundschaft lauernd, in den Cafés an der Plaza Anton Martin. Was nachher kam, ist sehr vulgär und noch gemeiner.

Die andere Plätterin heißt Dorita. Sie wurde von einem Schüler des Priesterseminars in dessen Ferien geschändet. Der Seminarist hieß Cojoncio Alba und ist inzwischen schon gestorben. Sein Name war ein schlechter Spaß seines sehr brutalen Vaters gewesen. Er wettete um ein Festessen mit seinen Freunden, daß er seinen Sohn Cojoncio nennen werde. Und er gewann die Wette. Am Tauftag seines Sohnes besoffen sich Don Estanislao Alba und seine Freunde ganz fürchterlich. Sie verfluchten laut den König und ließen die Republik hoch leben. Die arme Mutter – Doña Conchita Ibáñez –, die eine Heilige war, weinte und sagte nur immerzu: »Ach welch Unglück, welche Schande! Mein Mann betrunken an einem so bedeutsamen Tag!«

Und im Lauf der Jahre, jedes Mal, wenn sich der Tauftag jährte, jammerte sie los: »Ach, welch Unglück, welche Schande! Mein Mann betrunken an einem solchen Tag!«

Der Priesterschüler, der schließlich Domherr der Kathedrale von Leόn wurde, zeigte Dorita Heiligenbildchen in grellen Farben, auf denen Wunder des heiligen Josef von Calasanz dargestellt waren. Er spazierte mit ihr am Ufer des Curueño entlang. Und dort, auf einer Wiese, geschah, was geschehen mußte. Dorita und der Seminarist stammten beide aus Valdeteja in der Provinz León. Das Mädchen hatte gleich das Vorgefühl gehabt, daß da nichts Gutes herauskommen würde, als er mit ihr anbändelte. Aber sie ließ sich treiben und war eben noch sehr naiv.

Dorita bekam ein Kind, und der Priesterschüler wollte nichts mehr von ihr wissen, als er wieder in den Ferien heimkam.

»Sie ist ein verderbtes Weib«, sagte er, »eine Kreatur des Teufels. Sie ist fähig, mit ihren schlauen Künsten den maßvollsten Mann zu Fall zu bringen. Meiden wir lieber ihren Anblick!«

Dorita wurde von zu Hause fortgejagt und wanderte eine Weile ziellos in den Dörfern umher, das Kind an der Brust. Das Baby starb eines Nachts in den Höhlen über dem Fluß Burejo in der Provinz Palencia. Die junge Mutter sagte niemandem etwas. Sie band dem kleinen Leichnam ein paar Steine um den Hals und schmiß ihn in den Fluß, damit ihn die Forellen fräßen. Dann, als nichts mehr zu ändern war, fing sie an zu weinen und blieb fünf Tage lang in der Höhle versteckt, ohne irgend jemanden zu sehen und ohne etwas zu essen.

Dorita war damals sechzehn Jahre alt und hatte das traurige, verträumte Aussehen eines herrenlosen Hundes, eines streunenden Tieres.

Eine Zeitlang war sie wie ein beschädigtes Möbelstück abgestellt in den Bordellen von Valladolid und Salamanca. Als sie sich etwas zusammengespart hatte, reiste sie in die Hauptstadt. Dort war sie in einem Haus in der Calle de la Madera, linker Hand, das der »Völkerbund« genannt wurde wegen der vielen Ausländerinnen dort: Französinnen, Polinnen, Italienerinnen, eine Russin und einige dunkelhäutige, schnurrbärtige Portugiesinnen. In der Hauptsache aber Französinnen, sehr viele Mädchen aus Frankreich. Da gab es starkknochige Elsässerinnen, die wie Kuhhirtinnen wirkten, bescheidene Mädchen aus der Normandie, die dieses Leben führten, um sich das Hochzeitskleid zusammenzusparen; kränkliche Pariserinnen – einige davon hatten eine glänzende Vergangenheit hinter sich und verachteten den Chauffeur, den Kaufmann aus tiefstem Herzen, der seine sieben Peseten aus der Tasche zog. Aus diesem Haus holte Don Nicolás de Pablos Dorita heraus, ein reicher Mann aus Valdepeñas, der sie standesamtlich heiratete.

»Was ich haben möchte«, sagte Don Nicolás zu seinem Neffen Pedrito, der sehr schöne Gedichte machte und Philosophie und Literatur studierte, »ist eine ordentlich sinnliche, fette Person, von der ich auch wirklich Genuß habe, verstehst du? Ein erfahrenes Weib, wo man weiß, was man in den Armen hat. Alles andere ist ja nur dummes Gerede und Quatsch.«

Dorita schenkte ihrem Mann drei Kinder. Alle drei wurden tot geboren. Die Arme gebar verkehrt herum. Die Kinder kamen mit den Beinen zuerst heraus und erstickten natürlich bei der Geburt.

Don Nicolás verließ Spanien im Jahr 1939. Man hatte ihn als Freimaurer angezeigt. Er kam nie mehr zurück. Man hörte nichts mehr von ihm. Dorita wagte es nicht, sich an die Familie ihres Mannes zu wenden, und als das Geld zu Ende war, das sie im Haus gehabt hatte, ging sie wieder auf den Strich. Sie hatte jedoch wenig Erfolg. Soviel guten Willen sie auch zeigte und so sehr sie versuchte, zu allem bereit zu sein, es gelang ihr doch nicht, eine feste Kundschaft zu kriegen. Das war Anfang 1940. Sie war kein junges Mädchen mehr und hatte außerdem viel Konkurrenz. Es gab damals viele ganz junge und hübsche Mädchen und auch junge Damen, die das umsonst taten, einfach zum Amüsement, und dadurch den anderen den Lebensunterhalt wegnahmen.

Dorita trieb sich in Madrid herum, bis sie Doña Jesusa kennenlernte.

»Ich suche eine vertrauenswürdige Plätterin. Komm zu mir. Es ist nichts weiter zu tun, als Leintücher zu trocknen und sie ein bißchen überzubügeln. Ich geb' dir drei Peseten. Du mußt aber jeden Tag kommen. Den Nachmittag hast du frei und die Nächte auch.«

An den Nachmittagen begleitete Dorita eine gehbehinderte Frau auf der Promenade *Recoletas* oder ins Café *Maria Cristina*, wo sie Musik hören wollte. Die Frau gab ihr zwei Peseten und einen Milchkaffee. Sie selbst trank Schokolade. Die Frau hieß Doña Salvadora und war früher Hebamme gewesen. Sie hatte einen schlechten Charakter, jammerte und schimpfte ununterbrochen. Dauernd fluchte sie in häßlichen Worten und sagte, die ganze Welt müsse abgebrannt werden, sie sei nichts wert. Dorita ertrug sie und sagte zu allem ja und amen. Sie mußte schließlich ihre zwei Peseten verteidigen und ihren Milchkaffee.

In manchen Nächten war die Arme – mit erstarrten Fingern, gedankenverloren und mit einer unendlichen Zärtlichkeit im Herzen – den Soldaten und den Abiturienten hinter den Mauern des *Retiro* zu Willen und verdiente sich drei, vier Peseten. Dann ging sie schlafen, machte aber vorher noch einen Spaziergang zur Calle de Marqués de Zafra oder nahm die U-Bahn bis zur Manuel Becerra, wenn es sehr kalt war.

Die beiden Plätterinnen, jede an ihrem Tisch, singen während der Arbeit und schlagen mit dem Plätteisen den Takt dazu auf den geflickten Bettüchern. Manchmal unterhalten sie sich: »Gestern hab' ich meine Lebensmittelration verkauft. Ich brauch' sie nicht. Das Viertelkilo Zucker hab' ich für vier fünfzig hergegeben. Den Viertelliter Öl für drei, die zweihundert Gramm Bohnen für zwei. Sie waren voller Würmer. Den Kaffee hab' ich behalten.«

»Ich hab' alles meiner Tochter gegeben. Ich geb' immer alles meiner Tochter. Ich bin immer einige Tage in der Woche bei ihr zum Essen.«

Martin hört durch die Dachluke, wie sie arbeiten. Er kann nicht verstehen, was sie reden. Er lauscht ihren mißtönenden Liedern, den Taktschlägen auf den Tisch. Martin ist schon lange wach, aber er macht die Augen nicht auf. Er zieht es vor, Pura zu spüren, die ihm vorsichtig ab und zu einen Kuß gibt. Er tut, als ob er schliefe, um sich nicht bewegen zu müssen. Er spürt das Haar des Mädchens auf seinem Gesicht. Er spürt ihren nackten Körper unter den Laken. Er vernimmt ihren Atem, der manchmal etwas keuchend ist, aber nur so wenig, daß man es kaum merkt.

So vergeht eine lange Weile. Es ist die erste glückliche Nacht seit Monaten. Er fühlt sich wie neu geboren, als sei er zehn Jahre jünger, als sei er wieder ein Knabe. Er lächelt und öffnet nur langsam ein Auge.

Pura hat die Ellenbogen auf das Kissen gestützt und beobachtet ihn aufmerksam. Sie lächelt auch, als sie merkt, daß er aufgewacht ist.

»Wie hast du geschlafen?«

»Ausgezeichnet. Und du, Pura?«

»Ich auch. Mit Männern wie du einer bist, macht's Spaß. Die stören gar nicht.«

»Sei still. Red von was anderem.«

»Wie du willst.«

Sie sind ein Weilchen still. Pura küßt ihn wieder.

»Du bist ein Träumer.«

Martin lächelt beinah etwas traurig.

»Nein, ich bin einfach nur sentimental.«

Martin streichelt ihr das Gesicht.

»Du bist ganz blaß. Du siehst wie eine Braut aus.«

»Red keinen Unsinn.«

»Doch, wie eine ganz jung Verheiratete.«

Pura wird ernst.

»Bin ich aber nicht.«

Martin küßt sie zart auf die Augen, wie es ein sechzehnjähriger Dichter tun würde.

»Für mich bist du's, Pura. Für mich wirklich.«

Das Mädchen ist voller Dankbarkeit und lächelt ein melancholisches, ergebenes Lächeln.

»Wenn du's sagst... es wär' zu schön.«

Martin setzt sich im Bett auf.

»Kennst du ein Sonett von Juan Ramón. Es fängt an: ›Erhabenes, rührendes Bild, das Tröstung spendet‹?«

»Nein. Wer ist Juan Ramón?«
»Ein Dichter.«
»Schreibt er Verse?«
»Natürlich.«
Martin blickt Pura beinah wütend an. Nur einen Augenblick lang.
»Hör mal:

Erhabenes, rührendes Bild, das Tröstung spendet
Aurora über den Meeren meiner Trauer,
Lilie des Friedens, dem Duft der Reinheit geweiht
Als heiliger Preis meiner langen Leiden gesendet.«

»Wie ist das traurig, wie ist das schön!«
»Gefällt es dir?«
»Sogar sehr!«
»Das nächste Mal sag' ich dir den Rest des Gedichtes auf.«

Mit nacktem Oberkörper taucht Señor Ramón Kopf und Arme in einen tiefen Zuber kalten Wassers.

Señor Ramón ist ein starker, stämmiger Mann. Ein Mann, der kräftig ißt, der sich nie erkältet, der seine Gläschen Wein trinkt, der Domino spielt, der die Dienstmädchen ins Hinterteil zwickt, der mit der Sonne aufsteht und sein ganzes Leben lang schwer gearbeitet hat.

Señor Ramón ist kein Kind mehr. Jetzt, wo er reich ist, schafft er nicht mehr am duftenden, ungesunden Backofen, in dem das Brot gebacken wird. Seit dem Krieg verläßt er den Laden nicht mehr. Gewissenhaft versucht er, alle Kunden zufriedenzustellen. Er hat sich eine malerische, genaue Reihenfolge ausgedacht, nach Alter, Verhältnissen, Rang und sogar nach dem Aussehen.

Das Haar auf Señor Ramóns Brust sieht aus, als sei es mit Schnee überstreut.

»Los, aufstehen, Mädchen. Was ist denn das, zu dieser Zeit noch im Bett wie ein vornehmes Fräulein.«

Das Mädchen steht auf, ohne ein Wort zu sprechen, und wäscht sich ein wenig in der Küche.

Das Mädchen hat morgens immer einen leichten, kaum wahrnehmbaren Hustenreiz. Manchmal hat sie in der Nacht etwas gefroren, dann ist der Husten hartnäckiger, trockener.

»Wann läßt du bloß endlich von diesem unglückseligen Lungenkranken?« ruft manchmal am Morgen die Mutter.

Das Mädchen, das süß wie eine Blume und doch fähig ist, sich in Stücke reißen zu lassen, ohne einen Laut von sich zu geben, fühlt dann den Drang, die Mutter umzubringen.

»Ich wünschte, du würdest verrecken, ekelhafte Schlange, du!« flüstert das Mädchen vor sich hin.

In ihrem dünnen Baumwollmäntelchen rast Victorita in die Druckerei *Die Zukunft* in der Calle de la Madera, wo sie als Packerin den lieben langen Tag auf den Beinen sein muß.

Manchesmal friert Victorita mehr als gewöhnlich und möchte am liebsten in Tränen ausbrechen. Dann hat sie ein unendliches Bedürfnis, sich auszuweinen.

Doña Rosa ist eine Frühaufsteherin. Sie geht jeden Morgen um sieben zur Messe.

Doña Rosa schläft in dieser Jahreszeit in einem dicken Winternachthemd, einem langen Nachthemd aus Flanell nach einem von ihr erdachten Schnitt.

Wenn sie aus der Kirche zurück ist, kauft Doña Rosa sich ein paar Schmalzkringel und begibt sich durch den Nebeneingang in ihr Café. Um diese Tageszeit gleicht ihr Café einem verlassenen Friedhof. Die Stühle mit den Beinen in die Luft über die Tische gekippt, die Kaffeemaschine und das Klavier mit einem Tuch zugedeckt. Doña Rosa genehmigt sich ein Gläschen Ojén-Schnaps und frühstückt.

Während Doña Rosa frühstückt, denkt sie über die Unsicherheit der Zeit nach, an den Krieg, den – Gott möge es verhüten – die Deutschen verlieren werden. Sie denkt an die Kellner, an den

Kassierer, den Büfettier, an die Musiker, selbst an den Laufjungen. Alle haben sie täglich größere Ansprüche, größere Forderungen, geben sie mehr an.

Während Doña Rosa Schluck für Schluck ihren Ojén trinkt, hält sie mit leiser Stimme Selbstgespräche, oft etwas sinnlos, ohne Zusammenhang und in den Tag hinein.

»Wer hier was zu sagen hat, bin ja schließlich ich! Ob's euch paßt oder nicht. Wenn ich Lust hab', schenk' ich mir noch ein Glas ein, ich brauch' niemandem darüber Rechenschaft abzulegen. Und wenn ich will, schmeiße ich die Flasche in den Spiegel. Ich tu's nur nicht, weil mir die Lust dazu fehlt. Und wenn ich Lust habe, mach' ich das Café gar nicht mehr auf, und selbst Gott kriegt dann keinen Kaffee hier. Das gehört alles mir allein. Durch meine Arbeit ist das hier was geworden.«

Am frühen Morgen hat Doña Rosa immer am stärksten das Gefühl, daß es ihr eigenes Café sei.

»Das Kaffeehaus ist wie eine Katze. Nur ist es größer. Ebenso wie die Katze gehört es mir. Wenn ich will, kann ich der Katze eine Bratwurst geben oder sie mit dem Stock totschlagen.«

Don Roberto González muß einkalkulieren, daß der Weg von seiner Wohnung zum Abgeordnetenhaus ihn jedesmal mehr als eine halbe Stunde Zeit kostet. Außer wenn er sehr müde ist, geht Don Roberto González immer zu Fuß. Bei einem kleinen Spaziergang kann man sich die Beine vertreten, und außerdem spart man mindestens eins zwanzig täglich, sechsunddreißig Peseten im Monat, und im Lauf eines Jahres beinah neunzig Duros.

Don Roberto González trinkt zum Frühstück eine Tasse sehr heißer Milch mit Malz und ißt eine halbe Stange Brot. Die andere Hälfte nimmt er mit. Dazu etwas Käse aus der Mancha zum Mittagessen.

Don Roberto González beklagt sich nicht. Es gibt Leute, denen es noch schlechter geht. Und schließlich, er ist gesund. Das ist die Hauptsache!

Der Bub, der Zigeunerlieder singt, schläft unter der Brücke auf dem Weg zum Friedhof. Der Junge, der Flamencos singt, lebt mit Leuten, die sich in der Art der Zigeunerfamilien zusammengetan haben. Jedes Mitglied schlägt sich so gut es geht durch, in absoluter Freiheit und Unabhängigkeit.

Der Junge, der Flamencos singt, wird naß, wenn es regnet, wird eiskalt, wenn es friert, wird beinah geröstet im Monat August, denn der Schatten der Brücke bietet wenig Schutz: Das ist das uralte Gesetz des Gottes vom Sinai.

Der Bub, der Zigeunerlieder singt, hat einen verkrüppelten Fuß. Er war einmal eine Böschung hinabgefallen. Es hatte sehr weh getan. Er hinkte lange Zeit...

Purita streichelte Martins Stirn.

»Ich hab' noch etwas mehr als einen Duro in der Tasche. Soll ich wen schicken, um Frühstück zu holen?«

Martin hat mit dem neuen Glücksgefühl die alte Scham vergessen. Offenbar ging's auch anderen so wie ihm.

»Na gut.«

»Was möchtest du? Kaffee und Schmalzkringel?«

Martin lachte etwas. Er war nervös.

»Nein. Lieber Kaffee und etwas Hefegebäck. Was meinst du?«

»Mir ist alles recht, was du willst.«

Purita küßte Martin. Martin sprang aus dem Bett, lief zweimal auf und ab und legte sich dann wieder hin.

»Gib mir noch einen Kuß.«

»So viele du willst.«

Mit absoluter Dreistigkeit holte Martin den Briefumschlag mit den Zigarettenstummeln hervor und zündete sich einen an. Purita wagte kein Sterbenswörtchen zu sagen. Martin hatte ein triumphierendes Leuchten in den Augen.

»Los, bestell das Frühstück.«

Purita warf sich das Kleid über den bloßen Körper und trat auf den Flur hinaus. Als er allein war, stand Martin auf und betrachtete sich im Spiegel.

Doña Margot schlief mit offenen Augen den Schlaf der Gerechten im Leichenschauhaus auf dem kalten Marmor einer der Tische dort. Die Toten im Leichenschauhaus sehen nicht wie tote Menschen aus, sondern wie ermordete Schaufensterfiguren, Puppen, die man nicht mehr aufziehen kann.

Eine geköpfte Marionette ist trauriger anzusehen als ein toter Mensch.

Señorita Elvira wacht meist nicht spät auf, aber sie ist keine Frühaufsteherin. Señorita Elvira macht es Spaß, gut zugedeckt noch etwas im Bett zu bleiben und über ihre Angelegenheiten nachzudenken oder in den »Geheimnissen von Paris« zu schmökern. Sie steckt dann nur etwas die Hand unter der Decke hervor, um das dicke, das schmuddlige, das zerfledderte Buch halten zu können.

Ganz allmählich steigt der Morgen herauf. Er krabbelt wie eine Raupe über die Herzen der Männer und Frauen der Stadt. Beinah schmeichlerisch klopft er gegen halb erwachte Blicke, gegen Blicke, die niemals neue Horizonte entdecken oder neue Landschaften, neue Dekorationen.

Der Morgen, dieser sich ewig wiederholende Morgen, spielt ein wenig, um das Gesicht der Stadt zu ändern. Ein Grab ist sie, ein Klettermast, ein Bienenkorb...

Gott steht uns bei!

Drei oder vier Tage sind vergangen. Die Luft nimmt eine weihnachtliche Färbung an. Über Madrid, das wie eine Pflanze mit zarten, grünen Schößlingen ist, hört man ab und an durchs Gebrodel der Straßen das süße, das zärtliche Läuten der Glocken irgendeiner Kapelle. Die Menschen hasten aneinander vorbei. Niemand denkt an den, der neben ihm geht, an den Menschen, der vielleicht den Blick nicht vom Boden hebt, der einen kranken Magen hat oder eine Geschwulst in der Lunge oder eine lose Schraube im Kopf...

Don Roberto liest die Zeitung, während er frühstückt. Dann verabschiedet er sich von seiner Frau, von Filo, die im Bett geblieben ist, weil sie sich nicht recht wohl fühlt.

»Ich hab's gelesen. Es steht ja klar und deutlich da. Wir müssen irgend was für den Jungen tun, denk mal drüber nach. Ob er's verdient hat oder nicht, aber schließlich.«

Filo weint, während zwei ihrer Kinder neben dem Bett stehen und sie verständnislos anstarren. Ihre Augen sind voller Tränen, ihr Gesichtsausdruck ist traurig und hoffnungslos wie der von Kälbern, die noch atmen, während ihr Blut schon auf den Fliesen dampft. Die Kälber lecken mit der schon schweren Zunge ihrer letzten Augenblicke das Hemd des Schlächters, der sie absticht, gleichgültig wie ein Richter, die Zigarette zwischen den Lippen und die Gedanken bei irgendeinem Dienstmädchen und die Melodie irgendeiner Zarzuela vor sich hinsummend.

Niemand denkt mehr an die Toten, die schon mehr als ein Jahr unter der Erde ruhen.

In den Familien hört man manchmal sagen:

»Vergeßt es nicht. Morgen ist der Todestag unserer armen Mutter.«

Das sagt immer eine Schwester, meistens eine, die sehr melancholisch ist. Die haben solche Daten im Kopf.

Doña Rosa geht jeden Tag auf den Markt von Corredera, um einzukaufen. Das Dienstmädchen geht hinter ihr her. Doña Rosa geht zum Markt, wenn sie im Café genügend herumgewirtschaftet hat. Doña Rosa fällt gern über die Stände her, wenn es kaum mehr Leute gibt, die einkaufen, wenn der Morgen beinah zu Ende ist.

Auf dem Markt trifft sie manchmal ihre Schwester. Doña Rosa fragt stets nach ihren Nichten. Eines Tages erkundigte sie sich bei Doña Visi: »Na, wie steht's mit Julita?«

»Ordentlich.«

»Dem Mädchen fehlt ein Bräutigam.«

Vor ein paar Tagen lief Doña Visi, als sie Doña Rosa gewahr wurde, freudig auf sie zu.

»Weißt du, das Kind hat jetzt einen Bräutigam.«

»So?«

»Ja.«

»Und wie ist er?«

»Fabelhaft, meine Liebe, ich bin ganz entzückt.«

»Gut, gut, hoffentlich bleibst du es auch, und es tritt keine Wendung ein.«

»Und warum sollte ich meine Meinung ändern, Menschenskind?«

»Was weiß ich? Diese heutige Generation!«

»Ach Rosa, du siehst immer schwarz.«

»Nein, meine Liebe, aber ich möchte lieber vorher beobachten, was mir entgegenkommt. Um so besser, wenn's gut ausgeht, weißt du.«

»Na, ja.«

»Und wenn nicht...«

»Und wenn nicht, dann findet sie einen andern.«

»Wenn dieser sie nur nicht gleich ins Unglück stürzt.«

Es gibt immer noch Straßenbahnwagen, in denen die Leute sich gegenübersitzen in zwei langen Reihen, sich umständlich und mit Neugierde betrachten können.

»Der da hat ein Gesicht wie ein armer Hahnrei. Sicherlich ist ihm seine Frau mit einem andern durchgegangen, vielleicht mit einem Radrennfahrer, vielleicht sogar mit einem vom Lebensmittelamt.«

Wenn die Fahrt lang ist, dann finden die Menschen sogar Gefallen aneinander. So unglaubhaft es auch erscheinen mag, aber man bedauert es doch, daß jene Frau, die einen so unglücklichen Eindruck macht, an der und der Straße aussteigt, und man sie niemals wiedersieht, wahrscheinlich im ganzen Leben nicht mehr.

»Der scheint's nicht gut zu gehen. Vielleicht ist ihr Mann arbeitslos. Und wahrscheinlich haben sie noch haufenweise Kinder.«

Stets sitzt da irgendeine junge, vollschlanke Frau, die stark geschminkt und sehr auffallend gekleidet ist. Sie trägt meist eine riesige grüne Ledertasche, Schlangenhautschuhe und auf der Wange einen Schönheitsfleck.

»Die sieht aus, als ob sie die Frau eines reichen Trödlers sei. Oder vielleicht ist sie auch die Geliebte eines Arztes. Die Ärzte suchen sich immer sehr auffallende Geliebte, so, als ob sie aller Welt zeigen wollten: Seht mal, haben Sie's auch gemerkt, die hat Rasse.«

Martin kommt von der Glorieta de Atocha her. In der Ventas steigt er aus und geht zu Fuß die östliche Ausfallstraße weiter. Er will zum Friedhof und das Grab seiner Mutter besuchen. Seine Mutter, Doña Filomena López de Marco, ist schon vor längerer Zeit verstorben. Ihr Todestag ist kurz vor Weihnachten.

Pablo Alonso faltet die Zeitung zusammen und klingelt. Laurita kriecht unter die Bettdecke. Es geniert sie immer noch, wenn das Dienstmädchen sie hier im Bett sieht. Man muß schließlich bedenken, daß sie erst seit zwei Tagen im Haus wohnt. Man war zu schlecht untergebracht gewesen in der Pension in der Calle de Preciados. Dorthin war Laurita gezogen, als sie die Portierswohnung in der Calle de Lagasca verlassen hatte.

»Darf ich?«

»Herein. Ist Señor Marco da?«

»Nein, Herr. Er ist schon vor einer Weile weggegangen. Er hat sich eine alte Krawatte von Ihnen ausgeliehen, eine schwarze für Trauer.«

»Hast du sie ihm gegeben?«

»Ja, Herr.«

»Ist gut. Laß mir ein Bad einlaufen.

Das Mädchen geht aus dem Zimmer.

»Ich muß weg, Laurita. Der arme Kerl, das hat ihm gerade noch gefehlt.«

»Der unglückliche Junge. Glaubst du, daß du ihn finden wirst?«

»Weiß nicht. Ich will nach ihm schauen in der Telefonzentrale oder bei der Banco de España. Dort ist er meistens irgendwann im Lauf des Morgens.«

Von der Straße zum Ostfriedhof aus gewahrt man ein paar erbärmliche Hütten aus altem Blech und übriggebliebenen Brettern. Kinder spielen und zielen Steine in die Lachen, die vom letzten Regen zurückgeblieben sind. Im Sommer, wenn der Abroñigal noch nicht vollständig ausgetrocknet ist, angeln sie nach Kröten mit Stöcken und machen sich die Füße naß in den schmutzigen, stinkenden Wassern des Flüßchens. Einige Frauen wühlen in den Abfallhaufen. Ein alter Mann – vielleicht ist er verkrüppelt – setzt sich auf die Schwelle einer Hütte auf einen umgestülpten Eimer und breitet in der schwachen Morgensonne ein Zeitungspapier aus voller Zigarettenstummel.

»Die haben keine Ahnung, keine Ahnung haben die.«

Martin sucht einen Reim auf »Lorbeer« für ein Sonett zu Ehren seiner Mutter, was er schon angefangen hatte zu dichten. Martin denkt an den abgedroschenen Ausspruch, daß das Problem nicht bei der Produktion, sondern bei der Verteilung liege.

»Wahrhaftig, denen geht's noch schlechter als mir. Was für eine Schweinerei ist das. Was es nicht alles gibt.«

Paco kommt außer Atem (und mit heraushängender Zunge) in der Bar der Calle de Narváez an. Der Wirt, Celestino Ortiz, bedient gerade den Polizisten García mit einem Gläschen Anislikör.

»Alkoholmißbrauch ist schädlich für die Moleküle des menschlichen Körpers, die – wie ich Ihnen schon mehrmals auseinandergesetzt habe – in drei Klassen eingeteilt werden können: in die Blut-Moleküle, die Muskel-Moleküle und die Nerven-Moleküle. Alkohol verbrennt und verdirbt sie. Aber dann und wann ein Gläschen hilft den Magen zu erwärmen.«

»Sag' ich auch.«

»Und erleuchtet die geheimsten Winkel des Hirns.«

Der Polizist García staunt.

»Man sagt, daß die alten Philosophen, die aus Griechenland, aus Rom, aus Karthago, wenn sie übernatürliche Kräfte erlangen wollten...«

Die Tür öffnete sich mit einem Ruck, und eine Bö eiskalter Luft fegte über die Theke.

»Ach, diese Tür!«

»Guten Tag, Señor Celestino.«

Der Wirt unterbrach ihn. Ortiz beachtete immer die gute Form. Er war wie ein Protokollchef.

»Freund Celestino bin ich doch eigentlich für Sie.«

»Ach ja. Aber lassen wir das jetzt. War Martin hier?«

»Nein, der ist seit neulich nicht wiedergekommen. Er ist offenbar wütend auf mich. Mir ist das sehr peinlich, das können Sie mir glauben.«

Paco drehte dem Polizisten den Rücken zu.

»Sehen Sie, lesen Sie das mal.«

Paco gab ihm eine gefaltete Zeitung.

»Dort unten.«

Celestino las langsam mit gerunzelter Stirn.

»Eine dumme Sache.«

»Kann man wohl sagen!«

»Was meinen Sie, was man tun sollte?«

»Weiß nicht. Ist Ihnen was eingefallen? Ich glaube, das beste wäre, mit der Schwester zu sprechen. Meinen Sie nicht auch? Wenn wir ihn bloß morgen gleich nach Barcelona verfrachten könnten!«

In der Calle de los Torrijos verendet ein Hund auf dem freien Erdstück um den Fuß eines Baumes. Ein Taxi war ihm mitten über den Bauch gefahren. Der Hund hat einen flehenden Ausdruck in den Augen, die Zunge hängt ihm aus dem Maul. Ein paar Kinder treten ihn mit Füßen. Zwei oder drei Dutzend Leute sehen diesem Schauspiel zu.

Doña Jesusa trifft Purita Bartolomé.

»Was ist hier los?«

»Ach, nichts weiter. Ein Köter ist überfahren worden.«

»Der Arme.«

Doña Jesusa faßt Purita unter.

»Hast du das mit Martin gehört?«

»Nein. Was ist denn los?«

»Also, hör mal gut zu.«

Doña Jesusa liest Purita ein paar Zeilen aus der Zeitung vor.

»Und, was nun?«

»Ich weiß nicht, mein Kind. Ich sehe schwarz. Hast du ihn getroffen?«

»Nein, ich hab' ihn nicht wiedergesehen seit damals.«

Ein paar Müllkutscher nähern sich der Gruppe um den sterbenden Hund. Sie packen das Vieh an den Hinterpfoten und schmeißen es in ihren Karren. Das Tier gibt ein tiefes, verzweifeltes Schmerzensgeheul von sich, als es durch die Luft geschleudert wird. Die Gaffer schauen einen Augenblick den Müllmännern zu und zerstreuen sich dann. Jeder geht woandershin. Inmitten der Menge gibt es vielleicht ein blasses Kind mit einem unangenehmen, kaum wahrnehmbaren Lächeln, das es sehr genießt, zuzusehen, wie der Hund langsam verendet.

Ventura Aguado telefoniert mit seiner Freundin Julita.

»Was, jetzt gleich?«

»Ja, Mädchen, gleich. In einer halben Stunde bin ich bei der U-Bahnstation Bilbao. Komm bitte gleich.«

»Ja, ja, keine Angst. Auf Wiedersehen.«

»Auf Wiedersehen. Schick mir einen Kuß.«

»Da hast du ihn, du Nimmersatt.«

Als nach einer halben Stunde Ventura an die Station Bilbao der U-Bahn kommt, trifft er Julita, die schon auf ihn wartet. Das Mädchen ist unglaublich neugierig, ja sogar etwas in Sorge.

»Bist du schon lange hier?«

»Nein. Ich bin vor fünf Minuten gekommen. Was ist denn los?«

»Ich werd's dir gleich sagen. Komm, gehen wir dort hinein.«

Das Liebespaar betritt eine Bierhalle und setzt sich nach hinten an einen Tisch, der beinah im Dunkeln steht.

»Lies mal das.«

Ventura zündet ein Streichholz an, damit das Mädchen lesen kann.

»Donnerwetter, da sitzt dein Freund aber schön in der Patsche!«

»Das ist los. Deswegen habe ich dich angerufen.«

Julita denkt nach.

»Und was wird er nun machen?«

»Ich weiß nicht. Ich hab' ihn noch nicht gesehen.«

Das Mädchen nimmt die Hand ihres Freundes und zieht einmal an seiner Zigarette.

»Ach, herrje.«

»Ja, ein räudiger Hund wird immer getreten. Ich hatte mir gedacht, du gehst zu seiner Schwester. Die wohnt in der Calle de Ibiza.«

»Aber ich kenne sie doch gar nicht!«

»Macht nichts. Du sagst, daß ich dich geschickt hätte. Am besten gehst du gleich hin. Hast du Geld?«

»Nein.«

»Da, nimm die zwei Duros. Nimm hin und zurück ein Taxi. Je schneller wir handeln, um so besser. Man muß ihn verstecken, es hilft nichts.«

»Aber wenn wir nun auch in die Sache verwickelt werden?«

»Na ja, es geht nicht anders. Wenn Martin merkt, daß er ganz verlassen ist, begeht er irgendeine große Dummheit.«

»Nun gut, wie du willst.«

»Los, los, geh schon!«

»Welche Nummer wohnt sie?«

»Ich weiß nicht genau. Es ist das Eckhaus an der zweiten Querstraße links, wenn man von der Calle de Narváez kommt. Ich weiß nicht, wie die Straße heißt. Es ist auf der Seite der geraden Nummern. Ihr Mann heißt González: Roberto González.«

»Wartest du hier auf mich?«

»Ja, ich besuche inzwischen einen Freund, der viel Einfluß hat. In einer halben Stunde bin ich wieder hier am gleichen Ort.«

Señor Ramón redet mit Don Roberto, der nicht ins Büro gegangen ist, sondern sich telefonisch bei seinem Chef entschuldigt hat.

»Es ist eine dringende Angelegenheit, Don José, ich schwöre es Ihnen. Etwas sehr Eiliges und sehr Unangenehmes. Sie wissen ja, daß ich nie ohne triftigen Grund der Arbeit fernbleibe. Es ist eine Familienangelegenheit.«

»Gut mein Lieber. Sie brauchen nicht zu kommen. Ich werde Diaz Bescheid sagen, daß er sich um Ihre Arbeit etwas kümmert.«

»Vielen Dank, Don José, Gott möge es Ihnen lohnen. Ich werde mich schon zu revanchieren wissen.«

»Keine Ursache, Mann, keine Ursache. Wir müssen uns alle gegenseitig helfen wie gute Freunde. Die Hauptsache ist, daß Sie das Problem lösen können.«

»Vielen Dank, Don José, hoffentlich gelingt's.«

Señor Ramón macht einen sehr besorgten Eindruck.

»Wissen Sie, González, wenn Sie wollen, versteck' ich ihn bei mir ein paar Tage. Aber nachher muß er sich nach einem andern Versteck umsehen. Das hat seinen Grund. Ich hab' zwar hier das Heft in der Hand, aber Paulina, die wird zur Furie, wenn sie das herausbekommt.«

Martin schlendert durch die langen Gräberreihen des Friedhofs. Auf den Stufen der Kapelle sitzt der Geistliche und liest einen Wildwestschmöker. Im schwachen Sonnenlicht des Dezembertages kreischen die Spatzen und hüpfen von Kreuz zu Kreuz, schaukeln auf den kahlen Zweigen der Bäume. Ein kleines Mädchen radelt auf dem Hauptweg. Es singt mit seiner zarten Stimme einen Schlager. Sonst herrscht eine weiche Stille. Martin spürt ein unaussprechliches Wohlbefinden.

Petrita unterhält sich mit ihrer Herrin Filo.

»Was haben Sie denn, Señora?«

»Ach, nichts. Es ist nur wegen des kranken Kindes, das weißt du doch.«

Petrita lächelt liebevoll.

»Nein, dem Kind fehlt gar nichts. Ihnen, Señora, geht's viel schlechter.«

Filo führt das Taschentuch an die Augen.

»Dieses Erdendasein bringt nichts als Unannehmlichkeiten, meine Gute. Du bist noch zu jung, um das zu begreifen.«

In seinem Antiquariat liest Romulo die Zeitung.

»London: Radio Moskau berichtet, daß die Konferenz zwischen Churchill, Roosevelt und Stalin vor einigen Tagen in Teheran stattgefunden hat.«

»Dieser Churchill, der ist doch ein Teufelskerl! So alt wie er ist, saust er von einer Ecke der Welt in die andere, als sei er ein Jüngling.«

»Führerhauptquartier: Im Frontabschnitt von Gomel haben sich unsere Truppen aus den Stellungen zurückgezogen.«

»O weh, o weh. Das kommt mir sehr verdächtig vor.«

»London: Präsident Roosevelt landete auf der Insel Malta in seiner Riesenmaschine Typ Douglas.«

»Was für ein Mann! Ich lege meine Hand dafür ins Feuer, daß dieses Flugzeug sogar ein Wasserklosett hat.«

Romulo wendet die Seite um und überfliegt die Spalten beinah ermüdet.

Er verweilt bei ein paar kurzen, knappen Zeilen. Die Kehle ist ihm wie ausgetrocknet, die Ohren beginnen ihm zu sausen.

»Das macht das Maß aber voll! Es gibt schon Pechvögel!«

Martin langt bei dem Nischengrab seiner Mutter an. Die Inschrift hat sich recht gut erhalten: »R. I. P. Doña Filomena López Morena, Witwe von Don Sebastián Marco Fernández. Verstarb in Madrid am 20. Dezember 1934.«

Martin besucht das Grab seiner Mutter nicht an jedem Todestag. Er geht hin, wenn er daran denkt.

Martin nimmt den Hut ab. Ein Gefühl der Ruhe erfüllt wohlig seinen Körper. Hinter den Lehmmauern des Friedhofs, ganz in der Ferne, erkennt man die gelbbraune Ebene, auf der die Sonne verweilt, als sei sie dort zur Ruhe gegangen. Die Luft ist kalt, aber es ist nicht diese durchdringende, eisige Kälte. Martin, den Hut in der Hand, bemerkt, wie seine Stirn mit leichter Liebkosung berührt wird, eine fast vergessene, alte Liebkosung aus der Kinderzeit.

»Hier ist's gut Sein«, denkt Martin, »ich werde öfters herkommen.«

Beinah hätte er angefangen zu pfeifen. Er unterdrückt es jedoch rechtzeitig.

Martin blickt sich um.

»Das Kind Josefina de la Peña Ruiz wurde in den Himmel aufgenommen am 3. Mai 1941 in seinem elften Lebensjahr.«

»Wie das kleine Mädchen dort auf dem Fahrrad. Vielleicht waren sie Freundinnen? Vielleicht sagte sie wenige Tage vor ihrem Tod, wie so die kleinen Mädchen von elf Jahren zu sagen pflegen: wenn ich groß bin und heirate...«

»Der ehrenwerte Don Raúl Sora Bueno verstarb in Madrid...«

»Ein ehrenwerter Mann, der nun in seiner Kiste verfault.«

Martin wurde sich darüber klar, daß ihm der nötige Ernst abging.

»Nein, nein, Martin, sei jetzt lieber still.«

Er hebt wieder den Blick und wendet seine Gedanken der Erinnerung an seine Mutter zu. Er denkt nicht an ihre letzten Jahre, er sieht sie mit fünfunddreißig vor sich.

»Vater unser, der Du bist im Himmel, geheiligt werde Dein Name, zu uns komme Dein Reich, wie auch wir vergeben unsern Schuldigern... nein, das ist falsch!«

Martin fängt wieder an und irrt sich wieder. In diesem Augenblick hätte er gern zehn Lebensjahre hingegeben, um das Vaterunser richtig zu können.

Er schließt die Augen, kneift sie fest zu. Plötzlich fängt er halblaut an zu sprechen: »Mutter, die du im Grabe ruhst, ich trage dich in meinem Herzen und flehe zu Gott, er möge dich in die ewige Seligkeit erheben, wie du es verdient hast. Amen.«

Martin lächelt. Er ist hingerissen von dem Gebet, das er sich gerade ausgedacht hat.

»Mutter, die du im Grabe ruhst, ich bitte zu Gott... nein, so war's nicht.«

Martin runzelt die Stirn.

»Wie war's bloß noch?«

Filo weint immer noch.

»Ich weiß nicht, was ich machen soll. Mein Mann ist fortgegangen, um einen Freund zu treffen. Mein Bruder hat nichts Böses getan, davon bin ich überzeugt. Es muß ein Irrtum sein. Niemand ist ohne Fehler. Er hatte seine Angelegenheiten immer in Ordnung.«

Julita weiß nicht, was sie sagen soll.

»Ich glaub' das ja auch. Sicherlich hat man sich geirrt. Jedenfalls glaube ich, es wäre besser, was zu unternehmen, irgendwen zu sprechen...nun eben, so denke ich.«

»Man muß abwarten, was Roberto sagt, wenn er wiederkommt.«

Filo weint auf einmal heftiger. Das kleine Kind, das sie im Arm hat, weint auch.

»Mir ist nur eingefallen, zur heiligen Muttergottes von der Immerwährenden Hilfe zu beten. Sie hat mir immer aus allen Schwierigkeiten herausgeholfen.«

Roberto und Señor Ramón haben sich geeinigt. Die Sache mit Martin kann in jedem Fall nichts sehr Ernstes sein. Das beste wäre, er stellte sich der Polizei. Warum sollte er ausreißen, wenn er nichts zu verbergen hat? Man sollte ein paar Tage abwarten, und die könnte Martin gut im Haus von Señor Ramón verbringen und dann... warum eigentlich nicht? Dann sollte er zur Polizei gehen, begleitet vom Stabsveterinär Ovejero, von Don Tesifonte, der es ihm bestimmt nicht abschlagen wird und der schließlich eine Persönlichkeit ist.

»Das finde ich eine gute Lösung, Señor Ramón, vielen Dank auch. Sie sind ein fabelhafter Mensch.«

»Nein, nein, nicht doch, Mann. Ich glaube nur, so wär's am besten.«

»Ja, das mein' ich auch. Glauben Sie mir, Sie haben mir eine Zentnerlast vom Herzen genommen.«

Celestino hat schon drei Briefe geschrieben und beabsichtigt, noch weitere drei zu schreiben. Martins Fall regt ihn auf.

»Wenn er mich nicht bezahlt, dann zahlt er eben nicht. Aber ich kann ihn doch jetzt nicht so in der Tinte sitzen lassen.«

Martin wandert die verschlungenen Wege des Friedhofs entlang, die Hände in den Hosentaschen.

»Ja, ich werde mein Leben geregelter einrichten. Jeden Tag etwas arbeiten, das wäre die beste Art. Wenn man mir irgendeine Stelle in einem Büro anbietet, so werde ich annehmen. Anfangs ja wohl nicht, aber später dann könnte ich sogar schreiben in den Zeiten, wo nicht so viel zu tun ist. Und vor allem ist dort gut geheizt. Ich werde Pablo fragen. Er weiß sicherlich etwas für mich. Bei den Parteibüros ist man ziemlich gut untergebracht, und sie bezahlen gut.«

Wie mit einem Radiergummi ist die Erinnerung an die Mutter aus Martins Hirn ausradiert.

»Auch im staatlichen Fürsorgeamt ist's nicht schlecht. Aber da wird es schwieriger sein, unterzukommen. Dort ist man jedoch besser dran als bei einer Bank. Bei den Banken beutet man die Angestellten aus. Wer mal zu spät kommt, dem wird gleich Geld vom Lohn abgezogen. Bei den Privatfirmen gibt's welche, wo es nicht schwer sein dürfte, unterzukommen. Was mir am meisten liegen würde, wäre eine Werbeagentur, ein Reklamefeldzug.«

»Leiden Sie an Schlaflosigkeit? Das ist Ihre Schuld. Sie sind unglücklich, weil Sie es sein wollen. Die Tablette X – zum Beispiel vielleicht Marco – macht Sie glücklich, ohne daß es Ihr Herz auch nur im geringsten angreift.«

Martin ist begeistert von dieser Idee.

Als er zum Tor hinausgeht, fragt er den Wärter:

»Haben Sie eine heutige Zeitung? Wenn Sie sie schon gelesen haben, könnte ich sie Ihnen dann abkaufen? Ich möchte da gerne was nachsehen, was mich interessiert.«

»Ja, ich hab' sie schon gelesen. Da, nehmen Sie die Zeitung mit.«

»Vielen Dank.«

Martin geht überstürzt raus. Er setzt sich auf eine Bank im Gärtchen neben dem Tor zum Friedhof und schlägt die Zeitung auf.

»Manchmal stehen in der Zeitung sehr gute Stellenangebote.«

Martin merkt, daß er sie zu schnell überfliegt.

»Ich werde zuerst den politischen Teil lesen. Das Sprichwort sagt ja: Eile mit Weile, und Rom ist auch nicht an einem Tag erbaut worden.«

Martin ist sehr mit sich zufrieden.

»Heute bin ich frisch und komme auf gute Ideen. Wahrscheinlich liegt das an der Landluft.«

Martin zündet sich eine Zigarette an und liest die Zeitung.

»Eine Schweinerei, das mit dem Krieg. Alle verlieren dabei, und mit der Kultur geht's auch keinen einzigen Schritt weiter.«

Er muß innerlich schmunzeln. Er sieht sich selbst von Erfolg zu Erfolg schreiten.

Ab und an, während des Lesens, denkt er über das nach, was er gerade gelesen hat. Er blickt zum Horizont.

»Na, dann weiter.«

Martin liest alles. Alles interessiert ihn heute. Meldungen aus dem Ausland, der Leitartikel, Auszüge aus einigen Reden, Theaterkritiken, Filmanzeigen, Fußball.

Martin erkennt, daß das Leben, wenn man außerhalb der Stadt ist und die frische Luft atmet, viel zartere, differenziertere Schattierungen zeigt, als wenn man sich in den Mauern der Stadt vergräbt.

Martin faltet die Zeitung zusammen, steckt sie in die Tasche seiner Jacke und erhebt sich. Heute weiß er mehr als sonst, heute könnte er jede Unterhaltung über aktuelle Fragen bestreiten. Die Zeitung hat er von vorn bis hinten durchstudiert. Den Anzeigenteil will er später in Ruhe in irgendeinem Café durchnehmen, für den Fall, daß er eine Adresse notieren oder irgendwo anrufen müßte. Den Anzeigenteil, die behördlichen Verordnungen, die Rationierungsvorschriften für die Dörfer der Umgebung von Madrid hat Martin noch nicht gelesen.

Als er zur Stierkampfarena kommt, bemerkt er eine Gruppe junger Mädchen, die ihn beobachten.«

»Guten Morgen, ihr Hübschen.«

»Guten Tag, Bummler.«

Martin hüpft das Herz im Leib. Er ist glücklich. Er geht die Alcalá hinauf leichten Schrittes und pfeift die *Madelón*.

»Heute werden die Meinen sehen, daß ich ein anderer bin.«

Die Seinen denken sich so was Ähnliches.

Martin ist schon ein ziemliches Stück gegangen, als er vor der Auslage eines Juweliers stehenbleibt.

»Wenn ich erst eine Arbeit habe und Geld verdiene, dann kauf' ich Filo ein Paar Ohrringe und ein anderes Paar für Purita.«

Er klopft auf die Zeitung und lächelt.

»Hier drin ist womöglich ein neuer Weg für mich aufgezeichnet!«

Um einer vagen Vorahnung willen möchte Martin nichts

überstürzen. In der Tasche trägt er die Zeitung, in der er noch nicht gelesen hat, was im Anzeigenteil steht, noch die behördlichen Verordnungen, noch die Rationierungsvorschriften für die Dörfer der Umgebung.

»Haha, die Dörfer der Umgebung, wie komisch! Die Dörfer der Umgebung…«

Madrid 1945–1950.

Camilo José Cela

Mrs. Caldwell spricht mit ihrem Sohn

Roman. Aus dem Spanischen von Gerda Theile-Bruhns.
227 Seiten. Serie Piper 970

In kurzen, imaginären Gesprächen unterhält sich Mrs. Caldwell mit ihrem im Krieg gefallenen einzigen Sohn. Ihre Erinnerungen an unzählige Details aus seinem Leben verbinden sich zu einem geschlossenen Bild.
Wie ein Komponist versteht es Cela, ein Thema unzählige Male zu variieren, von den entlegensten Gedanken immer wieder auf das Grunderlebnis zurückzukommen. In oft erschütternder lyrischer Prosa folgt er den Gedanken Mrs. Caldwells, die sich immer mehr verwirren und ihren Weg in den Wahnsinn nachzeichnen.

»Cela verließ in seiner ›Mrs. Caldwell‹ den spanischen Heimatboden, indem er vor dem Hintergrund des ewigen Todeseinerleis ein Mosaik scharf aufgefaßter, impressionistisch-besinnlicher Reflexionen, wie sie das zwischen Beharrung und Veränderung schwankende Bewußtsein des Reisenden und des Trauernden hervorbringt, planvoll zusammenfügte.«

Frankfurter Allgemeine Zeitung

PIPER

Camilo José Cela

Ein Vagabund im Dienste Spaniens

Herausgegeben und ausgewählt von Ricardo Bada.
Aus dem Spanischen von Hildegard Moral.
235 Seiten mit 13 Abbildungen. Leinen

»Der Staat, wäre er nicht so steif und unempfindlich, sondern patriotischer, täte gut daran, ein paar Vagabunden zu verpflichten, die ihm Spanien erläutern würden …« Seinen eigenen Worten folgend, hat Cela zwischen 1948 und 1964 ganz Spanien zu Fuß durchquert und am Ende jeder seiner fünf Wanderungen jene romancierten Reisetagebücher verfaßt, die als unvergleichlich sensible und zugleich unterhaltsame Erhellung spanischer Wesensart in die Literaturgeschichte eingegangen sind. Die *Viaje a la Alcarria*, 1948 geschrieben und 1973 überarbeitet, gelten als Meisterwerk und als Klassiker der spanischen Literatur in diesem Jahrhundert. Celas Reisetagebücher, die hier zu einer Art Wanderjahre-Roman zusammengefügt wurden, begründeten in Spanien ein eigenes literarisches Genre: Besonders linke Kritiker verschlüsselten ihre Sozialkritik während der Franco-Ära in scheinbar unpolitische Reiseberichte und verhalfen ihr so zur Veröffentlichung.

Geschichten ohne Liebe

Aus dem Spanischen von Rainer Specht. 152 Seiten mit zweiunddreißig Farbillustrationen von Pablo Picasso. Serie Piper 1249

Schriftsteller und Maler, Text und Illustrationen erreichen in diesem Buch höchste Übereinstimmung: Die zugleich leichtfüßig-ironischen wie melancholischen Variationen von Mythos und Legende in Celas heiter-phantastischen Liebesgeschichten ergänzt Picasso mit einer eigenen, oft an archaische Darstellungsformen erinnernden Bilderwelt.

Miguel Delibes

Die heiligen Narren

Roman. Aus dem Spanischen von Curt Meyer-Clason.
173 Seiten. Geb.

»Miguel Delibes bewegt mit seinem Buch in einem seltsamen Kontinuum dichterischer Tradition, was um so verblüffender wirkt, als das künstlerische Ergebnis gleichzeitig vollendet klassisch und provozierend modern erscheint.
Es muß nicht unsere Wahrheit sein, die im Innern Spaniens wohnt, doch hat Miguel Delibes eine Parabel von dunkler Schönheit und mythischer Suggestivität gefunden, die uns zwingt, noch einmal nachzudenken über die Möglichkeit einer Welt, die ohne die Idee eines Fortschritts auskommen kann.« Frankfurter Allgemeine Zeitung

»Sechs Sätze, jeder ein Kapitel lang, braucht Miguel Delibes für einen der fesselndsten, der gelungensten spanischen Romane der vergangenen zehn Jahre.« Die Zeit

Vom selben Autor sind lieferbar:

Das Holz, aus dem die Helden sind

Roman. Aus dem Spanischen von Hartmut Zahn.
384 Seiten. Leinen

Das rote Blatt

Roman. Aus dem Spanischen von Annelies Benda.
236 Seiten. Serie Piper 793

Fünf Stunden mit Mario

Roman. Aus dem Spanischen von Fritz Rudolf Fries.
288 Seiten. Geb.

Piper 28/4 d

PIPER

Alvaro Pombo

Der Held der Mansarden von Mansard

Roman. Aus dem Spanischen von Elke Wehr.
240 Seiten. Leinen.

Alvaro Pombo erzählt von den Abenteuern, die jeder Mensch am Ende seiner Kindheit bestehen muß, ohne die er nicht erwachsen werden kann. Doppelbödig und scharfsinnig beschreibt der Autor das Reifen des »reinen« Toren Kus-Kús zum Helden und schafft zugleich ein subtiles Bild Spaniens zur Zeit Francos.

»Einer der inzwischen bekanntesten und erfolgreichsten Autoren unter den heute Fünfzigjährigen, die nicht mehr in der Aufarbeitung des traumatischen Bürgerkriegs und einer gespenstisch anachronistischen Diktatur verfangen sind, ist der 1939 in Santander geborene Alvaro Pombo. Mit ironischer Distanz dekouvriert er die hinterbliebene Großbougeoisie als teilweise faszinierend exzentrischer Erzähler, dem es gelingt, Poesie und Reflexion auf ganz eigene Weise zu verbinden.«

Frankfurter Rundschau

»Pombo erhöht die Dinge ins Irreale, in einen poetischen Realismus, der im Leser selbst steckt. Nach der Lektüre braucht es einige Zeit, bis man wieder festen Boden unter sich fühlt.« ORF

José Maria Eça de Queiroz

Die Maias

Episoden aus dem romantischen Leben
Roman. Aus dem Portugiesischen von Rudolf Krügel.
837 Seiten. Serie Piper 587

Queiroz, der große Realist, hat mit diesem Gesellschaftsroman den melancholischen Abgesang auf eine ganze Kultur geschrieben, die am schönsten in der Figur des alten Afonso da Maia verkörpert ist.

Vom selben Autor ist lieferbar:

Alves & Co.

Roman. Aus dem Portugiesischen von Rudolf Krügel.
104 Seiten. Serie Piper 961

Das berühmte Haus Ramires

Roman. Aus dem Portugiesischen von Rudolf Krügel.
Mit einem Nachwort von Peter Demetz.
455 Seiten. Serie Piper 1140

Die Reliquie

Roman. Aus dem Portugiesischen von Andreas Klotsch.
312 Seiten. Serie Piper 787

»All seine europäische Kunst (...)«, so Miguel de Unamuno über Eça de Queiroz, »kann sein iberisches Unsgestüm nicht verdecken. Durch das Gelächter hindurch spürt man das Schluchzen.«

Vetter Basilio

Roman. Aus dem Portugiesischen von Rudolf Krügel.
493 Seiten. Serie Piper 1079

Piper 25/3a

PIPER

Giorgio Bassani

Marta Morazzoni

Das Mädchen mit dem Turban

Fünf Novellen. Aus dem Italienischen von Herbert Schlüter.
199 Seiten. Geb.

Selten hat das Debüt eines jungen italienischen Autors in den letzten Jahren so großes Aufsehen erregt, wie diese fünf Novellen von Marta Morazzoni. »Marta Morazzoni sieht eine Empfindung, sie weiß, daß in dieser Empfindung die ganze folgende Erzählung konzentriert ist, und nach und nach, mit Geduld, Hartnäckigkeit und mit dieser intelligenten Blindheit der wahren Schriftsteller verwandelt sie die Empfindung in Erzählung.« Corriere della Sera

»Bei der Lektüre dieses Buches, beim Innehalten nach jeder dieser fünf Erzählungen bleibt nicht so sehr die Handlung oder die sie tragenden Figuren im Gedächtnis haften als vielmehr das Licht, der Duft, die Gestik, die hier evoziert werden. Selten begegnet man einem Buch, von dem soviel Stille ausgeht, eine Stille gleichsam zwischen den Zeilen.
Fünf Erzählungen, angesiedelt in der Historie, gesättigt von historischem Ambiente und doch merkwürdig zeitlos entrückt. Ich habe seit Jahren nicht mehr Erzählungen von dieser ungewöhnlichen Qualität gelesen, dieser Sensibilität der Darstellung, dieser durch nichts in Frage zu stellenden Sicherheit der künstlerischen Mittel, dieser alle Sätze durchtränkenden Musikqualität, die an einen Zyklus von Streichquartetten denken läßt.«

Frankfurter Allgemeine Zeitung

Piper 76/1 b

PIPER

Paolo Volponi

Der Speerwerfer

Roman. Aus dem Italienischen von Barbara Kleiner.
239 Seiten. Leinen

Eine Kleinstadt in den *Marche* bei Urbino, eine Jugend im faschistischen Italien der dreißiger Jahre. Damín ist der Enkel Damiano Possanzas, eines innerhalb der Tradition seines Handwerks genialen Töpfers, der dem Expansionsdrang der neuen Zeit unbestechlich gegenübersteht, anders als sein Sohn, Damíns Vater. Enkel und Großvater werden gleichermaßen unglückliche und in ihrer Machtlosigkeit doch fast komplizenhafte Zeugen des Ehebruchs von Damíns schöner, sanfter Mutter, die der Verführung des lokalen Paradefaschisten, Marcacci, erliegt. Voll Begehren und Abscheu beobachtet der Knabe die Zusammenkünfte seiner Mutter mit ihrem Liebhaber, dem gegenüber er eine vertrackte Mischung aus Mordlust, Haß, Ekel und Verachtung empfindet und auf der anderen Seite Bewunderung und körperliche Anziehung.
Der Speer, den Damín auf dem Sportfeld nach ihm schleudert, verfehlt sein Ziel, erreicht aber, daß Marcacci auf ihn aufmerksam wird und in ihm einen vielversprechenden Sportler entdeckt.
Damín verfängt sich in der Identifikation mit dem klassischen griechischen Speerwerfer, der außer dem Speer, Pfeile, Blicke, Begierden und schließlich sich selbst wirft. Aber Damín wirft ins Leere, ins Nichts. In seinem sexuellen Begehren auf die Mutter fixiert und von ihr mit dem Faschisten »betrogen«, erstarrt Damín in der Isolation seiner Autoerotik. Eine scheinbare Lösung der Krise zeichnet sich ab, als Damíns zeichnerische Begabung einen Zugang zur Realität zu versprechen beginnt, und eine andere Frauengestalt als die Mutter seine Begehren zu wecken scheint; doch da geschieht es, daß Damín auf einem ländlichen Schnitterfest die zärtlich geliebte jüngere Schwester in den Armen eines Faschisten sehen muß: unausweichlich nähert sich die Tragödie ihrem Kulminationspunkt.

»›Der Speerwerfer‹ ist ein Meisterwerk.« Alberto Moravia

Vom gleichen Autor ist lieferbar:

Ich, der Unterzeichnete

Roman. Aus dem Italienischen von Piero Rismondo. 312 Seiten. Serie Piper 675

Piper 76/3d

PIPER

Giovanni Verga

Der letzte Tag

Erzählungen. Aus dem Italienischen von Hannelise Hinderberger und Marianne Schneider. Herausgegeben und mit einem Nachwort von Johannes Hösle. 448 Seiten. Leinen

»Verga erzählt mit kalter Wucht, mit lakonisch geballter Sachlichkeit, kommentarlos, in hastigen Sprüngen. Überfallartige Schrecken jagen kurze Leben zu einem krassen Ende. Durchschnittlich nicht mehr als sieben Seiten braucht er von einer Geburt bis zum Tod.
Er verschleudert einen Stoffvorrat, der heute für zehn Dichter reichen würde.
Verga schildert nicht das romantische Sizilien der Touristen, sondern ein versengtes, brütendes, fieberdampfendes, starr lastendes Land. Es gibt keine bessere Warnung vor der Idyllisierung archaischer Zustände als diese Erzählungen. Die Armen leben wie die Tiere. Die Geschichte eines totgeprügelten Esels und seiner fünf Herrschaften, eine jeweils schlechter als die andere, unterscheidet sich denn auch kaum von der Geschichte eines halbwüchsigen Jungen, des Rotschopfs, den alle peinigen, der davon hart und gemein wird, aber alles erträgt, bis sie ihn in den Tod treiben. Aber noch das niedrigste Leben hat Würde.
Für einen Moment verzaubert das Aufblühen der Liebe noch die trostlosesten Bedingungen.« Frankfurter Allgemeine Zeitung

Mastro-Don Gesualdo

Roman. Aus dem Italienischen von Marlis Ingenmey. Mit einem Vorwort von Marianello Marianelli. 414 Seiten. Serie Piper 665

»Mastro-Don Gesualdo« gilt als der bedeutendste Roman der italienischen Literatur neben Manzonis »Verlobten« und zugleich als das wichtigste Werk des sizilianischen Schriftstellers, sein Erscheinungsdatum (1889) als Geburtsstunde der neueren italienischen Prosa.

Piper 76/2c

PIPER

Zeitschrift für italienische Kultur der Gegenwart

ZIBALDONE

Herausgegeben von Helene Harth
und Titus Heydenreich

»Zibaldone« (das Notizbuch) will eine »Zeitschrift für italienische Kultur der Gegenwart« im weitesten Sinne sein: gegenwartsbezogen, jedoch Aktuelles auch im Vergangenen hervorheben, primär literarisch und historisch orientiert, aber auch Themen zugewandt, die die Einbeziehung verwandter Bereiche wie Politik, Religion, bildende Kunst, Philosophie, Wirtschaft u. a. herausfordern.

»Zibaldone« will die Begegnung zwischen der deutschen und der italienischen Kultur pflegen und intensivieren. Ziel der Zeitschrift ist es, Leser zu erreichen, die, ohne Spezialisten zu sein, ihre Kenntnisse von Land, Kultur und Leuten vertiefen und auf dem aktuellen Stand halten möchten.

»›Zibaldone‹ erweckt den Eindruck eines offenen Forums, das dem Leser nicht mit akademischer Trockenheit kommt, sondern mit der subjektiven Frische sehr verschiedener Mitarbeiter.«
Die Presse, Wien

PIPER
Piper 1/11